Felix Dahn

Romane

FELICITAS. CHLODOVECH

Felix Dahn

Romane
FELICITAS. CHLODOVECH

ISBN/EAN: 9783741158513

Hergestellt in Europa, USA, Kanada, Australien, Japan

Cover: Foto ©Andreas Hilbeck / pixelio.de

Manufactured and distributed by brebook publishing software
(www.brebook.com)

Felix Dahn

Romane

Romane

von

Felix Dahn.

Felicitas — Chlodovech.

Leipzig
Druck und Verlag von Breitkopf & Härtel
1898.

Felicitas

Historischer Roman aus der Völkerwanderung

(a. 476 n. Chr.).

Gottfried Keller

und

Konrad Ferdinand Meyer

in Zürich

mit deutschem Gruß

von Meer zu Fels.

Königsberg, Herbst 1882.

Vor vielen Jahren hatte ich in Salzburg zu arbeiten: im Archiv, in der Bibliothek, in dem Museum der römischen Altertümer.

Meine Studien galten besonders dem V. Jahrhundert: der Zeit, da die Germanen in diese Landschaften drangen, die römischen Besatzungen, mit oder ohne Widerstand, abzogen, während gar viele römische Siedelungen im Lande blieben: Bauern, Handelsleute, Handwerker, die ihre Heimstätten nicht räumen, ihr einträgliches Geschäft nicht aufgeben wollten, nicht weichen von der liebgewordenen langgepflegten Scholle auch unter Herrschaft der Barbaren; diese, war der Sturm und Kampf der Eroberung vorüber und die Landteilung vollzogen, thaten ihnen nichts zuleide. —

War die Arbeit des Tages gethan, streifte ich in der schönen, altvertrauten Landschaft des Salzachthales: die warmen Juni-Abende verstatteten langes Umtreiben bis zu späten Stunden.

Gedanken und Träume waren mir erfüllt von den Bildern des Lebens und der wechselnden Geschicke dieser spätesten Römer in den Alpenländern.

Gerade in und um Salzburg forderte die reiche Fülle von Inschriften, von Münz- und Gerät-Funden, von römischen Denkmalen jeder Art die Phantasie zu eifriger Gestaltung auf: denn diese Stadt, mit dem ragenden Kastell, dem „Capitolium“, auf dem hohen Felsenkopf, Fluß und Thal beherrschend, war unter dem stolzen Namen

„Claudium Juvavum" jahrhundertelang nicht nur ein Hauptbollwerk römischer Herrschaft, auch eine Stätte blühender und glänzender Entfaltung römischer Kultur: Zweimänner der Rechtsprechung, Dekurionen, Ädilen für Markt und Spiele, Luxusgewerbe, auch Kunsthandwerker und Künstler, sind durch Inschriften als Richter, Verwalter, Einwohner und Verschönerer der Stadt bezeugt.

Was mir den Tag über die Gedanken der Forschung beschäftigt hatte, erfüllte mir die Spiele der Einbildung, wann ich im Abendschein zum Thore hinauswanderte: Fluß und Straße, Hügel und Thal sah ich alsdann mit Bildern römischen Lebens bevölkert: aber fernher, von Nordwesten, zogen drohend, wie die unaufhaltsamen Wolken, die oft von der bayrischen Ebene heraufstiegen, die eindringenden Germanen. —

Am häufigsten, am liebsten schlenderte ich entlang dem Ufer des Flusses in der Richtung der großen Römerstraße, die sich gegen den Chiemsee hin und über dessen Ausfluß, die Alz, bei Seebruck (Bedaium) und über Pfünz (Pons Oeni), hier den Inn (Oenus) überschreitend, nach Vindelicien hinzog und nach dieser Provinz glänzender Hauptstadt: Augusta Vindelicorum, Augsburg.

Sehr zahlreiche Münzen, Thonscherben, Urnen, Grabsteine, Hausgerät jeder Art waren hier gefunden worden in den jetzt zum großen Teil von Wald und Buschwerk bedeckten, zumal von dichtem Epheu überwucherten Niederungen zu beiden Seiten der alten Hochstraße, wo offenbar Colonengehöfte, aber auch stattliche Villen der reicheren Bürger, häufig bis weit außerhalb der letzten Umwallung der Festungsstadt verstreut, das weite Thal erfüllt und geschmückt hatten.

Auf den Resten dieser noch deutlich wahrnehmbaren Römerstraße oder zu ihren Seiten hin wanderte ich oft, der sinkenden Sonne entgegenschauend und träumend, wie wohl den Bewohnern dieser Villen zu Mut gewesen sein mag, als nicht mehr stolze Legionen von hier nach der Römerstadt am Lech marschierten, sondern umgekehrt von dem eroberten Vindelicien aus die ersten schwachen Reiterhaufen der Germanen, vorsichtig spähend, heransprengten, bald aber immer stärkere Massen anzogen, kecker oder vielmehr in wohlbegründeter Zuversicht, das Land nur noch schwach verteidigt zu finden und sich darin neben den schutzlos zurückgebliebenen Römern als deren Herren dauernd niederlassen zu können. —

In solchen Träumereien, nicht ohne den leisen Wunsch, selbst einmal irgend ein kleines Andenken der Römerzeit aufzulesen aus dieser erinnerungsreichen Erde, verlor ich mich eines Abends immer tiefer in das Buschwerk rechts von der Römerstraße, das schmale Geriesel einer Quelle aufwärts verfolgend, über einem von zerbröckeltem Gestein und von Scherben häufig bedeckten Untergrund, den Moos und Epheu dicht übergrünt hatten.

Aber unterhalb der Moosdecke krachte es nicht selten bei meinen Schritten: Ziegel und Thonscherben hob ich dann manchmal auf. Waren es römische? Kein sicherer Anhalt ließ sich ihnen entnehmen.

Ich beschloß, heute dem Rinnsal höher hinauf als sonst entgegenzuschreiten, bis ich etwa seinen Ursprung erreicht hätte, den ich an der sanft abfallenden Halde eines mäßigen Hügels vermutete. Denn ich wußte, daß die Römer bei friedlichen Villen wie bei militärischen Anlagen gern sich an fließende Gewässer bauten. —

Es war sehr heiß gewesen an jenem Sommertag. Ich ward fußmüde und kopfmüde und kam in der völlig unwegsamen Richtung, die ich, dem Wässerlein entlang, einhielt, durch das oft dichte Buschwerk nur langsam und mühsam vorwärts mit Hilfe meines Bergstockes, den ich mitführte, da ich oft auch die Berge hinaufklomm bei meinen Wanderungen. Gern hätte ich mich schläfrig auf das weich einladende Moos gestreckt; doch bezwang ich die Anwandlung und beschloß, diesmal zu dem schon früher gesteckten Ziel, dem „Ursprink“ des Quells, durch und emporzudringen.

Nach einer halben Stunde war die Halde erreicht: der „Heiden-Schupf“ hieß die Höhe im Volk.

Auffallend zahlreich und groß waren auf der letzten Strecke die Steintrümmer jeder Art gewesen: darunter auch rötlicher und grauer Marmor, wie er in der Nähe gebrochen wird seit ungezählten Jahrhunderten: und wirklich war's, wie ich vermutet: dicht unter der Krone des Hügels sickerte der Quell aus der Erde. Er war, so schien es, einst in Stein gefaßt gewesen: zum Teil war dies noch wahrnehmbar: sorgfältig geglätteter hellgrauer Marmor umschloß ihn hier und dort in schöner Fassung und ringsherum verstreut lagen ungezählte Ziegel: das Herz schlug mir lebhaft: nicht nur infolge des angestrengten Steigens: wohl auch, ich gestehe es: vor hoffender Erwartung, — ich war noch sehr jung! — ob mir heute und hier Mercurius, der römische, oder Wodan, der germanische Wunsch- und Fund-Gott, das lang ersehnte Andenken an die Römer von Juvavum in die Hand spielen möchte: der Name des Ortes: „Heidenschupf“ ging unzweifelhaft auf die römische Besiedlung — denn „Heidenstraße“ heißt hier die Römerstraße —: dazu kamen ermutigend der Ursprung der Quelle, die Spuren einer Marmorfassung, die vielen Ziegel —: da brach die Sonne, kurz vor dem Versinken, quer durch das Gebüsch und zeigte mir an der vor mir liegenden Ziegelplatte: — Mörtel. Ich hob den Scherben auf und prüfte ihn: es war zweifellos jener römische Mörtel, der, steinhart werdend im Lauf der Jahrhunderte, so bezeichnend ist für die Bauten der ewigen Roma. Ich drehte die Fläche um: da, o Freude! zeigte sich eingebrannt der zweifellose Stempel der XXII. Legion: primigenia pia fidelis!

Und wie ich mich, hoch erfreut, bücke, den nächsten Ziegel zu prüfen, fällt ein noch schärferer Sonnenstrahl auf ein Stück eigenartigen hellgrauen Steines: es ist Marmor, seh' ich nun, und auf der Mittelfläche drei römische Buchstaben, ganz deutlich:

h i c . . . .

da war der Stein zersprungen, aber dicht neben ihm ragte mit der brüchigen Kante ein Stück gleichen grauen Gesteines schief aus Moos und Epheu: lag die Fortsetzung der Inschrift hier unter der Moos- und Rasendecke begraben? Ich zog an dem noch ungehobenen Stein: aber er war allzuschwer, sei es zu hoch von der Erde belastet, sei es zu wuchtig durch die eigene Größe. Nach vergeblichem Zerren erkannte ich, daß ich erst die ganze Rasen- und Moosschicht entfernen müsse, bevor mir der Marmor sein Geheimnis vertraue. Hatte er ein solches zu erzählen? Gewiß! den Anfang hielt ich ja in Händen: »Hic«, „hier" —: was war „hier" geschehen oder bezeugt?

Ich hielt die Bruchfläche des ersten Stückes, nachdem ich sie von Erde und Wurzelfasern mit meinem Taschenmesser gereinigt, an die aus dem Boden ragende Bruchfläche der noch verdeckten Platte: beide paßten genau ineinander. Nun machte ich mich an die Arbeit: sie war nicht leicht, nicht kurz: mit Hand, Messer und der Spitze des Bergstocks mußte ich wohl zwei Fuß Rasen, die aufgerissene Erde, das Moos und — das zäheste Hemmnis — den mit ungezählten Kleinwurzeln angeklammerten Epheu fortscharren und -reißen: auch in dieser Kühle und obzwar die Sonne schon im Versinken war, machte mir die Mühe heiß; von der Stirn troff mancher Tropfen auf den alten Römerstein, der sich als eine ziemlich lange Platte erwies.

Endlich war sie so weit bloßgelegt — schon nach den ersten Minuten hatte mir die zweifellose Wahrnehmung weiterer Buchstaben den Eifer geschärft —, daß ich sie mit beiden Händen an den beiden Seitenrändern fassen und mit manchem kleinen Ruck völlig zu Tage fördern konnte: ich hielt den abgesprengten Stein mit dem entzifferten »Hic« daran: so ergab sich sofort die Richtung, in der weiter zu lesen war.

Hastig schabte ich Erde, Steinchen, Moos aus den Vertiefungen der Buchstaben: denn es ward nun rasch dunkler und ich wollte doch sogleich das so lang vergrabene Geheimnis deuten. Es gelang: zwar mit Anstrengung, aber doch völlig zweifellos las ich die beiden, untereinander geschriebenen Zeilen der Inschrift:

Hic habitat Felicit . . .
Nihil intret mali.

Nur die beiden letzten Buchstaben des dritten Wortes fehlten: der Stein war hier abgebrochen und das dazu gehörige Stück nicht zu finden; doch verstand sich die Ergänzung — as — von selbst: die Inschrift bedeutet auf deutsch:

Hier wohnt das Glück:
Nichts Böses trete ein!

— — — — — — — — — — — —

Offenbar hatte die graue Marmorplatte die Eingangsschwelle des Gartens oder Vorhofs der Villa gebildet: und der sinnige Spruch sollte alles Böse von der Thüre fernhalten. Vergeblich suchte ich nach weiteren Spuren, nach Resten von Gerät. Vergnügt und begnügt beruhigte ich mich denn bei dem Funde des hübschen Spruches. — Ich setzte mich, die heiße Stirn trocknend, auf das schwellende Moos neben meiner Wühlarbeit, wieder und wieder die Worte bedenkend; den Rücken gelehnt an eine uralte Eiche, die aus dem Schutt des Römerhauses, vielleicht aus dem guten Humus seines Gärtleins, emporgewachsen war.

Wundersame Stille waltete auf dem durch Bäume und Büsche ganz von der Welt geschiedenen Hügel. Nur ganz leise, leise vernahm man das Sickern der dünnen, spärlichen Wasserader, die dicht neben mir aus der Erde kam und nur manchmal, wann sie rascheres Gefäll fand, stärker rieselte. Einst hatte sie wohl, stattlich zusammengefaßt in dem hellgrauen Marmor, lauter geredet. In der Ferne sang aus dem Wipfel einer hohen Buche die Goldamsel ihr flötendes Abendlied, das stets tiefster Waldeinsamkeit gemahnt, weil der Hörer den Ton des „Pirols“ kaum je anders als in solch' grüner Stille vernommen hat. Hier und da summten Bienen über die Moosdecke hin, aus dem dunkelnden Dickicht heraus, nun die wärmere Lichtung suchend: schläfrig sie selber und einschläfernd in ihrem Surren.

Ich sann: wessen „Glück“ hat einst hier gewohnt? Und ist der Wunsch der Steininschrift erfüllt worden? — War der Spruch mächtig genug, alles Böse fernzuhalten? Der Stein, der ihn trug, ist zerschlagen: — ein übles Zeichen! Und welcher Art war dieses Glück? —

Oder halt! — in jener Zeit begegnet „Felicitas“ bereits als Frauenname; wollte der Spruch vielleicht, in anmutvollem Doppelsinne spielend, sagen: „Hier wohnt das Glück, das heißt: meine Felicitas; nicht Böses komme über ihre über unsere Schwelle?“ Aber „Felicitas“, — wer war sie? Und wer war der, dessen Glück sie gewesen! Und was ist aus ihnen geworden? Und diese Villa, wie . .? — — — —

Das war wohl das letzte, das ich wachend dachte. Denn mit diesen Fragen war ich entschlafen. Und lange hatte ich geschlummert. Denn als mich der Ruf der Nachtigall dicht an meinem Ohre, laut erjubelnd, weckte, war es finstere Nacht: hell lugte nur ein Stern durch die Wipfel der Eiche; ich sprang auf: „Felicitas! Fulvius!" — rief ich, — „Liuthari! wo sind sie?"

„Felicitas!" scholl das Echo von der Hügelwand leise wieder. Sonst alles still und dunkel.

So war es ein Traum? Nun: ich meine, diesen Traum will ich festhalten. Felicitas! ich halte dich! Du sollst mir nicht entschweben. Poesie allein vermag dich zu verewigen. Und ich eilte nach Hause und zeichnete noch in der Nacht die Geschichte auf, die ich geträumt auf dem Schutt der alten Römervilla.

Erstes Kapitel.

Es war ein schöner Juniabend. Die Sonne ging zu Golde: sie warf von Westen, von Vindelicien her, ihre vergoldenden Strahlen auf den Mercuriushügel und die bescheidene Villa, die ihn krönte.

Nur gedämpft drang hierher das Geräusch von der großen Straße, auf der hier und da ein zweirädriger Karren, mit norischen Rindern bespannt, aus dem Westthore von Juvavum, der porta Vindelica, nach Hause zog: Colonen, Landleute, die an dem eben geendeten Markttage auf dem Forum des Herkules Gemüse, Hühner, Tauben feilgeboten hatten. So war es still und ruhsam auf dem Hügel; außerhalb der nicht mannshohen Steinmauer, die den Garten umfriedete, vernahm man nur das lebhafte Geriesel des kleinen Quellbachs, der, an seinem Ursprung zierlich in grauen Marmor gefaßt, nachdem er den Springbrunnen in der Mitte gespeist und dann den wohl gepflegten Garten in kunstvoll gewundenem Rinnsal durchwandert hatte, nahe dem wohlgefügten, von Hermen überragten, aber offnen, thür- und gitterlosen Thoreingang, unter einer Mauerlücke durch, in einer Steinrinne hügelabwärts eilte.

Nach der Stadt zu, nach Südosten, lagen am Fuße des Hügels sorglich gepflegte Gemüse- und Obstgärten, Wiesen in saftigstem Grün und Getreidefelder mit üppigem Spelt, welche Frucht die Römer in das Barbarenland getragen. Hinter der Villa, nach Norden, aber ragte und rauschte, die Berghalde hinansteigend, schöner Buchwald und aus seiner Tiefe scholl von fern der metallische Ruf des Pirols. Es war so schön, so friedlich; nur von Westen her — und nicht minder auch von Südosten! — stiegen drohende Wetterwolken auf.

Von dem offnen Thor führte durch den weitgedehnten Garten ein schnurgerader Weg, mit weißem Sand bestreut, zwischen ragenden Steineichen und Taxusbüschen hin, die, entsprechend lang herrschender Mode, mit der Schere in allerlei geometrische Figuren zurechtgeschnitten waren: — ein Geschmack oder Ungeschmack, den das Rokoko nicht erfunden, nur aus den Gärten der Imperatoren neu entlehnt hat.

Auf der langen Wegstrecke von dem Thor zu dem Eingang des Wohnhauses waren in regelmäßigen Abständen Statuen angebracht: Nymphen, eine Flora, ein Silvan, ein Merkur —: schlechte Arbeit, aus Gips; der dicke Crispus machte sie nach dem Dutzend in seiner Werkstatt auf dem Vulkanusmarkt zu Juvavum; und er ließ sie billig ab: denn die Zeiten waren nicht gut für die Menschen und schlecht für die Götter und Halbgötter; aber diese hier waren vollends geschenkt. Denn Crispus war ja der Vatersbruder des jungen Hausherrn.

Von dem Thor des Gartens her schollen, an der Steinmauer der Umhegung widerhallend, ein paar Hammerschläge; nur leise, denn behutsam, von Künstlerhand waren sie geführt: es schienen die letzten, nachbessernden, abschließenden Mühungen eines Meisters.

Nun sprang der Hämmernde auf: er hatte dicht hinter dem Thore gekniet, neben welchem, aneinander aufrecht geschichtet, etwa ein Dutzend noch unbearbeitete Marmorplatten die Behausung eines Steinmetz bekundeten: er steckte den kleinen Hammer in den Ledergürtel, der das Schurzfell über der blauen Tunika zusammenhielt, schüttete aus einem kleinen Ölfläschlein ein paar Tropfen auf ein Wolltuch, rieb damit den Marmor, gerade in der Inschrift, sorgfältig spiegelglatt, drehte den Kopf etwas seitwärts, gleich einem Vogel, der etwas recht genau besehen will, und las nun, wohlgefällig nickend, von der Eingangsplatte ab: „Ja, ja! Hier wohnt das Glück: mein Glück, unser Glück —: so lang als meine Felicitas hier wohnt — glücklich und beglückend hier wohnt. Niemals schreite Unheil über diese Schwelle: gebannt von dem Spruch mache jeder böse Dämon Halt! — Nun ist das Haus erst schön vollendet, durch diesen Spruch. Aber wo ist sie denn? Sie muß es sehen und mich loben. Felicitas," rief er, gegen das Haus gewendet, „komm doch!"

Er wischte den Schweiß von der Stirn und richtete sich auf: eine geschmeidige Jünglingsgestalt, schlank, nicht über Mittelgröße, dem Mercurius des Gartens nicht unähnlich, den Crispus, nach alter Überlieferung der Gliedermaße, geformt; dunkelbraunes Haar überzog, ganz kurzgekraust, fast wie eine wollige Kappe, den ungedeckten runden Kopf; unter starken Brauen lachten zwei dunkle Augen lustig in die Welt; die nackten Füße und Arme zeigten schöne Bildung, aber wenig Kraftübung: nur im rechten Arm hoben sich kräftiger die Muskeln; das braune Schurzfell war von Marmorabfall weiß besprengt. Er schüttelte den Staub ab und rief nochmals lauter: „Felicitas!"

Da erschien auf der Schwelle des Hauses eine weiße Gestalt, wie ein Bild eingerahmt in die zwei Wandpfeiler des Eingangs, den dunkelgelben Vorhang zurückschlagend, der, an Ringen schiebbar, von einer Bronzestange gerade herabhing, ein ganz junges Mädchen — oder war es ein junges Weib? — Ja, es mußte schon Weib geworden sein, dieses Kind von kaum siebzehn Jahren: denn ohne Zweifel war es die Mutter des Säuglings, den es mit dem linken Arm an den Busen schmiegte: nur die Mutter hält ein Kind mit solchem Ausdruck in Bewegung und Antlitz.

Zwei Finger der rechten Hand, die Innenfläche nach außen gekehrt, legte die junge Mutter warnend an den Mund: „Stille!" mahnte sie — „unser Kind schläft." Und nun schwebte die noch kaum vollreife Gestalt die vier Steinstufen hinab, die von der Schwelle in den Garten herabführten, vorsichtig das Kind auf dem linken Arm noch etwas höher schiebend und enger andrückend, mit der Rechten aber leise den Saum des ganz weißen Faltengewandes bis an die feinen Knöchel hebend, das tadellos schön geformte Oval des Hauptes vorsichtig leise senkend: es war ein Anblick von vollendeter Anmut: jugendlicher, kindlicher noch als die Madonnen Rafaels: und nicht demütig und doch zugleich mystisch verklärt, wie die Mutter des Christuskindes; da war nichts Wunderhaftes, nur edelste Einfachheit und doch königliche Hoheit in ihrer unbewußten Würde und Unschuld; wie Wohllaut der Musik umfloß es bei jeder der maßvollen, nie das Bedürfnis überschreitenden Bewegungen diese Gestalt einer muttergewordenen Hebe: Weib und doch ewig Mädchen; rein menschlich, vollendet glücklich, abgeschlossen und befriedet in der Liebe zu dem Jüngling-Gemahl und dem Kind an ihrer Brust: rührend, lieblich und ehrwürdig zugleich bei aller vollendeten Schönheit des Wuchses, des Antlitzes, der Farben so keusch, daß, wie vor einer Statue, jedes Verlangen in dieser Nähe schwieg.

Sie trug keinen Schmuck: das Haar, lichtbraun, wann es die Sonne küßte, in leisem Goldglanz leuchtend, floß in natürlicher Wellung von den offnen, edel geformten Schläfen zurück, die gar nicht hohe Stirne frei gebend, im

Nacken in einen losen Knoten geschürzt: ein milchweißes Gewand von feinster Wolle, auf der linken Schulter mit einer schön geformten, aber schmucklosen Silberspange gefestet, umschloß in fließenden Falten die ganze Gestalt bis auf die Knöchel und die zierlichen roten Ledersandalen, den Hals, den oberen Teil des zart gewölbten Busens und die glänzenden, aber fast noch kindlichen, deshalb beinah ein wenig zu lang scheinenden Arme zeigend: unter der Brust war ein Zipfel des Gewandes durch den handbreiten Bronzegürtel geschlungen. So glitt sie, unhörbar, wie eine unmerkliche Welle, die Stufen herab und schwebte auf den Gemahl zu. Das längliche, schmale Antlitz trug jenes wunderbare, fast bläulich schattierte Weiß, das nur den Töchtern Ioniens eignet und das keine Mittagssonne des Südlands zu bräunen vermag; die im Halbkreis, streng regelmäßig, wie mit dem Zirkel, gezogenen Brauen hätten dem Antlitz fast etwas Lebloses, Statuenhaftes gegeben: aber unter den langen, langen, leise nach oben gekrümmten, ganz schwarzen Wimpern leuchteten die dunkelbraunen Antilopenaugen, wie sie sich nun auf den Geliebten richteten, in seelenvollstem Leben.

Dieser flog ihr mit raschen Schritten entgegen, löste, sorglich, zärtlich, das schlummernde Kind aus ihrem Arm und legte es in den länglichen flachen Strohdeckel, den er von seinem Arbeitskorbe herabhob, unter den Schatten eines Rosengebüsches: eine voll erblühte Rose warf im Abendwind duftige Blätter auf den Kleinen: er lächelte im Schlummer.

Der Hausherr führte nun, den Arm um die fast allzuschmalen Hüften schlingend, das junge Weib vor die eben vollendete Eingangsplatte und sprach: „Jetzt ist der Spruch fertig, den ich vor dir geheimgehalten, bis ich ihn, rasch fortarbeitend, vollenden konnte; nun lies, und wisse und fühle" — und er küßte sie zärtlich auf den Mund: „Du — Du selber bist das Glück —: Du wohnest hier."

Das junge Weib hob die Hand vor die Augen, sich vor den durch den offenen Eingang nun fast schon horizontal einfallenden Strahlen der Sonne zu schützen; sie las und errötete: eine Blutwelle stieg sichtbar in die zart weißen Wangen, ihr Busen wallte, ihr Herz schlug lebhaft: „O Fulvius! Du Guter. Wie liebst du mich! Wie sind wir glücklich!" Und sie legte nun beide Hände und Arme auf seine rechte Schulter, auf die andere ihr wunderschönes Haupt.

Innig drückte er sie an sich. „Ja, überschwenglich, ohne Schatten ist unser Glück, — ist ohne Maß und Ende." Rasch, mit leisem Beben, wie fröstelnd, richtete sie sich auf, und sah ihm bang ins Auge. „O fordere nicht die Heiligen heraus. Man flüstert," sagte sie, selber flüsternd, „sie sind neidisch." Und sie hielt ihm die Hand vor den Mund.

Aber er drückte einen lauten Kuß auf die schmalen Finger und rief: „Ich bin nicht neidisch, nur ein Mensch, wie sollten die Heiligen neidisch sein? Das glaub' ich nicht. Nicht von den Heiligen glaub' ich's — wie nicht von Heidengöttern, falls sie etwa doch noch leben und Gewalt haben." — „Sprich nicht von ihnen! Sie leben freilich —: aber sie sind Dämonen, und wer sie nennt — der ruft sie nahe: so warnt der Presbyter der Basilika." — „Ich fürchte sie nicht. Viele Geschlechter hindurch haben sie unsere Ahnen geschützt." — „Ja, wir sind aber abgefallen von ihnen! Sie schützen uns nicht mehr. Nur die Heiligen sind unsere Schirmer — gegen die Barbaren. Wehe, wenn sie hierher kämen, unsere Blumen im Garten zerstampften, unser Kind davonführten." Und sie kniete nieder und küßte den kleinen Schläfer.

Doch der junge Vater lachte: „Die Germanen, meinst du? die stehlen keine Kinder! Sie haben mehr davon als sie füttern können. Aber es ist wahr —: die könnten wohl einmal ihren Schildruf anstimmen vor den Thoren von Juvavum."

„Ja, das können sie bald!" fiel eine ängstliche Stimme ein und der dicke Crispus trat, mächtig schnaufend nach erhitzendem Gang, in den Garten.

„Ave, Pheidias in Gips," rief ihm Fulvius entgegen. „Willkommen, Oheim," sprach Felicitas, ihm die Hand reichend. Crispus warf den breitrandigen Filzhut, den er, sein weingerötetes, von Fett glänzendes, sehr gutmütiges Gesicht und seine Stumpfnase gegen die Sonne zu schützen, in die Stirn gerückt hatte, in den Nacken, daß er nun am Lederband herabhing auf seinen breiten Rücken: „Möge Hygiea niemals von dir weichen, mein Töchterchen —: die Grazien verlassen dich ohnehin nie, ihre vierte Schwester. Ja, die Germanen! Ein Reiter kam heute Nacht mit ganz geheimer Meldung für den Tribunus. Aber ein paar Stunden darauf wußten wir es alle, wir Morgengäste des Bades der Amphitrite. Der Reiter ist ein Wascone —: kein Wascone schließt den Mund, gießest du ihm Wein hinein. Ein Treffen ist geschlagen an der Furt der Isara: die Unseren sind geflohen, der Wartturm bei Vada ist verbrannt. Die Barbaren sind über den Fluß gefolgt."

„Bah!" lachte Fulvius, „das ist noch weit weg. Geh, Goldkind, bereite dem Oheim den Kühltrank — du kennst seine Mischung: ja nicht zu viel Wasser! — Und wenn sie kommen — werden sie uns nicht fressen. Es sind grimme Giganten in der Schlacht —: Kinder nach dem Sieg. Habe ich doch Monate als ihr Gefangener unter ihnen gelebt. Ich fürchte nichts von ihnen." — „Nichts für dich: — aber für dies holde Weib?"

Felicitas hörte diese Frage nicht: sie hatte das Kind aufgenommen und war mit ihm in das Haus gegangen.

Fulvius schüttelte die krausen Locken: „Nein! Sie thun ihr nichts, das ist nicht ihre Art. Freilich: wäre ich gefallen, — man ließe sie wohl nicht lange Witwe bleiben. Aber es giebt Leute, — nicht im Bärenfelle der Barbaren! — die rissen sie gern dem Ehemann aus den Armen.“ Und er umfaßte zornig den Hammergriff in seinem Gürtel. „Sie darf nichts davon ahnen, das reine Herz!“ fuhr er fort. „Gewiß nicht. Aber du sei auf der Hut. Ich traf den Tribunus neulich in der Geldstube des alten Argentarius.“ — „Des Wucherers! des Blutsaugers!“

„Ich konnte ihm — glücklicherweise! — meine kleine Schuld bezahlen — der Sklave meldete mich: ich mußte hinter dem Vorhang warten: da hörte ich eine tiefe Stimme deinen Namen nennen — und Felicitas. Ich trat ein: der Tribun stand vor dem Wechsler. Sie verstummten rasch, da sie mich erkannten. Und jetzt eben, auf dem Weg hierher, — wen treffe ich auf der großen Straße hierher? Leo den Tribun und Zeno, den Argentarius! Der wies mit seinem Stab nach deinem Haus, dessen kleine Göttergestalten von dem Flachdach aus dem Grün ragten. Ich erriet ihr Gespräch — und ihres Weges Ziel. Ungesehen sprang ich von der Heerstraße in den Graben und eilte den kürzeren Weg, den Wiesensteig, ihnen voraus, dich zu warnen. Gieb acht — bald werden sie da sein.“

„Er soll nur kommen, der Geizhals! Mühsam verdient und sorglich gespart liegt der Betrag, den ich ihm schulde für gelieferten Marmor aus Aquileja und für die städtische Steuer. Alle meine anderen Gläubiger habe ich gebeten, zu warten, lieber erhöhten Zins zugesagt und alles Geld zusammengelegt für diesen Würger. Was aber will mir der Tribun? Ich schulde ihm nichts: als für jeden seiner Blicke, mit denen er mein goldrein' Kind verschlingt, einen Messerstich.“ — „Hüte dich! Sein Messer ist stärker: es heißt Schwert. Und hinter ihm stehen die wilden Maurusier, die Reiter, und die isaurischen Söldner, die wir mit teurem Geld bezahlen müssen, uns gegen die Barbaren zu schützen." — „Wer aber schützt uns gegen die Schützer? Der Kaiser? Im fernen Ravenna! Der ist froh, wenn die Germanen nicht zu ihm über die Alpen steigen —: er kümmert sich längst nicht mehr um dies so lange Zeit römisch gewesene Land." — „Außer, um in unerschwinglichen Steuern unsern letzten Blutstropfen uns abzupressen." — „Bah! die Staatssteuer! Sie ist viele Jahre nicht mehr erhoben worden. Kein kaiserlicher Beamter wagt sich ja mehr über die Berge. Sitze ich doch hier auf kaiserlicher Scholle: wie mag aber wohl der Mann heißen, der jetzt Kaiser ist und dem dieses Stück Erde gehört, von dem er nie erfuhr? Alle paar Jahre wird ein anderer Kaiser uns bekannt: — aber nur durch die Münzen." — „Und diese werden immer schlechter!" — „Nun, noch schlechter können sie kaum werden: das ist ein Trost." — „Aber die Steuern werden immer unerträglicher, ließ mir ein Vetter sagen aus Mediolanum, wo man noch Büttel und Soldaten hat, sie mit Gewalt zu erheben." „Uns kann's gleich sein," lachte der Junge. „Wer weiß, wie viel ich schon schulden mag von diesen paar Joch Landes." — „Und die Legionenstraßen überwächst das Gras, ja das Buschwerk des Waldes." — „Und die Truppen erhalten keinen Sold." — „Aber sie machen sich durch Plünderung der Bürger bezahlt, die sie verteidigen sollten." — „Und die Wälle von Juvavum zerfallen, die Gräben liegen trocken, die Schleusenwerke verdorben —: die reichen Leute ziehen davon —: nur arme Schlucker, die nicht fort können, wie wir, bleiben." — „Mich wundert, daß der Argentarius nicht schon lange mit seinem großen Geldsack über die Alpen davon gezogen ist."

„Ich ginge nicht, Oheim, auch wenn ich könnte. Und weshalb, am Ende, könnte ich nicht? Meine Kunst, mein Handwerk wird noch überall geehrt, solang Römer in Steinhäusern wohnen, nicht in Holzhallen, wie die Germanen. Aber ich bin mit meiner Seele festgewachsen hier an diese Scholle. Viele, viele Geschlechter hindurch haben meine Väter hier gehaust: man sagt, seit der Gründung der Kolonie durch den Imperator Hadrian. Sie haben den Urwald gelichtet, den Sumpf getrocknet, Straßen gebaut, Furten erhöht, Haus und Garten angelegt, Edelfrüchte auf die wilden Apfel- und Birn-Bäume hier gepfropft: das Klima selbst und der Himmel sind milder geworden: ich kenne Italien, ich habe Marmor in Venetien gekauft: aber ich wohne lieber hier, auf meiner Väter altem Erbe." — „Doch wenn die Barbaren kommen! Willst du auch dann? . . ." —

„Bleiben! Ich habe darüber meine ganz eignen Gedanken. Für uns kleine Leute ist es unter den Barbaren besser als —" — „Sage nicht: als unter dem Imperator. Du bist ein Römer!" Ganz ernsthaft sagte das der Dicke: aber der andere lachte: allzuwenig glich der gute Oheim einem Römerhelden: seine Nachbarn meinten, er forme nach dem eignen Bilde seine Silenusgestalten. „Halbblut! Meine Mutter war eine norische Keltin: Induciomara! Das klingt nicht sehr quiritisch. Und nicht unter dem Imperator stehen wir, sondern unter seinen Henkersknechten von Fiskalbeamten und unter der Mordfaust maurischer und isaurischer Soldknechte: — muß ich Barbaren dienen, ziehe ich die Germanen vor." — „Sie sind aber Heiden." — „Zum Teil. Vor hundertfünfzig Jahren waren wir das alle. Mein Großvater hat noch heimlich dem Jupiter geopfert. Und es sind auch Christen darunter."

„Arianer! Ketzer! schlimmer, sagt die heilige Kirche,

als Heiden." — „Vor wenigen Jahrzehnten waren unsere Kaiser auch Ketzer. Und die Germanen fragen keinen, was er glaubt: wie schwer aber haben unsere Väter leiden müssen, wenn sie nicht just des jeweiligen Imperators Glauben richtig trafen." — „Du stellst dir's doch zu glimpflich vor, wenn die Barbaren kämen. In so manche Stadt haben sie Feuer geworfen." — „Ja: aber Stein brennt nicht. Gar bald haben die Römer die verbrannten Balken neu eingefügt in die unzerstörten Mauern. Denn kein Germane setzt sich ja in eine Stadt! Auf dem Lande weiden sie ihre Herden, zu dem Bauer in sein Gehöft legen sie sich. Ein Drittel nehmen sie ihm freilich von Acker und Weide. Aber das Land lebt auf dabei: ist es doch traurig entvölkert, fehlt es doch überall an freien Bauern auf freier Scholle. Für den Herrn, den sie nie gesehen, der in Neapolis oder Byzantium praßt, bearbeiten den Boden — Sklaven. Oder vielmehr — sie bearbeiten ihn nicht. Nur so viel arbeiten sie, daß sie nicht gerade verhungern. Was sie mehr erarbeiten, nimmt ihnen doch der Sklavenmeister fort. Da geht das anders her mit Pflug und Sichel, wenn hundert Germanen in den Pagus rücken, jeder mit ungezählten weißköpfigen Kindern. — Denn so viele Kinder als dieses Volk hat, habe ich nie herumrutschen und springen geglaubt auf dem ganzen Erdkreis! — Und in wenigen Jahren baut sich jeder der heranwachsenden Söhne sein eignes Holzgehöft in dem gerodeten Wald, dem getrockneten Sumpf. Wie die Ameisen wimmeln sie über die Furchen! Und bald werfen sie ihre alten Holzpflugscharen fort und bilden dem Colonen die eiserne Schar nach. Und das Land trägt in wenigen Jahren so unvergleichlich mehr als zuvor, daß es Sieger und Besiegte reichlich nährt."

„Ja, ja," nickte Crispus, „das haben wir erlebt in dem Grenzland, wo sie sich seßhaft gemacht. Sind der

Söhne zu viele herangewachsen, so werfen sie das Los und der dritte Teil, der die Wanderung erlost, zieht weiter, wohin Falke oder Wolf sie weist. Aber nie zurück, nie nach Norden!" — seufzte Crispus, „so rücken sie uns immer näher." — „Aber sie lassen uns unser Recht, unsere Sprache, unseren Gott, unsere Basiliken: und viel, viel weniger verlangen sie an Zins als der Sklavenmeister des Herrn oder der Steuererheber des Kaisers." — „Gut, daß dich Severus nicht hört, der alte armaturarum magister in Juvavum. Der würde dich —!" — „Ja, der meint, es seien noch die alten Zeiten und es lebten noch die alten Römer, wie etwa zu den Tagen des Germanenbändigers, des Kaisers Probus, zu dessen Geschlecht er sich zählt. Aber bei den Heiligen und den Halaunen! Er irrt sich. Warum sollte ich mich für den Imperator ereifern? Er, dieser Imperator, ereifert sich wahrlich nicht für mich: fern, im festen Ravenna, sitzt er und ersinnt neue Steuern und neue Strafen für die, welche keine Steuern zahlen, weil sie nichts haben." — „Der alte Severus übt lange schon Freiwillige ein, sie gegen die Barbaren zu führen, falls solche bis hierher schweifen. Ich bin darunter seit ein paar Tagen. Mühsam trag' ich Schild und Speer bei dieser Hitze. Dich, so viel jünger, kräftiger, habe ich nie gesehen auf unserm »campus Martius«, wie er's nennt." Fulvius lachte: „Ich hab's nicht nötig, Oheim. Ich habe mit den Waffen umgehn gelernt als Gefangener der Germanen lange genug. Und gilt es, die Stadt und den eignen Herd zu schirmen, ich werde nicht fehlen — der Ehre halber! Nicht in der Meinung, viel auszurichten. Denn glaube mir: wenn sie ernstlich wollen, das heißt, wenn sie müssen, weil sie unsere Äcker brauchen, die Germanen, — dann hält sie Severus nicht ab mit seinen altmodischen Feldherrnkünsten und seinen neumodischen

„Legionarien des juvavischen Kapitols,“ unter dem von ihm geschenkten goldnen Adler. Aber der Tribunus auch nicht mit seinen Reitern aus Afrika und seinen Söldnern aus Isauria. Doch siehe, da winkt der alte Philemon, der Sklave: in dem kleinen Portikus sehe ich den Mischkrug auf dem Schemel blinken: der Tisch ist bestellt. Nun trink von unserem herben Räterwein: schon Augustus wußte ihn zu schätzen: und er steht bereits ein Jahr im Keller, seit ihn von Teriolis her das Saumtier gebracht. Laß uns Felicitas anschauen und das Kind an ihrer Brust und vergessen Kaiser und Barbaren.“

Zweites Kapitel.

Unterdessen näherten sich der kleinen Villa, langsam auf der Legionenstraße heranwandelnd, die beiden von Crispus vorverkündeten Männer; sie blieben oft stehen, in eifrigem Gespräch das Vorschreiten unterbrechend. „Nein, nein,“ warnte der Argentarius, den kahlen Kopf, den er trotz der Sonne ungedeckt trug, bedächtig schüttelnd und mit dem langen Stab auf die harte Straße stoßend, „so rasch, so gewaltthätig, so zufahrend geht das nicht, o Freund Tribune, wie deine ungestüme Lust begehrt. Laß mich nur gewähren! Wir sind auf dem rechten, dem sichern Wege.“ „Dein Weg ist ein krummer, langweiliger Umweg, ein Schneckenweg!“ rief der Soldat ungeduldig und warf das stolze, behelmte Haupt zurück, daß der schwarze Helmbusch auf die Ringe des Rückenpanzers rieselte. „Wozu die Umstände? Dir freilich eilt es nicht, das kleine Gütchen deinem ungemessenen Landbesitz einzufügen. Aber ich! Ich kann nicht mehr schlafen, seit mich der Anblick dieses jungen Weibes entzündet hat. Das Blut schlägt mir ins Herz zum Springen. Nachts treibt mich's aus dem heißen Lager. Bei der gürtellosen Astarte von Tripolis! Noch nie hab' ich ein Weib entbehrt, des mich verlangte. Ich will sie haben, diese schlanke Felicitas! Und ich muß sie haben: — sonst bersten mir die Adern." Und seine lodernden schwarzen Augen blitzten. „Du sollst sie haben, nur Geduld." — „Nein! keine Geduld. Ein Schwertstoß macht den Milchbart von Ehemann kalt, auf diesen Armen heb' ich die sich Windende auf Pluto, mein schwarzes Roß, und hui! hinauf ins Kapitol, mögen die Marktweiber von ganz Juvavum dahinter her zetern." „Mord und Frauenraub! Du kennst die Strafe." — „Bah! tritt wirklich ein Kläger auf? Und der Kaiser? — Der Kaiser von Juvavum — der bin ich. Laß sehen, wer über die Wälle meines Kapitoliums steigt." — „Das Kreuz, mein brüllender Leo, das Kreuz und der Presbyter! Nein, nein, keine himmelschreienden offenen Sünden. Es ist wahr: der Richter und seine Liktoren sind schwach in diesen von Rom fast aufgegebnen Landen. Aber die Kirche ist desto stärker. Spricht der hag're Weißbart, der Johannes, über dich die Ausstoßung, so bist du ein verlorener Mann. Kein Pfund Fleisch, keinen Krug Wein verkaufen dir mehr die Juvavenser." — „So hol' ich, was ich brauche, mit meinen Lanzen!" — „An deinen Lanzen sind aber befestigt Maurusier: — und diese sind fromme Christen; der Presbyter hat sie getauft, soweit sie's noch nicht waren. Sieh zu, ob sie dir noch folgen, hat dich der Alte verflucht." „Ich schlag' ihn tot, nach oder besser vor dem Fluch!" rief der Offizier und that einen raschen Schritt voran: sein langer dunkelroter Mantel flog im Wind.

Aber der Wechsler blieb wieder stehen, mit den

knochigen Fingern die gelbe Tunika zurechtziehend: „Wie nutzlos! Weißt du denn nicht, daß die unsterblich sind? Schlägst du Einen tot, schickt der Bischof einen andern. Und sie sind alle gleich — viel mehr als deine Soldaten einander gleich sind. Und ich -- ich sehe dich nicht mehr über die Straße an, bist du ausgestoßen von der heiligen Kirche."

Jetzt aber machte der Soldat Halt und lachte laut: „Du! Zeno von Byzanz! Du glaubst so wenig an die heilige Kirche wie Leo, meiner Mutter Sohn. Und ich meine, dein seelenwürgender Zinswucher steht nicht besser angeschrieben bei den Heiligen denn mein bischen Liebeslust und Mordlust. Was hast du mit der Kirche zu thun!" — „Das will ich dir sagen, du kurzdenkender Sohn des Mars: ich fürchte sie! Sie ist die einzige Macht in dieser Zeit, in diesen Landen. Der Kaiser ist fern, seine Beamten sind alle zu kaufen; die Barbaren sind wie das Gewitter: sie brausen heran, man duckt sich, sie brausen wieder davon; aber die Kirche ist überall, wo auch nur ein einziger Priester im halbzerfallenen Bethaus die Messe hält. Und der Priester ist — nicht zu kaufen! — Der Elende darf ja gar nicht leben wie ein Mensch: so braucht er nichts —: und alle, die auf den Himmel hoffen, folgen ihm, das will sagen: alle Narren. Wehe aber dem Mann, der die Narren wider sich hat —: er ist verloren. Nein, nein! Mit dem Presbyter dürfen wir's nicht verderben." „Ich brauche ihn noch, den Schleicher!" knirschte Leo leise durch die Zähne mit einem zornigen Blick auf seinen Begleiter und schob ungeduldig sein kurzes breites Schwert in dem schöngearbeiteten Wehrgehäng zur Seite. „Deshalb hab' ich ja," fuhr der Kaufmann fort, „dir zu dienen —" „Gegen gute Bezahlung," warf Leo verächtlich ein.

„Die ich aber — leider! — erst zur Hälfte empfangen!" — „Die andere Hälfte, nachdem ich die Rehäugige in meiner

Kammer habe." — „Deshalb hab' ich ja mir all' diese Mühe gegeben, all' diese Maschen gestrickt und in meiner Hand versammelt: — ein Ruck und das Netz schlägt über des Steinmetzen Kopf zusammen: er und die süße Puppe zappeln wehrlos, machtlos und, was das Beste, rechtlos darunter. Kaiser und Kirche können dabei zusehen, wie du das Vögelein greifest und ich das Land. Nicht, als ob das wertvoll wäre: aber es rundet meine Felder hier ab. Ich verkaufe dann leichter das Ganze an einen großen Herrn in Italien."

„Auch ich habe nicht vor, das zerbrechliche Geschöpf lange zu behalten: nur Herbst und Winter über. Kommen im Sommer die Sklavenhändler wieder von Antiochia, schlag' ich sie los um hohen Preis. Dies halb bläuliche Weiß des Auges ist gesucht. Wo hat sie's her?" — „Aus Hellas oder aus Jonien. Ihre Eltern waren Sklaven eines griechischen Purpurhändlers, der hier starb auf der Rückreise aus Pannonien. Sie behaupteten, der Alte habe sie freigelassen vor seinem Tod; sie trieben nun einen kleinen Salzhandel. Als auch sie gestorben, ward das Kind das Weib des Nachbarsohnes, des Steinmetz, der mit ihr aufgewachsen. Ich bin gespannt, ob sie den Freilassungsbrief verwahrt haben. Wenn nicht, — dann gute Nacht, Felicitas! — Wir sind nun gleich am Ziel — hier lenkt der Fußpfad abwärts von der großen Straße nach dem Mercuriushügel. Mäßige, ich bitte, dieses Ungestüm und die Gier in deinen Blicken —: du verdirbst uns sonst alles!" — „Ich bin nicht geboren und nicht geschult, zu warten." Damit trat der Tribun in den offnen Eingang des Gartens. Zeno folgte langsam· der volle Guß der sinkenden Sonne fiel auf den Schwellenstein und die frisch eingelassene Inschrift. »Hic habitat Felicitas!« las der Tribun. — „Wie lange noch?" frug er lachend.

»Nihil intret mali!« schloß der Kaufmann. „Gut, daß Wünsche keine Riegel sind." „Sonst kämen wir nicht herein!" meinte der andre und trat höhnend, mit raschem Schritt, auf die zierlichen Buchstaben: diese waren spiegelglatt gesalbt mit frischem Öl —: Leo's Fuß glitt aus, er strauchelte, suchte sich zu halten, stürzte und schlug mit einem Schrei des Schmerzes, schwer rasselnd mit Helm und Harnisch, auf die Steinplatte nieder.

Drittes Kapitel.

Sofort, noch bevor sein Begleiter eine Hand nach ihm ausstrecken konnte, ihm aufzuhelfen, hatte der Zornmütige sich erheben wollen: aber mit einem wilden Fluch sank er wieder zu Boden und wehrte nun heftig den Versuch des andern ab, ihn aufzurichten. „Laß mich liegen, der Fuß ist gebrochen! Oder der Knöchel ausgerenkt. Nein! es ist das Knie! Ich weiß es nicht. Aber ich kann nicht stehen. Ich muß mich tragen lassen." — „Ich will die Hausleute rufen! da kommt schon der Steinmetz aus dem Hause!" — „Tot stech' ich ihn, rührt er mich an. Ich will keine Hilfe von dem! Jenseit der Straße, links, auf dem Übungsplatz, sah ich einige meiner Leute Speere werfen. Die rufe mir! die sollen mich fortschaffen."

So geschah es. Während der Wechsler die Söldner von dem nahen Exerzierplatz herbeiholte, versagte der Liegende, sich von dem herbeigeeilten Steinmetz abwendend, diesem jede Antwort; schweigend, seinen Schmerz verbeißend, ließ er sich dann von den starken Mauren bis in die Stadt tragen, wo ihn bald eine Sänfte aufnahm und auf das Kapitolium führte. —

Einstweilen hatte Julvius den Kaufmann an dem Eingang festgehalten. „Nicht über die Schwelle, Vortrefflichster!“ sprach er den vorwärts Drängenden zurückschiebend. „Ich bin abergläubisch! du hast den bösen Blick! Sowie ich deiner ansichtig ward und des Tribunus, eilte ich euch entgegen, das Geld, das wohlgezählt in diesem Säckel für dich bereit liegt, ergreifend: hier“ — und er fing an, die Silbermünzen auf dem breiten Gesims der nicht mannshohen Mauer aufzuzählen — „hier: zähle nach! Ganz genau gerechnet: — fünfzig Solidi Kapital und, bei dreißig Prozent Zinsen, noch einmal fünfzehn Solidi! Und hier — denn ohne Quittung ist mit dir nicht zu verhandeln! — hier habe ich auf dies Wachstäfelchen die Quittung geschrieben — nimm den Griffel — setze deinen Namen darunter und geh' deiner Wege: — auf Nimmerwiederkehr.“

Aber unwillig schob Zeno mit der magern Hand die Silberstücke zurück, daß etliche klirrend auf die Steinplatte fielen und hier umherrollten. „So rasch kommen wir nicht auseinander, gastlicher Hausherr und dankbarer Schuldner.“ — „Dankbar! dreißig Prozent sind, meine ich, Dankes genug. Und gastlich ist man nicht gegen Harpyien und Lemuren. Nimm, was dir hier gehört, und geh!“

„Wenn ich genommen haben werde, was mir hier gehört,“ erwiderte der Byzantiner nun grimmig, — „dann gehst du, nicht ich, aus diesem Haus, aus dieser ganzen Besitzung.“ — „Was soll das heißen?“ — „Das soll heißen, daß es sich nicht nur handelt um die elenden fünfzig Solidi nebst Zinsen. Du bist mein Schuldner für mehr als den zwanzigfachen Betrag: mein ist das Haus, mein diese gesamte Possessio: höchst wahrscheinlich bist auch du in diesem Augenblick schon mein mit allen Knochen, die du im Leibe trägst: mein auch jene Sklaventochter, die dort zwischen den Vorhängen ängstlich lauscht, das Kind an ihrer Brust: — Mutterschaf und Lämmchen sind mein eigen."

So bösartig wurden diese Worte zuerst leise gezischt, dann, in steigender Wut, immer lauter und drohender hervorgestoßen, daß Fulvius erschrocken zurückblickte, ob auch sein junges Weib nichts von diesem Unheil vernommen. Aber Felicitas war schon wieder hinter den Vorhängen verschwunden, beruhigt, daß der wilde Offizier, den sie fürchtete, sie wußte nicht warum, nicht mehr da war. Daß das Geld für den Wucherer bereit lag, wußte sie ja. So verabschiedete sie lächelnd ihren Gast, der seinen Becher geleert hatte und nun dem Ausgang zuschritt. Kein Wölkchen beschattete ihre weiße Stirn, da sie sich nun auf die Kline niederließ, das mädchenhafte Antlitz mit wunderbar holdem Lächeln über das eben erwachte Kind herabbeugte, verschämt die Brustfalten ihres Gewandes zurückschob — sie errötete dabei — und die Lippen des Kindes an den sanft geschwellten Busen führte. — —

Einstweilen hatte ihr Gatte, im Schreck und Zorn, den zögernd Weichenden mit dem Ellbogen einen Schritt weiter hinweg von dem Eingang gedrängt; die Muskeln seiner nackten Arme spannten sich, seine beiden Fäuste ballten sich; drohend, aber sprachlos, stand er vor dem Mann, der so furchtbare Worte gesprochen hatte. Jetzt trat Crispus heran: er faßte seinen jungen Neffen fest am Handgelenk des rechten Armes, den dieser eben, langsam drohend, zum Schlag erhob. „Was bedeutet das?" rief der dicke Oheim besorgt. Fulvius brachte kein Wort hervor.

Aber Zeno antwortete: „Das bedeutet, daß ich vom kaiserlichen Fiskus dies Gut gekauft habe: und die ganze alte Steuerforderung des Staates dazu, daß nach den Steuerbüchern dieser Erbpächter und sein Vater seit Jahrzehnten mit dem inzwischen vom Kaiser versiebenfachten Pachtzins im Rückstand sind, d. h. mit den Strafzinsen zusammen über siebentausend Solidi schulden."

Crispus überrechnete im Augenblick, daß er, wenn er sein ganzes Vermögen geben wollte, den Neffen zu retten, noch nicht den siebenten Teil dieses Betrages zusammenbrachte. —

„Das bedeutet," fuhr Zeno fort, „daß ich, bei der zweifellosen Zahlungsunfähigkeit des Schuldners, diesen mir als Schuldknecht zusprechen und mich morgen vom Magistratus in den Besitz einweisen lassen werde." „O Felicitas!" stöhnte Fulvius. „Sei ruhig, — ich nehme, bis der Prozeß entschieden, Mutter und Kind zu mir," tröstete der gutmütige Oheim. „Prozeß?" lachte Zeno. „Ein Prozeß, der mit der Vollstreckung anfängt, ist rasch entschieden. Zweifellos bewiesen ist mein Anspruch durch die kaiserlichen Steuerlisten —: sie machen vollen Beweis. Und jenes junge Geschöpf —" „Willst du vielleicht auch die Gattin, wegen der Schuld ihres Mannes, dir zusprechen lassen? das giebt es nicht im Recht der Römer," rief Crispus.

„Bleibe bei deinen Gipsfratzenbildern und lehr' nicht du mich das Recht und seine Wege! Das junge Weib ist ein Sklavenkind, ist Eigentum des Herrn ihrer Eltern. Dieser Herr starb ohne Testament, ohne nachweisbare Familienerben. Sein Nachlaß fiel, als erbloses Gut, an den Fiskus: dem Fiskus gehörten die Eltern und gehört das Kind." — „Der alte Krates ließ die Eltern und das Kind vor seinem Tode frei." — „Wo ist der Freilassungsbrief?" Und da beide verstummten, fuhr der Wechsler triumphierend fort: „Ihr schweigt? So ist es, wie ich vermutet: mit dem Brand ihres Elternhauses, bei dem Aufstand der Colonen gegen die Steuerpächter, ist der Papyrus mit verbrannt. Die unfreie Geburt steht fest —: die Freilassung ist nicht zu beweisen —: also her mit der Sklavenbrut!"

Da übermannte der Zorn, mit Angst gemischt, den jungen Gatten: er stieß den Bösartigen mit der Faust vor die Brust, daß dieser zurücktaumelte. „Hast du denn, alter Sünder, vielleicht, wie mich und mein Haus, vom Fiskus auch im voraus schon mein Weib erhandelt?" „Nein," grinste der Erbitterte, „die schöne Griechin wird eines schönern, jüngern Herrn, der besser zu ihr paßt: bald schleppt sie in seine Löwenhöhle ein Löwe. Du weißt ja wohl, in welcher Art der Löwe um Liebe wirbt." „Der Tribun!" schrie Fulvius. „Ich erwürge ihn vorher mit diesen Fäusten. Und du, Kuppler, nimm . . . —"

Aber Crispus schlang beide Arme um seine Brust, ihn festhaltend. So gewann der Argentarius Zeit, sich davon zu machen; eilfertig stieg er den Stufenpfad hinauf, der zu der Legionenstraße empor führte; als er die Höhe erreicht, wandte er sich um und blickte durch die grünen Büsche auf die Villa zurück: drohend erhob er die Faust und rief den beiden Männern zu: „Wehe den Besiegten!"

Viertes Kapitel.

Crispus wollte umkehren, in das Haus zurück. „Was willst du thun?" fragte Fulvius. „Felicitas fragen, ob denn keine Abschrift, keine Zeugen der Freilassung . . ." — aber der junge Gatte hemmte ihn. „Nein, nein! Sie darf nichts davon ahnen! Das arme, zarte, hilflose, so glückliche Kind! Es würde sie zerknicken! dieser scheußliche Anschlag." — „Wie willst du verhüten, daß sie ihn erfahre, wenn er ausgeführt wird, schon morgen? Denn ich zweifle nicht: es ist alles richtig, was der Wucherer sagt von der Steuerschuld und von seinem Kauf des Gutes. Das ist auch noch nicht das Schlimmste! Du kannst flüchten, wie so viele Tausende von Steuerschuldnern, auf die Berge, in die Wälder, zu den Barbaren meinetwegen. Laß ihm hier den Haufen Steine!" — „Das Haus meiner Eltern! die Räume, wo wir so glücklich waren!" — „Ihr könnt auch anderwärts glücklich sein, wann ihr wieder beisammen seid. Aber Felicitas mit dem Säugling, — sie kann noch deine Flucht nicht teilen —: sie muß bleiben, bei mir bleiben können. Und das, hoffe ich, ist zu erreichen; denn die Freilassung ist mir unzweifelhaft: die Alten haben sie nicht erlogen. Nur den Beweis also gilt es! Den Beweis!"

„Der Freibrief ist verbrannt, das ist richtig. Verbrannt mit den wenigen Schmucksachen und Spargeldern der Alten. Oft haben sie es uns erzählt: sie hatten alle ihre wertvollste Habe in einem kleinen Schrein von Cedernholz, im Ehegemach, unter den Lagerkissen. Als damals in der Nacht der Aufruhr der verzweifelten Steuerschuldner und der Bacauden, der bäuerlichen Lasttiere der großen Grundherrn, ausbrach, eilten die Alten mit dem Kind erschrocken auf die Straße, den Grund des furchtbaren Lärmes zu erforschen: sie liefen vorwärts an die Ecke des Vulkanus-Marktes. Sofort wälzte sich von rückwärts ein anderer Haufe von fechtenden Bauern und Soldaten in ihre Straße, sperrte ihnen den Rückweg. Die hölzernen Vorratshäuser der kleinen hier lebenden Höker gingen in Flammen auf. Als sie am folgenden Tage zurückkehren konnten in ihr Haus, war dasselbe fast völlig ausgebrannt; unter den halb verkohlten Kissen des Ehebettes fanden sie ein paar Goldstücke, geschmolzen, die Eisenbeschläge des Cedernkistchens noch glühend, ringsum aber verbrannte Asche —: vom Holz des Kästleins und von seinem Inhalt.“ — „Abschrift war nicht vorhanden?“ — „In ihrem Elternhause gewiß nicht. Das haben wir völlig ausgeräumt, bevor wir's verkauften nach der Alten Tode.“ — „In den Akten der Kurie?“ — „Die Freilassung war geschehen durch Freibrief, nicht durch Testament. Nur das Testament wäre etwa dort hinterlegt worden. Aber Krates ward vom Tod überrascht, bevor er das geplante Testament errichtet hatte.“ — „Zeugen?“ — „Gab es nicht! Ich sage dir ja: die Freilassung geschah nur durch Brief.“ — „So fehlt es an jedem Beweis! Es ist furchtbar.“ — „Es ist zum Verzweifeln!“ — „Aber welcher Leichtsinn auch! Jahrelang dahin leben, ohne . . .“ — „Jahrelang? Noch nicht ein Jahr nenne ich sie mein. Vorher war es der Eltern Sorge. Aber auch diese guten alten, hier fremden Leute: — was konnten sie thun? Den toten Herrn konnten sie nicht auferwecken, die Freilassung zu wiederholen.“ — „Hatten nicht andere Leute den Freibrief gelesen?“ — „Möglich! Aber diese könnten doch nur bezeugen, daß sie ihn gelesen, nicht, daß er echt war.“ — „Ich sehe keinen Ausweg — als Flucht, rasche Flucht.“

„Rasche Flucht ist mit dem Säugling, mit der noch kaum hergestellten jungen Mutter unmöglich. Und fliehen! — es ist nicht meine Art. Lieber Widerstand mit Gewalt!“ — „Du und ich und der lahme Philemon Gewalt gegen die Soldlanzen des Tribuns? Denn der steckt dahinter.“ — „Ich glaube: ja! Ich sah seine heißen Blicke an ihr hangen, an ihrem Nacken, an — — ich erdroßle ihn.“ — „Du bist ein Mann des Todes, bevor du die Hand gegen ihn erhoben.“ — „Es ist dunkle, hoffnungslose Nacht um uns her. Ach, wo Rat finden, wo einen Strahl der Hoffnung, des Lichtes?“ „In der Kirche“, sprach da sanft, aber bestimmt, eine liebliche Stimme. Felicitas schlang den Arm um des Geliebten Hals. „Du!“ — „Du hier!“

„Ja. Da du nicht wieder kamst, suchte ich dich: — das ist doch immer so zwischen uns! Der Sohn schläft, ich legte ihn in mein Bett. Da fand ich euch beide so vertieft in Gespräch, daß ihr meine Schritte auf dem weichen Gartensand gar nicht vernahmt.“ „Was hast du gehört?“ rief Fulvius voller Schrecken. Aber das strahlend heitere Antlitz, die glatte Stirn, das selige Lächeln seines jungen Weibes beruhigten sofort seinen fürchtenden Zweifel. „Ich hörte nur, daß ihr in dunkler Nacht Licht sucht. Dabei fiel mir sofort, wie stets, das Wort: ‚Kirche‘, der Name ‚Johannes‘ ein.“

Fulvius war schon beruhigt, fast froh! Weil sie nur nichts gehört hatte von dem lauernden Unheil! Er strich mit der Hand zärtlich über ihren schön gewölbten Kopf und sprach: „Du bist doch sonst keine von den Gebetabrutscherinnen, denen die Frömmigkeit — oder die Heuchelei — durch die auf den Altarstufen abgeschabten, durchstoßenen Kniestücke des Gewandes guckt.“ „Ach nein, ich bin leider gar nicht fromm genug. Aber es hilft mir nichts, auch wenn ich öfter zum Sündenbekenntnis gehe Johannes lächelt immer, wann ich zu Ende bin und sagt: Du hast nur eine Sünde: die heißt — Fulvius. Aber wenn ich von Nacht und Licht höre, muß ich stets an die Kirche denken und an Johannes. — Es ist ein Erlebnis aus der frühesten Kinderzeit,“ sprach sie langsam, nachsinnend.

„Welches Erlebnis?“ forschte Crispus, aufmerksam werdend.

„Ich hatte wegen einer Augenkrankheit lange, lange Wochen eine Binde tragen, im Dunkeln sitzen müssen: ich weiß nicht wie lange — ich war kaum sechs Jahre. Da hört ich die Stimme von Krates, dem Patronus, der, der Heilkunst kundig, mich selbst behandelt hatte. „Nehmt sie nur mit heut' Abend in die Basilika, sprach er: ihren Augen wird es nicht mehr schaden. Und sie muß dabei sein, so will es das Gesetz."

„Was sagst du? Wobei zugegen sein?" fragten beide Männer in atemloser Spannung. „Das weiß ich nicht. Ihr vergeßt, —: ich war ein Kind. Aber das steht noch klar vor mir: abends nahmen mich Vater und Mutter in ihre Mitte, jedes faßte eine meiner Hände: und auch der Patronus war dabei: und sie führten mich mit verbundenen Augen — denn der rauhe Abendwind des Spätherbstes könne mir schaden, meinte der Patron, — nach der nahen Basilika. Hier nahm man mir die Binde ab und" —

„Nun und?" — „Was sahst du? was geschah?"

„Zum erstenmal seit Monden sog ich schmerzlos wieder Licht, glänzendes, aber mildes Licht in meine Augen. Vor dem Altar, den viele Wachskerzen erhellten, stand Johannes in glänzend weißen Gewanden: der Patronus schob uns alle drei auf die unterste Altarstufe und sprach dann eine Menge Wörter, die ich nicht verstand: der Priester segnete uns: die Eltern weinten — aber ich merkte, es war vor Rührung, nicht vor Schmerz — und küßten des Patronus Kniee; man legte mir wieder die Binde über die Augen und aus dem Licht der Kirche ging es wieder in das Dunkel. Seither ist mir Licht und Kirche und Johannes eins. Fragt nur Johannes, wenn ihr Rates darbt."

Felicitas konnte nicht ganz verstehen, was nun mit ihr geschah. Ihr Gatte küßte ihr glühend Stirne und Augen, ihr Oheim zerdrückte ihr fast die Hand. „Zurück! geh' ins Haus," rief endlich ihr Mann. „Wir müssen gleich fort in die Kirche — du hast recht —: wie immer. Du — du hast uns allen den besten, den rettenden Rat gezeigt."

Und er führte sie eifrig, mit einem letzten Kuß, zurück in den Garten.

„Kein Zweifel," rief Crispus, da Fulvius wieder erschien, —: „sie sind nicht nur durch Freibrief, zur größeren Sicherheit sind sie auch nochmals, in der Kirche, freigelassen, vor dem Priester, nach aller Form Rechtens. Und das ahnungslose Kind hat es uns aufgedeckt in der höchsten Not!"

„Und der Priester . . ." — „War Johannes selbst!" — „Er lebt noch — Dank den Heiligen! Er kann es bezeugen." — „Und er soll es: noch vor Nacht! Vor Zeugen, vor der Kurie soll er's beurkunden! Auf in die Kirche!" — „Zu Johannes!" Und beide Männer eilten, so rasch sie die Füße trugen, auf der Legionenstraße gegen die Stadt zu, nach der Porta Vindelica. — —

Einstweilen ging Felicitas in das Haus zurück, langsam, oft Halt machend, dem Geliebten immer wieder nachblickend, so lange sie seine Gestalt noch auf der hohen Straße sich abheben sah vom Horizont.

„Was sie nur haben mögen?" sprach sie leise, das schöne Haupt einmal hin- und herneigend. „Nun, sie sind ja gut: die Heiligen sind mit ihnen. — Die Sonne ist nun ganz gesunken gen Vindelicien hin. Aber aus dem Bergwald flötet noch der süße Vogel seinen Abendsang: wie friedlich! wie still! Ich will an das Bett des Kleinen. Dort warte ich am ruhigsten: Fulvius kommt vor Nacht zurück. Denn er liebt uns, — ja er liebt uns sehr, mein Söhnchen!" — Damit trat sie in das Haus.

Fünftes Kapitel.

Aber Fulvius sollte diese Nacht nicht zurückkommen. —

Als er mit Crispus die Porta Vindelica durchschritten hatte und in die Via Augustana einbog, in der die Basilika des heiligen Petrus und das daran gebaute kleine Priesterhaus lag, bemerkten sie Zeno, der am andern Ende der Straße an das Thor eines stattlichen Gebäudes pochte. Es war das Haus des Richters.

„Er hat es eilig," meinte Crispus. „Gut, daß wir auch schon zur Stelle." Und er rührte an den Klopfhammer, der in Kreuzesgestalt an der schmalen Pforte des Priesterhauses hing.

„Er wird wohl alles durchsetzen bei dem Richter; der ist sein Schwager," sorgte Fulvius. „Und dem Wucherer tief verschuldet. Das hält alles zusammen: wie zäher Kot."

Da ward die Pforte aufgestoßen und ein Ostiarius führte die beiden durch einen langen, engen, von einer Öllampe in einer kleinen Mauernische spärlich erhellten Gang an das Gemach des Priesters, schlug den Vorhang zurück und schob beide Gäste hinein. Das halbdunkle Gemach war fast leer an Gerät: eine große Truhe diente mit ihrem Deckel als Tisch, darauf stand Schreibgerät; an den Wänden sah man ein Lamm, einen Fisch, eine Taube in sehr rohen Umrissen mit roter Farbe gemalt. Johannes, obwohl im Gespräch mit zwei Priestern, wandte sich ihnen sofort zu: eine hagere Gestalt, nicht gebeugt durch siebzig Jahre, aufrecht gehalten durch starken, begeisterungsvollen Willen; eine graue Kutte, mit einem Strick um die Lenden geknotet, war all' sein Gewand; das Haupt umzog nur ein schmaler Silberreif von weißen Haaren: das glänzte wie ein Heiligenschein. Ein langer weißer Bart wallte bis tief auf die Brust.

„Geduld einen Augenblick, liebe Freunde,“ winkte er den beiden zu. „Das Geschäft dieser meiner Brüder hier eilt: — ihr sehet: sie tragen Reisehut und Stab — doch ist ihre Antwort schon erledigt. Du also, Timotheus, wanderst noch heut' Nacht zurück auf deinen Posten; es ist gut, daß du gewarnt hast: aber nur der Mietling verläßt seine Herde, der gute Hirt harrt bei ihr aus.“ „Ich gehe,“ sprach der Angeredete, ein noch junger Subdiakonus, beschämt errötend: „Ich wollte auch nicht gerade mich flüchten vor den Barbaren: — ich wollte nur ...“ — „Warnen, gewiß. Und dann vielleicht — das gab dir der böse Feind der Feigheit ein — dabei abwarten, ob Johannes dich nicht doch hier behalte, in den sichern Mauern dieser Feste. Aber ich sage dir: wo der Herr nicht das Haus behütet, da wachen die Wächter auf der Zinne umsonst. Und kommt die Kriegesnot über die Armen da draußen, ist dein Zuspruch unentbehrlich. Gehe mit Gott, mein Sohn, zurück in deine Cella bei Isunisca.“ „Sind die Barbaren schon so nahe? Bis Isunisca!“ rief Crispus erschrocken. „Wahrscheinlich: wenigstens hörte Bruder Timotheus vor drei Nächten Reiter an seiner Cella vorbeijagen mit unbeschlagenen Rosseshufen. Das waren keine Römer.“ „Das waren die Nachtreiter, die Götter der Heiden, geführt von Wodanus, der Teufel Oberstem, den unsere Väter Teutates nannten, die Römer aber Mercurius!“ sprach Bojorix, der Diakonus, ein älterer Mann, und bebte vor Grauen. „Diesmal schwerlich,“ lächelte Johannes milde, „da eines dieser Nachtgespenster, am hellen Tag darauf, mit lang wehendem Graubart, von einem Wolfsfell umflattert, bei der Brücke des Önus ganz allein in einen Zug bewaffneter Kaufleute hineinsprengte, den dicksten

Weinschlauch vom Wagen riß, auf sein Roß warf und davonjagte. Gespenster trinken nicht heurigen Räter. — Mehr als diese Botschaft, die von Westen her kam, beunruhigt mich, daß von Osten her, von Ovilava und Lentia, jede Botschaft ausbleibt! Wohl kamen von dort, von Osten, durch die Porta Latina, ein paar Bauern auf den Markt: aber ich kannte sie nicht: sie sind mir verdächtig. Nun, wir stehen im Schutze des Herrn, im Aufgang wie im Niedergang seiner Sonne! Du aber Stephane . . " —

Der Angeredete hörte nicht.

Sanft verweisend faßte ihn der Presbyter am Gewand: „Ei, Stephane, Stephane! Hörst du immer noch nur auf deinen barbarischen Namen Bojorix? — Du, mein Stephane, sage den Kindern der Witwe zu ad Fontes: ich werde den vorletzten Silberbecher der Basilika verpfänden und mit dem Erlös den Argentarius befriedigen, die Schuldknechtschaft von ihr zu wenden. Ich bringe ihr morgen das Geld oder übermorgen." — „O Herr, sie banget sehr! Warum nicht schon heute Nacht?" — „Heute Nacht muß ich die Wunden frisch verbinden dem armen aussätzigen Juden, den die weltlichen Ärzte nicht mehr anrühren wollen, und bei ihm wachen. Gehet nun beide, meine Brüder: und der Engel des Herrn, der Tobias geleitet hat, schwebe über euren Wanderstäben. Fürchtet euch nicht, wiewohl es Nacht ist: ihr wandelt im Licht." Ehrerbietig verneigten sich die beiden und gingen; Johannes wehrte dem Kuß, den sie auf seine Hand drücken wollten.

„Und nun zu euch, meine Lieben," sprach der Alte, „was kann ich für euch thun?" Rasch und erregt brachten die beiden, sich gegenseitig ergänzend, ihr Anliegen vor. Ernst, aufmerksam hörte der Priester zu. „Es ist," sprach er dann, „wie mein liebes Beichtkind gesagt. Krates, ihr

Herr, hat die Eltern und das Kind freigelassen: vor mir, in dieser Basilika." „O so sind wir ja sicher vor dem Ärgsten!" jubelte Fulvius. „So lang ich lebe —: aber ich bin ein alter Mann: über Nacht kann mich der Herr abrufen. Eile thut not gegenüber jenem gewaltthätigen Wüstling. Ihr habt Galla gekannt, des Colonen Gaudentius, nahe an der Zollstätte, achtzehnjährig Kind. Wenige Tage sind's. Der Arge sah sie am Mittag: — vor Nacht war sie verschwunden: — am Morgen darauf lag sie, zerschmettert, am Fuß der Felsen des Kapitols —: sie sei verunglückt beim Beerensammeln, hieß es —: aber ein Fischer, der bei Tagesanbruch seine Netze hob, hat mir vertraut, er habe gesehen, wie sie sich kopfüber aus dem Turmfenster stürzte." „Dort wohnt der Tribun!" schrie Crispus. Fulvius griff stumm nach dem Hammer in seiner Tunika.

„Kommt! Der Richter, die Kurie wird so spät keine Erklärung mehr zu den Akten nehmen. Sie schmausen und zechen. Wir wollen sofort die Ältesten der Gemeinde aufsuchen: vor ihnen beschwöre ich meine Kenntnis der Freilassung. Und noch heute abend will ich mit ihnen beraten, ob wir nicht, wie deines Weibes Unschuld, auch dich selbst, wackerer Steinmetz, schützen können auf deinem Erbe vor diesem Wucherer. Folget mir." Sie eilten alle drei auf die Straße. Dort war es noch ziemlich hell: nur leise begann die Dämmerung des langen Junitages.

Als sie an das Haus des Richters gelangten, öffnete sich nach außen dessen Thor: heraus trat der Hausherr, dem Argentarius das Geleite gebend. „Ich denke," sprach jener, „morgen in aller Frühe hinauszuschicken. Dein Recht ist zweifellos, auch die Fluchtgefahr des Schuldners wahrscheinlich und so kann ich den Haftbefehl . . . — — aber da steht er selber vor uns."

Auch Zeno wandte sich nun gegen die Straße und sah die drei Männer heran kommen; es mißhagte ihm, sein Opfer in Begleitung des Priesters zu finden, den die Bürger liebten, den er fürchtete und haßte. Er grüßte den Angesehenen scheu: es waren noch andere Leute auf der Straße: es hätte ihm geschadet, hätte er dem Allverehrten den Gruß versagt: doch wollte er sich rasch an ihm vorüberdrücken. „Halt, Zeno von Byzanz!" rief da der Priester laut — und man hätte dem Greise diese Gewalt der Stimme nicht zugetraut. „Ich habe dich zu warnen, dich und jenen Tribun der Wollust. Ich weiß allzuviel von euren Sünden: das Maß ist voll. Wenn ihr nicht Buße thut, kann ich euch nicht mehr dulden in der Gemeinschaft der Heiligen." Da erbleichte der Kaufmann. „Ein Wucherer bist du: und er — er ist ein Mörder des Leibes und der Seelen. Ich weiß von eurem neuen Anschlag. Ihr werdet ihn nicht vollführen. Wisse: ob der Freibrief verbrannt ist — das reine Weib wird euch nicht verfallen. Sie ist frei — freigelassen vor mir, in der Kirche." „Das kannst du leicht sagen!" meinte Zeno, mit lauerndem Blick. „Ich gehe, es vor Zeugen zu beschwören." „Also weiß es noch niemand außer dem Alten," dachte der Andere. „Du aber, der du dreißig vom Hundert nimmst und mehr, ich ziehe dich zur Rechenschaft vor der Gemeinde. Und nicht deshalb allein! Gedenke deiner armen syrischen Sklavin! Für sie klage ich auch vor dem weltlichen Gericht." Der Byzantiner erbebte. „Und kannst du dich und kann sich jener Feldhauptmann der Lust und der Gewalt nicht reinigen vom Blute der Galla: — ausstoße ich euch am nächsten Sonntag aus der Gemeinde."

Bevor Zeno antworten konnte, klirrten Waffen und schwere Schritte und ein Zug von den Isauriern des Tribuns bog um die Ecke. Der Centurio eilte auf den Kaufmann zu: „Dich such' ich! Von deinem Hause wies man mich hierher, zum Richter. Lies! — Vom Tribun." Zeno nahm das Wachstäfelchen an sich. „Offen?" frug er mißtrauisch. „Für uns gesiegelt," lachte der Soldat. „Wir lesen nicht: wir schlagen nur." Zeno las: „Es war nur das Knie. Mein griechischer Sklave hat mich geknetet. morgen steig' ich wieder zu Roß. Das Dreifache, schaffst du morgen das Weib." Der Grieche tauschte einen raschen Blick mit dem Richter —: dann drückte er mit der Rückseite des Griffels das Geschriebene platt, wandte den Griffel und schrieb: „Der Priester allein weiß, daß sie freigelassen. Sonntag spricht er den Bann über dich. Tote Hunde bellen nicht." „Bring das deinem Tribun," winkte er dem Centurio. „Ich kann nicht: — ich ziehe auf Wache ans vindelicische Thor. Aber hier, Arsakes, geht zurück aufs Kapitol." — Er gab das Täfelchen einem der Söldner; der neigte sich und verschwand.

„Ans vindelicische Thor? Warte noch!" Und Zeno flüsterte dem Richter ein Wort zu. „Halt, Centurio!" rief dieser. „Ich habe meine Carcerarii nicht zur Hand —: im Notfall darf ich über euch Krieger verfügen, nach des Kaisers Diokletian Reskript. Ergreife diesen fluchtverdächtigen Schuldner des Kaisers und führe ihn in den Thurm für die Steuerschuldner: er steht neben dem vindelicischen Thor." Fulvius war im Augenblick umringt —: der Centurio legte die Hand auf seine Schulter, vier Mann ergriffen seine Arme. „O Felicitas!" seufzte der Wehrlose. „Ich rette sie! ich fliege hinaus!" schrie Crispus und eilte davon. Er wollte um die Ecke biegen: aber er konnte nicht mehr: denn da erschollen plötzlich Hufschläge eines in rasender Eile heranjagenden Reiters: dahinter her aber wälzte sich brausendes Stimmengewoge, bald Menschengewoge heran —: Soldaten, Bürger, Frauen, Kinder, alles durcheinander. „Einer unserer maurischen Reiter!“ rief der Centurio und fiel dem Roß in die Zügel: „Jarbas! Waffengenoß! Was ist's?“ Der Reiter, der von Wasser troff, richtete sich hoch auf im Sattel: Helm und Schild hatte er verloren: einen zerbrochenen Speer hielt er in der Rechten: Blut strömte über seinen nackten linken Arm. „Meld' es dem Tribun!“ schrie er mit heiserer Stimme wie aus letzter Kraft. „Ich kann nicht mehr — der Pfeil im Nacken! — Sie sind da! — Schließt die Thore! — Die Germanen stehen vor der Stadt!“ Und den Zügel fahren lassend, stürzte er rücklings vom Pferd. Er war tot.

Sechstes Kapitel.

War es wirklich so? Standen in der That die Germanen vor den Thoren von Juvavum? Darüber zerbrachen sich die Bürger mit peinigenden Schwankungen die Köpfe.

Zunächst erfuhr man gar nichts mehr von allem, was draußen vorgegangen war oder nun vorging; der Mund, der weiteres hätte berichten können, war verstummt auf immerdar. Die Thore wurden sorglich verschlossen gehalten. Leo der Tribun freilich oben auf dem Kapitol war auf die erste Meldung sofort von seinem Lager gesprungen: „Zu Pferd,“ hatte er gerufen, „hinaus vor die Wälle!“ Aber mit einem Schrei des Schmerzes war er wieder zurückgesunken in die Arme seines Sklaven; und der Führung eines andern wollte er das gefährliche Wagnis einer nächtlichen Erkundung vor den Thoren gegenüber einem gewiß sehr überlegnen Feind nicht anvertrauen. Severus, der Befehlshaber der Freiwilligen unten in der

Stadt, hatte nur Fußvolk zur Verfügung. Mit diesem allein wollte und konnte er nicht den Barbaren zur Nacht entgegenziehen. Er begnügte sich, die Türme und Thore zu besetzen. Von den Wällen herab lugten und lauschten die verstärkten Wachen scharf in die laue Nachtluft hinein: aber nichts, gar nichts Außergewöhnliches war zu entdecken, kein Licht in der Nähe, auch keine Lagerfeuer in der Ferne, wie sie die mit Weib und Kind, mit Knechten und Mägden, mit Herden, Wagen und Karren einherziehenden Germanen gar nicht entbehren konnten und aus Klugheit oder Furcht zu verlöschen nicht gewohnt waren. Kein Geräusch vernahm man, weder Waffenklirren noch Hufschlag von Pferden: nur das gleichmäßig leise ziehende Rauschen des Flusses, der von Süden nach Norden das Thal durcheilt, drang zu den Ohren der Wachen: einer der Bürger meinte zwar einmal von dem Fluß her ein Geräusch zu vernehmen wie das leise Wiehern eines Rosses und ein Emporschlagen der Wellen, wie wenn ein schwerer Körper in den Fluß gefallen oder gesprungen —: aber er versicherte selbst, er habe sich getäuscht, da darauf hin alles still blieb. Nur die Nachtigallen sangen in den Büschen um die Villen: ihr unverstörtes Lied bezeugte, wie man richtig hervorhob, daß dorther nicht Wagen, Rosse, Krieger im Anzug waren.

So wandte man sich, Auskunft zu erraten, wieder der Leiche des Reiters, seinem noch immer am ganzen Leibe bebenden Tiere zu. Man sah, das Roß hatte den Fluß durchschwommen, Mann und Roß troffen von Wasser: warum hatte der Flüchtling nicht die Brücke unterhalb der Stadt benützt? Weil er nicht gekonnt, weil sie besetzt war? oder weil er nicht gewollt, weil er seine Botschaft auf geradestem Weg zu bringen getrachtet hatte?

Er trug keine andere Wunde, als die des tödlichen

Pfeilschusses im Nacken, aus welcher das Blut über Schulter und linken, schildlosen Arm gerieselt war. Man zog den Pfeil heraus: es war ein Geschoß wie es allerdings die Germanen führten: die dreischneidige Spitze war sehr tief eingedrungen, der Schuß war in großer Nähe abgegeben: der mäßig lange Schaft von Ellernholz war beschwingt mit dem Gefieder des grauen Reihers: leer hing die lange Lederscheide, — des langen Reiterschwertes Klinge fehlte — an der rechten Seite des Gurtes: der Speer, den noch die geschlossene Rechte umfaßt hielt, war gerade da durchhauen, wo der vordere Eisenbeschlag, der von der Spitze nach hinten zu ging, aufgehört hatte; der Hieb, wohl einer Streitaxt, nicht eines Schwertes, war sehr stark geführt: so hatte der Reiter wohl im Nahekampf Helm, Schild, Schwert und Speer verloren und auf der Flucht den Pfeilschuß des Verfolgers erhalten. Mehr war dem Toten nicht abzufragen. —

Wo aber waren seiner Wacht Genossen geblieben? Fünf „maurusische" Reiter hatte Leo der Tribun am Tage zuvor ausgesandt gehabt, den „Hügel der Halaunen", ein paar Stunden nordwestlich der Stadt, zu besetzen, von dem aus man weithin die Landschaft überschaute, bis der dichte Urwald im Norden den Blick hemmte. Dort ragte ein halb verfallener Wartturm, den Kaiser Valentinian I. zum letztenmal — es waren nun hundert Jahre! — wieder hatte ausflicken und ständig besetzen lassen. Was war aus den vier andern Mauren geworden? Niemand wußte es.

Eine bange Nacht durchwachten die Bürger. Auf den Wällen hielten die Wachen fleißig Rundgang mit Fackeln, auch kleine Feuer brannten auf den Stellen, wo breite Quadern die Erd- und Rasenfläche deckten. Erst als der frühe Junimorgen hellere Dämmerung brachte, ließ man die Feuer erlöschen; scharf spähten die Wachen nun bei vollem Morgenlicht in die Landschaft hinaus: nirgends war eine Spur des Feindes zu sehen. Alsbald kamen, wie jeden Morgen, Landleute von allen Seiten der Umgebung, in der Stadt zu verkaufen oder zu kaufen: sie staunten, die Thore auch bei hellem Tage geschlossen zu finden; vorsichtig that man auf, nur Einzelnen, scharf prüfend, ob es wohlvertraute Leute oder Späher, vielleicht gar verkleidete Barbaren seien. Aber die Harmlosen waren sehr erschrocken über diese ungewohnte Schärfe der Thorbewachung; sie auszufragen hatte weder Sinn noch Erfolg: sie wußten offenbar von gar nichts und waren vielmehr eifrig und angstvoll beflissen, in der Stadt zu erforschen, was geschehen wäre. Gerade vom Nordwesten, von Vindelicien her, von wo man den Heranzug der Barbaren erwartete, waren die Landleute in gleicher Menge wie immer erschienen; nichts Verdächtiges hatten sie bemerkt.

Nur vom Südosten her kam fast niemand: es fiel nicht auf, wenige Villen und Colonenhäuser lagen hier; selten kam von daher ein Besucher des Marktes. Man hätte den Schrecken des vorigen Abends für Traum gehalten, wenn nicht der tote Reiter als stummer Zeuge die Wirklichkeit erwiesen hätte.

Als nun die ersten Morgenstunden sonder irgend drohendes Anzeichen verstrichen waren, und man weithin keinen Feind gewahrte, — auch die Brücke über den Jvarus unterhalb der Stadt (eine zweite verband innerhalb der Mauern beide Ufer) war unbesetzt zu sehen, — befahl Severus — den Tribun hielt, wie es schien, die Prellung des Knices noch auf dem Kapitole fest — das vindelicische Thor zu öffnen: er rückte mit einer Schar bis an die Brücke, ließ das Brückenende am linken, westlichen Ufer mit Felsstücken und Balken verrammeln und von dreißig Speerträgern und Schleuderern besetzen und kehrte, nachdem er sich überzeugt, daß nirgends eine Spur vom Feind zu sehen war, in die Stadt zurück. — Doch ließ der alte Soldat in der Wachsamkeit nicht nach: er gebot die Thore geschlossen, die Türme besetzt zu halten und ihm von jedem Vorfall sofort Meldung zu bringen in das Bad der Amphitrite, wohin er sich nun begab, die Sorge der Nacht und den Schweiß und Staub des Marsches abzuspülen.

Nach vollaus genossenem Bade saß er jetzt behaglich auf der mit weichem Wollfließ belegten Marmorbank des halbrunden Porphyrbeckens, bald die Arme, bald die Beine von den Hüften bis zu den Knieen reibend; der Mann von etwa fünfundfünfzig Jahren war ein Bild von gesunder noch vollrüstiger Kraft: Arme, Schenkel und Waden zeigten, daß die Übung der Jagd, der Gymnastik diesen stark angelegten Leib stark erhalten hatte. Nun hielt er inne in der Bewegung und versank allmählich in immer tieferes Sinnen. Sein Haupt glitt immer tiefer und tiefer gegen die Brust: endlich streckte er den rechten Arm ganz herab und fing an Figuren zu zeichnen in den reinlichen weißen Sand, der den Rundgang zwischen den Marmorbänken und dem Rande des Wasserbeckens bedeckte.

„Noch tiefer die Glieder stellen gegen den germanischen Keil?“ murmelte er vor sich hin. „Zehn Mann hoch — zwölf Mann? Sie können schon jetzt kaum schwenken. Und doch! Es muß eine reine Rechenaufgabe sein, diese Germanen zu schlagen. Es ist nur ein Problema! des Stoßes und des Widerstoßes. Wer es löste! Das Beste wäre . . .“

„Das Beste wäre," fiel eine melancholische leise Stimme ein, „wir lägen in jenem dunkeln Schlafe, wo es weder Stoß mehr giebt noch Widerstoß."

Severus wandte sich: hinter seinem Rücken war der weiße Wollvorhang des inneren Bades in leichter Bewegung: ein schöner Mann in reifer Jugendkraft und in vollen Waffen stand hinter ihm.

„Du, Cornelius. — Was meinst du?" — „Du kennst meine Meinung. Gar nicht geboren zu sein, ist den Menschen das Beste." — „Schäme dich! dreißig Jahre und schon so lebensmüd'." — „Schäme du dich. Bald sechzig Jahre und noch so lebensthöricht." — „Was bringst du?" — „Einen Rat: räume die Stadt, alle Bürger aufs Kapitol. Ein eilender Bote um Hilfe über die Alpen." — „Du siehst Larven und Lemuren!" — „Sähe ich nur die! Aber ich sehe die Germanen!" — „Niemand sieht eine Spur von ihnen weit und breit." — „Das ist gerade das Unheimliche. Sie müssen nahe sein, ganz nahe: und keiner von uns weiß, wo sie sind." — „Warum müssen sie nahe sein?" — „Weil der graue Reiher im Juniusmonat noch nicht nach Süden zieht: und weil er nie so niedrig fliegt." — „Was will das sagen?" — „Das will sagen: ich führte um Mitternacht die Runde, die Wachen auf dem Turm der Porta Latina abzulösen. Von der Turmzinne spähte ich scharf in die Nacht: nichts war zu sehen: und auch zu hören nichts als der Gesang der Nachtigall. Da, plötzlich, hörte ich den Ruf des grauen Reihers." „Er ist nicht häufig hier," meinte Severus, „aber er kommt doch vor in den Altwassern und auf den Sumpfwiesen des Ivarus." — „Gewiß: aber der Ruf kam nicht vom Fluß: er erscholl diesseit des Flusses, aus dem Bergwald her." — „Er horstet dort vielleicht." — „Es war aber sein Wanderruf. Und sie wandern erst im August. Und auf den ersten Ruf gab ein zweiter, dritter, vierter Antwort: bis die Stimmen immer leiser, immer ferner verhallten." — „Das Echo von den Waldbergen!" — „Das wäre denkbar. — Aber der Ruf kam nicht hoch aus der Luft: er kam von unten, vom Erdboden, zu mir empor in die Höhe der Turmzinne. Der Reiher fischt nicht zur Nacht!" — Behaglich lächelte der Alte. „Doch, mein Cornelius! Glaube dem älteren Weidmann. Er fischt auch zur Nacht, wenn er die Brut zu füttern hat. Ich habe selbst einen in der Fischreuse gefangen, die ich abends gestellt und morgens aufhob." — „Aber jener Pfeil war gefiedert mit den Federn vom — grauen Reiher. Und ebenso oft als der graue Reiher rief, antwortete, noch tiefer aus dem Ostwald, der schrille Schrei des Steinadlers von den Felsbergen herab."

„Zufall! Und wie sollten die Germanen von Osten her drohn? Von Westen, von Vindelicien her allein können die Alamannen kommen, die uns nächsten Germanen. Wie sollten sie unvermerkt von uns über den Fluß gedrungen sein, wenn sie nicht Flügel haben, wirklich wie der graue Reiher selbst? Vorsicht ist ganz löblich, mein junger Freund, und du siehst, ich lasse es nicht an Wachsamkeit fehlen. Aber du bist allzu besorgt: Jugend und Alter haben die Rollen getauscht! — Ich weiß," beeilte sich Severus fortzufahren, da ein zorniges Zucken über das schöne Antlitz des Jünglings wetterleuchtete — „ich weiß: Cornelius Ambiorix banget nur für Rom, nicht für sich." — „Weshalb bangen um ein Leben, das keinen Reiz und Wert hat?" fragte der andere sich nun wieder beruhigt neben dem Alten niederlassend. „Die alten Götter hat uns die Philosophie der Skeptiker zerstört: an den Juden von Nazareth kann ich nicht glauben. Ein blindes Fatum lenkt die Welt. Rom — mein Stolz, mein Traum —

sinkt, sinkt unaufhaltsam.“ „Darin eben irrst du,“ erwiderte gelassen der Alte. „Ich stürzte mich heute noch in dieses Schwert“ — er griff nach der Waffe, die auf einem Polster neben ihm lag, „wenn ich diesen Glauben teilte. Aber dieses Schwert, — es ist das Erbe meines kaiserlichen Ahnherrn Probus — verheißt mir stets neuen Trost. Neun Germanenkönige knieten vor seinem Zelt, als er dies Schwert aus der Scheide zog und den Zitternden befahl, nach ihrer eignen Sitte bei diesem Schwert ihm Treue zu schwören. Und sie schwuren.“ — „Das ist lange her.“ — „Und mit diesem Schwert vererbt in unserem Geschlecht das Orakel: Sieger in jeder Schlacht bleibt dieses Schwert. Wohlan, es ist erprobt in vielen Generationen unseres Hauses. Ich selbst, so lang ich dienen durfte, in zwanzig Schlachten und Gefechten habe ich die Germanen geschlagen — mit diesem Schwert.“ Und der Alte drückte die Waffe zärtlich an die Brust.

„Vergieb, daß ich dich berichtige,“ lächelte der Junge traurig: „nicht mit diesem Schwert, mit Isauriern, Mauren, Illyrikern und — zumeist mit Germanen — hast du — andre — Germanen geschlagen. Rom, Latium, Italien hat keine Männer mehr. Keltisches Blut fließt in meinen Adern, — dakisches in den deinen. Und warum darfst du nicht mehr dienen? Gerade, weil du oft gesiegt hast, nahm dir der mißtrauische Kaiser den Feldherrnstab aus den Händen und schickte dich, zum Dank für deine Thaten, hierher, in ehrenvolle Verbannung.“ „Es war sehr — unverdient,“ sprach Severus aufstehend, „aber gleichviel! Auch hier kann ich dem Staat der Römer nützen.“ „Zu spät!“ seufzte der andere. »Fuimus Troes!« Es ist aus mit uns. Den Parthern Asien, den Germanen Europa, und uns — der Untergang. Jedes Volk, scheint es, lebt sich zu Tode, wie jeder Mensch. Über zwölf Jahrhunderte sind vergangen, seit Romulus an der Wölfin sog. Man muß es ihr lassen, dieser ehrwürdigen Bestie, — sie hatte gute Milch: und lang hat es vorgehalten, das Wolfsblut in unsern Adern. Jetzt aber ist es krank. Und das Taufwasser hat es vollends zersetzt. Wie soll man die Weltherrschaft behaupten, wenn fast kein Römer mehr heiratet, wenn fast keine Römerin Kinder bringt, ganz gewiß aber ihr Kind nicht säugt, während diese breithüftigen Germanenweiber, nachdem sie geworfen, aufstehen, als wäre nichts geschehen, und uns in zehn Monaten wieder mit Zwillingen beschenken. Sie fressen uns auf, buchstäblich, diese Waldleute: sie verdrängen uns von der Erde, durch ihre keusche Fruchtbarkeit noch viel mehr als durch ihren lachenden Todesmut. Dreimalhundertvierzigtausend Goten hat Kaiser Claudius vernichtet — in vier Jahren darauf standen viermalhunderttausend im Feld. Sie wachsen nach, wie die Häupter der Hydra. Und wir sind nicht mehr herkulisch. Ich hab' es satt. In der nächsten Schlacht mach' ich ein Ende. Man leidet nicht lang, traf ein Germanenhieb."

Severus erfaßte die Hand des jungen Mannes, der so bitter gesprochen. „Ich ehre deinen Schmerz, Cornelius. Aber du solltest selbst nach deinen Worten thun: dein Thalamos steht leer: du mußt wieder den Hymenaios ertönen lassen unter den grauen Säulen."

„Ha," lachte der junge Mann grimmig, „daß mir ein zweiter Kaiser die zweite Frau verführe, wie ein Bischof mir die erste Braut, ein Kaiser die erste Gattin verführt hat? Nein! Wahrlich, es giebt keine Römer mehr: aber noch viel weniger Römerinnen. Wollust, Putzlust, Herrschlust, das sind die drei Grazien, die sie anrufen. Hast du je gehört, daß bei diesen Barbaren die Priester die Jungfrauen bethören und ihre Könige den freien Männern die blonde Ehefrau vom Herde locken? Ich nicht! Ein Volk aber ohne Götter, ohne eingeborne Krieger, ohne richtige Weiber, ohne Kinder: — ein solches Volk kann nicht mehr leben. — Ein Volk, das vor seinen zehnmal zahlreicheren Sklaven zu zittern alle Ursache hat! — Hättest du nur die mörderisch drohenden, finstern Mienen gesehen, mit denen soeben die Sklaven des Argentarius ihren Herrn und den Sklavenmeister bedrohten, da sie in Ketten durch die Stadt getrieben wurden! — Ich aber selbst? — Wie steht es um mich? Alles bin ich gewesen und überall: in Rom, in Ravenna, in Byzanz: Soldat, Beamter, Schriftsteller — alles mit Erfolg: und doch fand ich alles — eitel, hohl. Alles hab' ich erprobt: — nichts ist es damit! Jetzt heimgekehrt nach meiner Vaterstadt Juvavum find' ich sie beherrscht von einem Wucherer aus Byzanz und einem Lüstling und Raufbold aus Mauretanien: und der Einzige, der diesem sauberen Bündnis noch etwas Widerpart hält, bist nicht du und bin nicht ich — wir sind ja beide nur ehrenhafte Römer! — nein: ein Christenpriester, dessen Vaterland, wie er sich rühmt, nicht das Römerreich, sondern der Himmel ist. — Ich hab' es satt! — Nochmal sag' ich's: ein Volk ohne Götter, ohne Weiber, ohne Mütter, ohne Kinder, ein Volk, dessen Schlachten geworbene Barbaren schlagen: — ein solches Volk kann nicht mehr leben. Sterben muß es. Und das bald. Kommt doch, kommt, ihr Alamannen! Ich mag nicht Schierling schlucken. Ich will fallen bei dem Klang der Tuba und mir einbilden, ich falle unter Camillus oder Scipio!"

Severus faßte den Wilderregten an beiden Schultern: „Versprich mir, den Tod nicht eher zu suchen, bis du die nächste Schlacht verloren siehst, und leben zu wollen, wenn wir siegen." Trübselig lächelnd nickte Cornelius: „Das glaub' ich kecklich versprechen zu können. Du und dein

Siegesschwert, — ihr haltet es nicht mehr auf, das ehern schreitende Verderben."

In diesem Augenblick schlug gellendes Tubageschmetter an ihr Ohr: der Vorhang des Innen-Bades ward aufgerissen: — ein bewaffneter Bürger stürmte herein und rief: „Eile, Severus, jetzt sind sie da: aus dem Westwald, jenseit des Flusses, sprengen germanische Reiter heran!"

Siebentes Kapitel.

Hastig hatte sich der Alte von dem Boten und von den Badesklaven wappnen lassen; er eilte, begleitet von Cornelius, an das vindelicische Thor, dort den hohen Wall zu besteigen, der weithin Aussicht gewährte. Es ward ihm heiß dabei: denn nun war es voll Mittag geworden: senkrecht schickte die Sonne ihre glühenden Pfeile auf den schweren Helm. An dem Thore traf ihn ein Centurio des Tribuns; dieser hatte vom Kapitol herab früher schon als die Wächter auf den Mauern Reiter aus dem Westwalde schwärmen sehen: er ließ sagen, es seien nur etwa hundert Germanen: sofort werde er selbst seine Reiter vor die Thore führen: denn er könne wieder zu Pferd steigen.

Severus befahl dem Söldner, ihm einstweilen auf den Wall zu folgen. Scharf schaute er mit Cornelius auf die Ebene, die jenseit, links, des Flusses bis zu dem Westwald sich hinzog. Nach langer Betrachtung wandte er sich: er wollte zu Cornelius sprechen: aber sein Blick traf auf zwei Colonen, die ängstlich in die gleiche Richtung blickten.

„Nun," sagte er, „Geta! Was seid ihr doch einfältig. Ihr beschwort, bei allen Heiligen und bei den Halaunen, daß ihr keine Spur vom Feinde wahrgenommen. Eure Hütten liegen noch jenseit, westlich des Westwalds. Und nun steckten die Barbaren zwischen euch und der Stadt! Wart ihr blind und taub?" „Oder wolltet ihr es sein?" fiel Cornelius mißtrauisch ein. „Bedenke," warnte er, „sie haben alle Ursache, es mit den Barbaren zu halten. Rauh und jähzornig sind diese: aber sie quälen den Hörigen nicht das letzte Mark aus den Knochen wie die kaiserlichen Fiskale."

Aber der ältere der beiden Colonen nahm nun das Wort: „Nein, Herr, ich bin kein Verräter: ich halte es nicht mit den Barbaren: habe ich doch gedient unter dem großen Aëtius und ehrenvollen Abschied und jenes Gütlein empfangen. Glaubt einem alten Legionar — und wenn Ihr mir nicht glaubt, behaltet mich hier als Geisel bis zur Entscheidung: — ich habe noch gestern mit diesem meinem Neffen Pech gesotten im Westwald: — hohen Preis zahlen dafür die Händler aus Ravenna — der ganze Westwald ist keine fünf Millien breit: wären es viele Barbaren gewesen, die im Walde sich bargen, wir hätten sie merken müssen. Keinesfalls ist es ein Wanderzug, ein Volksheer: Abenteurer sind es, wenige Reiter, die einstweilen das Land erkunden, wie es wohl gehütet sei."

„Wir wollen ihnen zeigen, wie es gehütet ist," rief Severus, drohend die Rechte hebend. „Der Veteran hat recht, Cornelius. Ich glaube ihm. Es ist nur die Handvoll Reiter, die da gegen den Fluß her tänzelt. Wollen wir ihnen diese Unverschämtheit eintränken. Himilko, zurück zum Tribun. Ich verbitte mir jede Hilfe seiner Mauren —: hörst du, ich verbitte mir sie: es ist Ehrensache, diesen Räubern zu zeigen, daß die Bürger von Juvavum allein Manns genug sind, sie zu züchtigen." „Ich muß dir beipflichten," meinte Cornelius. „Es kann wohl nur eine

Streifschar sein." — „Gleichwohl will ich vorsichtig handeln und mit erdrückender Übermacht angreifen: diesmal muß ich siegen: — um deines Gelübdes willen, mein Cornelius." Er schlug ihm in väterlicher Freundlichkeit mit der Hand auf die Schulter und stieg die schmale Treppe von dem Wall hinab. Unten am Thor angelangt befahl er den Tubabläsern, durch alle Quartiere zu eilen, die gesamte Bürgerschar mit dem Ausfallsignal hierher, an das vindelicische Thor, zu entbieten: in einer Viertelstunde sollte der Angriff geschehen. Laut schmetterten alsbald die mahnenden Töne in allen Vierteln der Stadt und aus allen Gassen strömten die gewaffneten Freiwilligen an das nordwestliche Thor.

Einer der ersten, der aus seiner nahen Werkstätte herankeuchte, war der dicke Crispus: er schleppte einen ungeheuren Speer mühevoll auf der Schulter, der schwere Schild belastete ihn: es war heiß und Crispus war alt und beleibt. Auf dem Haupt trug er statt des Helmes ein Küchengerät, in dem die alte Ancilla ihm in friedlichen Zeiten die — nur allzufetten! — Festkuchen zu backen pflegte: es war jetzt zwar recht blank gescheuert: aber es war etwas zu weit und klapperte ihm bei jedem Schritt um die Ohren: er bot keinen sehr kriegerischen Anblick.

Kopfschüttelnd betrachtete ihn Severus: „Nun, der Wille ist gut . . . —" „Und das Fleisch ist nicht schwach!" spottete Cornelius. „Aber," fuhr Severus fort, „lieber sähe ich deinen schlanken Neffen, den Steinmetz. Was weigert er seinen Arm dem Vaterland? Immer bei seinem jungen Weibe? Wo steckt er?"

„Hier steckt er!" rief, bevor Crispus erwidern konnte — nur mit der Hand hatte er auf den Turm neben dem Thor gedeutet — hoch auf ihre Häupter herab eine bittende Stimme. Und hinter der vergitterten Luke des zweiten

Turmstockwerkes ward Fulvius sichtbar, der beide Hände eifrig emporreckte. „Laß mich heraus, o Feldherr, hilf mir herunter, und mit dem Speer will ich dir danken.“ „Severus,“ bat nun der dicke Crispus den verwundert Blickenden, „befiehl dem Wärter, — da steht er in der Thür, — ihn herauszugeben. Zeno der Wucherer hat ihn einsperren lassen.“ „Gieb den Mann heraus, Carcerarius!“ befahl der Alte. „Ich brauche so jugendstarke Arme. Er zahle vorerst seine Schuld dem Vaterland: fällt er, ist er aller Schulden quitt: überlebt er, wandert er wieder in den Turm.“ Der Carcerarius zögerte: aber ein Rippenstoß, den ihm Cornelius ungeduldig versetzte, stimmte ihn um. „Ich weiche der Gewalt!“ rief er und rieb sich die getroffene Stelle. „Welch' eiserne, pflichtstrenge Römerseele!“ meinte Cornelius. Gleich darauf sprang Fulvius über die Schwelle, ergriff Schild und Speer, die ihm von dem Waffenvorrat auf dem Wall herabgebracht wurden, und rief: „Hinaus, hinaus vors Thor!“ Wohlgefällig ruhte des Feldherrn Blick auf ihm: „Solchen Eifer lob' ich! Du sehnst dich nach dem Kampf?“ „Ach nein, Herr,“ antwortete der junge Mann aufrichtig, „nur nach Felicitas.“ Während jener sich unwillig abwandte, tröstete Crispus den Neffen. „Ich habe stets dein Haus im Auge behalten vom Wall aus: beruhige dich, kein Barbar hat noch den Fluß überschritten.“ „Und der Tribun?“ flüsterte der junge Ehemann. „Hat noch das Kapitol nicht verlassen.“ — „Und Zeno?“ — „Ist vollbeschäftigt, seine Schätze in die Stadt hereinzubringen und zu verstecken.“

Da kehrten die Tubabläser von ihrem Rundgang zurück; die letzten Bürger von den entlegensten Häusern trafen nun ein. Severus und Cornelius gliederten sie in zwei Haufen, jeden etwa zu dreihundert Mann; nun trat der alte Held vor und sprach: „Römer! Juvavensische Männer! Folgt mir! Hinaus vors Thor und wehe den Barbaren!" Er erwartete laut lärmenden Beifallsruf: aber alles blieb still. Nur ein Mann trat aus dem Glied und sprach ängstlich: „Darf ich eine Frage stellen?" „Frage!" erwiderte Severus unwillig. „Wie viele Barbaren mögen's wohl sein da draußen?" — „Kaum hundert." „Und wir sind sechshundert!" meinte der Tapfre behaglich lächelnd und sich zu den Bürgern wendend. „Auf!" schrie er plötzlich und sein Schwert an den Schild schlagend. „Auf das Thor! Und wehe den Barbaren!" „Wehe den Barbaren!" rief nun die ganze Schar. Das Thor ward aufgezogen und über die Zugbrücke, die sich gleichzeitig über den Wallgraben niederließ, eilten die Männer aus der Stadt. Nur spärliche Wachen waren auf dem ganzen Umkreis der Mauern zurückgelassen worden; Weiber und Kinder eilten nun aus den Häusern, erstiegen die Wälle und blickten den Ihrigen nach, die in raschem Marschschritt auf die Brücke unterhalb der Stadt zu eilten, deren Westende, wie wir sahen, seit dem Morgen verrammelt und von einer kleinen Schar besetzt war.

Achtes Kapitel.

Um Mittag, als die alamannischen Reiter zuerst sichtbar wurden, lag Leo der Tribun in seinem reich eingerichteten Gemach in dem hohen Turm des Kapitols auf der weichen Kline, über die ein Löwenfell gespreitet war. Er fühlte sich in bester Stimmung. Der Fuß schmerzte und hemmte ihn nicht mehr. Behaglich streichelte er den reichen schwarzen Rundbart, welcher sein bronzebraunes, schmales, ursprünglich edel gebildetes, aber lange schon von Leidenschaften durchfurchtes Antlitz umrahmte. Vor ihm, auf dem Tische von Citronenholz, stand, halbgeleert, ein Hochkrug feurigen Siculers und eine silberne Trinkschale.

Zwei griechische Sklaven, Vater und Sohn, waren mit seiner Bedienung beschäftigt. Der ältere Sklave brachte, warnend den Finger erhebend, den Mischkrug. Aber lachend wies ihn sein Herr hinweg: „Nördlich der Alpen," meinte er, „mischt die Natur von selbst allzuviel Kälte in unser Blut: wir brauchen nicht den Wein noch zu verdünnen. Nicht wahr, mein spröder Antinous? Da trink!" Und er bot die Schale einem dritten Diener, einem bildschönen Knaben von etwa fünfzehn Jahren. Dieser kauerte am Boden in der äußersten Ecke des Turmgemaches, so fern wie möglich von Leo diesem seinem Herrn den Rücken zuwendend. Er trug nur einen purpurnen Schurz um die Hüften. Das übrige Gewand hatte ihm der Tribun abgestreift, die Augen an den herrlichen Gliedern zu weiden. Der Gefangene schüttelte, ohne das schöne, traurige Antlitz zu wenden, das Haupt, das langflutendes Goldhaar umwallte.

Trotzig, drohsam sprach er dann: „Ich heiße nicht Antinous: — Hortari heiß' ich. Gieb mich frei: laß mich zu den Meinen zurück, in den rauschenden Wald des Danubius! Oder töte mich: denn das wisse, schändlicher Mann: niemals willfahr' ich deinem Dienst." Unwillig warf ihm Leo den schweren Burgschlüssel, der vor ihm auf dem Schemel lag, in die Rippen: „Hebe dich von hinnen, störriger Hund! Davus," herrschte er den jüngeren Sklaven an, der beschäftigt war, die Waffen des Tribuns bereit zu legen, „schleppe ihn in den Roßstall: und häng' ihn dort in Ketten auf! Will der Balg nicht seines Herrn Gespiel sein, — fort mit ihm zu den Bestien!" Der Knabe sprang auf, und warf seinen Wollmantel um. Davus riß ihn mit fort, hinaus; den Blick voll tödlichen Hasses, den der junge Germane unter dem Vorhang des Gemaches, sich rasch wendend, zurückwarf, bemerkte Leo nicht. Rasch kehrte ihm die gute Laune wieder.

„Morgen hab' ich bessere Gesellschaft hier im Thalamos," lächelte er, wieder den dunkeln Bart streichelnd, „als einen nicht zu bändigenden jungen Bären! Felicitas! Das trink' ich unsrer ersten Umarmung!" Und er trank die Schale leer. Dann richtete er sich auf. „Ich brauche keine Stütze mehr!" Damit wies er den zweiten, älteren Sklaven zurück, trat an die Fensteröffnung des Turmes und blickte hinaus. „Es sind ihrer nicht hundert, dieser kecken Barbaren. Welche Frechheit! Und nur die wenigsten führen stoßfeste Schutzwaffen! Und ihre Trutzwaffen sind alle erbärmlich. Wie viele ihrer Wurfpfeile, Speere, Streitäxte sind mir schon machtlos an Helm und Harnisch zersplittert. Sie kommen mir gerade recht! Mich lüstet nach Kampf und Sieg! — Da unten, auf den Straßen der Stadt wird es lebendig. Severus sammelt seine Schuster und Kesselflicker. Die werden aber doch nicht fertig mit den raschen Feinden. Ich aber, wenn der Alte, der den Feldherrn spielt, im ärgsten Gedränge — eine gute Weile will ich ihn zur Strafe zappeln lassen! — dann will ich hinausfahren wie der Sturm der Wüste mit meinen Reitern und sie vor mir hinwegfegen. Vorher aber zu dem Priester. Kein Mensch in der Stadt achtet jetzt auf anderes als auf die Barbaren draußen vor den Thoren. So geschieht es unvermerkt. Die Gefahr durch jenen Priester muß scharf drohend gestiegen sein, — wenn der feige Geldsack selbst zu blutigem Mittel riet. Er hat mir schon immer gedroht, der Psalmenplärrer. Erst die Sicherung und die Rache —: dann die Wollust des Reitersieges: und zum Lohn —: Felicitas! Laß Pluto satteln," befahl er dem alten Sklaven, „und hilf mir, mich waffnen."

Der Greis brachte den Befehl in den Hof hinab und kehrte in das Turmgemach zurück, wo er dem Herrn, der schon den vom schwarzen Roßschweif umflatterten hohen Helm aufgesetzt und die schönen Beinschienen angelegt hatte, diese sowie den prachtvollen Brustharnisch, den gar manche Auszeichnung schmückte, über der dunkelroten Tunika festschnallen und einhaken half. Während nun Leo das Schwert umgürtete und nach dem Erzschilde, mit dem langen starken Stachel in der Mitte, griff, holte der Alte sorglich aus einem Elfenbeinkästchen, das neben der Kline in der Ecke stand, einen dünnen Lederriemen mit zwei winzigen, aber glänzenden Anhängseln hervor und reichte die Schnur bittend, stummen, eindringlich beredten Blickes seinem Herrn dar. Es war ein kleines, häßliches Götzenbild aus Bernstein und eine schmale Silberkapsel. „Nimm, o Herr!“ bat der Grieche, da Leo alles verächtlich zurückschob. „Was soll ich damit? Was sind das für . . . —?“

„Schilt sie nicht,“ beschwor der Alte, „sonst werden sie böse und schützen nicht mehr. Kennst du sie nicht mehr, die schirmenden Kleinodien? Das eine ist ein ägyptisch Götterbild des Phta und die Kapsel schließt ein Barthaar ein des Apostels Paulus. Hilft das erste nicht, so hilft das andere. Trage heute beide — ich hatte diese Nacht einen bösen Traum.“ — „So trage du sie!“ — „Nicht mir, — dir, o Herr, drohte der Traum. Ich sah dich Hochzeit halten . . . —:“ — „O, das siehest du oft! Diesmal mit Felicitas?“ — „Nein, mit Persephone, der Königin der Schatten.“ „Sie soll sehr schön sein,“ lachte der Tribun, die kräftigen Arme ausbreitend, „sie nahe nur, sie ist willkommen!“ „Fern sei das Omen!“ rief der Sklave. „Du hast wirklich Sorge um mich! Dir liegt an meinem Leben? Warum? Sage, weshalb?“ — „O Herr, du warst niemals gegen Chrysos so böse wie . . . —“ „Wie gegen alle anderen, willst du sagen?" lachte der Maure. „Nur Selbstsucht, Alter: ich brauche dich: das heißt deine heilkundigen Gedanken und Finger." — „Wenn du nur beten wolltest! Und irgend ein Geschöpf auf Erden lieben — irgend einen Namen ehren! Dir wäre wohler!" Aber grell lachte der Soldat: „Lieben? Liebe ich doch jeden Monat ein ander Weib!" — „Du vernichtest, was du liebst!" „Und beten? Zu welchem Gott sollte ich wohl beten? Ich sah mit gleicher Inbrunst und mit gleichem Erfolge beten zu Astarte und zu Artemis, zu Osiris und Jupiter, zu Christus und Jehovah. Ehren aber? Was soll mir heilig sein? Kaum so alt wie jener Germanenjunge raubten mich vandalische Reiter. Da verlor ich Heimat, Eltern für immerdar —! Als Sklave den Römern verkauft litt und genoß ich als Knabe schon Unsägliches — verhätschelt, geküßt, gefüttert, gepeitscht erschlug ich meinen letzten Herrn, entlief in die Wälder Calabriens, ward Räuber, Räuberhauptmann, ward eingefangen, zum Cirkusspiel verurteilt, vom Kaiser, als schon mein Blut die Arena rötete, begnadigt, unter die Söldner gesteckt, bald durch wilden Mut Centurio und Tribun. Zu welchem Gotte soll ich beten? Sie haben mich alle verlassen, so lang ich an sie glaubte. Seit ich aber alle verhöhne, dient mir das Glück wie eine verliebte Dirne. Und was soll ich lieben und ehren? Meine palmenrauschende Heimat? Sie dient vandalischen Barbaren! Rom? Rom hat mich erst mißhandelt wie ein gefangenes Raubtier und hetzt mich jetzt, wie einen gezähmten Löwen, gegen seine Feinde. Wohlan: dieses meines grimmigen Landsmannes Art wie Name habe ich mir gekoren" und er klopfte dem Wüstenkönig auf seinem Lager das stolz ummähnte Haupt: „Beute — Genuß — Kampf! Weinrausch — Waffenrausch — Weibesrausch! Das allein ist des Lebens wert! Und nach dem letzten Rausch —: kein Erwachen —: ewige Nacht in der schweigenden Wüste des Todes." Damit ergriff er beide Amulette, warf sie zum Turmfenster hinaus, faßte seinen Wurfspeer, der an der Wand lehnte und stürmte klirrend die steile Turmtreppe hinab. Seufzend und kopfschüttelnd folgte der Grieche.

Im weiten Hofraume angelangt ließ der Tribun seine ganze Ala aufsitzen: er befahl dem Geschwader, ihm in die Stadt hinab zu folgen und, auf dem Forum des Herkules aufgestellt, auf ihn zu warten, bis er sie zum Ausfall führen werde. Dem Centurio Himilko gebot er, mit den isaurischen Fußknechten auf dem Spähepostеn vor dem Eingange des Kapitols zu halten, den Gang des Gefechtes vor den Thoren sowie etwaige Vorgänge in der Stadt zu beobachten, jedenfalls aber, wenn ein Eingreifen in der Stadt oder vor dem Thor notwendig scheine, vorher das feste Thor der Burg zu schließen und zwei Wachen darin zu belassen. Seine beiden Sklaven aber, den alten Griechen und dessen Sohn, bestellte er — leise — mit der geschlossenen Sänfte an den Fuß des Kapitols: „Für alle Fälle," überlegte er. „Ein widerstrebend Weib zu Roß den Steilweg heraufschleppen — das könnte mich nötigen, ihr sehr weh zu thun — wie jener Galla!"

Und nun, mit allen seinen Anordnungen zu Ende, stieg er in den Bügel, sich auf Pluto, seinen prachtvollen spanischen Rapphengst zu schwingen, der ungeduldig mit dem Vorderhuf Funken aus dem Granitpflaster des Hofes hieb. Kaum saß er im Sattel, da fiel sein Blick durch die offene Stallthür auf den Knaben Hortari, der, an beiden ausgebreiteten Armen zwischen zwei eisernen Pferderaufen angekettet, an der Wand hing: in der Ecke des Stalles lag ein blauer germanischer Rundschild, ein Speer und eine Streitaxt: die Waffen, die man dem Knaben bei seiner

Ergreifung abgenommen. „Ha, der künftige Antinous!“ lachte er, den Wurfspeer in die Seite stemmend. „Kettet ihn los! Er soll auf die Mauer treten, die Vernichtung seiner Germanenhelden zu schauen. Zur Nacht ketten wir ihn zusammen mit einer ganzen Koppel solcher Bären.“ Und er gab dem Rappen die Sporen, daß dieser laut wiehernd stieg. „Hüte dich,“ rief Hortari, nun entfesselt an die Stallthür tretend, funkelnden Auges, „vor den Bären des Urwalds. Ihre Tatzen werden dich zerschlagen!“ Aber lachend rief der Tribun: „Auf! auf das Thor! Und wehe den Barbaren!“ Und brausend und klirrend sprengte, dem kraftvollen Führer folgend, der glänzende Reiterzug zu Thal.

Neuntes Kapitel.

Minder guten Mutes als der Tribun hatte inzwischen sein Verbündeter Zeno die ersten Nachrichten von dem Erscheinen der Germanen vor der Stadt aufgenommen Eignete er doch vor den Thoren gar manche Possessio, bewirtschaftet von Sklaven und Sklavinnen, die diese Gelegenheit erfassen mochten, wie es die schwer Gequälten gar oft in solchen Fällen thaten, zu den Barbaren zu entlaufen, mit diesen das Weite zu suchen. Auch bargen seine Villen, war er auch just kein Kunstfreund und zu vorsichtig, Schätze außerhalb der Festung zu belassen, gar manches wertvolle Gerät und Geschirr, auch Herden von Rindern, Schafen und Schweinen, das der Wirtsame ungern den Räubern gegönnt hätte. So hatte er denn in den ersten Morgenstunden, da sich noch nichts von den Alamannen hatte blicken lassen, als Severus zur Kundschaftung und zur Besetzung der Ivarusbrücke auszog, unter dem Schutz dieser Truppen seinen Sklavenmeister, einen Freigelassenen, ausgesendet mit einem Troß von bewaffneten Knechten, um wenigstens aus den diesseit des Flusses gelegenen Landhäusern das Wertvollste hereinzuschaffen, namentlich aber die zu jenen Gütern gehörigen Sklaven — nötigenfalls mit Gewalt — in die Stadt zu führen. Diese, Bauern und Hirten, von je roher, wilder, unbotmäßiger als die städtischen Diener, hatten nur widerstrebend Folge geleistet: in zwei Besitzungen hatten sich die Unglücklichen zur Wehre gesetzt, waren aber von der Überzahl bewältigt und mit Ketten aneinander gebunden worden: unablässig hatte der Sklavenmeister die vielsträngige Ledergeißel über den Fluchenden geschwungen, sie zur Eile zu treiben, zur Aufbürdung immer schwererer Lasten, die sie im Gleichgewicht auf den Köpfen trugen. In langem Zuge, die Gefesselten in der Mitte, die Rinder und Schafe voran, bewaffnete Sklaven an den Seiten, die Freigelassenen an Haupt und Ende der Reihe, kehrten sie nun durch das vindelicische Thor zurück, das sich eben hinter ihnen geschlossen. „Vorwärts, Thrax, du alter Hund!“ schrie Calvus, der Freigelassene, — er galt für Zenos Sohn von einer Sklavin — einen weißhaarigen Greis an, der unter der Last der ihm aufgelegten Bronzegeschirre wankte: und da der Zitternde den Schritt nicht zu beschleunigen vermochte, schlug er ihm über den nackten Rücken mit der flachen Schwertklinge einen grausamen Streich. Laut schrie der Alte und taumelte zu Boden. Da machte ein riesiger Rinderhirt, der besonders schwer gefesselt war, — er hatte sich grimmig gewehrt und blutete aus mehreren Wunden, — Halt: er hemmte damit den Schritt aller an ihn Gefesselten. „Ich flehe dich an, Calvus, schone meines Vaters! Lege mir seinen Korb noch auf.“ „Warte Keix, verfluchter Thraker, ich will dir auflegen, was dir gebührt," schrie Calvus und hieb ihn mit der Schärfe des Schwertes über Kopf und Schulter, daß das Blut hochaufspritzte. Der Getroffene schwieg: nicht ein Ruf des Schmerzes entfloh seinen zusammengepreßten Lippen. Calvus aber fuhr fort: „Du hast dich empört, Sklave, in offener Gewalt: vierteilen könnten wir dich lassen dafür. Aber man verliert zu viel Kapital, krepiert solche Bestie, die man dreißig Jahre gefüttert hat. Geduld, mein Söhnchen! Ich werde die neuen Folterwerkzeuge an dir versuchen, die der Patronus aus Byzanz hat kommen lassen. Das wird meine Feierabend-Erholung heute." — Der starke Thraker erbleichte: aber nicht aus Furcht: aus Wut. Er warf nur einen Blick auf seinen Peiniger und schritt wieder vorwärts. — Während nun andere Knechte die Herdentiere unter die städtischen Stallungen Zenos verteilten, wurden die Gefesselten behufs ihrer Bestrafung von Calvus in den Hof des Herrenhauses in der Via Augustana geführt. „Thu' mit ihnen wie du willst," hatte Zeno zu dem Freigelassenen gesprochen, das Verzeichnis des geflüchteten Inventars in seinem Schreibgemach durchlesend, „nur sorge, daß Leben und Wert das heißt Arbeitskraft der Faulpelze nicht darunter leide. Auch müssen wir, nach dem Gesetz des frommen Constantin, für Verstümmelung vorher den Spruch des Richters einholen. Ich werde meinen Schwager Mucius fragen," lächelte er, „aber, mit leiser Änderung des Gesetzes, nachträglich. Nun gehe ich in das Bad der Amphitrite, Neuigkeiten zu erfragen." Während er, von Calvus begleitet, durch den Hof schritt, fiel sein Auge auf den alten Thrax, der auf Stroh in einer Ecke lag: erschöpft war er in tiefen Schlaf gesunken: neben ihm lehnte an der Mauer, schwer gefesselt, sein riesiger Sohn: Blut lief aus dessen Wunde auf den Vater nieder. Zeno stieß nach dem Schläfer mit dem Stabe: der Greis öffnete die müden Augen: „Ach, daß ich noch lebe! Mir hatte geträumt, der Herr hätte mich schon abgerufen! Ich wandelte im Paradiese! Aber auch auf Erden bin ich des Herrn Christus!“ „So soll dein Herr Christus dich auch füttern,“ höhnte Zeno. „Calvus, der Alte da ist nichts mehr wert. Entzieh ihm Wein und Speck. Man mästet ihn umsonst.“ — Da begegnete sein Blick dem Auge des Sohnes, der mit den Fäusten in seine Fesseln griff. Zeno erschrak. „Höre, Calvus,“ flüsterte er, „diesen da, nachdem er gefoltert, verkaufe bald. Er ist mir unheimlich. Er blickt wie unser schwarzer Stier blickte, gerade bevor er wütend ward. In die Bergwerke des Fiskus mit ihm! Dort brauchen sie solche starke Lümmel — und das Blei vergiftet sie bald. — Nun in das Bad!“ Damit schritt er zum Hofe hinaus. Kaum hatte er die Schwelle seines Hauses überschritten, als ein lahmer Sklave hereinhinkte, der dem gliedergewaltigen Keix sehr ähnlich sah: es war dessen älterer Bruder. Doch schien er weder des alten Vaters noch des bluttriefenden Bruders zu achten, humpelte gerade auf Calvus zu und sprach, tief sich verneigend: „Mein Herr, Mucius der Richter, sendet dir dies Schreiben. Zeno und du, ihr seid bei ihm verklagt von Johannes dem Priester, weil ihr die Syrerin gegeißelt habt, daß das ungeborne Kind starb. Er meint, er werde euch auch diesmal nur schwer freisprechen können.“ Die Schrift war lang: während Calvus sie stirnrunzelnd las, glitt der Lahme unhörbar zu seinem Bruder hinüber und drückte ihm eine Feile in die Hand: sie war in einen Papyrusstreif gewickelt: Keix las: „Nach dem Mittagsmahl.“ Er führte mit der gefesselten Hand den schmalen Streifen an den Mund und verschluckte ihn. Der Lahme stand wieder hinter Calvus: „Welche Antwort, Herr?“ Unwillig gab ihm der Freigelassene die Anklageschrift zurück: „Der Orkus verschlinge diesen Priester! Er weiß alles, was ihn nicht angeht. Ich muß selbst mit deinem Herrn reden. Geh' voran! — Du hinkest ja häßlich, Kottys," lachte er. „Aber es hat geholfen das Mittel. Wir haben dich als unverbesserlich dem Richter verkauft. Seit aber dein neuer Herr dir die Sehne hat durchschneiden lassen, hast du das Entlaufen nicht wiederholt und bist zahm geworden, ganz zahm." Damit verließen beide den Hof.

Nach einer Stunde kehrte Zeno von dem Bade zurück; als er den Hof durchschritt, saßen die Sklaven sämtlich, auch die ungefesselten, bei dem kargen Mittagsmahl von winzigen Stücken rohen Gerstenbrots, Zwiebeln und schlechtem, zu Essig verdorbenem Wein. Er begab sich in seine Schreibkammer, zu rechnen. Dort durfte ihn — das wußte man — niemand stören. Dies Gemach allein im Hause hatte, statt des Vorhangs, eine verschließbare starke Holzthüre. Das niedere Fenster mündete in eine enge Gasse, nicht in die Hauptstraße. Bald fiel ihm auf, daß ungewöhnlich lebhaftes Geräusch, wie von Schreien und Laufen vieler Menschen, von weitem an sein Ohr schlug. Da öffnete sich leise die Thüre. Staunend, unwillig über den Störer wandte sich Zeno. Er staunte noch mehr: der alte Thrax stand auf der Schwelle, zog die Thür vorsichtig an, drehte den Schlüssel um und legte warnend den Finger auf den Mund, Schweigen bedeutend: denn sein Herr hatte zornig einen Ruf des Ärgers ausgestoßen. „Flieh, o Herr! Rasch! Durch das Fenster! Du bist des Todes, greifen sie dich." — „Wer? Sind die Barbaren in der Stadt?" — „Deine Sklaven! Sie sind verschworen, alle, in der ganzen Stadt. Gleich brechen sie los."

Entsetzen ergriff den Byzantiner. Er war sich bewußt, welche Rache er heraufbeschworen. Schon drang vom Hofraum her wüstes Geschrei an sein Ohr. Er packte einen großen Sack voller Goldstücke und einen kleinen Beutel voller Edelsteine, die vor ihm auf dem Rechentische von Schiefer lagen — eben hatte er sie nachzählen wollen: der Greis rückte einen Schemel an das Fenster, ihm das Aufsteigen zu erleichtern. Zeno stutzte: mit Staunen sah er den Alten eifrig um seine Rettung bemüht. „Weshalb thust du das für mich?" Da antwortete der Sklave feierlich: „Das thu' ich um des Heilands willen: Johannes hat mich gelehrt, mein Herr Christus hat gesagt: vergeltet Böses mit Gutem." — „Aber wohin! Wohin soll ich fliehen?"

„In die Basilika! Dort ist Asyl. Johannes wird dich schützen." — „Johannes!" Zeno überlegte, ob wohl der Tribun seinen blutigen Rat schon ausgeführt habe? Seine Kniee schlotterten. Er vermochte nicht, die niedere Fensterbrüstung zu ersteigen. Schon näher und näher drang der Lärm vom Hofe her. Er hörte des Calvus Stimme: „Gnade! Gnade!" schrie dieser. Gleich darauf vernahm man einen dumpfen Fall.

„Wehe!" stöhnte Zeno, nun von dem Alten endlich an das Fenster gehoben. „Wenn sie erraten — mein Versteck! —" — „Herr, niemand weiß davon als ich! Und ich —" „Du sollst mich nicht verraten!" rief der Byzantiner, riß seinen Dolch aus der Tunika, stieß ihn dem Alten bis an das Heft in den Hals und schwang sich auf die Straße hinaus.

Zehntes Kapitel.

Einstweilen war draußen vor den Thoren die Entscheidung gefallen. Die Barbaren, etwa achtzig Reiter, hatten sich zwar auf der ganzen Länge des Flusses manchmal, aber immer nur auf Bogenschußweite, genähert, waren auch wohl so weit gegen die verrammelte Brücke angetrabt, hatten aber keinen Angriff auf diese feste Stellung versucht. Alle Augen des Volkes auf den Wällen und der Ausfallenden waren gespannt auf diese Feinde, nach Westen, gerichtet. Da, als die Brücke erreicht war und Severus eine schmale Öffnung in der Verrammelung ausheben ließ, durch welche nur zwei Mann auf einmal auf das linke Ufer gelangen konnten, und als nun in langem Zuge die letzten beiden Bürger die Barrikade durchschritten hatten — die Brücke blieb von ihrer ursprünglichen Bewachung besetzt, — da scholl, laut gellend, hoch vom Bergfels des Ostwalds her, vom rechten Ufer, der Ruf des Steinadlers.

Cornelius wandte rasch das behelmte Haupt; er spähte nach Osten: „Hörtest du den Adlerschrei?“ Severus nickte: „Ein gutes Omen römischen Kriegern! Siehst du, wie unser goldner Adler auf der Fahnenstange die Flügel zu heben scheint?“ Aber Cornelius sah nicht auf den Adlerträger, er sah nur nach dem Ostwald: „Eine Rauchsäule steigt dort vom Gemsenfels empor.“ — „Ein Kohlenbrenner! Wende das Antlitz! Im Westen steht der Feind. Fällt die Speere! Vorwärts.“

In zwei Reihen nebeneinander, weit auseinandergezogen, jede drei Glieder tief, rückte nun die Übermacht gegen die flinken Reiter vor, die eilig von dem Fluß zurückgejagt waren, als diese Masse von Fußvolk die Brücke überschritt: sie hatten sich halbwegs zwischen Fluß und

Westwald in zwei dünnen Streifen hintereinander aufgestellt. Nur noch eines Speerwurfs Weite trennte die Feinde.

Da, als Severus und Cornelius, ihren Vordersten voranschreitend, eben mit den Wurfspeeren ausholten, ritten zwei Germanen langsam, im Schritt, ihnen entgegen, die Spitzen ihrer Lanzen feierlich senkrecht nach unten kehrend. „Halt!“ rief Severus den Seinen zurück. „Sie wollen verhandeln. Hören wir sie an!“ Die beiden Reiter kamen nun ganz nah an Severus und Cornelius heran; die Schlachtreihen auf beiden Seiten hielten sich harrend zurück.

Der eine der beiden Germanen, eine jugendliche, hochragende, herrliche Gestalt, auf milchweißem Roß, war durch Schmuck und Glanz seiner Waffen als ein Führer gekennzeichnet; er mochte mehr denn zehn Jahre jünger als Cornelius sein. Aber mit Neid betrachtete dieser die sehnige Kraft des nackten rechten Armes des Barbaren, den breite goldne Armringe schmückten zugleich und schützten; den linken Arm deckte ein kleiner runder Schild, ganz rot bemalt: dessen Mitte zierte ein goldenes Rad, ohne Speichen: eine Rune oder ein Bild der Sonne. Seine Brust schützte ein vortrefflich gearbeiteter Harnisch —: ach! mit Ingrimm erkannte Severus an den angehängten Ehrenzeichen, daß es einst der römische Panzer eines vornehmen Führers, eines Legaten oder Magister Militum gewesen war: — die Oberschenkel staken in kurzen Lederhosen: vom Knöchel aufwärts waren die nackten Waden von zierlichen Lederriemen umschnürt: der linke der beiden engpassenden Holzschuhe trug einen Sporn; der Reiter verschmähte wie Steigbügel so Sattel; in seinem Gürtel stak eine kurze Doppelaxt, vom Rücken flatterte ein weißer Wollmantel, der, durch eine Schnur zusammengeschürzt, keine Bewegung hemmte: es war wohl die Hand der Mutter, — denn dieser Jüngling war gewiß noch unbeweibt —, welche die schönen, breiten hellroten Streifen an den Rändern eingewirkt hatte: das strahlend schöne, mädchenhaft weiße Antlitz umrahmend fluteten auf die Schultern prachtvolle, goldblonde, lang sich rollende Locken: und aus dem erbeuteten, stolzgeschweiften Römerhelme ragten, statt des lateinischen schwarzen Roßschweifes, die Schwungfedern des grauen Reihers.

Der zweite Reiter, ein gewaltiger, hünenhafter Greis von etwa sechzig Jahren, vom weit im Winde wehenden Graubart bis auf die Brust umwallt, schien der Führer der Gefolgsmannen des Vornehmen: schlicht gekleidet und gewaffnet, hatte er doch, wie der Jugendliche, Mähne und Schweif seines mächtigen Schlachtrosses, eines braunen Hengstes, mit roten und gelben Bändern zierlich durchflochten: um die Schultern trug er ein Wolfsfell, dessen geöffneter Rachen von seiner Sturmhaube herab dem Feind entgegengähnte: mit roten und gelben Kreisen war auch sein Schild bemalt: um die unbewehrte Brust trug er ein mächtig Hifthorn vom Wisent des Urwalds.

Der Anführer hatte nun den gesenkten Speer wieder erhoben, ihn in die Zügelhand geworfen und bot vom Roß herab Severus die Rechte, welche dieser zögernd nahm und gleich wieder fahren ließ. „Erst Handschlag," rief der Germane mit weicher, wohllautreicher Stimme in ganz vortrefflichem Vulgärlatein, „erst Handschlag: dann, wenn ihr's so wollt, Schwertschlag. — Du bist, das weiß ich, Severus, der tapfre ehemalige Magister Militum, der wacker fortkämpft auf verlornem Posten, für verlorne Sache. Ich aber rühme mich zu sein des Helden Liutbert Sohn, der ein König ist der Alamannen: Liuthari heiß' ich und noch hat mich kein Mann besiegt." Severus furchte finster die Stirn: „Ich hörte deines Vaters Namen und den dienen: Augusta Vindelicorum habt ihr erstürmt." —

„Aber nicht behalten," rief der Königssohn und die hellgrauen Augen glänzten lustig. „Wer wird in ummauerten Gräbern wohnen! Auch in euer Juvavum hinein setzen wir uns nicht."

„Dafür ist gesorgt," drohte Severus. Aber Liuthari warf lachend die Locken zurück. „Wart' es ab! — Aber sage vorher: für wen führst du diese Bürger ins Feld? In wessen Namen verteidigst du Juvavum?" — „Für den Imperator zu Ravenna, der des ersten Königs und des ersten Kaisers Namen verheißungsvoll vereint: für Romulus Augustulus, den Herrn des Erdkreises." Da griff der Germane in den Gürtel, zog eine Papyrusrolle heraus und warf sie Cornelius zu: „Dacht' ich's doch!" sagte er. „Ihr wißt weniger als wir Barbaren, was in eurem Italien, in eurer eignen Reichshauptstadt, geschieht. Lies, was mir Einer schrieb, der es wissen kann. Es giebt keinen Kaiser des Westreiches mehr! Romulus Augustulus, — ja freilich hieß er verheißungsvoll, der Knabe: aber verheißungsvoll für uns! — ist abgesetzt: er lebt fortab auf einer Insel und füttert Pfauen; auf seinem Thron aber sitzt mein Schwäher, meiner schönen Schwester Gemahl: Odovakar, der viel kühne Mann. Er hat's uns selbst geschrieben."

Cornelius hatte die Schrift durchflogen: er erbleichte; stumm gab er sie Severus, der sie zitternd las. „Kein Zweifel!" sprach dieser dann tonlos. „Ich kenne den Mann: er hat unter mir gedient. Odovakar lügt nicht." „Und wir lügen auch nicht," rief der graubärtige Begleiter Liutharis, trieb sein Pferd heran und nahm Severus den Brief aus der Hand. „Schilde spalten, nicht Runen fälschen, hab' ich König Liutberts Sohn gelehrt." — Man mußte ihm das glauben, dem Alten: bevor er die Rolle in den Gürtel steckte, sah er hinein, mit wichtiger Miene: es störte ihn nicht, daß die Buchstaben verkehrt standen.

— Severus stützte sich auf seinen Speer. Cornelius blickte finster vor sich nieder. „Ich hab' es gewußt," sprach dieser dann. „Ich hab' es fast herbeigewünscht, da ich es doch unvermeidlich sah —: und nun es geschehen, schmettert es mich nieder." „Kein Imperator mehr in Rom!" stöhnte Severus.

„Italien in der Barbaren Hand!" seufzte Cornelius. „Ihr weckt mein tiefes Mitleid, wackre Helden," sprach der Königssohn mit ernstem Ton. „Aber nun seht ihr wohl ein —: der Kampf muß zu Ende sein, noch bevor er begann. Für wen, für was wollt ihr noch kämpfen?" „Für die Zukunft!" rief Severus. „Für die Vergangenheit, für die Ehre!" rief Cornelius. „Für die ewige Roma," sprachen beide. „Noch herrscht Byzanz — bald schickt Byzanz einen neuen Kaiser," drohte Severus. „Mag sein," meinte Liuthari achselzuckend. „Aber einstweilen brauchen wir Boden, Ackerland, Weideland, wir Germanen. Und deshalb bringe ich euch Botschaft in meines Vaters Namen: So spricht Liutbert, der Alamannenkönig: in seinem Namen und in dem seiner Bundesfreunde —" „Wer sind diese Bundesfreunde?" unterbrach Cornelius forschend. „Ihr werdet's rascher erfahren, als euch lieb ist," antwortete brummig der Begleiter Liutharis. Dieser aber fuhr fort: „Bleibe im Lande, wer friedlich bleiben will: wer nicht bleiben will, ziehe friedlich ab: die Zwingburgen räumt, sie müssen nieder: zwei Drittel des Bodens bleibt euch — ein Drittel für uns. Das ist billig geteilt." Aber zornig fuhr Severus auf, den Speer erhebend. „Verwegner Barbar! So wagst du zu reden, mit achtzig Barbaren gegen Juvavums Bürgerschar? Du hast gelernt, lateinisch sprechen, aber nicht römisch denken!" „Ich sollte meinen," fiel Cornelius ein, „euer Land reicht noch für euch, ihr Alamannen, wenn ihr nur achtzig Reiter schicken könnt, Juvavum zu erobern. Ihr seid mir zu wenige, euch zu weichen!“ Da spielte ein ganz eigenartig Lächeln um des Alamannen schönen, vom ersten Flaumbart lieblich umkräuselten Mund: „Hüte dich, Römer! Sind wir dir zu wenig? Bald könnten wir dir zu viele scheinen. Aus wenigen weckt viele der wundernde Wodan! — Zum letztenmal —: räumt die Burg dort — teilt friedlich das Land!“ „Niemals! Zurück, Barbar!“ riefen die beiden Römer zugleich.

Da warf Liuthari das Roß herum. „Ihr habt's gewollt. So seid ihr denn verloren. Wodan hat euch alle!“ Beide Reiter sprengten zurück zu den Ihrigen. „Haduwalt, stoß ins Horn!“ Der alte Waffenmeister führte das Horn zum Mund und ein lautbrüllender Ton schlug an das Ohr der Römer.

Und ehe diese noch, dem Befehl der Führer folgend, gegen die Reiter vorstürmen konnten, erscholl in ihrem Rücken, aus Osten, vom Fluß, von der Stadt her, nun ganz nahe, der laute Ruf des Steinadlers und gleich darauf plötzlich ein so furchtbares Getöse von Kampfruf und Angstgeschrei und von klirrenden Waffen, daß alle sechshundert Mann, auch beide Führer, sich mit Entsetzen umwandten. —

Grauen und Verzweiflung erfaßte sie: aus dem Ostwald und von allen Berghängen und aus den Hügelgebüschen herab brachen Germanen, Germanen ohne Zahl, wie es den Erschrockenen schien: ein starker Streithaufe flog auf die Brücke zu: andere, in aufgelösten Schwärmen, zu Pferd und zu Fuß, stürzten sich in den Fluß oberhalb und unterhalb der Brücke: der größte Teil aber, mit Leitern und Baumstämmen beladen, umschloß die Stadt von allen den Ausgefallenen sichtbaren Seiten: und mit grimmigem Schmerz sahen die Ausgesperrten, wie, fast ohne Widerstand der wenigen Wachen, ganze Klumpen der Stürmer, aneinandergeballt, wie Ameisen, sich gegenseitig hoben, stützten, auf den Leitern, Balken und Stämmen, denen, um Leitern zu ersetzen, die wagerechten Äste belassen waren, emporklommen und an vielen Orten zugleich die Mauerkrone gewannen. Juvavum, die Stadt, war erobert, bevor seine Verteidiger einen Schwertstreich hatten führen können.

Hinausgelockt war die Besatzung, abgesehen von den Söldnern des Tribuns. Waren diese noch auf dem Kapitol? Angstvoll blickten die Führer auf den Turm: noch flatterte auf dessen Höhe das kaiserliche Vexillum. Aber der laute Jubelruf der alamannischen Reiter, der den Erfolg ihrer reckenhaften Bundesbrüder begrüßte, rief den Römern erst wieder die von diesen nächsten Feinden drohende Gefahr in Erinnerung. Severus befahl doppelte Frontstellung: etwa hundert Mann, unter Cornelius, sollten die Alamannen aufhalten, während er selbst mit dem größeren Teil der tief entmutigten Bürger nach der Brücke umkehren wollte, deren Besatzung soeben von der unverschanzten, offnen Ostseite her angegriffen ward.

Da hörte er nochmals das Stierhorn Haduwalts schmettern: Severus wandte sich: „Ergebt euch!“ rief der Königssohn. „Ihr seid verloren!“ „Niemals!“ rief Cornelius und warf den Speer gegen den auf ihn Einsprengenden. Liuthari schlug den Wurf mit dem Schildarm zur Seite: im nächsten Augenblick stürzte Cornelius rücklings nieder, von der eingelegten Lanze des in vollem Lauf anjagenden Alamannen durch Schild und Harnisch ins Herz gestoßen. „Ich räche dich!“ rief Severus und wollte sich gegen den Königssohn wenden. Aber im selben Augenblick rief ihn das Wehegeschrei wieder ostwärts. Die Feinde hatten die Besatzung der Brücke überwältigt: schon vorher hatten viele der Schwimmer, Reiter und Fußvolk durcheinander gemischt, des Severus Schar erreicht: behende Jünglinge, deren gelbes Haar vom unbedeckten Haupt im Winde flatterte, liefen, an die Mähnen der Rosse geklammert, in gleichem Schritt mit den Reitern: und so, von Fußvolk und Reitern zugleich angegriffen, stoben die Bürger von Juvavum, die ihre Stadt, die Ihrigen schon in des Siegers Gewalt wußten, die Waffen wegwerfend, nach allen Seiten auseinander. Zugleich ritten die Alamannen von Westen her die hundert Mann des Cornelius nieder.

Severus stand allein: der Speer entsank seiner Hand. Da schritt der Anführer jener Feinde, die so überraschend von Osten her gekommen waren, auf ihn zu: ein Mann von etwa vierzig Jahren: er war, all' den Seinigen voran, hoch zu Roß auf die Brücke gesprengt: dort war ihm das Pferd erstochen worden: so kam er jetzt zu Fuß heran: ein Riese von Wuchs: des Steinadlers mächtige Schwingen drohten gesträubt von seinem Helm herab: das rote Haar, gegen den Wirbel hinauf gekämmt, floß, in einen langen Streif vereint, hinten aus dem Helm: ein ungeheures Bärenfell wogte um seine Schultern: drohend hob er die steinerne Streitaxt: „Wirf das Schwert fort, alter Mann," rief der Gewaltige auf Latein, „und lebe." „Dies Schwert? Fortwerfen?" antwortete Severus tonlos. „Ich will nicht leben!" „So stirb!" rief der andere und schleuderte die Steinaxt. Severus stürzte: seine Harnischplatte war mitten entzwei gesprungen: in zwei Stücken fiel sie von seinem Leib. Er stützte sich mühsam auf den linken Arm: das Siegesschwert hatte er aber nicht aus der Faust gelassen. Der Sieger bog sich über ihn, die Steinaxt wieder aufhebend. „Sage mir, bevor ich sterbe," sprach Severus mit schwacher Stimme, „in wessen Hände ist Juvavum gefallen? Welches Stammes seid ihr? Seid ihr Alamannen?"

„Nein, Römer, die Alamannen haben uns nur gerufen. Wir kommen nicht von Westen: wir kommen von Osten den Danubius herauf. Wir haben alle Römerstädte genommen von Carnuntum bis hierher: die letzte Legion diesseit der Alpen haben wir erschlagen bei Vindobona. Wir teilen uns in die Lande mit unsern Vettern, den Alamannen: der Licus wird die Grenze. Schau her: dort von den Ostbergen herab flutet schon unser Volk in das Land: Weiber und Kinder, Wagen und Herden, das heißt: der Vorschub, morgen kommt der große Haufe." — „Und wie heißt ihr?" — „Wir hießen ehedem Markomannen: jetzt aber nennt man uns: ‚die Männer aus Bajuhemum‘: die Bajuvaren: unser ist all' dies Land für immerdar, soweit man nach Mitternacht schaut von den Alpenkämmen. Ergieb dich drein, Graukopf. Dir bleibt noch . . ." „Dies Schwert," sprach Severus und stieß sich das Siegesschwert des Kaisers Probus in das Herz bis an das Heft. Der Riese zog es heraus. Ein Blutstrom schoß nach. „Schade um den Alten," sprach der Bajuvare. „Er ist tot. Und schade," fuhr er langsam fort, das Schwert betrachtend, „um diese gute Klinge, ging sie verloren. Komm, wack're Waffe, diene fortab dem neuen Herrn des Landes. — Aber nun muß ich Liuthari danken. Trefflich griff alles zusammen. Ja, diese Alamannen! Sind fast klüger als wir! Hojo, Sigo! Heilo!" rief er, beide Hände gehöhlt vor den Mund haltend: „Liuthari! Lieber, wo weilst du? Garibrand ruft, der Bajuvaren Herzog! Hojoho! Sigo! Heiloho! Nun laßt uns Beute teilen und Land!" Liuthari sprengte heran und reichte dem Herzog die Hand: „Willkommen in eurer neuen Heimat! Willkommen im Siege!" rief er mit fröhlicher Stimme.

Aber da scholl aus der Stadt her aufs neue Waffenlärm und Kampfgetöse. „Noch ist der Sieg nicht voll," meinte Garibrand, mit der Axt auf das Kapitolium deutend. Nun hörte man durch das Schlachtgeschrei der Bajuvaren in der Stadt den hellen kriegerischen Ruf der Tuba schmettern. „Das ist der Römerfeldherr und seine eherne Schar!" rief der Herzog. „Er brach aus der Hochburg nieder in die Stadt auf die Meinigen. Rasch! Bringt mir ein andres Pferd! In die Stadt! Zu Hilfe meinen Helden!"

Elftes Kapitel.

Außer den beiden Führern hatten nur sehr wenige Römer in dem kurzen Handgemenge den Tod gefunden: denn der Bajuvaren Herzog hatte vor Beginn des Angriffs gerufen: „Heute: Gefangene! keine Toten! Bedenkt, ihr Männer, jeder Tote ist ein verlorener, jeder Gefangene ein gewonnener Knecht der neuen Herren des Landes." Unter den Scharen, welche Severus gegen die Bajuvaren gewendet, hatten sich auch Fulvius und Crispus befunden. Als ihre Reihen gesprengt waren, rief der Neffe dem Oheim zu: „Zu Felicitas! Durch die Furt!" und nun liefen beide, wie sie nebeneinander gestanden, nebeneinander auf den Fluß zu, in der Richtung unterhalb der Brücke: denn diese war von den Bajuvaren besetzt. Aber alsbald blieb der dicke Crispus, obwohl er wie den Speer so den Schild sofort weggeworfen hatte, weit hinter dem flinken Steinmetz zurück. Ein alamannischer Reiter, begleitet von einem zu Fuß neben ihm herspringenden Jüngling, verfolgte beide. Bald war Crispus eingeholt. Der Reiter gab ihm mit dem Schaft des Speeres einen Hieb auf das helmähnliche

Becken auf seinem Kopf, das den Humor freilich geradezu herausforderte: das Kochgeschirr fuhr dem laut Schreienden bis über Augen und Nase, aus der ein Blutstrom schoß: er fiel zu Boden: er hielt sich für tot. Aber er kehrte sofort zur behaglichen Gewißheit des Lebens zurück, als der Fußkämpfer, der bei ihm stehengeblieben, ziemlich unsanft die Kasserolle ihm über das Haupt zurückriß: Crispus sprang, Luft schnappend, auf: der Alamanne lachte ihm in das dicke, fette, höchlich erstaunte Gesicht: „Ei! dieser Römerheld ist in gutem Futter gestanden! Und diese Nase ist nicht vom eignen Blut so rot: aber auch nicht vom Wasser. He, Freund, ich gebe dich frei, verrätst du mir, wo in Juvavum der beste Wein geschenkt wird. Mich deucht: du bist der Mann, das zu bezeugen." Crispus, so gutartig angeredet, erholte sich rasch, zumal er nun fest überzeugt war, nicht gestorben zu sein und auch nicht sterben zu müssen für das Vaterland. Er holte tief Atem und sprach, die Hand zum Schwur erhebend: „Ich schwöre als römischer Bürger — den süffigsten hat Jaffa, der gute Jude, neben der Basilika. Er ist nicht getauft: — aber sein Falerner auch nicht." „Trefflich!" rief der Alamanne. „Heran, ihr Freunde!" — ein ganzes Rudel von Alamannen und Bajuvaren traf sich, händeschüttelnd, dicht neben ihm — „Zu Jaffa, dem Juden, Gott Ziu Dank zu trinken für lustigen Sieg! Du aber, dicker Schlauch, du führst uns hin — und ist er, gegen deinen Eid, sauer, der Judenwein, ersäufen wir dich darin." Das machte nun Crispus nicht bang: er freute sich im Gegenteil, von dem teuersten, dem lang abgelagerten Kyproswein, den er immer nur Reichere hatte trinken sehen müssen, diesmal ohne Bezahlung nach Genüge zu schlürfen. Daß es dem Gotte Ziu zu Ehren geschehen sollte, machte den Wein nicht schlechter. Und endlich sagte er zu sich: es ist immer noch gottgefälliger, wir trinken des Juden Schläuche leer, als die eines Rechtgläubigen.“ Um sein Haus sorgte er nicht: „Meiner alten Ancilla thun sie nichts: — die schützen ihre Runzeln sicherer denn viele Schilde. Das bischen Geld ist vergraben. Die Gipsstatuen werden sie nicht davonschleppen: nur die Nasen schlagen sie ihnen, mit unbegreiflicher Vorliebe und Regelmäßigkeit in dieser Beschäftigung, ab: thut nichts: man klebt sie wieder an.“ —

Aber ihm bangte um Fulvius, um Felicitas. Er schaute sich nach dem Flüchtling um, sah ihn aber weder tot liegen, noch gefangen eingebracht: er schien vom Erdboden eingeschluckt: der Reiter, der ihn verfolgt hatte, tummelte sein Roß schon wieder in ganz anderer Richtung hinter fliehenden Römern her. Crispus hoffte also, der junge Gatte sei entkommen: Felicitas aber vermochte er nicht zu helfen: denn sein Besieger nahm ihn mit festem Griff an der Schulter und schob ihn gegen die Brücke. „Vorwärts! Du ahnst nicht, Römer, wie alamannischer Durst brennt. Und neben der Basilika, sagst du? Recht so! Da finden wir doch Gold- und Silber-Schalen für den Trunk obenein.“

Und vor dem ganzen lärmenden, lachenden, jauchzenden Schwarm stapfte nun, so rasch ihn die kurzen Beine tragen wollten, der dicke Crispus, ein unfreiwilliger Zechbruder, durch das Thor hinein, das er vor kurzem, ein stolz behelmter Legionar, durchschritten. Das Becken hatte er liegen lassen, wo es lag. Denn schon bei der Erinnerung daran schmerzte ihn die Nase.

Fulvius war inzwischen wirklich verschwunden.

Er hatte Schild und Speer nicht weggeworfen wie sein beleibter Genoß: er war jung, stark, nicht furchtsam und er gedachte des Versprechens, das er bei seiner Befreiung dem wackern Severus gegeben. Er hatte nun den Fluß erreicht und stand hart an dem sumpfigen Uferbord. Als er den Hufschlag des galoppierenden Rosses näher und näher heran dröhnen hörte, machte er entschlossen Kehrt, sah dem Feind grimmig ins Auge, hob den Wurfspeer, zielte scharf und entsandte ihn mit aller Kraft seines Armes gegen das Antlitz des Alamannen. „Gut gezielt!" rief dieser, ließ den Zügel fallen und fing den scharf sausenden Speer mit der Linken. Wenig würde jetzt Fulvius der Schild gefrommt haben, den er vorhielt: denn der heransprengende Reiter zielte nun mit beiden Speeren, dem eignen und dem aufgefangenen, nach des Römers Haupt und Unterleib zugleich. Aber bevor die tödlichen Lanzen flogen, war deren Ziel plötzlich verschwunden.

In unwillkürlicher Bewegung rückwärts tretend vor dem schnaubenden Roß, das ihn im nächsten Augenblicke niederwerfen mußte, verlor Fulvius das Gleichgewicht, rutschte in dem glatten Ufergras aus und stürzte rücklings in den Fluß, dessen Wellen hoch aufspritzend über ihm zusammenschlugen. — Der Alamanne sah ihm, vom Gaul herab sich vorbeugend, lachend nach, wie er fortgerissen ward. „Grüße mir den Danubius!" rief er, „wann du ihn erschwommen," wandte sein Roß und sprengte querfeldein.

Zwölftes Kapitel.

Inzwischen hatte in der Stadt Zeno in eiligem Lauf die Ecke der engen Straße erreicht. Lautes Geschrei scholl ihm nach: er blickte um: prasselnd schlug die Flamme aus dem Dach eines nahen Hauses: es war das des Richters, seines Schwagers. Voll neuer Angst eilte er vorwärts. Nach wenigen Schritten hielt er vor der Pforte des kleinen Hauses des Priesters. Sie stand geöffnet. Er sprang über die Schwelle, flog den schmalen, halbdunklen Gang entlang: kein Ostiarius, kein Subdiakonus zeigte sich. Er drang in das Gemach des Priesters ein, in welchem wir diesen aufgesucht haben.

Es war verlassen. Die Thüre, die in die anstoßende Basilika führte, war nur angelehnt. Hastig trat der Flüchtling hinein und eilte in dem schwach erleuchteten weiten Raum auf den Altar zu, der, Apsis und Mittelschiff trennend, das Asyl der Kirche in heiligster Steigerung gewährte. Hier, auf den Stufen des Altars, regungslos ausgestreckt, lag Johannes, auf dem Antlitz, mit beiden Armen den Reliquienschrein auf der Kronfläche des Altars umschlossen haltend. Neues Grauen ergriff in seiner Todesangst den harten Byzantiner. War er ermordet? — Er, der ihn vielleicht noch hätte schützen können? „Wehe mir!“ stöhnte er. Sein Entsetzen stieg, als der Totgeglaubte sich langsam aufrichtete und ihm schweigend sein bleiches, ehrwürdiges Antlitz zukehrte.

„Ha, stehen die Toten wieder auf?“ rief Zeno: er wich zurück. „Warum glaubtest du mich tot?“ frug Johannes, den in die Seele dringenden Blick auf das verstörte Antlitz richtend. „Ich nicht — ich nicht! — Aber der Tribun wollte . . . —“ — „Ich ahne! — Was suchst du hier?“ „Rettung! Rettung!“ jammerte der Wechsler. Er dachte jetzt wieder nur noch an die ihm auf den Füßen folgende Gefahr. „Meine Sklaven! Alle Sklaven sind empört. Das Haus des Richters brennt.“ Da schlug heller Feuerschein durch die offenen Logenfenster der Basilika, und Waffen klirrten von ferneher. „Hörst du? Sie suchen mich! Sie kommen! Rette mich! Decke mich mit deinem Leibe. Hier all' dies Gold" — er warf auf den Altar den schweren Sack: er barst —: einzelne Goldstücke sprangen klirrend über die Stufen auf den Estrich. „Ach wehe — es entspringt mir treulos! All' dies Gold — oder die Hälfte! — nein: alles, das Ganze schenke ich dir — nein: nicht dir: ich weiß ja, du weihst es dem heiligen Petrus, eurer Kirche, den Armen. Nur rette mich!" Und er stürzte dem Priester zu Füßen, das Beutelchen mit Edelsteinen sorgfältig im Busen verbergend.

Johannes hob ihn auf. „Ich will dich retten —: um Christi willen, nicht um Goldes willen." „Du bleibst bei mir?" rief der neu Hoffende. „Das kann ich nicht! Mein Platz zu dieser Stunde ist auf dem Schlachtfeld, der Verwundeten zu warten. Meine Brüder habe ich schon dahin entsendet. Ich holte mir nur noch Stärkung in einem letzten Gebet." „Nein, nein, ich lasse dich nicht fort!" schrie jener, sich an ihn klammernd.

Aber mit unerwarteter Kraft machte Johannes sich los: „Ich muß, sage ich dir. Mich ruft der Herr. Vielleicht kann ich sogar dem Würgen Einhalt thun. Du aber — deine Grausamkeit hat die Unseligen so erzürnt, daß einige von ihnen nicht den Altar, nicht meine Fürbitte scheuen würden . . ." „Ja, ja!" stimmte Zeno bei. Er dachte an Kéix, — den rasend gewordenen Stier.

„Du sollst geborgen sein, — wo dich niemand findet als Gott der Herr. Sieh her!" Mit diesen Worten bückte er sich und hob eine Platte des Marmorbodens neben dem Altar auf: eine kurze Leiter ward sichtbar, die in einen dunkeln ziemlich geräumigen Kellerraum führte. „Da hinab! Niemand weiß von dieser alten Gruft als ich. Hier warte, bis ich dich heraushole: ich komme, sobald die Gefahr für dich vorüber." — „Aber wenn — und wenn . . . —"

„Du meinst, wenn ich umkomme? Sieh, so hebt man von unten den Deckstein empor. Eile!" — „Mir graut — lebendig begraben! — Sind Totenknochen — Skelette, verzeih': sind Heiligtümer in der Gruft?" — „Fürchte du fortan den lebendigen Gott, nicht tote Menschen! Hier — nimm die Öllampe! Und nun hinab. Hörst du? das Geschrei dringt näher." Da sprang Zeno, die Lampe in der Hand, hinunter. —

Johannes ergriff den Geldsack und warf ihn nach: — bei aller Todesangst bemerkte der Geizige doch, daß der Priester vorher eine Handvoll Solidi aus dem Sack genommen hatte —: jener schloß den Stein über ihm, dann streute er die entnommenen Goldstücke von dem Hauptportal der Basilika, das er von innen verriegelte, bis an den Altar und von da bis an und über die Schwelle der Nebenthür, die von der Kirche in sein Haus führte. Nun eilte er durch diese Nebenthüre und aus seinem Haus ins Freie.

Nach einigen Minuten hörte Zeno, mit verzagendem Herzen, wütende Beilhiebe an die Hauptthüre der Basilika donnern. Sie barst: eine große Schar von Menschen, nach den Stimmen und den Fußtritten zu schließen, drang herein. Zeno hielt den Atem an, vor Furcht: er drückte das Ohr an die Platte, schärfer zu hören. Er vernahm zuerst die Stimme eines Weibes:

„Nicht in der Kirche ihn töten! Nicht im Asyl der Heiligen! Er hat mich fast zu Tode gegeißelt und mein Kind gemordet: — aber nicht in der Kirche! Ehret das Haus des ewigen Gottes!" „Eher noch in dem Hause Gottes, als in dem Hause des frommen Johannes!" mahnte eine andere Stimme. „Asyl ist nur auf dem Altar, nicht in der ganzen Kirche!" schrie ein Dritter. Aber da hörte Zeno den furchtbaren Keix schreien: „Vor den Füßen des Himmelsvaters würd' ich ihn erdrosseln! Er hat zuletzt noch meinen alten Vater gemordet. Der hatte mich angefleht, des Scheusals zu schonen. Als es nichts fruchtete, stahl er sich von meiner Seite. Ich fand ihn erst wieder, als wir des Alten Thür erbrachen — und sein Dolch stak in meines Vaters Halse! Ich möchte ihn siebenmal ermorden!" „Einmal ist genug," lachte Kottys, „wenn man so langsam mordet, wie wir meinen Herrn abgethan. Wir haben den Richter Mucius im Feuer seines eignen Hauses lebendig verbrannt." — „Halt! Sieh hier, Bruder Kottys: das ist des Flüchtlings Spur. Die wunde Hyäne schweißt blutig: der fliehende Geizhals schweißt in Gold. Seht ihr — hier — vom Hauptportal hebt es an — da ist er herein — hat hinter sich den Riegel eingeworfen — hierher, am Altar vorbei, ist er gelaufen und da — durch diese Thür in des Priesters Haus! Dort hält er sich versteckt. Nach!"

„Nach! Nieder mit ihm!" brüllte der ganze Haufe und rannte mit dröhnenden Schritten über die Platte, über Zenos Haupt hinweg in das anstoßende Haus.

Der Verborgene war, sinnlos vor Todesangst, in den letzten Winkel zurückgekrochen: lang kauerte er so —: kalter Schweiß rann von seiner Stirn. Aber alles blieb ruhig: — der letzte Ton verhallte: die Verfolger hatten sich, nachdem sie das Priesterhaus durchsucht, in die Straße ergossen. Er sagte sich: „Bald muß der Tribun den Brand, den Aufruhr in der Stadt bemerken. Er hat schon wiederholt solche Empörungen niedergeworfen. Er stellt in wenigen Stunden mit seinen Lanzen die Ordnung her." Da kehrte dem Kaufmann langsam die Besinnung, ja ein gewisser Mut wieder. Er sah sich nun bei dem Scheine der Öllampe um in der kellerähnlichen Gruft. Er stieß auf eine Truhe. Seltsame Neugier, mit Grauen gemischt, trieb ihn unwiderstehlich, sie zu öffnen: barg hier der alte Schlaukopf die Schätze seiner Kirche? Er hob den Deckel auf: die Kiste enthielt nichts als Papyrusrollen und Pergamente. Darüber gebreitet lag ein weißes Priestergewand mit einer Kapuze, genau das gleiche, wie es Johannes am Leibe trug.

Ein Gedanke durchblitzte den Flüchtling.

Hastig streifte er das weite Priesterkleid über sein Gewand: „Hier ist meines Bleibens doch nicht mehr lang. Und am sichersten deckt — besser als ein Harnisch — dieses Kleid.“ Nach einiger Zeit, da alles noch still blieb, ward es ihm in der dumpfen Luft der Grube höchst unbehaglich: der Atem verging ihm, er fürchtete zu ersticken: er hob deshalb vorsichtig die Platte halb empor, stieg auf die oberste Staffel der Leiter und schaute in die leere Kirche. Da fiel sein Auge auf die blinkenden Goldstücke, die im Glanz der Altarampel leuchteten. Einige, aber lange nicht alle, hatten die Verfolger aufgelesen: sie dürsteten mehr nach Blut als nach Gold. Längst hatte den Geizhals gereut, dem Priester so viel versprochen zu haben. „Er hat es übrigens verschmäht: — so bin ich nicht mehr gebunden. Und diese verstreuten Stücke . . . — Schade, verfielen sie den Schurken.“ Er hob nun die Platte ganz empor — und horchte nochmals ängstlich. Alles still. Da legte er bedächtig Geldsack und Beutel mit Edelsteinen in die Truhe, schloß deren Deckel, kletterte behend heraus und las die Solidi auf. Zuerst die nächstliegenden, dann die auf dem Altar —: da sah er auch rechts vom Altar einen ganzen Haufen beisammen liegen, wie sie aus dem geborstenen Sacke gesprungen waren. Er ging nun vom Altar hinweg von links nach rechts, bückte sich — da, Entsetzen! — hörte er von dem Priesterhause her Schritte nahen: zwar nur eines Mannes —: aber das war nicht

Johannes. Ehern klang der Tritt. Rasch wollte er in sein Versteck zurück. Allein bevor er den Altar hatte umgehen können, stand ein schwarzer Schatten auf der dunkeln Schwelle des Ganges. Zeno konnte nicht mehr unbemerkt in die Gruft springen. Die Kniee brachen ihm. So warf er sich denn in der Stellung, in der er Johannes gefunden, die Kapuze rasch von hinten über das Haupt schlagend, auf den Altar, beide Arme um den Reliquienschrein geschlungen. Im Augenblick darauf fuhr ihm kalter Stahl in den Wirbel, der Hals und Rückgrat scheidet. Er war tot, bevor er noch das Wort vernommen: „Stirb, Priester!"

Dreizehntes Kapitel.

Dem Mörder deuchte aber nun die Gestalt nicht mehr ganz die hochragende des Presbyters: er beugte sich nieder, daß ihm vom hohen Helm der schwarze Roßschweif sich nach vorwärts sträubte, und bog das Haupt des Ermordeten samt der Kapuze zurück.

Mit kurzem Aufschrei ließ er es wieder fallen: „Dummheit des Zufalls! Der Wechsler! Wie kommt er hierher? Wie in diese Vermummung? Wo ist der Priester?"

Aber noch ehe der Tribun über diese Fragen irgend sinnen konnte, ward seine ganze Merksamkeit durch Lärm höchst überraschender Art nach dem erbrochenen Hauptportal abgelenkt. Leo hatte seine Reiter, auf dem Forum des Herkules aufgestellt, verlassen, mit dem Befehl, hier seine Rückkehr zu erwarten: er war abgesprungen und hatte seinen Rappen einem der Reiter übergeben: zu Fuß wollte er, auf Umwegen, minder auffällig, durch enge Gassen in das Haus des Priesters bringen. Er hatte gestutzt, da er auf halbem Wege die Flammen aufsteigen sah und den Lärm der empörten Sklaven von ferne hörte. Er blieb stehen.

Da eilte ihm verhüllten Hauptes ein fliehend Weib entgegen: er vertrat ihr den Weg. „Du bist es, Tribun!“ rief die Flüchtende. „Wie? Du, Zoë! Des Richters Gattin! was ist geschehen?“ — „Die Sklaven! Unser Haus brennt! Rette! Hilf!“ — „Dort hinab! Auf dem Forum des Herkules stehen meine Reiter! Gleich kehr' ich selbst dorthin zurück. Dann werd' ich helfen.“ Er war nun rasch an das leere Haus des Priesters geeilt, hatte es mit gezogenem Schwert durchstürmt, war in die Basilika gelangt und hatte statt des Gesuchten seinen Verbündeten tödlich getroffen.

Kaum aber hatte er dies zu entdecken vermocht, — da schmetterten von der Richtung des Portales her die Zinken und Trompeter seiner Reiter, zum Angriff blasend, herüber. „Sie sind im Gefecht mit den Empörten,“ dachte der Tribun und wollte zum Portale hinaus. „Schurken von Sklaven! während die Barbaren vor den Thoren stehen!“ Jedoch auf der Schwelle machte er plötzlich Halt: denn ein ganz anderer Schall: nicht das Wutgeheul rasender Sklaven, nein — der ihm wohlbekannte Schildruf, der Schlachtruf, das Siegesgeschrei von Germanen drang, schon aus nächster Nähe, an sein erschrocknes Ohr.

„Germanen in der Stadt? Undenkbar!“

Aber schon sah er, behutsam auf die Schwelle der Basilika tretend, um die Ecke des großen Platzes ganze Scharen, Dutzende, ja wohl mehr als ein Hundert Germanen, zu Fuß — nicht die lang beobachteten wenigen Reiter — heranwogen: gerade auf die Kirche zu. „Sich durchschlagen? Unmöglich! Zurück! Durch des Priesters

Haus!" Er flog durch das Schiff der Basilika an der noch aufgehobenen Steinplatte vorbei, in das Haus des Johannes.

Da drang ihm ebenfalls von der Thüre und der engen Gasse her barbarischer Laut entgegen: helles Lachen und Schreien: er sah ein Rudel Germanen, einen dicken Römer an der Spitze, den sie mit Weinschläuchen schwer beladen hatten, sich ihm entgegenwälzen. So rasch seine schweren Waffen es verstatteten, kehrte er zurück in die Basilika, sprang — dies erschien die einzig mögliche Rettung — in die geöffnete Gruft, riß die Steinplatte herab und hörte sofort, wie von beiden Eingängen her ganze Haufen von Germanen in die Kirche drangen.

Lärmend und jauchzend begrüßten sich die Sieger über dem Kopfe des eingesperrten Kommandanten von Juvavum.

Vierzehntes Kapitel.

Wir schließen uns lieber den zechenden Germanen oberhalb, als dem in ohnmächtiger Wut Zürnenden unterhalb des Marmorbodens an.

„Willkommen, ihr tapfren Bajuvaren, im Sieg!" — „Den wir euch danken, ihr klugen Alamannen." „Nicht wahr, wir haben sie gut herausgelockt?" meinte sein Waffengenoß. „Zuerst haben wir, das heißt Linthari, unsres ruhmvollen Königs ruhmvoller Sohn und zwei seiner Gefolgen, einen Posten von fünf maurischen Reitern beschlichen, die der Tribun des Kapitols auf Spähe gegen uns ausgeschickt. Aber wir kennen doch die Wälder besser noch als jene braunen Afrikaner. Vier waren tot oder gefangen, ehe sie sich's versehen hatten. Einer entwischte — leider! Aber es scheint: er hat nicht mehr viel erzählen können. Dann glitt ein Häuflein von uns lautlos durch den Fluß — ein Alamannenroß muß schwimmen wie ein Schwan — und sprengte euch Bajuvaren entgegen, in die Ostberge hinein, auf daß zu rechter Zeit der Ruf des Reihers und des Adlers Schrei sich kreuze." „Und diesmal seid ihr auch, ihr Schwerhinschreitenden, gegen eure Art und Gepflogenheit, wirklich zu rechter Zeit dagewesen," neckte Suomar, ein andrer Alamanne. Grimmig fuhr der Bajuvare mit der Hand an die Streitaxt im Gürtel: „Was will das sagen, du suavischer Dickkopf? Ich meine, wir sind fast stets noch früh genug gekommen, euch zu hauen —: euch, so gut wie alle andern, wenn sie nur lang genug darauf warteten! Oft schon waren euch Gedankenbehenden und Wortgeschwinden, wann ihr vor uns, den Wortlangsamen, flohet, Gedanken und Beine zur Flucht nicht flink genug!"

Der so Angefahrene wollte zornig erwidern, aber begütigend fiel der erste Alamanne, Vestralp, ein: „Laßt's gut sein, beide, du, mein Suomar, und du, starker Markomanne! Sind sie einmal da, die Bajuvaren, so schlagen sie so herrlich drein, daß sie die Stunde wett machen, um die sie sich etwa verspäten." „Das haben sie oft gezeigt!" rief Rando, ein dritter Alamanne. „Zuletzt wieder," fuhr Suomar fort, „jetzt gerade: auf dem Marktplatz und auf dem Steilweg zu der Hochburg — an den Reitern des Tribuns."

„Horch! was war das?"

„Ja! Drang da nicht ein Stöhnen aus der Erde?" — „Dort! links neben dem Altar."

„Seht nach! Hinter dem Altar? Etwa ein Verwundeter?" Ein paar Krieger eilten an den verdächtigen Ort und sahen hinter den Altar: sie fanden nichts.

„Aber was liegt da vorn auf den Stufen?“ — „Ein Toter.“ — „Ein Römer.“ — „Ein Priester, wie es scheint.“ „Das haben wohl die Sklaven gethan, die empörten, die sich uns anschlossen,“ sprach Helmbert, ein bejahrter Gefolgsführer der Bajuvaren, „als wir über die Mauern gestiegen waren. Sie sind jetzt die Wegweiser zur reichsten Beute.“ „Schafft die Leiche fort! Auf den Steinstufen da ist am besten sitzen und trinken,“ meinte Helmdag, sein Sohn. „Wag' es, du Frevler! Das ist der Tisch des höchsten Himmelsherrn,“ drohte Rando. „Nicht wahr ist's,“ schrie Helmdag dagegen, „du bist wohl ein Katholischer, ein Gottverdammter? Das hier ist ja eine Ketzerkirche der Römischen, ärger als jeder Greuel. So lehrte mich mein gotischer Taufpate, der Bischof zu Novi.“ „Du stinkender Arianer!“ erwiderte Rando. „Du Christleugnender Teufelssohn, dich will ich schon lehren, dem Herrn Christus gleiche Ehre geben wie seinem Alten: dir füll' ich den Mund mit meiner Faust. Und mit deinen eigenen Zähnen — als Zuspeis!“ „Bei uns tritt der Sohn allemal hinter den Vater zurück,“ grollte Helmdag. „Haltet Fried' alle beide,“ mahnte Vestralp, „füllt euch beide den Mund, aber mit Römerwein! Her mit dem Schlauch! Crispus, Römerheld! Nicht erst aufschnüren! Ein Hieb mit dem Schwert. So! das spritzt wie rotes Blut aus Wunden! Nun Helme herbei und hohle Schilde, bis sich der edle Römer aus Bockshaut verblutet hat. — Und was den Streit angeht um jene paar Steinstufen dort: — so glaubt mir, ein rechter Mann ehrt alles, was einem andern heilig ist: drum wollen wir alle, ihr Brüder, von jenen Stufen weichen.“ „Aber das Gold und Silber an den Wänden, an den Säulen und Steintruhen?“ sprach Helmdag, der Arianer.

„Soll das vielleicht den plündernden Sklaven verbleiben?" meinte Raudo, der Katholik. „Nein," rief der aufgeklärte Heide, der vorhin schon zum Frieden gesprochen hatte: es war Vestralp, des helmumflatterten Crispus Bezwinger, „das wäre schade! Das teilen wir unter uns alle: für Gott Zius, für des römischen Bischofs und für des Arius Verehrer." Und sie machten sich sofort ans Werk: die eherne Sturmhaube oder das Leder der Wildschurkapuze voll roten Weines in der Linken, die Streitaxt in der Rechten brachen sie, während der Arbeit herzhaft trinkend, was irgend von Metallschmuck oder Edelsteinen oder von den sehr häufigen Halbedelsteinen wertvoll war oder auch nur das Auge durch bunte Farbe blendete, aus den Sarkophagen, gestifteten Weiheschreinen und aus den Säulen selbst heraus.

Einer heiligen Anna hob Garizo, ein junger, schlank aufgeschossener Bajuvare, mit zierlicher Verneigung ihr Halsband von schwerem Gold und von Saphiren über den Kopf herab: — „Mit Verlaub, heilige Göttin oder Idise oder was du sonst sein magst. Aber du bist arg häßlich und von totem Stein: gelb ist, was man von deinem Busen sieht: meine Braut Albrun aber ist lebendig und jung und wundersam schön: und gar lieblich werden auf ihrer weißen Brust die blauen Steine strahlen." „Ja: aber wo habt ihr sie denn, eure Weiber und Kinder und sonstig unwehrhaft Volk?" fragte Vestralp den beflissenen Bräutigam. „Die kommen meist erst morgen: die Ostberge herab," gab Garizo Bescheid. „Denn das haben wir nun endlich doch auch ausgefunden, — ‚schwerhinschreitend', wie wir sind, wie dein wortgeschwinder Stammgenosse vorhin meinte — das haben wir nun doch gelernt, daß wir die Männer allein vorauf in den Kampf schicken und die Unwehrhaften erst nachkommen lassen, wann Sieg und Land gewonnen." „Es muß doch was dran sein," lachte Vestralp, „an dem ‚Schwerhinschreiten‘, weil es euch gar so wurmt. Wenn einer euch feig nennte, — ihr lachtet bloß und schlügt ihn nieder. Ihr seid seltsame Leute! Kein anderer Stamm so geruhig, und so furchtbar zugleich im Zorn.“ „Das will ich dir sagen, Suave,“ sprach bedachtsam Helmbert, der Weißbart. „Wir sind wie die Berge: die stehen ruhig, wieviel an ihnen herumkraucht. Wird's ihnen aber endlich zu arg, so werfen sie um sich mit Fels und mit Feuer.“ „Jedoch diesmal habt ihr gezeigt, daß ihr auch recht verschlagen schlau sein könnt,“ rief Suomar! „Mit welch listiger Sorgfalt haben sie verhütet, daß die Feinde Wind bekommen konnten von ihrem Heranzug! So scharf haben sie alle Straßen und selbst die Saumpfade und die Gangsteige der Gemsenjäger bewacht, daß keinerlei Kunde vom Aufgang her nach Juvavum gelangen mochte.“ „Um aber die Römer nicht durch das Ausbleiben jeder Nachricht argwöhnisch zu machen,“ ergänzte Helmbert, „haben wir unsere eigenen römischen Colonen als Bauern und Handwerker, als wären es Leute von Ovilava und Laureacum, nach der Stadt geschickt, dort zu verkaufen und einzukaufen.“ „Und wenn diese alles aufdeckten?“ frug Suomar. „Traf ihre zurückbehaltenen Gesippen der Tod. Das war ihnen deutlich genug gesagt. Aber die kleinen Leute halten ohnehin lieber zu uns als zu ihren römischen Peinigern.“ „Auch die Bürger der Stadt gaben ihren Widerstand bald auf —: sie finden sich in die neue Herrschaft, da sie sehen, wir fressen sie nicht,“ lachte Helmdag. „Ja: tapfer und erbittert haben sich nur die Reiter und die Fußkämpfer des Tribuns geschlagen,“ sprach Rando. „Erzählt doch,“ mahnte Vestralp: „wir, die wir jenseit des Flusses fochten, wissen noch immer nicht genau, wie es innerhalb der Wälle herging, wie die Hochburg so rasch fiel.“

„Das ging seltsam, bei dem Schwerte Zius," hob Rando wieder an. — „Dort, auf dem großen Platz, wo der Christenheilige steht mit Löwenfell und Keule . . . —" — „Das ist der rechte Heilige! Das ist ja ein Heidengott!" — „Nein, ein halber Gott." „Mir gleich," fuhr Rando fort. „Geholfen hat er den Römern nicht, ob Heiliger, Gott oder Halbgott. Aber überrascht sahen wir drein auf jenem Marktplatz. Nachdem wir, etwa zwanzig Alamannen, mit den herbeigerufenen Bajuvaren — wie die Eichkatzen können sie klettern, diese Bergjäger von Bajuhemum! — über die Mauern geklommen waren, meinten wir, nun sei alles zu Ende. Aber als wir auf den offenen Markt kamen, sprengten mit schmetterndem Tubaschall des Tribuns Reiter geschlossen auf uns ein —: er selbst war nicht zu sehen: er sollte krank liegen auf der Hochburg: aber auch da hat man ihn nicht gefangen. — Wir waren anfangs gar wenige und nur mit Mühe hielten wir Stand. Allmählich drängten wir sie doch zurück: Schritt für Schritt mußten sie aufwärts nach dem Kapitol. Allein dort kamen ihnen des Tribunen Isaurier zu Fuß zu Hilfe: und es galt nun erst recht ein grimmiges Ringen Mann an Mann. Da hab' ich sie wieder einmal kämpfen sehen in ihrer Wodanswut, die Bajuvaren."

„Sag' du: Löwenmut!" fiel stolz Helmdag ein, der Bajuvare, „denn wir tragen den Löwen in der Heerfahne und Löwenmut im Herzen."

„Wie kommt ihr zu dem Südlandtier? Der Bär, meine ich, steht euch näher und — ähnlicher."

„Das meinst du halt, du scherzwitziger Suave," so kam der alte Helmbert seinem Sohn zu Hilfe, „weil ihr zwar viel mehr wißt, als wir Behäbigen: aber doch nicht alles. Wohl dreihundert Jahre sind's. Da hatte man noch der Alamannen Namen nie gehört. Unsere Ahnen aber, die

Markomannen, hatten sich schon lange mit den Römerhelden grimmig gestritten. Und damals wiegte sich noch der Sieg auf den Flügeln der goldenen Adler. Da war am Tiberstrom in dem goldnen Hause Neros ein großer, weiser, zauberkundiger Kaiser. Der hatte durch seine Zauberkunst gefunden: wenn er zwei Löwen über den Danubius schwimmen lasse, werde in der bevorstehenden Schlacht das tapferste Volk der Erde siegen. Aber unsere Väter, die Markomannen, sprachen: ‚Was sind das für gelbe Hunde?‘ schlugen die Löwen mit Knitteln tot, und erschlugen darauf das Heer des Kaisers und seinen Feldherrn: zwanzigtausend Römer lagen da tot auf ihren Schilden. Nun wußte also der kluge Kaiser in Rom, welch Volk das tapferste auf Erden ist. — Wir aber führen seitdem zwei Löwen in der Heerfahne. So singen und sagen unsere Sänger. Nun rede weiter, Suave.“

„Das will ich: zu eurem Ruhme! Wie die Katzen — oder wenn du, Helmdag, es lieber hörst, wie die Löwen — sprangen die Bajuvaren den maurischen Rossen an den Hals und ließen sich eher schleifen, als daß sie losgelassen hätten. ‚Gieb auch Loge, was ihm gebührt‘, sagt ein Sprichwort, das ich einst bei den Angelsachsen vernommen: verzweifelt fochten Mauren und Isaurier, Mann für Mann den engen Steilweg deckend, der nur für zwei Rosse Raum bot. Endlich kam der Herzog von draußen uns zu Hilfe: er führte frische Mannschaft zu und nun sprengten wir, mit gefällten Speeren, in plötzlichem Anlauf zwischen die Pferde eindringend, den ganzen Knäuel auseinander. Furchtbar wütete jetzt im Nahkampf das kurze Messer der Bajuvaren: sie unterliefen die langen Lanzen der Isaurier, sprangen zu den maurischen Reitern auf den Sattel, stießen den ganz Gepanzerten, sonst Unverwundbaren, ihre Dolchklingen in Gesicht und Gurgel: zu beiden Seiten, nach rechts und nach links, stürzten die Feinde, Roß und Mann, über die niedere Brüstung der Römermauer hinunter, auf das Felsgezack, in den Abgrund. Gleichwohl hätte der Kampf um die Burg selbst noch lange währen mögen, ja gewiß hätte nur der Hunger jene Felsmauern bezwungen, wären die Reste der Feinde, die nun endlich flohen, noch in das Thor gelangt. Aber sie gelangten nicht mehr hinein! Eine hohe That geschah durch eines bajuvarischen Knaben Hand. Ich sah es deutlich: denn ich hatte, von den Bajuvaren überholt, zuletzt nicht mehr selbst kämpfend, nur das Thor der Burg, hoch über mir deutlich wahrnehmbar, im Auge. Da sah ich, wie von zwei Isauriern, die dort Wache standen, der eine den Seinigen entgegenlief: offenbar bedeuteten seine Bewegungen, die Hintersten, dem Thore Nächsten, zu eiliger Flucht in die Burg zu mahnen, bevor die Barbaren mit eindrängen. Der andere Isaurier stand auf der Schwelle des Thors, den ehernen Riegel des einen Flügels in der Hand, bereit das Halbthor von innen zuzuwerfen und den Riegel vorzuschieben, sowie die Flüchtlinge hereingeströmt wären. Da plötzlich stürzte der Mann, wie vom Blitz niedergestreckt von hinten nach vorn auf das Antlitz nieder: er stand nie mehr auf: das Thor ward von innen zugeworfen: — gleich darauf erschien ein Knabe in blondem Gelock auf dem Turm oberhalb des Thores, schlug mit der Streitaxt die kaiserliche purpurne Standarte herunter und pflanzte an hohem Speer, weithin leuchtend, einen blauen Schild an die Stelle des gestürzten Paniers.

‚Mein Hortari‘, rief da Garibrand, der Herzog, ‚meines Bruders Sohn, der vor vielen Wochen geraubte, tot geglaubte! Sein Schild, unseres Hauses, unserer Sippe sieghafter Blauschild! Vorwärts, ihr Bajuvaren! Nun haut Hortari heraus!‘

Aber da war nichts mehr herauszuhauen: der Tribun lag nicht darinnen: auch die Sklaven des Tribuns waren nicht in der Burg zu finden: das kühne Kind war der einzige Mensch innerhalb des Kapitols. Der Kampf vor dem geschlossenen Thor war nun auch gleich zu Ende: die Feinde, ausgesperrt, unfähig, obzwar einer auf des andern Rücken sprang, die turmhohen Mauern zu ersteigen, von uns unablässig bedrängt, warfen die Waffen weg und ergaben sich. Einzelne spornten freilich, an Gnade verzweifelnd oder sie verschmähend, lieber ihre Rosse rechts vom Steilweg in den Abgrund. Nun sprang von innen das Thor der Hochburg von Juvavum auf: und jung Hortari flog in seines Oheims Arme: der junge Knabe der Bajuvaren hat seinem Volk das Kapitol von Juvavum gewonnen. — Heil Hortari dem Jungen! Die Sänger werden sein gedenken!"

„Heil Hortari dem Jungen!" scholl es laut durch die weiten Hallen der Basilika.

Als der frohe Ruf verhallt war, vernahm man abermals Zankworte aus dem Hintergrund des Gebäudes. Da war in der Apsis hinter dem Altar ein weingerötet Paar in lauten Streit geraten. Aus einer aufgesprengten Truhe hatten zwei der Männer unter anderen römischen Denkmälern, die der eifrige Johannes seinen immer noch stark heidnischen Schäflein weggenommen hatte, allerlei Aberglauben abzuschneiden, den sie damit trieben, ein kleines, zierlich gearbeitetes Marmorrelief, die drei Grazien, die sich zärtlich umschlangen, darstellend, erbeutet. Jeder hatte das Stück an einem andern Ende gepackt: und schreiend und lärmend zerrten und zogen sie sich nun durch die Kirche bis dicht vor Vestralp und Helmbert hin. Da ließ der eine der Streitenden den Marmor fahren und zückte das kurze Messer wider seinen Gegner, der sofort die Beute fallen ließ und das Handbeil aus dem Gürtel riß. „Halt! Agilo!" rief Veſtralp, ſeinem Stammgenoſſen in den Arm fallend. „Stich du Römer, wenn du ſtechen mußt, nicht Alamannen," ſchalt Helmbert und drückte ſeines Landsmanns Meſſer nieder. „Wohl! Ihr ſollt entſcheiden," riefen beide Streitende aus einem Mund.

„Ich hab's zuerſt geſehen," rief der Alamanne. „Ich wollt' es meinem Lieblingsroß vorn als Bruſtplatte vorhängen." „Ich aber hab's zuerſt genommen," entgegnete der Bajuvare. „Es ſind die drei ſchickſalſpinnenden Schweſtern. Ich hänge ſie auf ob meines Kindes Schildwiege." „Der Streit iſt leicht ſchlichten," ſprach Veſtralp, hob die drei Grazien vom Boden auf, nahm dem Alamannen das Beil aus der Hand, zielte ſcharf und ſchlug das Relief genau in der Mitte durch. Helmbert aber ergriff die beiden Stücke und ſprach: „Nicht Foraſitzo, Wodans Sohn, der da Recht ſpricht auf Heligoland, könnte gerechter teilen: da hat jeder von euch anderthalb Göttinnen. Jetzt geht und trinkt Verſöhnung." „Wir danken auch ſchön," ſagten wieder einſtimmig, hochbefriedigt, die Streitenden.

„Aber es iſt ja kein Wein mehr da," klagte der Alamanne. „Sonſt hätt' ich ihn längſt getrunken," ſeufzte der Bajuvare. „He, Criſpe, Sohn des Mars und der Bellona," rief Veſtralp, „wo iſt noch Wein?" Criſpus ſchleppte ſich keuchend herbei: „Oh Herr! Es iſt unglaublich! Aber ſie haben wirklich alles ausgetrunken. Jaffa, der kluge," flüſterte er, „hat wohl noch ein klein Schläuchlein vom allerbeſten: aber der iſt nur für dich allein, weil du meines Lebens geſchont haſt." Laut fuhr er wieder fort: „Hier iſt ein großer Thonkrug voll Waſſer: miſcht man den mit dem letzten Spülreſt in den Schläuchen, giebt's noch ein breit Getränk." Aber Veſtralp holte aus mit dem Speerſchaft und zerſchlug den weitbauchigen Miſchkrug, daß das Wasser stromweise floß: „Der Mann sei ausgethan vom Stamm der Alamannen,“ rief er, „der jemals Wasser mischt in seinen Wein. — Den Sonderschlauch,“ fuhr er leise zu Crispus fort, „soll der arme Jude behalten: er soll ihn selber trinken — auf all' den Schreck.“

Da scholl von draußen der Ruf des Auerhorns. Und gleich darauf ward die zerbrochene Hauptthüre der Kirche aufgerissen: ein riesiger Bajuvare stand auf der Schwelle und rief mit lauter Stimme herein: „Da sitzt ihr und sauft in seliger Saumsal, als sei alles schon zu Ende: und doch neu in den Straßen entbrannte der Streit. Die Knechte der Römer! Sie brennen und sengen! während doch unser die Stadt! Schützt euer Juvavum, bajuvarische Männer! So gebeut Garibrand, der Herzog.“

Im Augenblick hatten sämtliche Germanen ihre Waffen ergriffen und mit dem lauten Ruf: „Schützt das Juvavum der Bajuvaren,“ stürmten sie aus der Kirche.

Als der letzte Fußtritt lange verhallt, ward die Marmorplatte behutsam aufgehoben: hervor stieg der Tribun: der tapfere, kriegsfreudige Mann hatte bitterste Qualen der Demütigung erduldet diese lange Zeit. War er auch kein Römer und kannte er auch keine Pflicht —: es brannte ihm doch auf seiner Soldatenehre, daß er, blind seinen Leidenschaften folgend, nur seinen Zwecken nachjagend, den Barbaren den Sieg so sehr erleichtert hatte. Er blickte finster: er biß die Lippe: „Meine Reiter! das Kapitol! Juvavum! die Rache an dem Priester! der Sieg! Alles verloren! bis auf — Felicitas! Ich hole sie mir: — und fort, fort mit ihr über die Alpen! — Wo mag mein Pluto geblieben sein?“

Leo bog durch das Haus des Priesters in die enge

Gasse ein und suchte vorsichtig den Schatten der Häuser. Es begann nun zu dunkeln: so lange hatte ihn das Gelage der über seinem Haupte Zechenden festgehalten! — Wie ein schleichend Raubtier, sich duckend an jeder Ecke und rasch die andere Seite der Querstraße im Sprung gewinnend, mied er die großen freien Plätze und die breiteren volkreicheren Straßen. Da vernahm er in der Ferne brausenden Lärm verworrener Stimmen: er blickte zurück: Feuerschein stieg dort lohend in den rauchverfinsterten Himmel.

Der Tribun eilte, die Nordseite des Walles zu gewinnen: das vindelicische Thor selbst unbesetzt zu finden, durfte er sogar von germanischer Sorglosigkeit nicht erhoffen: aber er kannte das Geheimnis, ohne Schlüssel den Mechanismus eines Ausfallpförtchens zu öffnen, das ebenfalls auf die Heerstraße nach Vindelicien mündete. Dieses Pförtchen trachtete er nun hastig zu erreichen.

Unangerufen, ungesehen erstieg er den Wall, die Stufengänge vermeidend, öffnete das Pförtchen, schloß es sorgfältig wieder, glitt die steile Böschung hinab und gelangte in den Graben, der, ehemals unter Wasser zu setzen, nun — das Schleusenwerk war verdorben — seit Jahrzehnten trocken lag. Unkraut und hohes Gebüsch, über Manneshöhe ragend, wucherten darin.

Kaum hatte er die Sohle des Grabens betreten, als ihn aus dem Weidengebüsch lautes Gewieher begrüßte: sein treuer Rappe trabte ihm kopfnickend entgegen. Zwei andere Rosse antworteten aus dem Gebüsch. Gleich darauf krochen zwei Männer, platt auf die Erde sich duckend, auf allen Vieren aus dem Dickicht — Himilco war's, der Centurio, und noch ein Maure. — Sie winkten ihm schweigend, in das Versteck zu folgen. Sie waren nach der Zersprengung ihrer Schar durch die Bajuvaren fliehend in den Wallgraben herabgesetzt: der Rappe, dessen Hüter gefallen, war den anderen beiden Rossen gefolgt. Einstweilen hatten sie sich hier im tiefsten Dickicht des Grabens versteckt.

„Der erste Lichtstreif glücklichen Zufalles an diesem schwarzen Tage," meinte der Tribun. „Wir fliehen selbdritt! Kommt! Dort links reicht der Fluß fast an den Graben. Die Gäule können ihn springend leicht erreichen — dann schwimmen! Ich muß noch auf den Mercurius-hügel — die vindelicische Straße hinab! Dann — über die Berge!" „Herr," beschwor ihn Himilco, „warte die Nacht ab! Schon zweimal suchten wir so auf diesem Wege zu entkommen —: beidemal entdeckten uns die alamannischen Reiter, die unablässig vor den Thoren streifen, Flüchtlinge aufzugreifen: beidemal entkamen wir nur mit knapper Not wieder hierher. Nur im Dunkel der Nacht läßt sich's wagen." Widerwillig mußte der Tribun diesen Rat als vollbegründet anerkennen: auch sagte er sich, daß zur Nacht der Frauenraub leichter auszuführen sein werde. — So entschloß er sich, ungeduldig genug, den Einbruch der vollen Finsternis in diesem Versteck abzuwarten.

Fünfzehntes Kapitel.

Weit hinter dem Rücken der verborgnen Flüchtlinge, in der Südostseite der Stadt, tobte indessen der Lärm und Streit fort.

Hier hatten sich die wildesten der empörten Sklaven, — viele warfen nun, nachdem sie an ihren Herren die Rache gestillt, die Waffen weg — von den Bajuvaren von weiterem Brennen, Morden und Rauben abgehalten und, sofern sie sich widersetzten, mit Gewalt von Straße zu

Straße getrieben, zusammengedrängt zu letztem Widerstand. Hier lagen die großen kaiserlichen Magazine für den Nachen- und Floß-Bau der Fahrt, zumal des Salzhandels, auf dem Ivarus: ungeheure Vorräte von wohl getrocknetem Holz, von Segeltuch, von Pech und Teer: diese Lieblinge des Feuergottes wollten die Wütenden in Flammen setzen: sie hofften in ihrer blinden Zerstörungswut, von da aus werde bald Brand unhemmbar über die ganze Stadt seine roten und schwarzen Fittiche spreiten. Die Magazine waren aber auf den Flachdächern mit Schieferplatten gedeckt, von hohen Steinmauern geschützt, die starken Eichenthore gesperrt: die wenigen Wachen ringsum waren zwar längst entflohen: aber auch unverteidigt leisteten Stein und eisenbeschlagen Holz eine Zeitlang den Tobenden Widerstand. Doch nun kam Keix, der Führer der Schar, von der nächsten Brandstätte her, dem Bad der Amphitrite, angestürmt, in jeder Faust schwingend eine blau- und eine grünbrennende Pechfackel, wie sie bei Illuminationen des großen Weihers in diesen Prunkgärten aufgesteckt wurden: „Hei!" schrie er. „Nun gebt acht! Das wird heute das reichste Feuerwerk! Die Saturnalien haben zwar die Christenkaiser verboten, aber wir führen sie wieder ein. Doch diesmal dem Vulkan zu Ehren — und dem Chaos!" Und er stemmte beide Fackeln an die Eichenplatten des Hauptthores, die sofort zu schwelen begannen.

Allein nun hatten auch die verfolgenden Bajuvaren diesen Platz erreicht. Die über mannshohen Verrammelungen in den einmündenden Straßen hatten sie nach kurzem wilden Kampf mit den Verteidigern niedergerissen: und jetzt stürmten sie im geschlossenen Keil heran, an der Spitze Garibrand der Herzog. „Haben wir euch, Mordbrenner? Nieder die Waffen! Augenblicklich löscht jenes Thor. Oder, beim Speere Wodans, kein Mann unter euch bleibt lebendig." Statt aller Antwort hob Kottys die schwere Eisenstange, den langen Riegel, den er von seinem eignen Sklavenzwinger abgerissen hatte, und schrie: „Meinst du, wir wollen nur unsere Herren tauschen? Frei wollen wir sein! Und selber Herren! Und alles soll vernichtet werden auf dem ganzen Erdball, was an die Zeit unserer Knechtschaft gemahnt. Kommt heran, ihr Barbaren, gelüstet's euch, mit Verzweifelten zu kämpfen."

Und nun drohte ein grimmig Wüten loszubrechen.

Da rief eine laute, machtvolle Stimme: „Haltet ein. Friede sei mit euch allen!" Zwischen die Streitenden trat des Johannes ehrwürdige Gestalt: hinter ihm erschienen seine geistlichen Genossen: sie führten, von Bürgern Juvavums unterstützt, auf Tragbahren und in Sänften verwundete Sklaven, Mauren, Isaurier, auch einige Germanen mit sich. „Gebt uns die Straße frei! — Laßt uns diese Verwundeten — sie gehören euch allen an, die ihr hier streitet — in meine Kirche führen." Dieses Wort, der Anblick schon wirkte beschwichtigend, versöhnend: — die Bajuvaren senkten auf ihres Herzogs Wink die erhobenen Waffen: auch die meisten der Sklaven.

Furchtlos schritt Johannes in deren dichtesten Haufen hinein: ehrerbietig wichen alle zurück: die Weiber, — denn auch gar manche Sklavin war unter der Rotte, — knieten nieder und küßten den Saum seines Gewandes. So schritt er gerade auf das Thor zu, das eben Feuer zu fangen begonnen hatte: Nur Kottys wollte ihm wehren: „Zurück, Priester!" schrie er und schwang die Stange: und da Johannes ruhig vorwärts schritt, traf ihn das Eisen schwer auf die Schulter: er sank: sein Blut floß auf die Erde. — „Wehe dir, Bruder!" rief Keix, „du hast den einzigen Beschirmer der Armen und Elenden, unseres Vaters besten Freund hast du ermordet!" Und der Wilde kniete neben den Priester, ihn mit beiden Armen umfangend. Er mußte dabei den ehernen Dreizack, seine furchtbare Waffe, die er soeben einem Neptunus auf dem Brunnen aus der Faust gerissen hatte, von sich werfen. Diesem Beispiel folgten fast alle seine Genossen: Auch Kottys warf die Stange zu Boden und bat: „Verzeih' mir, Vater Johannes!“ Dieser aber erhob sich: „Du hast bereut — so hat dir Gott vergeben! Wer bin ich Sünder, daß ich zu vergeben hätte?“

Er schritt nun ungehindert auf das Thor zu, stieß die Fackeln um, hob einen der weggeworfenen breiten Schilde auf, preßte ihn mit der Rechten auf die noch kleine Flamme in dem Thor, erhob beschwörend die Linke gegen den Himmel und sprach: „Kreatur des Feuers! Auch du dienst Gott dem Herrn! Ich befehle dir: — ich beschwöre dich, höllischer Dämon der Flamme: — weiche von hier in die Hölle.“

Da war das Feuer erloschen. —

Johannes ließ den Schild sinken und kehrte sich wieder der Menge zu: die fromme Verklärung tiefster Überzeugung leuchtete aus seinem Antlitz. „Ein Wunder! Ein Mirakel des Herrn durch die Hand des frommen Johannes!“ So scholl es aus der ganzen Sklavenschar: auch die Trotzigsten warfen nun die Waffen weg und sanken, sich bekreuzend, auf die Knie: auch unter den Bajuvaren bekreuzte sich mancher und bog das Knie: Keix und Kottys aber hoben wie anbetend die Hände zu Johannes empor.

Da schritt Garibrand der Herzog auf den Presbyter zu und sprach langsam: „Das hast du gut gemacht, Weißkopf. Hier, meine Hand. — Aber sprich,“ fuhr er fort und ein schlaues Lächeln zuckte um seine Lippen: — „wenn du dem Zauber deiner Runenworte, die du in das Feuer rauntest, voll vertrautest, — weshalb noch den Schild daneben brauchen?" Hoch richtete sich der so Gefragte auf und sprach: „Weil wir Gott nicht versuchen sollen. Wollte aber der Herr das Feuer löschen, brauchte er nicht meines Armes noch des Schildes."

„Das war wohl noch nie," sprach der Herzog, bedächtig kopfnickend, „seit ihr Christenpriester Runen ritzet, daß einer von euch auf irgend eine Frage verstummte. — Ihr habt und besonders du hast Gewalt über die Seelen, — mehr als mein Schwert über die Besiegten: brauche sie immer wie diesmal. Ich kenne es wohl, wie mächtig ihr seid, ihr Männer des Kreuzes. An dem Danubius waltet Einer — Severinus heißt er —: der ist gewaltiger mit seinem Wort als Rom und die Barbaren. Wir wollen gute Freundschaft halten. Ich scheue dich! — Aber das eine höre: ich werde euch zu Christus beten lassen, wie ihr wollt: hüte auch du dich, den Meinen zu wehren, zu opfern wie sie wollen. — Nein, nein, Alter — schüttle nicht das Haupt. Ich dulde keine Widerrede!" Und er hob drohend den Finger. Aber unerschrocken sprach Johannes: „Wenn der Herr die Verirrten zu sich rufen will durch meinen Mund, — wird Furcht vor dir ihn mir nicht schließen. Deine Herzogin ist schon dem Herrn gewonnen — wahrlich, ich sage dir: du und dein Volk — ihr werdet ihm nicht entrinnen. —

Ihr aber, erhebt euch" — so wandte er sich zu den Sklaven. — „Ich werde für euch bitten bei den Siegern, die nun die Herrscher dieses Landes sind. Ich werde sie lehren, daß auch ihr, nach dem Ebenbild Gottes geschaffen, ihre Brüder seid und auch eure unsterblichen Seelen erlöst sind durch Christi Opfertod. Ich werde sie lehren, daß, wer seine Sklaven frei läßt, sich in des Himmelvaters Herzen den wärmsten Platz gewinnt."

„Wer aber auszuharren hat in der Knechtschaft," fiel

der Herzog ein, „der wisse, daß wir Germanen hochherzige Herren sind: wir belasten und strafen den Knecht nicht nach Willkür oder Laune des Herrn: nein, wie über unsere Freien das Gericht der Freien, so richtet über unsere Unfreien der Spruch ihrer eigenen Genossen: im Hofgericht nach Hofrecht. Ihr steht fortab unter dem Schutz der stärksten Rechtsburg: des Rechts und des Gerichts eurer eigenen Genossen! So seid getrost: ihr dienet edeln Herren!"

Sechzehntes Kapitel.

Bald nachdem der Sklavenaufstand in der geschilderten Weise gedämpft war, wanderten durch das vindelicische Thor hinaus auf der großen Legionenstraße in der Richtung des Mercuriushügels zwei Germanen.

„Siehe, schon steigen über dem verlöschenden Abenddämmer empor die Sterne," sprach der eine, und, den Speer auf der Schulter wagrecht tragend, hob er beide Hände zum Himmel empor. „Ich grüße euch, ihr Wächter von Asgardh, ihr allschauenden Augen. Sendet mir bald das Glück! — ich ahne, ihr wißt," fügte er, seinem Begleiter unhörbar, bei — „welch' Glück mein Herz verlangt. Es schmerzt dies Herz: ich glaube, weil es leer ist."

Dann faßte er wieder des Speeres Schaft und schritt voran, die Augen wie suchend und sehnend in die duftverschleierte Ferne gerichtet: der weiße Mantel flog im Winde. Er war sehr schön, der junge Königssohn: und seinen edeln ernsten Zügen gab dies verträumte Sinnen herzgewinnenden Reiz.

„Wenn mir die Sterne was Liebes zeigen wollen,"

brummte, das Wolfsfell zurückschlagend, sein Begleiter, „sollen sie mir bald eine Weinschenke zeigen. Ich habe noch lange, lange nicht, was ich brauche. Mich schmerzt die Gurgel: weil sie leer ist, glaub' ich. Vestralp und die Seinigen, die haben's gut getroffen! Ein paar Kreuzgläubige sind bei seiner Schar: die hat nun der Kreuz-Baltar, wohl zum Lohn ihres Glaubens, in seinen Tempel geführt: da oder dicht daneben haben sie eine ganze Sintflut von Wein gefunden und gezecht wie in Donars Halle. Ich aber habe nur ein paar Tropfen geschluckt in einem verlassenen Hause, wo just das Mahl aufgetragen ward, als die Bajuvaren in die Stadt drangen. — Höre, ihr Herzog hat ganz recht: es ist übertrieben streng, wie du deinen Eid auslegst." — „Kann man einen Eid, eine Pflicht, zu streng deuten, Alter? Du selbst hast mich das besser gelehrt." — „Nun ja! Wenn du auch deinem Vater schwören mußtest, nie eine Nacht in einer römischen Stadt zu schlafen, Fanggruben für Edelwild, mit Netzen umgarnt, nennt sie der König, — Juvavum ist, wie Garibrand richtig sagte, nun eine Stadt der Bajuvaren." — „Nur König Liutbert selbst könnte mir verstatten, den Eid so zu deuten. Aber tröste dich: du sollst noch Wein trinken, so viel du willst." — „Wo?" — „Nun: in dem Hause, wo wir einsprechen werden." — „In welchem aber?" — „Meinetwegen in dem allernächsten, deinen Durst zu stillen. Siehe, dort, rechts von der Straße, liegt ein Hügel, und darauf ein Haus: man sieht noch die weißen Götterbilder auf dem Dach aus den Gebüschen blinken." — „Aber da drüben, links von der Straße, liegt auch eines: das scheint größer, stattlicher, mehr verheißend." — „Mir gilt's gleich." — „So wählen wir das größere, das zur Linken." — „Aber siehe: da schoß ein Stern vom Himmel! Und gerade über dem Dache des Hauses zur Rechten, auf dem

Hügel, fiel er nieder! Das ist ein Wink der Götter! Ich folge gern den Sternen! Wir gehen ins Haus zur Rechten." Damit sprang er von der Legionenstraße hinab auf den Fußsteig, der zu des Steinmetz Hause führte.

„Auch bei der Beuteteilung kommen wir nun vielleicht zu kurz, wegen deiner thörichten Eidstrenge," brummte der Alte, ihm nachsteigend.

„Nein," rief Liuthari, „Herzog Garibrand läßt mich morgen früh dazu entbieten. So versprach er, als er Abschied von uns nahm im vindelicischen Thor. Übrigens die Hauptgewinne dieses Sieges sind für uns nicht ein paar Goldgeschirre oder Streifen Landes, sondern daß wir fortan im Aufgang statt der Römer nun die treuen Bajuvaren als sichere Marknachbarn erhalten. Diesen aber ward es schon lange allzu enge am Danubius, seit die Ostgoten unter den Amalungenkönigen so gewaltig um sich griffen. So wichen sie aus nach Mitternacht und nach Niedergang. Agilolf, ein anderer ihrer Herzoge, Garibrand versippt, zog, sowie dieser sich gegen Juvavum aufmachte, durch den Bojer-Wald gegen Regina Castra, das stärkste Römerbollwerk, da, wo der Danubius zu höchst gen Norden steigt. Ob er es wohl schon gewonnen hat?"

„Die Siegesbotschaft wird sich kaum mehr lang erwarten lassen. Und mit dieser Botschaft kommt wohl auch ein Bescheid, der dich nah' angeht, Liuthari." Der Jüngling errötete und senkte schweigend das Haupt. „Herzog Agilolfs Tochter, Adalagardis, ist die schönste Jungfrau, die ich je gesehen," fuhr der Alte eifrig fort. „Ihr Vater und König Liutbert beraten schon lang, aus euch ein Paar zu machen. Der stolze Bajuvare will aber, scheint es, dem Königshaus sich nur verschwägern, kann er's mit ebenbürt'gem Glanz. Drum schickte er mich von meiner Werbefahrt nach Hause mit den Worten: ‚Aus der eroberten

Römerburg sende ich Bescheid.' Und ich meine: es wird Zeit für dich, mein Bub! Du stehst in der Vollblust deiner Jugend: und du hast Blut, nicht Wasser, in deinen Adern." „Ich meine oft — Feuer loht darin," — sagte der Schöne leise, wie verschämt. „Meinst du, ich hab' es nicht gesehen, mit welchen Augen du in dem eroberten Juvavum jedes Römermädchen beschaut, das zu dir aufsah? Gar manche, mein' ich, hätte sich nicht gar arg gesträubt in deinen Armen." — „Wie, Alter, Gewalt! Gewalt gegen ein Weib?" — „Ei, bei Berahta und Holda! es braucht nicht viel Gewalt. Und eine Zeit lang wehren sie sich alle, auch lang verlobte Bräute. Aber diese schwarzhaarigen, gelbhäutigen, magern Katzen sind nichts für meinen Königssohn: sie würden die ganze Zucht verderben. Doch, Adalagardis! Heil dir und uns wird sie dein Weib. Die Schildjungfrauen Wodans denk' ich so! Kaum eines Fingers Breite kürzer gewachsen als du, von lichtem Haar bis auf die Knöchel, wie von goldenem Königsmantel, umwallt, die Arme rund, voll und weiß wie Alpenschnee, freudig blitzende Augen, hell wie die Frühlingshimmel, und hochwogend die herrlich gewölbten, die stolz aufragenden Brüste. Bei Fulla, der Kraft- und Schöne-Strotzenden! Das ist die richtige Königsfrau der Alamannen! Was rittest du nicht längst und freitest sie?"

„Du vergißt: nie hab' ich sie gesehen. Ihr Vater sprach: ‚Ich lade dich erst, wann ich Hof halte zu Regina Castra.' Doch mag wohl sie das Glück sein, das ungewisse und doch heiß ersehnte, die Sälde, die ich suche. — Halt! Wir sind am Ziel. Dies ist der Eingang. Aber was ist das? Ungastlich scheint dies Haus. Verrammelt, mit lauter Steinplatten, ist der Eingang." „Ha, nun," lachte der Alte. „Es ist ihnen nicht zu verargen, den Hausleuten, sperren sie nach Kräften solche Gäste aus, wie

Haduwalt und seinen Durst. Aber die lassen sich beide nicht so leicht aufhalten! Nicht Haduwalt, Hadumars Sohn: und noch weniger sein Durst. Nieder mit den Steinen!" Und schon hatte er mit starker Hand eine der aufeinander getürmten Marmorplatten gefaßt, sie nach innen zu werfen. „Halt," rief da Liuthari, „schau —! auf der allerobersten Platte der Verrammelung ist etwas eingeritzt: vielleicht der Name des Hauses? Ich denke, ich kann es gerade noch lesen." „Ich könnte es nicht lesen," lachte der Alte, „und stünde die Sonne im Hochmittag. Was sagen die Runen?" Und Liuthari las: langsam, mühsam, Buchstabe um Buchstabe entziffernd:

»Hic — habitat — — felicitas —
Nihil — intret — mali.«

Betroffen, regungslos schwieg der Jüngling eine Weile. Sein Herz klopfte: das Blut stieg ihm siedend in die Schläfe. „Wie seltsam!" sprach er dann vor sich hin, „hier wohnt das Glück? — das Glück, welches ich suche? und der schießende Stern —: lenkte er deshalb hierher meinen Schritt?" „Nun, bei dem wundernden Wodan," sprach Haduwalt, — „hat dich der Runenspruch verzaubert?"

„Ei wohl: zum Zweck segnenden, schützenden Zaubers mag er wohl eingeritzt worden sein." Da faßte der Alte hastig den Königssohn bei der Schulter und wollte ihn zurückziehen. „Dann laß uns weichen!" flüsterte er ängstlich. „Lieber bring' ich durch zwei Reihen Römer, als durch einen Zauberspruch hindurch! Siehe: schon scheinst du festgebannt vor dem Eingang: was ist der Sinn der Rune?" — „Wie soll ich dir's deuten, Alter? Nun, etwa so:

‚Wunschgott hier wohnen und Sälde selbander:
Niemals nahet, widrige Wichte!'

Diese Frau Sälde will ich sehen — die hier hauset!" Und rasch entschlossen stieß Liuthari die mittlere Platte, mit Schild und Knie nachhelfend, nach innen, so daß der ganze Aufbau der Steine laut krachend in den Garten stürzte. Der Jüngling trat nun rasch über die Schwelle: „Das ist kein Spruch, der abschreckt: er ladet und lockt herein: hier wohnt das Glück, hier wohnt die Sälde. Der Wunschgott selber leitet mich hierher. Und wir dürfen nah'n: denn wir sind doch wahrlich nicht widrige Wichte." „Wer weiß, ob wir dem Wirt des Hauses nicht solche dünken," meinte der Alte, bedachtsam, den langen Speer geschultert, seinem jungen Freunde folgend, der ungestüm, wie von einem Gott dahingerissen, gerade auf die innere Thür des Hauses zuschritt, hinter welcher — nur ein dunkelgelber Vorhang, der im Winde schwankte, schloß sie — ein matter Schimmer roten Lichtes herauszuwinken schien.

Trotz aller Eile bemerkte Liuthari doch, wie ein Rosenbusch, vom haltenden Stabe gelöst, hilflos in den Sandweg hing. Sorgsam bog er die Zweige zurück. „Schade, würden sie zertreten."

Siebzehntes Kapitel.

Nun sprang Liuthari die vier Stufen in einem Satz hinauf und schlug den Vorhang zurück.

Aber weiter gelangte er nicht: wie verzaubert, wie in den Erdboden gewurzelt blieb er stehen, bei dem Anblick, der sich ihm bot. Ja, er setzte, wie erschrocken, den rechten Fuß, das Knie leise biegend, zurück: der auf die Erde gestoßene Speer drohte dem Erstaunten aus der Faust des nach rückwärts ausgestreckten rechten Armes zu entgleiten.

Denn auf den Königssohn zu schwebte mit edelstem Schritt, vergleichbar einer von ihrem Marmorpiedestal herabschreitenden alabasternen Hebe — Felicitas.

Sie trug ihr schlummerndes Kind zärtlich auf dem linken Arm, es an den Busen drückend —: ihr wunderschönes Antlitz war noch bleicher, in der Aufregung des Augenblicks: in der Rechten aber trug sie eine flache silberne Schale, gefüllt mit rotem Wein. „Willkommen heiß' ich euch, oh Fremdlinge, als unsere Gäste, am Herde meines Gatten. Er ist fern. Ich bin ganz allein in diesem Hause. Schützet mich und mein Kind."

Liuthari fand kein Wort: mit weitgeöffneten Augen, heißklopfenden Herzens blickte er das schöne Wunder vor ihm an. Aber der alte Hadumalt sah, an seiner Seite vorschreitend, mit Besorgnis diesen Blick seines jungen Herrn. Er sprach in hohem Ernst: „Sei getrost und gewiß, Römerin, — ich eide dir's, beim Ruhm der Ehre König Liutberts und seines Sohnes Liuthari, der hier steht und seltsam schweigt, — ich schütze dich, als wärst du meine Tochter, und er soll dich ehren, als wärst du seine Schwester. — So! und nun trink Liuthari, — was man dir so wirtlich darbietet," rief er zu diesem gewendet, ihm, der noch immer wie verzückt dastand, den Speer aus der Hand nehmend.

Der Jüngling nahm die Schale, führte sie an den Mund, nippte und gab sie zurück — all' das, ohne ein Auge von ihrem Antlitz zu wenden: „Wie heißest du?" fragte er mit leiser, zitternder Stimme.

„Felicitas."

Lebhaft trat er einen Schritt vor: „Das Glück! Die

Sälde! — das heißest du: das bist du." — „Ich verstehe dich nicht." „Ist auch nicht nötig," — brummte Haduwalt. „Gieb mir nun aber auch zu trinken." Und er nahm ihr die Schale ab und trank sie in einem Zuge leer. „Wahrlich," fuhr er nun fort, „der wundernde Wunschgott scheint hier zu wohnen: wie hättest du sonst gleich mit gefüllter Schale uns, meinem Durst entgegenschreiten können?" — „Ich sah euch kommen, durch das Krachen der Steinplatten aufgeschreckt; der alte Philemon, unser greiser Sklave, hat sie aufgetürmt. — Wie sollte er mich schützen, der lahme, halb blinde Alte?" — „Und dadurch, durch einen Haufen Steine, ohne Verteidiger, wähntest du dich gedeckt?" — „Ich nicht! Ich weiß mich durch den guten Himmelsgott gedeckt und meinen heiligen Schutzengel, meinen Genius. Aber, als ich den Greis abermals zur hinteren Pforte hinaus entsendet, zu suchen nach meinem Gatten — er wollte mich durchaus nicht allein lassen und wiederholt mußte ich befehlen —: so meinte er mich doch einigermaßen geborgen, wenn er den weithin sichtbaren Eingang versperrte." „Dein Gatte?" frug Liuthari, stirnrunzelnd, und setzte sich, der Wirtin Beispiel folgend. „Er hat dich verlassen? In dieser Gefahr?"

„Nicht doch!" verwies die junge Frau. „Er ging schon gestern Abend, vor jedem Anschein von Gefahren, in die Stadt. Er kam seither nicht zurück. Doch lebte er noch vor wenigen Stunden, und war frischauf: — Philemon hat ihn von der Straße aus gesehen, wie er mit Schild und Speer über die Ivarusbrücke zog." „Tröste dich," warf der Waffenmeister gutmütig ein, „es sind im Gefecht dort nur ganz wenige der Eurigen gefallen." — „Ich weiß es sicher, daß er lebt. Glaubt ihr, ihr sähet mich sonst so ruhig? Der gütige Gott im Himmel kann nicht geschehen lassen, daß dem besten, trefflichsten Mann auf Erden unverschuldet Leid widerfahre. Ich vertraue fest auf Gott und bin getrost."

Haduwalt dachte zwar in seinem Sinn: „Ich habe schon gar manchen wackern Mann schuldlos fallen sehen." Aber er behielt diese Erfahrungsweisheit für sich und erwiderte vielmehr: „Gewiß! Er wird höchstens gefangen sein. Und dann sei getrost! hier, der mächtige Königssohn, wird," so fügte er bei, mit bedeutungsvollem Blick auf Liuthari, „diesen Gefangenen sich erbitten und ihn freigeben: — als Gastgeschenk für dich."

Liuthari holte tief Atem: „Wie lange seid ihr vermählt?" — „Elf Monde sind's." — „Elf Monde — voller Glück!" sprach Liuthari langsam vor sich hin. — „Ja: voll unaussprechlichen Glückes! Da du es weißt, — bist auch du vermählt." — „Ich? Nein! Aber ich — ich kann es ahnen." — Felicitas erwiderte offen und ruhig den Blick, der ehrerbietig auf ihr ruhte. Sie fühlte, daß er ihre Schönheit bewunderte. Aber es störte sie nicht: sein Blick war rein. Unwillkürlich mußte sie, des Gegensatzes wegen, der unheimlichen Flamme in den schwarzen Augen des Tribunen denken, die sie oft erschreckt hatte. Aber in dieses edle, ernste Antlitz, in diese tiefgründigen grauen Augen sah auch sie gern. Sie erhob sich nun langsam. „Wohl hab' ich mich," lächelte sie, und das stand ihr gar sehr anmutig, „stets arg gefürchtet vor — vor — nun vor euch, die man ‚Barbaren' nennt. Und wie erschrak ich, als ich die Steine übereinander fallen hörte! Angstvoll spähte ich hinaus. Aber als ich sah, wie ihr so säuberlich den schmalen Weg einhieltet, die Blumen gar nicht zerstampftet — was ich sehr gescheut hatte! — ja, wie der im weißen Mantel sorgsam einen Rosenstrauch aufrichtete, der auf den Kiesweg niedergesunken war — da sprach ich zu meinem Söhnlein auf dem Arme: ‚Fürchte dich nicht, mein Augapfel, d i e thun auch uns kein Leid.' Und furchtlos füllte ich die Schale. — Jetzt aber vollends, da ich in eure gutblickenden Augen gesehen, — jetzt fühle ich mich so sicher, gerade weil ihr beide da seid. Und ich weiß gewiß: ihr führt mir morgen meinen Gatten zu. Ich gehe, das Kind dort in unser Schlafgemach zu legen."

Sie wies mit dem Finger auf eine schmale, nur durch einen roten Wollvorhang verhängte Pforte im Mittelgrund. „Dann schaff' ich das Wenige bei, was an Speise im Hause." „Vergiß den Wein nicht," rief ihr Haduwalt nach.

Als sie, einer sanfthinrauschenden Welle vergleichbar, in das Schlafgemach schwebte, sprang Liuthari ungestüm auf. „Bleib' — o bleib'," rief er hastig, zwei Schritte ihr folgend.

Aber Haduwalt hielt ihn am Mantel fest. „Sie hat es nicht mehr gehört! Dank den Göttern." Liuthari machte sich heftig los: „Sie s o l l aber hören, daß ich . ." — da faßte er sich und schlug die rechte Hand vor die Stirn.

„Nun, nun, nun — n u n!" sprach der Alte langsam mit großen Zwischenräumen. „Hat jung Liuthari jetzt zum erstenmal das Ding gesehen, welches statt der Brünne des Mannes zwei angewachsene Brustbuckel trägt und Kinder daran säugt und welches man Weib nennt? Ich fürchte wirklich, der Runenspruch hat dich ganz verzaubert! Denn in dem Weine war kein Zaubertrank: — ich verspüre nichts Absonderliches in mir. Auch fing der Spuk gleich an, wie du das Kalkgesicht erschaut. — Wie? du willst ihr nach? Halt da! — Jetzt thut mir wirklich leid, daß ich all' die heftig tönenden Übelnamen vergessen habe, mit denen Herr Hadumar, mein Vater, mich schalt, wann er mich erwischte, wie ich in des Nachbars Garten stieg, dessen Süßbirnen zu naschen, welche die Römer dereinst auf die Holzbirnen des Illarawaldes gepfropft. Er walkte mich weiblich. Aber die Koseworte sind mir entfallen: — es ist schon zu lange her. ‚Du Mausemarder, du Birnen-, Nacht- und Tage-Dieb! du Schleichfuchs! du Gieregauch!' das waren noch die zärtlichsten! — Jetzt könnt' ich sie alle trefflich brauchen. Was stierst du noch immer sprachlos, sinnlos eines andern Mannes Eh'weib nach? Hat dich solche Zucht Frau Lindgardis gelehrt, deine herrliche Mutter? Gedenkst du denn gar nicht Adalagardens, deiner Braut?"

„Alter Hüne! polternder Brummbär — jetzt ist's genug mit deinem Schimpfen! Ganz genug hab' ich's! Adalagardis meine Braut? Ein Name ist sie! Ein Wunsch meines Vaters! Kann ich einen Namen umarmen und herzen und küssen? Dies Weib aber ist lebendig Fleisch und Blut! Wohl fühlte ich die süße Wärme ihres Arms, da ich ihn streifte. Heiß durchschoß es mich! Sie ist so schön — so wunderzauberschön! Elfenschön ist sie. Nein, nein; das sagt es alles nicht! Nicht Walhalls Göttinnen sind schön wie sie. Wo hab' ich ihresgleichen doch geschaut?" fuhr er träumerisch sinnend fort. „Unter wärmerem, schönerem Himmel, glaub' ich, war's! Ach ja: nun weiß ich's klar: im Sold des Kaisers fuhr ich von Byzanz auf hochbordigem Schiff durchs blaue Griechenmeer: dort auf einem Eiland, von Myrtengrün und Lorbeer ganz verdeckt, stand einer Griechengöttin weißes Bild: das hat mir's beinah' angethan, wie heut' dies Weib." Er schwieg und legte die Hand auf das mächtig wogende Herz.

„Da hab' ich nichts dawider, Liuthari, wenn du sie, wie ein steinern Bild, bewunderst, wenn einmal dein Geschmack so irregeht. Meiner suchte anderes von jeher. Da lob' ich mir Adala — — ich schweige ja schon! Diese schmalhüftige Kleine, schnurgerade wie ein Wurfspeil und nicht viel länger, mit ihren dünnen Kindesarmen, — sie bleibt dir ja unter der Hand, wann du sie das erste Mal herzhaft anrührst.“ „Was weiß der Bär vom Harfenschlagen!“ rief Liuthari ziemlich grob. „Mag wohl sein, Herr Königssohn, daß ich nicht viel verstehe von Puppenzeug für Knabenspiel aus weißem Griechengestein. Aber das weiß ich, besser, scheint's, als Frau Lindgardens Sohn, wie man anderer Männer Ehefrauen aus seinen brennheißen Gedanken draußen läßt. Ja, hättet ihr euch früher schon einander begehrt und du fändest sie jetzt in eines andern Gewalt und sie trüg' dich noch immer heimlich im Herzen: — dann spräch ich: brauche die Übergewalt, die dir Wodan gewährt hat. Aber so! — — Da kommt sie wieder! Arglos, ahnungslos, vertrausam. Auf deinen Schutz baut sie, das liebe Kind: — denn ich kann ihr auch nicht böse sein, weil sie so harmlos ist und so viel unschuldig: ich sage dir, wenn du sie nur durch Blick oder Wort aus ihrer Ruhe aufstörst, sorg' ich dafür, daß Vater und Mutter daheim dich recht niederträchtig schlecht bewillkommnen, wann du von dieser Fahrt nach Hause kehrst und dich an deiner Frau Mutter ehrbaren Herd setzen willst.“

Aber Liuthari war nun auch zornig. „Viel werd' ich mich fürchten vor deinem Geschwätz! Und Frau Lindgardens Rute reicht schon lange nicht mehr auf meinen Rücken hinauf. Was schwatzest du da, du Ohnesinn? Als Sieger steh' ich hier im Haus: mein ist all' dies: ich brauche nur zu wollen. Das Haus und die Herrin dazu. Ihr Mann ist tot oder ein gefangener Knecht: sie selbst Witwe oder doch meine Magd, sobald ich sie so nenne.“ — „Sauber gehst du um in deinen Gedanken mit deiner griechischen Göttin! Wärest du jetzt mein Bub statt meines Königs — gar rasch flögest du, aber unsänftlich, aus diesem Hause. — So aber — werde ich wachen, ich Haduwalt, Hadumars Erbe, daß ein Königssohn der Alamannen nicht Unfug treibe, wie ein Honig naschender Knabe."

Da erschien die Wirtin des Hauses, stellte einen zierlich geflochtenen Korb voll weißen duftigen Brotes, dann Butter, frischen Ziegenkäse und eine Schinkenkeule auf den Eßtisch. „Gleich, gleich!" antwortete sie dann auf die stumme Frage von Haduwalts durstigen Augen und erschien alsbald wieder, auf dem Haupt eine mächtige Amphora voll Weines.

Alles ließ ihr so anmutvoll: — so jetzt die Haltung und Bewegung, in welcher sie, den linken Arm in die Hüfte gestemmt, den rechten zu dem Henkel des Kruges erhoben, um der schwanken Last willen ruhig vorschreitend, hoch aufgerichtet und ganz gerade über die Schwelle trat.

Liuthari sprang hastig auf, ihr die Last abzunehmen. Aber Haduwalt hielt ihn am Arme: „Laß sie, mein Sohn! Sie allein wird ihren Wein sicher nicht verschütten —: was geschieht, wenn du mit hilfst — das möcht' ich nicht erleben." Liuthari atmete schwer: er schnallte den lastenden Panzer auf und legte ihn ab, wie er den mächtigen Römerhelm vom glühenden Haupte hob. Er langte mechanisch nach den Speisen: aber er aß kaum und verwandte dabei das Auge nicht von dem wunderschönen Antlitz. Doch bald erhob sich Felicitas vom Mahle: „Ich bin sehr müde," sagte sie. „Ich habe, seit Fulvius schied, nicht Schlaf gefunden. Auch zieht es mich zu unserem Kinde: höre ich sein ruhiges Atmen, werde ich ganz beschwichtet. Ich bringe euch Polster hierher und Decken: ihr müßt hier vorlieb nehmen. Wir haben keinen andern Raum, der solcher Gäste würdig."

„Laß nur, was mich betrifft," rief Liuthari aufspringend. „Ich kann nicht schlafen. Oder ich schlafe im Garten, auf dem weichen Rasen, das Haupt auf dem Schilde, — komm mit, Alter." „Nein, ich schlafe lieber hier, — gerade hier!" erwiderte dieser, schlau in seinen Bart schmunzelnd. „Aber mein Wolfsfell genügt mir, freundliche Wirtin: — Du hast doch die Hinterthür geschlossen, die, wie du sagtest, aus dem Garten in dein Schlafgemach führt?" — „Ja. — Denn Philemon kommt nun doch wohl erst morgen aus der Stadt zurück." „Sicher nicht früher. Die Thore werden gesperrt mit Einbruch der Nacht. — Ich liege hier ganz bequem: siehst du: da, gerade auf der Schwelle, vor dem Vorhang, der dein Gemach schließt. Schlafe ganz ruhig," rief er der nun die Speisen Verwahrenden durch den Vorhang zu. „Nicht ein Mäuschen könnte zu dir gelangen, ohne mich zu wecken. Siehst du: ich fülle die ganze Breite des Eingangs. So! Nun noch den Weinkrug neben mich: heia, der ist ja noch ganz voll! Und vortrefflich mundet der firne Trank. Dein Gatte versteht sich drauf. Den trinke ich noch leer. — Aber ich schlafe nicht. O nein!"

„Ruhet wohl, ihr Gäste," sprach sie und verschwand.

Liuthari warf einen eigentümlich spöttischen Blick auf den alten Waffenmeister, wie dieser sich in die Thürecke kauerte, und auf den ungeheuren Weinkrug an seiner Seite. Dann sprang er lachend die Stufen hinab in den Garten. „Was?" sagte er, halb vergnügt, halb trotzig zu sich selber, „der Brummbär wähnt, mich abzuhalten, wenn ich wirklich jene Schwelle überschreiten will? Der will Wache halten?" Bevor er den schweren Wein zur Hälfte geschlürft, schnarcht er wie Donar in der Halle des Riesen. Ich hätte es vielleicht unterlassen: — aber nun, da er vermeint, mich zu zwingen — nun gerade! Was ich thun werde, wann ich vor der herrlichen Schläferin stehe —: ich weiß es noch nicht. — Doch an ihr Lager dringe ich, dem Schelter zum Trotz." Die heiße Erregung des Jünglings machte sich Luft in diesem trotzigen Zorn gegen den alten Freund. Dieser sah ihm blinzelnd nach Als die raschen Schritte schon ferne klangen, rief er leise: „Junge Frau!“ — „Was willst du noch?“ — „Hast du nicht einen Knäuel Garn im Hause?“ — „Gewiß: hier ist einer.“ — „Sehr gut. Reiche mir das Ende durch den Vorhang. So! Siehst du! Ich binde hier den Faden an meinen Schwertgurt. Und du — du nimmst den Knäuel in die Hand: und hältst ihn tapfer fest, auch im Schlaf, verstehst du? Und wenn du etwa einen bösen Traum hast, — ziehe rasch.“ — „Wozu das! Ich kann dich ja rufen.“ „Darauf verlaß dich doch lieber nicht,“ meinte der Alte, sich die müden Augen reibend. „Sie sagen, wann ich einmal den Weinschlaf halte, könne mich aller Alamannen Schlachtgeschrei nicht erwecken: aber was mich am Gürtel zerrt, das merk' ich doch. Dann wach' ich auf — falls ich nämlich etwa doch eingeschlafen sein sollte — und springe dir zu Hilfe.“ — „Wie du willst. Aber es ist unnötig: dein Begleiter hält ja im Garten Wache.“ „Oh der! Glaube nur das nicht! Der ist so schlafgierig wie ein Murmeltier. Auf den ist kein Verlaß! Also halte den Knäuel fest. Und nun gute Nacht, liebes Geschöpf! — Sie gefällt mir selber,“ brummte er. „Sogar sehr stark gefällt sie mir. Aber ich muß sie doch dem Knaben verleiden! Er hat noch nie eines andern Weibes als seiner Mutter Wange gestreichelt und er strotzt von Feuer und Kraft, wie ein junger Edelhirsch. Und nun trifft er gerade auf diese zarte, weiße Hinde! Schade, wenn sie auch nur einen kleinen Schreck erlitte in ihrer ahnungslosen Seele. Ich muß sie hüten — und ihn. Noch ein Schluck und dann: Haduwalt, nüchtern und wachsam.“

Schwach glimmte das Lämpchen in dem Schlafgemach: nur matter Schimmer drang durch den roten Vorhang.

In dem Vordergemach aber ging die Lampe aus.

Stille waltete im ganzen Hause. Nur vom Garten her vernahm man das einschläfernde Geriesel des Brünnleins: aus dem Schlafgemach hörte der Alte bald die tiefen gleichmäßigen Atemzüge des schlummernden jungen Weibes. Haduwalt zählte sie: er zählte tapfer bis hundert.

Da legte er die Hand, unsicher tastend, an den Faden an seinem Gürtel. „Alles richtig," dachte er noch. „Und ich schlafe ja nicht! Beileibe! Hunderteins!"

Dann zählte er nicht mehr.

Achtzehntes Kapitel.

Über dem schweigenden Garten aber lag der ganze Zauber der warmen, der herrlichen Sommernacht. Die zahllosen Sterne leuchteten prachtvoll am wolkenlosen Himmel. Und nun stieg auch von Osten her, über den Wall von Juvavum, der ihn bisher verdeckt hatte, glanzausgießend der Vollmond herauf, das weiße Haus, die dunkeln Büsche, die hohen Bäume in seinem so hellen, und doch vom Tageslicht so ganz verschiedenen phantastischen Lichte zeigend. Zahllose nachtliebende Blumen in den Gärten der Villen, in den Wiesen draußen öffneten jetzt die bei Tage geschlossenen Kelche und hauchten ihren Duft in die weiche Luft: — der junge Germane durchmaß mit aufgeregten Schritten den Garten. In den Rosen des Nachbargartens sang die Nachtigall: so laut, so schmetternd, so heiß, so leidenschaftlich: Liuthari hätte lieber es nicht gehört! Und doch mußte er dem liebebrünstigen Ton immer wieder lauschen. Der Nachtwind spielte in seinem langwallenden Gelock. Denn er hatte wie die Brünne, so den

Helm in dem Saale gelassen, nur den Speer, als Stab ihn zu brauchen, mitgenommen und den runden Schild, den Kopf darauf zu legen, wann er etwa doch ruhen wollte.

Aber er fand keine Ruhe. Er ging weit von dem Hause, das ihn so mächtig anzog, mit festem Entschluß hinweg, auf den Eingang zu, wo noch die Steinplatten durcheinandergeworfen umherlagen. Der alte Sklave hatte, da die Quadern des Vorrats nicht ausgereicht, den Eingang zu füllen, mit dem Pickel noch ein paar Steinplatten an der Schwelle, darunter auch die, welche den Spruch trug, aufgerissen und aufgerichtet. Auf diese übereinander geworfenen Platten setzte sich nun Liuthari, hart hinter dem Eingang, und blickte, traumversunken, in die Sterne, in das sanft quellende Licht des Mondes.

Er zwang sich, an seine Eltern daheim, an den heutigen Tag und seinen Sieg, an die Tochter Agilolfs zu denken, mit dem schönlautenden Namen: — wie sie wohl aussehen mochte? — Ach, es half nichts: er betrog sich nur selbst: durch alle Bilder seiner Gedanken drang, sie zurückschiebend, daß sie wie Nebel zerflossen, jenes edle marmorbleiche Antlitz, — das rhythmische Ebenmaß dieser Gestalt. „Felicitas!" hauchte er leise vor sich hin. Lange, lange saß er so.

Da verstummte plötzlich, verstört, die Nachtigall.

Scharf ward Liuthari aufgeweckt aus seinem Sinnen und Träumen: in rasender Eile sprengten — laut schollen die eisernen Hufe auf dem harten Pflaster der Legionenstraße — von Juvavum her mehrere Rosse heran: deutlich unterschied des geübten Reiters Ohr zwei, vielleicht drei Pferde. Der Jüngling sprang auf und ergriff den neben ihm ruhenden Speer. „Das sind nicht alamannische Reiter," sagte er sich. „Was sonst können es sein? Flüchtige Römer? Oder gar — ihr Gatte?"

Er trat hinter den Eingangspfeiler zur Rechten, der seine Gestalt, auch seinen Schatten, verbarg, während ihm das Mondlicht die Straße und den Fußpfad, der von ihr herab zu der Villa führte, taghell darwies. Der Hufschlag verstummte nun. Deutlich sah der Späher, wie an der Absenkung des Fußpfades drei Reiter von den Rossen sprangen und dieselben an einem steinernen Meilenzeiger anbanden.

Der eine, der größte, trug einen Römerhelm mit wehendem dunklen Roßschweif, die beiden andern die Schuppenhauben der maurischen Reiter: ihre weißen Mäntel flogen im Nachtwind.

„Schwerlich ist das ihr Gatte. Und das sind nicht Sklaven dieser Villa. Und doch dringen sie hierher. Was mögen sie suchen? Soll ich Haduwalt rufen? Bah, König Liutberts Sohn hat schon öfter drei Feinde zugleich bestanden.“ In diesem Augenblick hatte der Behelmte den Eingang erreicht. „Wartet hier,“ gebot er, den kurzen Wurfspeer hebend, „ich hole das Weib allein: brauch' ich euch, so ruf' ich. Aber ich denke . . . —“ „Halt, steh', Römer!“ rief Liuthari, mit gefälltem Speer, nun in den Bereich des Mondlichts, mitten in die Thüre vorspringend. „Was sucht ihr hier?“

„Ein Germane! Nieder mit ihm,“ riefen drei Stimmen zugleich. Aber im selben Augenblick taumelte der Führer zwei Schritte zurück. Liuthari hatte ihm den Speer mit aller Kraft gegen den Brustharnisch gestoßen. Hätte die Panzerfabrik zu Lorch nicht so vortreffliche Arbeit geliefert, — die Spitze wäre dem Manne durch und durch gedrungen. So aber prallte sie ab und — brach. Zornig ließ der Germane den nun wertlosen Schaft fallen. „Beim Tartarus, das war ein mörderischer Stoß,“ sprach der Getroffene grimmig. „Hier braucht's Vorsicht. — Hebt die Speere! Wir werfen zugleich.“

Die drei Lanzen flogen auf einmal: alle drei fing der Alamanne mit dem Schild auf: eine, mit besonderer Wucht und Wut geschleudert, durchdrang das Gefüge der dreifachen Auerstierhäute und das Eschenholz des Schildes und ritzte den Arm nahe der Schulter. Die leichte Wunde spürte der Kraftvolle kaum: aber er konnte den Schild, von drei Speerschäften beschwert, nun nicht mehr behend gebrauchen.

„Haduwalt!“ rief er jetzt mit lauter Stimme, „Waffenâ! Feindiô! zu Hilfe!“ Gleichzeitig packte er eine der drei Lanzen in seinem Schilde, riß sie heraus und warf: — der Maure zur Rechten des Tribuns schrie auf und fiel tot zu Boden. „Ich werfe ihn nieder: du, Herr, stichst ihn ab!“ rief da der Zweite: — es war Himilco, der Centurio. Er sprang nun mit dem Satz des Panthers seiner heimatlichen Wüste dem Alamannen an die Gurgel. Jedoch dieser hatte blitzschnell das kurze Messer aus seinem Wehrgehäng gerissen: er stieß es dem Angreifer zwischen den Augen in die Stirn: die braunen, sehnigen Arme, welche die beiden Schultern Liutharis gepackt hatten wie mit Krallen des Raubtieres, lösten sich: lautlos stürzte der Afrikaner auf das Hinterhaupt. Aber Liuthari blieb nicht einmal Zeit, die tief eingedrungene Dolchklinge wieder herauszuziehen. „Haduwalt! zu Hilfe!“ rief er laut. Denn schon hatte der dritte Feind, ein höchst gefährlicher Gegner, sich auf ihn geworfen. Mit gewaltigem Schwertstreich spaltete er Liutharis Schild, daß derselbe, in zwei Hälften geborsten, links und rechts samt den darin haftenden Speeren ihm vom Arme fiel. Zugleich aber hatte der Römer den scharfen Eisenstachel auf dem Nabel seines gewölbten Schildes tief in den nackten rechten Arm des Königssohns gestochen: hochauf spritzte sein Blut. Er prallte, von der Wucht dieses Stoßes schwer getroffen, mehrere Schritte zurück, nahezu stolpernd über die Steinplatten zwischen seinen Beinen. Der grimmige, ganz in ehernen Schutz- und Trutzwaffen starrende Feind trat sieghaft mitten in den Eingang, mit dem Fuß die beiden Schildhälften nach außen schleudernd, auf daß sein Gegner die darin haftenden Speere nicht herausziehen könne.

Mit scharfem Blick maß der Römer seinen Gegner, der nun seine letzte Waffe, die kurzstielige Streitaxt, aus dem Gürtel gezogen hatte und drohend damit ausholte: furchtbar mußte wohl der viel höher gewachsene Germane dem Eindringling unerachtet der überlegenen Waffen erscheinen. „Wofür zerfleischen wir uns, Barbar? Weshalb verteidigst du so todesgrimmig dieses Haus? Ich will dir's nicht bestreiten! Ich laß es dir, sobald ich ein einzig Gut daraus geholt." — „Was für ein Gut? Ein dir gehöriges? Du bist der Herr des Hauses nicht." — „Ich lasse dir ja das Haus. Ich hole nur — ein Weib." — „Dein Weib? Felicitas? Nein! Die ist nicht dein." Wütend schrie der andere: „Wie? Du bist ja schon ganz vertraut hier im Hause! Aber auch nicht dein Weib ist Felicitas. Und soll's nicht werden. Mein wird Felicitas." „Niemals!" rief Liuthari, sprang vor und schmetterte seine steinerne Streitaxt auf den prachtvollen ehernen Helm, daß er, wo der Helmbusch angefügt war, zerbarst, und in Stücken vom Haupte seines Trägers fiel. Aber ach! Unversehrt war dieses Haupt geblieben, während die Streitaxt, mit höchster Kraft in die Erzwölbung geschlagen, am Schaft abbrach. Einen Augenblick stand der Getroffene wie betäubt von dem Gedröhn dieses Streiches. Aber sogleich ersah er, wie sein Gegner, nun völlig wehr- und waffenlos und doch das Antlitz nicht zur Flucht wendend, vor ihm stand. Mit einem wildgellenden, tigerhaften Aufschrei, in welchem Mordlust und Rachefreude schrill zusammenklangen, ließ er den Schild gleiten, holte mit dem kurzen breiten Römerschwert zum Stoß aus und sprang mit dem Ruf: „Mein ist Felicitas!" auf den Germanen. Aber bei jenem ersten Aufschrei hatte Liuthari rasch, mit beiden Händen vorgebeugt, die Ferse des zurückgenommenen linken Fußes leicht erhebend, eine der vor ihm liegenden Marmorquadern ergriffen: und nun warf er sie, über seinem Haupte einmal hoch sie schwingend, mit dem Rufe „Felicitas!" mit beiden nervigen Fäusten, wohl gezielt, dem Heranspringenden gegen die helmlose Stirn. Dumpf stöhnend, klirrend in seinen Waffen, stürzte der Angreifer auf den Rücken: das Schwert entfiel seiner Hand.

Schon kniete Liuthari auf seiner Brust, faßte die entsunkene Klinge und zückte sie, ihm die Kehle zu durchstoßen. Aber der Gefallene atmete nicht mehr: er war tot. —

Liuthari erhob sich, warf das Schwert von sich und sah stolz auf die drei erschlagenen Feinde: „Für Felicitas!" sprach er. „Jetzt — zu ihr: ich glaub', — ich hab's verdient." —

Er kniete an dem neben ihm rinnenden Brünnlein nieder, wusch die schmerzende, stark blutende Wunde des rechten Arms, riß von dem Linnenmantel des toten Centurio einen breiten Streifen ab, band ihn fest über die Wunde und schritt leisen, elastischen Ganges den langen Weg durch den Garten zurück nach dem Hause.

Neunzehntes Kapitel.

Angelangt schob er vorsichtig den gelben Vorhang der äußeren Thüre zur Seite, das Mondlicht in den dunkeln Speisesaal fallen lassend. In dem Eingang zu dem Schlafzimmer, vor dessen rotem Vorhang, lag Haduwalt — schnarchend: neben ihm, auf die Seite gelegt, leergetrunken, die Amphora.

Leise, leise auf den Zehen trat der Jüngling, klopfenden Herzens, vor ihn und teilte behutsam die beiden Hälften des roten Vorhangs auseinander. Da gewahrte er — mit Lächeln sah er's — die kunstvolle Vorrichtung des ausgespannten Fadens: wohl haftete er noch an des Wächters Ledergurt: aber die Hand der Schläferin hatte sich geöffnet: der Knäuel lag auf dem Schemel vor ihrem Lager.

Mit hohem Schritt trat Linthari über den Alten hinweg, in das Schlafgemach hinein. Oberhalb des Kopfendes des Lagers, in einer Wandnische, stand die kleine thönerne Lampe: sie goß ihr mildes Licht über das Pfühl. Bei ihrem rötlichen Schimmer erblickte er den Säugling neben dem breiten Ehebett in strohgeflochtner Wiege. Die wunderschöne Schläferin aber hatte das reiche, hellbraune Haar gelöst: es flutete über die beiden nackten Schultern und den herrlich gewölbten, obzwar so zarten Busen, unter welchen die Wolldecke halb herabgeglitten war. Den blendend weißen linken Arm hatte sie zwischen Hinterhaupt und Nacken geschoben: die rechte Hand deckte, wie beschützend, die linke Brust. Ganz dicht trat nun der Lauscher heran.

So hinreißend schön hatte er die Wache nicht gesehn —: und die strenge Hut, die diese ernsten Augen, wenn voll aufgeschlagen, übten, war ja nun entschlummert. — Die vollen Lippen waren halb geöffnet: er sog den süßen Atem ihres Mundes. Der Jüngling bebte vom Wirbel bis zur Sohle. „Nur Einen Kuß!“ dachte er. „Und sie soll nicht davon erwachen.“

Schon beugte er sich sacht auf ihr Antlitz nieder: da bewegten sich die schönen Lippen im Schlaf und zärtlich sprach die Schlummernde: „Komm, o mein Fulvius, küsse mich!“ —

Wie vom Blitz getroffen wandte sich Liuthari, sprang mit einem leisen Satz über die Schwelle und den Schläfer hinweg, mit einem zweiten die Stufen hinab in den Garten, schlug beide Hände vor die Augen und flüsterte: „O welchen Frevel hätt' ich fast begangen!“ Er glitt nieder auf ein Knie und barg das fieberheiße Haupt in dem tauigen Grase: Reue, Schmerz, ungestillte Sehnsucht wogten in ihm zusammen und lösten sich alsbald wohlthätig in einem Strom von Thränen.

Lang lag er so.

Endlich machte die Jugend des Erschöpften, Verwundeten sich heilsam geltend: er sank in tiefen, traumlosen Schlaf.

Zwanzigstes Kapitel.

Als am andern Morgen die Sommersonne prachtvoll aufstieg über Juvavum und die Goldamsel ihr flötend Tagelied begann, sprang jung Liuthari empor: — ein genesener Mann: und ein reiferer. Die Wunde im Arm schmerzte nicht mehr und seine Phantasie, die unvergleichlich stürmischer als sein Herz erregt gewesen, war beschwichtet. Nicht mehr unzufrieden mit sich selbst, freudig, gefaßt schritt er, nachdem er in dem Gartenbrunnen das Antlitz gekühlt, sorgfältig die verbundene Armstelle unter dem weißen Mantel verbergend, die Stufen des Vorsaals hinauf. Hier empfing ihn Haduwalt, gähnend beide Arme gen Himmel reckend, mit den Worten: „Aber du hast lang geschlafen! Und ich — ich glaube, ich habe die ganze Nacht kein Auge zugethan.“ „Aber vielleicht die Ohren!“ lachte Liuthari. „Wo ist die Hausfrau? ich habe Hunger.“ „Hier bin ich!“ rief Felicitas. „Gleich bring' ich frisch gelegte Eier und Milch und Honig. Philemon melkt schon die Kuh auf der Wiese hinter dem Hause. „Denkt nur,“ sprach sie, nun aus dem Vorhang tretend und jedem der beiden Gäste eine Hand reichend, „in aller Frühe, sobald die Thore wieder geöffnet waren, kam der alte Sklave aus der Stadt auf dem Wiesenweg zurück und weckte mich, an die Hinterthüre pochend. Ich hatte so fest geschlafen.“ „Und wohl süß geträumt?“ lächelte Liuthari. „Ja: wie immer, wenn ich träume: von Fulvius. Philemon hat zwar den Herrn nicht gefunden: aber ich bin doch guten Mutes: die Toten und die Verwundeten alle hat der fromme Johannes zusammenbringen lassen: jene vor, diese in der Kirche: Philemon hat sie genau gemustert: Dank dem Himmelsgott, den Heiligen und den guten Genien: mein Fulvius ist nicht darunter.“ Und sie setzte sich zu den Gästen.

Philemon brachte die schäumende, warme Milch im bauchigen Kruge: er warf verwunderte Blicke auf die beiden Germanen, welche die Herrin ihm als Schützer, nicht als Feinde, bezeichnet hatte und ging wieder in das Hinterhaus. Felicitas folgte ihm, das Kind, das erwacht schien, zu holen.

„Sage 'mal, grimmer Lehr- und Waffenmeister,“ hub jetzt Liuthari an, „willst du in deinen alten Tagen noch weibliches Geschneider lernen? Und die Künste des Garns? Was hast du denn da an deinem Gürtel für einen Knäuel nachschleifen?" Ganz betroffen sah der alte Hüne auf seinen Bauch hinab und auf den langen, langen Faden, der sich, mäandernd, um seinen ungeschlachten Fuß gewickelt hatte.

„Das? Oh, das ist nur etwas zwischen der Hausfrau und mir, sie hat mich so lieb gewonnen — viel lieber als dich! — und damit ich ihr nicht entliefe, hat sie mich festgebunden an ihrem Lager." — „Du wolltest mich ja bei meiner Mutter verklagen —!" — „Ja, wenn ich nicht gewacht hätte, wer weiß . . . —!"

„Nun werde aber ich dich bei deiner Hausfrau Grimmtrud, der gestrengen, beschuldigen, daß du dich an das Lager junger Schönen binden läßt." Der Jüngling bückte sich, riß den Knäuel ab und steckte ihn in sein Wams. „Den Faden verwahr' ich," fuhr er ernst fort, „als Andenken an eine Stunde, da Haduwalt schlief, der Faden lose zu Boden lag, Liuthari aber wachte — für drei."

Da trat Felicitas, das Kind auf dem Arme, wieder ein. „Der Tag steigt," seufzte sie, „und mit ihm steigt doch meine Angst. Mein Fulvius, wo magst du sein?" „Hier bin ich," rief eine fröhliche helle Stimme und durch den Außenvorhang flog der Ersehnte herein. Mit einem seligen Schrei sprang Felicitas auf: er schloß zärtlich Mutter und Kind in die Arme.

Liuthari erhob sich: er sah ohne Schmerz auf die beiden und offnen, frohen Blickes auf den heimgekehrten Gatten. Staunend trat dieser einen Schritt zurück, den schönen Jüngling mit den Augen messend: heißer Schreck durchzuckte ihn einen Augenblick: aber die Furcht schwand, flüchtig wie ein Wolkenschatte, da er in seines Weibes ruhiges, glückverklärtes Antlitz sah.

„Wie es mir ergangen, Geliebte? Vorgestern in den Schuldturm gesperrt, — gestern früh durch Severus befreit

— mit zum Kampfe geführt, — mit geschlagen, mit geflohen, mit verfolgt, in den Fluß gefallen, — fortgerissen, halb betäubt endlich ans Ufer gelangt — von andern Reitern gefangen, in die Stadt geführt und heute morgen — gerettet durch ein Wunder des Herrn oder des heiligen Petrus: ich weiß es nicht.“ — „Ein Wunder? O Dank der Gnade des Himmelsgottes. Er hörte mein Gebet! Aber welch' Wunder?“ — „Johannes, der nimmer in Sorge für die Seinen ermattet, bat den Herzog der Barbaren schon gestern Abend, er möge alle kriegsgefangenen Bürger von Juvavum freigeben. Der Gewaltige erwiderte, gern wolle er ledig lassen die auf seinen Teil an der Beute Fallenden. Aber seinen Kriegern könne er die ihnen gehörigen Gefangenen nicht nehmen, nur etwa abkaufen — ganz anderes Recht gilt doch bei Germanen als bei uns! — und er habe nicht Lust, dazu seinen Hort auszuschöpfen. So wurden denn schon in der Nacht manche von uns frei: ein viel größerer Teil aber blieb, wie ich, verknechtet. Da erschien bei Morgengrauen Johannes abermals auf dem Kapitol, wo der Herzog seinen Sitz aufgeschlagen und — kaufte uns alle frei! Du staunst: du frägst, woher der Mann, dem nichts zu eigen als Rock und Stab, so viel des Geldes nahm? Ja, das *ist* eben das Wunder! Als er, betrübt über der Gefangenen Los, in seine Basilika zurückkehrte, fand er in einer alten Gruft unter dem Kirchenboden einen Sack voller Goldstücke und zumal ein Beutelchen mit Edelsteinen, reich genügend, uns alle loszukaufen. Woher aber dieser Schatz kam? Niemand weiß es. Der Engel des Herrn hat offenbar des Johannes Gebet erhört und die Schätze gebracht. Ganz Juvavum staunt das Wunder an. Und ich gelobe dir, du Fromme, fortab will auch ich gläubiger als bisher auf des Johannes Worte hören. Aber dir, Geliebte! welche Schrecken drohten dir!" „Doch hat mich nichts betroffen, dank dem Himmel, dank diesen unsern Gästen und vielleicht," fügte sie lächelnd bei, „dank deinem Spruch in der Eingangsplatte: er hielt das Unheil ab."

„So weißt du, wer sie überschreiten wollte?" — „Wie sollte ich? Ich habe das Haus nicht verlassen." — „Dann ahnst du nicht, wie wahr du sprachest! Höre und atme auf: als ich soeben, von der Stadt her fliegend, mich dem Hügel nähere, find' ich an dem Meilenstein drei Rosse angebunden und darunter — ich kenne ihn allzugut, — den Rappen des Tribuns! Voll Schreck spring' ich an unser Thor: da liegen, — o höchst grauenvoll! — erschlagen zwei Mauren und — gerade über der Schwelle, auf dem Rücken, hingestreckt, der furchtbare Tribun mit zerschmettertem Schädel! Sein Gesicht war halb verdeckt von der Inschriftplatte, und tief in seinem Schädel stak, abgesprengt, das Eckstück des Steins! Den Niebezwungenen hat dieser Stein gefällt. Aber wessen Arm hat ihn geschleudert?"

Da zog der alte Haduwalt, der bei der ersten Erwähnung des Kampfes, ahnungsvoll, in seines jungen Herrn abgewandtes Gesicht geschaut hatte, den weißen Mantel von dessen Schulter, wies auf das blutige Band und sprach. „Dieser Arm! — Und ich —! o Liuthari, mein Liebling, — ich lag derweil und schlief." „Ziemlich fest," lächelte dieser und fuhr zu dem Hausherrn gewendet fort: „Ja: ich habe ihn erschlagen, jenen sehr tapfern Mann. Er wollte hier eindringen und . . . —" „Felicitas rauben!" rief der Gatte, die nun furchtbar Erschrockene an sich schließend. „O Herr, wie können wir dir danken!" schloß er.

Felicitas aber versagte das Wort: sie richtete nur einen in Thränen schwimmenden Blick auf ihren Retter: so schön war sie auch in der Nacht nicht gewesen. „Dank!" lachte

Liuthari, „ich focht für mein Leben! Aber horch! Wer kommt da?“ Schritte von Gewaffneten ertönten im Garten und herein trat, begleitet von fünf Gefolgen, Garibrand der Herzog.

„Ein gut Stück Arbeit habt ihr beiden aufgehäuft da draußen, vor dem Eingang. Der Tribun, den wir überall gesucht, er fiel — gewiß von deiner Hand. Find' ich dich endlich, junger Held? Willkommene Kunde bring' ich dir. Ein Bote deines Vaters sucht dich. Gefallen ist die Römerburg am Regenfluß: mein Vetter, Herzog Agilolf, und dein Vater haben die Verlobung abgeschlossen: Agilolf lädt dich in seine Halle: dein harrt Adalagardis, das schönste Fürstenkind Germaniens.“ „Heil dir, mein Königssohn, das ist dein Lohn für diese Nacht,“ rief Haduwalt. „Verlobung? Ich sah sie nie!“ meinte Liuthari zögernd. „Verlobung — nun — wenn ihr euch gefallt!“ sprach der Herzog. „Er wird ihr schon gefallen,“ lachte Haduwalt, dem Errötenden auf die Schulter klopfend. „Und ich hoffe — jetzt erst recht,“ flüsterte er heimlich in sein Ohr, „sie: die Schöne, die du lieben darfst! — auch dir.“ „Wähle nun,“ fuhr der Herzog fort, „was von der Beute du verlangst. Euch Alamannen — dir vor allem — danken wir den Sieg.“ „Ich folge dir,“ sprach Liuthari, mit raschem Entschluß sich erhebend. Hilf mir, alter Freund!“ Der Waffenmeister half ihm die Brünne schnallen: der Jüngling hob den stolz geschweiften Römerhelm mit den ragenden Reiherfedern auf das schöne Haupt. — Prachtvoll, von edlem Hochgefühl das freudige Antlitz verklärt, stand der Königsjüngling da. „O nun ist alles gut,“ jubelte Fulvius. „Erschlagen liegt der Tribun: tot ist, von unbekannter, wohl seiner Sklaven, Hand ermordet, Zeno der Wucherer: so sagte mir Johannes. Kein Kaiser sitzt mehr zu Ravenna: so versicherte uns schon gestern

Morgen dieser junge Held. Jetzt bin ich aller Schulden an den Fiskus frei."

„Dieses nun zwar weniger," lachte Liuthari. „Hier, jener mächtige Herzog, ist an des Kaisers Statt getreten: — sein Schuldner bist du nun." Da griff Fulvius ängstlich hinter das rechte Ohr und sah verzagt zu dem Gewaltigen hinauf. „Bange nicht!" fuhr Liuthari fort. „Ich erbitte, als ein Stück meines Beuteteils, hier diese Villa, Herzog Garibrand, und was dazu gehört an Land. Und frei von jeder Schuld." „Es sei, wie du gesagt," antwortete der Bajuvare. „Und euch beiden, Fulvius und Felicitas, schenk' ich dies freie Eigen vor diesen sieben freien Männern als Zeugen. Ihr Eid soll euch helfen, bestreitet euch jemand Recht und Gewere." — „Dank, Herr, Dank." „Du bist doch Fulvius, der Steinmetz?" fiel der Herzog ein. „Der Priester Johannes hat mir dich als treu und brav empfohlen: bewährst du dich, will ich dich zum Verwalter setzen über meine Hufen vor diesem Thor."

Da trat Felicitas, nach kurzem Flüstern mit ihrem Gatten, das Kind auf dem Arm, vor Liuthari hin, errötete leicht und sprach: „Herr, wer so viel giebt wie du, — der muß noch mehr geben. Unser Söhnlein hier darbt noch des Namens. Nächsten Sonntag sollte ich ihn Johannes an das Taufbecken tragen in die Basilika. Wie soll der Knabe heißen?" „Felix Fulvius," sprach der Königssohn, gerührt die Hand auf das winzige Köpflein legend, „und: — — Liuthari: damit doch mein Name manchmal noch an euer Ohr schlage. Aber, wer einen Namen, — der giebt auch ein Geschenk: so will's Germanenbrauch. Hier, junge Hausfrau, nimm diesen Ring. Ich streifte ihn vor Jahren einem Patricius vom Finger, den ich im Kampf erschlug. In Augusta Vindelicorum sagten die Händler, er sei so viel wert, wie ihre halbe Stadt. Das ist ein Schatzstück für den Fall der Not! — Und nun lebt beide wohl."

„Halt!" rief da Haduwalt, — „so nimmt man nicht Abschied —: Abschied fürs Leben. Du fragtest, Steinmetz, wie du dem Helden danken kannst? Laß dein junges Weib ihm einen Kuß geben: — glaub' mir: — er hat's verdient —: er ist ein wackrer Bub!" — Fulvius führte die Errötende ihm zu. Liuthari drückte einen Kuß auf die weiße Stirn und rief: „Leb wohl, du Holde, auf immerdar!" — Und schon war er hinaus: der Vorhang rauschte hinter ihm. Die übrigen Germanen folgten: vor dem Garteneingang stiegen alle auf die mitgeführten und die römischen Rosse und eilig sprengten sie zurück nach dem vindelicischen Thor. — —

Das erste, was Fulvius that, nachdem er mit Philemon die drei Toten zur Seite geschafft, war, daß er den Stein mit der Inschrift sorgfältig wieder in den Estrich des Eingangs fügte: die abgesprengte Ecke ließ er unersetzt: „Sie soll uns," sagte er, „als ein Wahrzeichen mahnen immerdar, wie wirkungsreich der Spruch gewesen ist."

Und der Spruch, — er hat sich bewährt der Gatten ganzes Leben lang. Kein Unheil drang über diese Schwelle, so lange beide hier wohnten. Blühende Söhne und Töchter wuchsen noch hinter Felix Fulvius Liuthari heran. Niemals befiel sie, Eltern und Kinder, Krankheit, ob böse Seuchen in Juvavum wüteten und in den Villen des Vorlands. Der Ivarus trat gar oft aus, seine Wogen und das Verderben über Menschen, Tiere, Häuser, Saaten schüttend: vor diesem Thore, vor dem Mercuriushügel machte er jedesmal Halt. Ein Bergrutsch verschüttete die

Nachbargärten links und rechts: ein mächtig Felsstück prallte dabei bis auf den Spruchstein: — und zerbrach hier harmlos in tausend Splitter. —

Fulvius aber ward „Villicus" aller herzoglichen Güter um Juvavum und stand wegen Einsicht und Treue hoch in Gunst bei Herzog Garibrand. Als er und seine Felicitas ganz alte Leute geworden, wohl achtzig Jahre, aber frisch und rüstig, saßen sie eines Juniabends Hand in Hand im Garten: sie hatten sich eine Bank zimmern lassen dicht hinter dem Garteneingang, so daß ihre Füße auf dem Spruchsteine ruhten.

Da saßen sie und dachten vergangener Zeiten. Sanft sang die Goldamsel im nahen Buchwald. Aber allmählich verstummte sie. Denn es war schwül geworden: ein Gewitter zog auf. Es blitzte heftig und donnerte. Die Kinder wollten ihre greisen Eltern in das Haus führen.

Aber da Felix Fulvius Liuthari, vor den andern, sie erreichte, fand er beide tot. Ein Blitzstrahl hatte beide getötet. Sie hielten sich noch Hand in Hand und lächelten: als wollten sie sagen: „Dieser Tod, der also kam, war kein Unheil, sondern ein Heil."

Chlodovech.

Historischer Roman aus der Völkerwanderung

(a. 481—511 n. Chr.).

Den Freunden

Theodor und Ellen Siebs

in Greifswald.

I.

Es war im Jahre vierhundierteinundachtzig nach Christus, an einem schwülen Sommerabend, da lag in dem stattlichsten Hause von Tournay (— Doornick an der Schelde —) ein Mann schwer leidend; der vornehme Römer, dem das Gebäude dereinst gehört halte, war schon längst — gleich bei der Annäherung der salischen Franken — aus der Stadt, dann über die Alpen nach Italien entflohen: nach der Einnahme der Feste hatte der salische Gaukönig Childirich an einer Säule in dem Atrium des Hauses seinen Schild aufgehängt und Wohnung genommen: nun — viele Jahre später — lag er hier an tiefer Wunde danieder.

Das Schlafgemach war von einer kleinen Ampel aus Bernstein, die von der marmorgetäfelten Decke herniederhing, nur schwach erhellt: ihr mattes Licht ward aufgesogen von den dunkeln, schweren Vorhängen, welche die Wände des schmalen viereckigen Raumes bedeckten und die fehlende Thür ersetzten. Der Leidende, ein Mann von etwa fünfzig Jahren, stark von Gliedern und vollrüstig, lag auf einem niedern Ruhebett, die Füße bedeckt mit einem mächtigen Bärenfell; auf einem zierlichen Dreifuß von durchbrochener korinthischer Erzarbeit bei seinen Häupten verbreiteten getrocknete und auch frisch gepflückte Heilkräuter würzigen Geruch. Vor ihm stand eine hochragende, ja gewaltige Frauengestalt, wenige Jahre jünger; sie strich ihm mit der

Linken zärtlich über die glühende Stirn, über das kaum ergraute Blondhaar, das in den langen merovingischen Königslocken bis auf die Schultern wogte, während ihre Rechte eine Silberschale, gefüllt mit einer dunklen Salbe, hielt. Tiefster Schmerz lag auf den edeln, immer noch blendend schönen, nur etwas allzustrengen, ja scharfen Zügen: aber keine Thräne ließ sie in das meergraue Auge treten, auch nicht, als der Kranke tief aufseufzte. Sie stellte nun die Schale auf den Dreifuß nieder und strich mit beiden Händen hinter die Schläfe ihr prachtvoll rotes Haar, das reich vorflutete, wie sie sich über das Lager beugte. „Schmerzt die Wunde so scharf, Childirich?" fragte sie mit verhaltenem Weh. Er streichelte die weiße Hand. „Es ist nicht das," erwiderte er, leise den Kopf schüttelnd. „Und es ist auch nicht, ... daß ich sterben muß — trotz all' deiner Heilkünste und Zaubersprüche, Basina, die von Wodan, deinem Ahn, gelernt, von Geschlecht zu Geschlecht in eurer Sippe vererbten daheim im Thüringwald. Allzutief in die Brust flog mir vom Turme von Soissons herab der spitze Römerpfeil. Aber es ist nicht das! Weiß ich doch, daß ich nach dem letzten Hauch auffahre nach Walhall: denn nicht den Strohtod sterb' ich: — den Bluttod an der Wunde, die ich, meinem Volksheer an des Keiles Spitze vorkämpfend, empfing. Auch um dich Hochgemute ist mir nicht bang: denn ein heldenhaftes Herz schlägt dir im Busen und jedes Schicksal wirst du würdig tragen: solche Frauen aber wie du läßt Wodan nicht nach Hel hinabsinken zu den freudlosen Schatten: er hebt sie nach Asgardh empor, seinen Walküren gesellt: wie er jener herrlichen Hilde gethan. Ich werd' ihn bitten, das Gleiche dir zu gönnen, so daß wir ungetrennt Walhalls Wonnen teilen. Aber — ah . . ." Er stockte: der Atem verging ihm. Zärtlich küßte die Gewaltige, tief sich beugend, die fiebernde Stirn: „Sprich es nicht aus! Ich weiß, was dich quält: die Sorge um dein Volk, um . . ."

„Ach, unsern Sohn," seufzte der Wunde.

Da verfinsterte sich das edle Antlitz der hohen Frau. Die scharf geschnittnen Nasenflügel zuckten, und bitter kam es aus den kaum geöffneten Lippen. „Ja, Chlodovech! Mein Stolz und meine Furcht."

„Zwar," hob der König mit stolzer Miene an, „reiche Angebinde haben ihm in die Schildwiege die drei Los-Weberinnen und alle Götter und Göttinnen gelegt. Seinen Kampfmut der furchtlose Donar, seine kluge Ratfindung für Krieg und Frieden Wodan!" „Aber," fiel die Mutter mit herbem Klang der tiefen Stimme ein — „Loge die Arglist, die scheulose Selbstsucht und — mit dem roten Haar und dem raschen Witzwort — die Falschheit, die lachend Wort und Treue bricht." „Ja," seufzte der Vater, „er ist wie die lodernde Flamme: seine Heißglut wärmt, seine Helle leuchtet bis zum Blenden . . ." „Jedoch," schloß die Mutter, „ungebändigt und tückisch bricht sie plötzlich hervor, verzehrend Freund wie Feind! O wehe mir Armen, müßt' ich dereinst die Stunde verfluchen, da dieser Schos ihn gebar, einen Feuerbrand, der das Hehre, das Heilige vernichtet. — Allein er ist dein Sohn, Childirich: drum hoff' ich, die guten Gewalten in ihm werden siegen."

„Horch, ich meine, ich hör' ihn unten im Hofe! Ja, das ist seine helle, dünne Stimme!" Die Frau trat an das Fenster des Schlafgemachs, schlug den rotbraunen Vorhang zurück und blickte in das Atrium hinab, dessen Estrich von pyrenäischem, weißem Marmor, von buntem Mosaik umrändert, in hellem Mondlicht leuchtete. Da kauerte, hinter eine Säule geduckt, ein schöner Knabe von fünfzehn Jahren; fast mädchenhaft weiß war die Hautfarbe, zierlich und fein der Bau der geschmeidigen Glieder, die Knöchel an Händen und Füßen klein; das rotblonde Haar stand in krausem Kleingelock von dem Kopf ab, zwei listige, scharf spähende Augen — meergrau wie der Mutter — blickten ebenso kühn wie schlau: die kurze, fein und scharf geschnittne Nase senkte sich auf einen kleinen Mund, der, vollendet schön geschweift, für das zarte Alter nur schon allzu ausdrucksvoll, unaufhörlich in zuckender Bewegung spielte. So hockte er, dem Luchse gleich, der regungslos ausgestreckt wagrecht auf dem Aste liegt, seine Beute von oben her mit unfehlbar sichrem, tödlichem Satze zu bespringen, hinter der Basis der dorischen Säule des Peristyls, von ihrem Schatten gedeckt, und lauerte unsichtbar. Vier Stufen unterhalb des Peristyls, vom vollen Mondlicht hell beleuchtet, stand in der Tiefe des Atriums, bei dem Brunnen, der eintönig, leise in eine Marmorschale goß, ein Jüngling, der, um eines Hauptes Länge höher, breitbrustig, starkknochig, die muskelkräftigen Arme zornig reckend, die mächtigen Hände zu harten Fäusten geballt hielt. „Chlodovech!“ rief der Zorngemute hinan zu dem umlaufenden schwarz beschatteten Säulengang: „Wo steckst du? Dreimal warf ich dich in ehrlichem Ringkampf, daß dir die zierlichen Knochen fast splitterten. Du flohst und verschwandest. Dann hast du mich — hinterrücks anspringend aus dem Dunkel! — niedergerissen. Und jetzt? Komm vor zu offnem Kampf, wenn du Mut hast. Wo steckst du? Wo hockst du?“

„Hier!“ kicherte wie ein übler Elbe der Gerufene, „hier! Auf deinem Nacken!“ Und in hohem Satze schwang er sich von oben herab auf den Rücken des Ausforderers, der, nach kurzem Widerstreben, unter der Last zusammenbrach. Kaum gefallen, sprang er wieder auf und schüttelte den Listigen ab. „Chlodovech! Du Neiding!“ grollte er. „Du hast . . .“ „Gesiegt!“ lachte der andre, wieder im

Dunkel der Stufen hinauf verschwindend. „Durch elende Arglist.“ — „Aber gesiegt! — Was denn? Was denn?“ Er stieß diese letzten vier Worte rasch nacheinander aus den zusammengepreßten Zähnen hervor, das ‚was‘ scharf betonend. „Was denn?“ wiederholte der andre. „Was? Schandthat!“ — „Aber sie half! Was denn?“ Da stöhnte der Vater, der oben auf dem Pfühle lag und durch das nun weit geöffnete Fenster jedes Wort verstanden hatte. Die Mutter aber drückte an den Marmorrahmen des Rundbogenfensters die Stirn so fest, daß sie schmerzte: sie fand keinen Laut für ihr Weh. Allein sie ballte grimmig die Faust.

„Ruf ihn herauf!“ mahnte der Wunde. „Ich will ihn . . . züchtigen . . . Ach . . . ich kann den Arm nicht heben. Aber, Basina, versprich . . . schwöre: — das ist unsre letzte Zwiesprach — schwöre — bei Wodan deinem Ahn! — laß ihn nicht zum Neiding . . . lieber tot . . . — schwöre mir's: — nicht gegen Götter und Menschen ein Falscher . . .“ — „Niemals! Beruhige dich, Lieber!“ — „Nicht . . . bis du mir . . . geschworen!“ — „Du fieberst! Großes, Herrliches ruht in ihm — deine Art — ich sagte es schon, vererbt von deinem großen Ahn Merovech-Serapio, — deinem Urgroßvater, der euch Saliern zuerst in diesem Lande Sitz und Macht geschafft. Er ist — ein Knabe noch — bereits ein Held. Hast du vergessen, — du selber hast's mit stolzem Blick erzählt! — wie er im Kohlenwalde auf der Jagd, als dir der Bär den Speer in der Hand zerbrochen hatte, zwischen dich und das Untier sprang und, unter seiner Pranke stürzend, ihm noch das Kurzschwert in das Herz stieß?“ — „Ja — das war — wacker!“ Und es flog ein Lächeln um die bleichen Lippen. „Und vor wenigen Wochen . . . vor Soissons — Guntbert — eben Guntbert, der unten — hat's erzählt

— als ihr vor Soissons in das Geschwirr der Römerpfeile gerietet, die aus plötzlich geöffneten Schießscharten sausten und als du fielst — ach von jenem Pfeil getroffen! — und als alle Gefolgen scheu zurückwichen, vom Schrecken gescheucht; — wer allein hielt da bei dir aus, den Schild nicht über sein Haupt, über deine wunde Brust haltend?" . . ." — „Guntbert, und . . ." — „Und Chlodovech, dein Sohn. Blutend wie dich brachten sie mir — mit durchschossener Wange — auch ihn. Er lachte zu seinem eignen Schmerz — nur um dich bangte er! — und sein erstes Wort, als er wieder sprechen konnte, war: ‚Blutrache für den Vater an allen Schützen von Soissons!' Er ist ein Fuchs, ja, aber auch adlerkühn." Ihre Augen leuchteten. „Stolz der Mutter," lächelte der Vater, „mögst du nie Schwäche der Mutter werden!" — „Sieh, das hat mir damals den Schmerz mit Freude verklärt." — „Gewiß: es steckt ein Held in ihm. Aber . . .! O könnt' ich in die Zukunft schaun. Wird er unserm Volk ein Heil oder ein Unheil?"

„Ich hoffe: ein herrlich Heil."

„Ich will's glauben — und so leichter sterben. Aber schwöre mir, — sonst kann ich nicht Friede finden noch Freude in Walhall! — schwöre mir bei Wodan: — laß ihn nicht freveln gegen Götter und Menschen — eher . . . hörst du? . . . soll er sterben! Töte ihn!"

„Childirich! Welche Wahngebilde! Du fieberst."

„Mag sein!" schrie der Leidende, „aber diese Sorge beißt bittrer als die Wunde. Ich kann nicht Ruhe finden," — und er fuhr hastig empor, warf die Decke von sich und wollte von dem Lager springen, aber er taumelte: sie fing ihn auf; er lehnte an ihrer Brust. „Schwör's, schwör's! Laß ihn nicht leben, frevelt er gegen Götter und Menschen. . . . Hast du mich je geliebt — — schwör's . . .

ich bitte ... ich befehle!" Und er sah flehend und zugleich drohend in ihr Auge.

Von Mitleid überwältigt legte sie die Hand auf sein heftig pochendes Herz: „Ich schwöre bei Wodan, dann soll er nicht leben," sprach sie und ließ ihn sanft auf das Lager zurückgleiten.

II.

Da sprang der Knabe mit Einem Satz durch den Vorhang über der Schwelle: beide Eltern erschraken: er kicherte wieder wie ein Elbe: „Hi, hi! Wie ihr zucktet. Ihr fürchtet euch. Geschieht euch recht. Gewiß habt ihr wieder Böses vom armen Chlodovech geredet."

„Wie kannst du so frech sein!" drohte die Mutter. „Und so roh! Den Vater so erschrecken, — der schwer leidet." Im Augenblick war der spöttische Ausdruck verschwunden aus dem immer von wechselndem Mienenspiel bewegten Gesicht: scharf spähten, aber mitleidvoll jetzt die grauen Augen auf den Vater, die Mundwinkel sanken traurig herab: „Wàs denn? Wàs denn? Der Vater? Noch immer Schmerzen? Es ging doch besser . . .!"

„Ich werde bald aller Schmerzen frei sein," sprach der Wunde. „Das ist gut," lachte der Sohn, „ist so langweilig ohne dich. Dann jagen wir wieder Bär und Auerstier und reiten wieder gegen das verfluchte Nest Soissons — aber diesmal nachts — und ohne vorher die Waffenruhe zu künden . . ." „Schäme dich," schalt der Vater in hoher Erregung. „Hierher! An meine Seite. Noch näher. Ich habe nicht viel Stimme . . ." — „Vater! Du wirst mir doch nicht sterben?" Aus tiefem, wirklichem Gefühl kam das heraus. Aber rasch fuhr er lachend fort: „Noch nicht! Bin noch zu jung! Die Franken wählen mich noch nicht dir zum Nachfolger. — Nun, Mutter! Was denn! Was denn? Was schlägst du mich?“ — „Du herzloser Bube! Das sagst du dem sterbenden Vater?“ „Ja“ ... stotterte der Gescholtene, die geschlagene Wange reibend, „jeder Königssohn will, glaub' ich, König werden.“ Childirich lächelte trüb: „Laß ihn. Diese Offenheit, ob frech, ist nicht sein Schlimmstes.“ „Siehst du, Mutter, wir Männer verstehen uns besser,“ lachte Chlodovech, immer noch die Wange reibend. „Beim lodernden Loge, das that weh.“ Und damit ließ er sich auf einem Schemel neben dem Lager nieder und streichelte des Kranken blutleere, abgemagerte Hand. „Mein Sohn, vernimm meine letzten Ratschläge und Befehle; folge in allen Stücken deiner Mutter, der edeln Frau: denn sie ist hochgemut, der Geist Wodans lebt in ihr. Wehe dir, wenn du sie je betrübst! Und halte fest im Vertrauen auf die alten Götter unseres Volkes, unsere hohen Ahnen, die unsere Sippe groß gemacht: ehre ihre heilgen Haine, zumal den uralten dort am Rheine, im Gau Toxandria, der unseres Volkes Wiege. Halte Friede mit den Bischöfen der Römer: — schone ihre Kirchen: aber nicht allzuviel laß dir von ihnen einreden.“ — „O ich werde schon nicht!“ — „Halte dich, wann du nun den Königsstab tragen wirst ...“ — „Also du meinst, sie wählen mich?“ Rasch kam die Frage, der scharfe Blick loderte. „Ja, sie werden dich wählen aus ...“ „Aus Liebe, aus Dank für deinen Vater,“ fiel die Mutter ein, „aus dem Glauben, der Sohn wird ihm gleichen an Heldenschaft.“

„Ich bin nicht feig, Mutter!“ grollte Chlodovech.

„Und an Treue und Ehre,“ sprach der König schweratmend. „Vergiß es nie: wohl ist Klugheit dem König vonnöten und nicht leg' er das Herz auf die Zunge: arg ist gar mancher unserer Nachbarn, am ärgsten der Römer: also schweigen und klug sein ist gut, aber den Sieg hat uns Siegvater gelegt ins Schwert, nicht in den meuchelnden Dolch: kein Sieg gedeiht, den Treubruch und Tücke erlistet haben: immer am Ende gewinnt die Wahrheit! Stirb stolz, ehe du treulos lebst. — Und nun wisse, vom Urgroßvater — von Merovech her — vererbt, dem sagt man ein Wandrer — Wodan war's — es als Gastgeschenk in der Halle zurückließ beim Abschied — ist unserer Sippe zu eigen ein Siegesschwert . . ." „Wo? Wo ist dies Schwert?" voll feuriger Gier sprang der Knabe auf. Aber der Wunde fuhr — mit Anstrengung — fort: „Und außerdem — ein Hort, ein reicher Hort ist der Könige bester Freund in der Not! — ein Hort, — der dir aber nicht gleich zur Hand sein soll — nur als letzte Zuflucht — sonst vergeudet ihn deine Jugend — geborgen liegt bei dem Siegesschwert ein gewaltiger Hort für dich." — „Wo! Vater, wo?" — „Das sollst du noch nicht erfahren: erst in höchster Not: und nur — nur zwei Augen — zwei einzige auf Erden — wissen darum und sahn ihn liegen."

„Wer! Wer ist das?" Er faßte mit den beiden Händen die Rechte des Vaters. „Das ist — — — oh der Schmerz. Leb wohl, mein Weib! Leb wohl, Chlodovech! Halte Treue, hörst du? Treue! Ah! Schwör's! Treue! Schütze die Weihtümer der Götter, schütze ihre Verehrer. Schwör's." „Ich schwöre," sprach der Knabe, tief ergriffen. „Nun ist's gut." Und mit tiefem Aufseufzen sank er zurück und war tot.

III.

Nach wildem Aufschrei des Schmerzes, mit dem sich die hehre Gestalt der Königin über den Gatten geworfen, war sie allmählich von seiner Brust herab auf die Knie geglitten, mit beiden Armen seine Schultern umfaßt haltend: sie konnte nicht weinen.

Nicht lange hatte Chlodovech bei dem Vater geweilt: heiß waren ihm die Thränen in die Augen geschossen, heftig hatte er geschluchzt; aber bald wischte er das Naß von den Wangen und sah von dem ernsten, durch den Tod geweihten, strengen Antlitz hinweg: es schien ihm zu drohen oder doch die letzte Mahnung — wie versteint zu verewigen. Unstet wandte er das Auge und ließ es im Gemach umherwandern: da traf es auf den neben dem Speer an der Wand lehnenden Königsstab, einem weißen Eschenstock, der oben in eine greifende Hand von Gold auslief.

In leisen, kleinen Bewegungen des feingliedrigen Leibes glitt Chlodovech langsam hinter den Rücken der Mutter, wandte sich und geschmeidigen und geräuschlosen Schrittes huschte er in jene Ecke, haschte mit katzengleich sichrem, unhörbarem Sprung und Griff den Stab und war im Augenblick durch die enge Wandthür verschwunden. Bald scholl sein freudiger Schritt in dem entlegenen Hofe, wo er die im Palatium lebenden Knaben der Edelinge zum Nachtmahl versammelt wußte: plötzlich sprang er unter sie: erschrocken fuhren sie auf: „Wàs denn? Wàs denn?“ rief er, den Stab über seinem Haupte schwingend. „Ja, fürchtet euch nur! Und gehorcht mir. Mein Vater liegt tot und ich bin euer König. Hier halt' ich seinen Stab: laß sehen, wer ihn mir wieder abnimmt.“

Der Sohn hätte nicht nötig gehabt so ängstlich jedes Geräusch zu vermeiden bei dem Verlassen des Gemaches: denn die Witwe, die ihm freilich den frechen Griff nach dem Königsstab verwehrt haben würde, den nur die Wahl des Volksheeres gültig verleihen konnte, lag so tief in ihren Schmerz versunken, daß sie noch geraume Zeit nichts Äußeres wahrnahm. So hatte sie es auch nicht bemerkt, als, lange nach Chlodovechs Entfernung, der Vorhang des Haupteingangs ganz leise auseinander geschoben ward und eine schlanke graue Gestalt auf der Schwelle sichtbar ward.

Freilich, so schattenhaft, so unirdisch leicht schien das zarte Wesen, die Bewegungen waren so leis, wie die Jungfrau nun im Rücken der Trauernden über den glatten Marmorestrich gegen das Sterbelager dahinglitt, daß sie mehr einer Geistererscheinung als einem Menschenweibe glich.

Als die Schlanke an dem Fußende des Lagers angelangt war, ließ sie sich hier niedergleiten, drückte demütig das blondgelockte schmale Haupt, die weiße Stirn mit den stark durchschimmernden blauen Adern auf die Zehenspitzen des Toten und umfaßte mit den fromm zum Gebet gefalteten Händen seine Knöchel. Lange lagen sie so, die beiden Frauen, die Witwe zu Häupten, das Mädchen zu Füßen des toten Mannes.

In tiefem Schweigen stand das Gemach: auch von außen drang kein störender Laut herein: es war wie ein Grab, so feierlich: die Schauer der Ewigkeit webten um die drei Gestalten.

Endlich erhob sich, tief aufseufzend, Basina, beugte sich über den Gatten und drückte einen Kuß auf seine bleiche Stirn. Nun zurücktretend gewahrte sie die rührende Gestalt, die so demütig da auf der Erde neben dem Pfühle hingegossen lag. Sonder Erschrecken, ohne Befremdung sogar sah sie auf das Mädchen in den grauen Schleiern herab; sie nickte leise, als habe sie das erwartet. „Genoveva!" sprach sie nun ernst, aber ohne Strenge.

Die Beterin richtete sich langsam auf: auch sie ohne Hast, ohne Scheu: sie schlug die tiefdunkelblauen Augen mit den großen Augensternen voll auf und hob einen langen Blick zu dem gewaltigen Weibe empor, das sie hoch überragte; sie rang nach einem Worte: sie fand keines.

„Ich wußte," sprach die Frau, „du würdest kommen, wann — aber woher wußtest du . . .?" „Die Heiligen!" erwiderte das Mädchen mit wohltönender Stimme. „Sie sprachen diese Nacht im Traume zu mir: ‚Geh' hin, Genovefa. Er wird die Sonne nicht mehr aufsteigen sehn. Geh' hin und bete bei dem Toten für seine Seele.' Darf ich, Frau Königin?" Basina zog die starken Brauen in die Höhe. „Immerhin! Überflüssig für ihn: — denn er sitzt jetzt selig an Walvaters Seite. — Aber dir, deiner Seele, thut es gut. So bete denn. Ich lasse dich allein bei ihm. Im Tode — wie so oft im Leben. Du hast ihn mir nehmen wollen: . . . unsern Göttern, mein' ich. Er blieb ihnen treu." „Ich wollte seine Seele retten," hauchte Genovefa und erschauerte. „Ich weiß. Und ich weiß auch — nur für den Christenhimmel wolltest du mir ihn nehmen. So wähntest du wenigstens. Ich ließ dich gewähren mit dem Lebenden . . ." „Ich — die Mutter — die Schwestern danken ihm alles! Leben — Ehre" — sprach hastig die Christin. „Als nach der Erstürmung von Avron die Krieger mich davonschleppten, hat er . . ." — „Ja. Und dein Dank war warm. — Ich verstand es. Und versteh' es. Ich gehe, seine Gruft zu bestellen. Küsse ihn, Genovefa." Und hoch aufgerichtet schritt sie hinaus. Da warf sich das bleiche Kind in heißem Schmerz neben dem Toten nieder, faßte seine herabhängende Hand und küßte sie: „Ah, auf ewig verdammt! Verdammt um das Weib des andern! O heilige Jungfrau — erbarme dich seiner! — Verdammt um ihretwillen!“

IV.

Mit großem Gepränge war König Childirich bestattet worden in einer Hügelgruft zu Tournay: sein Lieblingsfalke ward ihm nachgesandt in den Tod; wenig ahnten die heidnischen Priester, die hierbei walteten, daß seine christlichen Enkel — gleichsam zur Sühne — dereinst eine Basilika dem heiligen Martin von Tours zu Ehren über der Gruft aufführen würden.

Am gleichen Tage hatte das nach Tournay berufene Volksheer der drei kleinen Gaue, auf die des Verstorbenen Königtum beschränkt gewesen war, den fünfzehnjährigen Erben, der vor kurzem erst die Schwertleite empfangen, aber sich sofort in dem Zuge gegen Soissons derselben vollwürdig bewährt hatte, zu Childirichs Nachfolger gekoren.

Nicht ganz ohne Widerspruch war das geschehen. Es fehlte nicht an Männern in dem Volksheer, die bei aller Dankbarkeit gegen den Vater, den Sohn doch noch zu knabenhaft fanden, ihr Führer im Kampf, ihr Richter im Königsding zu sein. Es ward erinnert, daß nahe Gesippen des Gaukönigs von Tournay, — ebenfalls Merowingen, — Vettern Chlodovechs, gereifte Männer in den Nachbargauen zu Cambrai, zu Thérouenne, zu Le Mans walteten: einige unter diesen wurden vorgeschlagen als Nachfolger Childirichs: die weiter Denkenden wiesen wohl auch darauf hin, es sei bei der gefährdeten Lage der einzelnen salischen Gaue wünschenswert, daß ihrer mehrere unter Einem König zusammengeschlossen würden. — Jedoch der Dank gegen Childirich und das Vertrauen auf die bereits bewährte Kühnheit und Klugheit seines Sohnes drangen durch: er ward gekoren und nahm den Königsstab aus des ältesten Richters Hand.

Aber dermaßen erhitzt und erbost hatte jener Widerstand den Rotlockigen, daß er, als nun die Entscheidung gefallen und gegen Abend das Volksheer aus dem Blachfeld vor den Wällen der Stadt abgezogen war, sich in die nahen Heimatorte zu zerstreuen, brennenden Kopfes zu seinem Waffenbruder Guntbert lief und in ihn drang, mit ihm in den nahen Königstann zu reiten.

„Warum!“ fragte der ruhig, übrigens schon bereitwillig zum Marstall schreitend. „Um was zu thun?“ — „Was denn? Was denn? Zu reiten, zu rennen, tief Luft einzuatmen, noch mehr die Hitze auszuatmen, die ich all' die Stunden mühsam in mir verhalten mußte.“ Kaum hatten die beiden das schmale Wallthor im Süden der kleinen Feste hinter sich, als Chlodovech seinem Rotroß den Sporn so scharf in die Weichen schlug, daß das edle Tier hoch aufstieg und wie ein Pfeil voranschoß auf der alten gut erhaltenen Römerstraße nach Cambrai.

Nur mit Mühe konnte Guntbert auf seinem Braunen folgen. Erst tief im Inneren des Waldes zog der hitzige Reiter Zügel; dichter Schaum floß dem Pferde vom Gebiß, als es stand. Sofort sprang Chlodovech ab und warf sich auf das weiche Moos, tief atmend und mit beiden Armen um sich schlagend. Auch Guntbert stieg nun langsam ab; kopfschüttelnd fragte er, den steten Blick der treuen Augen auf den Zappelnden richtend: „Was hast du, Chlodovech?“

„Was ich habe! Königtum hab' ich. Macht hab' ich — zwar nicht viel, aber wartet nur! — Ihr sollt euch wundern — alle. Auch du! Aber zumeist . . . — nun zum Beispiel meine lieben Vettern in Cambrai und Le Mans! Die können froh sein, daß ich schließlich doch gekoren ward!" — „Froh? Die wären wohl lieber selbst König deiner Gaue geworden!"

„Wären's ja nicht geworden! Hätte sie sogleich umbringen müssen. Nun haben sie noch ein paar Jahre gewonnen. Denn jetzt müssen sie mir erst helfen gegen — nun, eben gegen andere. Dann kommen sie daran." — „Wie abscheulich!" — „Was denn? Ist ja dumm! Schau, das einzige Gescheite, was gegen mich gesagt ward, war das von der Vereinung mehrerer Gaue unter Einem. Der Mann hatte recht, der alte Wisogast. Und recht soll er behalten. Der wird noch viel Freude an mir haben. Ich werde viel mehr unter mir vereinen, als er ahnt! Warum ich dir das sage, Guntbert? Ja, ist vielleicht dumm. Man soll das Herz nicht auf der Zunge tragen, warnte der Alte. Aber sieh, manchmal muß das Herz heraus! Und ich habe keinen, dem ich's ausschütten mag." — „Deine hohe Mutter?" Chlodovech furchte leicht die Stirn. „Die ist mir zu — nun: zu Göttingleich. Sie taugte besser in Asgardh Königin zu sein an Frau Friggs Statt als meine — Unterweiserin in diesem viel durchkämpften Gallien. Und dann — wozu ein zweites Gewissen? Hab' ich das leise da drinnen in der Brust zum Schweigen geschwatzt, dann fängt die Wodans-Enkelin an, laut zu mahnen. Beim lodernden Loge! Ich wüßte schon selbst, was gut ist, wenn ich's thun wollte. Ist ja dumm. Und dumm ist freilich auch von mir, daß ich dich gut leiden mag, du plumper Mann, du Eichblock. Aber auch wieder nicht dumm. Denn ein König muß einen haben, der ihm dient, treu, scharf, stumm wie das Schwert. Und das sollst du mir sein. Bist es schon Sollst aber noch fester gebunden werden: Merk' auf — neige dein Ohr — weißt du, wen ich zum Weibe nehmen soll nach vieler Wunsch und Rat? Merkst nichts? Es geht dich doch recht nah an? Sieh, wie es dir ins Gesicht schießt! Ja, ja, Bertrada, deine Bertrada." „O Chlodovech!" stöhnte der Jüngling.

„Was denn? Was denn? Wenn ich's wollte, würde ich dir's sagen? Ist ja dumm! Will sie nicht! Wohl ist sie schön — sehr schön sogar. So, was man sagt: edel. Möcht' sie wohl . . .! Bin nicht blind. Aber ist ja dumm. Mein Weib muß mir nicht Schönheit einbringen und ‚Tugend' und all' das Zeug: — ein Königreich. Nun stammt ja Bertrada aus edelm Geschlecht der Thüringe — ihr Vater hat meiner Mutter — nun, sagen wir in kindlicher Schonung": — er lachte häßlich — ‚Reise' aus Thüringen zu meinem Vater begleitet." — „Wie meine Mutter." — „Jawohl, damals Frau Basinas beide einzige Helfer. Und darum raten viele kluge Männer — ist nicht dumm! — ich solle die Thüringtochter nehmen und, auf ihr Erbe gestützt, das ganze Thüringland. Ist doch dumm! Ist noch zu früh! Zu weit weg. Es giebt andere Reiche, näher, schöner, reicher. Also, horch hoch auf, verliebter Guntbert: dein König entsagt großherzig — wie er nun einmal ist — Bertraden und giebt sie dir!" — „O Chlodovech! Du bist gut." — „Glaube nur das nicht! Fällt mir gar nicht ein!" — „Dank! Dank! Mein Blut — mein Leben . . !" „Was denn? Ist ja dumm. Das heißt: nein. Ist sehr recht von dir. Ist sogar deine Pflicht gegen deinen König. Und nun — ich weiß! — bist du mir noch viel fester zu Treue verbunden, als durch die Blutsbrüderschaft, die wir vor wenig Nächten schlossen. Sieh, da ich heute so froh bin, daß ich den Königsstab gewann, wollt' ich auch dich erfreuen. Nein, danke mir nicht! Denn zuletzt hab' ich es doch nur aus Schlauheit gethan: viel lieber als Thüringen ist mir . . . nun, was anderes. Und dich will ich mir verpflichten auf Leben und Tod. Komm! Nach Haus! Es wird kühl in dem Waldmoos. Laß uns die Hengste heiß zurückhetzen. Wenn ich nur das Eine wüßte," sprach er beim Aufsteigen, unhörbar für den Freund, „wenn ich doch den toten Vater wieder aufwecken könnte! Nicht auf lange! Beileibe! Ich will König bleiben. Aber daß er starb, ehe er das Eine Wort sagen konnte! Wer, wer weiß um das Eine und . . . um den andern? Da steigt der Stern Freias auf! Schau' her, Stern, — ich befehl' es —, hier siehst du einen König!"

V.

Ein paar Tage darauf schritt die verwitwete Königin — sie trug graue Trauerkleider und hatte jeden Schmuck abgelegt — in dem nach römischem Geschmack angelegten viereckigen Gärtlein des bescheidenen „Palatiums" zu Tournay auf den mit buntem — rotem und gelbem — Sand bestreuten Wegen in der Mitte eines schönen jungen Paares langsam auf und nieder. Zu ihrer Rechten ging der stattliche Guntbert; aber er ließ schwermütig das Haupt sinken und das holde blonde Mädchen, das an Basinas linkem Arme hing, drängte, hart kämpfend, die Thränen zurück.

„Es ist nicht möglich!" sprach die Königin hauptschüttelnd vor sich hin. „Er hat es dir versprochen, sagst du, Guntbert?"

„Fest versprochen. Und meinen Dank dafür genommen. Und gesagt, nun sei ich ihm noch stärker verpflichtet!" —

„Und zwei Tage darauf . . .?“ — „Ruft er mir, vom Gaul herab, an mir vorübersprengend, zu: ‚'s ist nichts mit Bertrada. Die kriegt ein anderer!‘“ „Nie!“ sprach die Jungfrau ruhig. Und nun, da sie sich hoch aufrichtete, die großen, hellen Augen gen Himmel richtend, sah man erst, wie hochgewachsen auch sie war. Schweigend drückte die Königin ihren Arm an die Brust. „Und bald erfuhr ich,“ hob Guntbert wieder an, „wie das kam und wer mir vorgezogen wird. Seit ein paar Wochen weilt ein Römer hier, ein Gesandter des Burgundenkönigs . . .“ „Cautinus!“ nickte die Königin, „ein Neffe des Bischofs Theoplastus von Genf. Ich sah es wohl, mit welchen Blicken er die Schlanke verfolgte,“ grollte sie drohend und zog die Brauen zusammen: dann sah sie wirklich aus wie eine zürnende Göttin aus Asgardh.

„Der warb um sie bei ihm: — ist er doch ihr Muntwalt, da sie, die Fremde, eines Thürings Tochter, rechtlos ist im Lande und nur vom König geschützt. Der Römer bot ihm Gold, — erzählte mir Ansovald, der Antrustio, der dabei stand, viel Gold . . .“ „Verkauft wie eine Ware!“ sprach Bertrada. „Aber ich habe eine Seele. Und . . . des Vaters Schwert.“ Und sie hob die geballte Faust.

Da blieb die Königin stehen und küßte des Mädchens Stirne. „Du Wackre! Das ist deines Vaters Art. Wie er sich selber Treue hielt — und mir — so du. Als alle, alle, die jahrelang der Königin geschmeichelt am Königshof der Thüringe, feige, treulos, falsch von mir abfielen in der Stunde der Gefahr, da haben nur zwei Herzen der Verfolgten Treue gehalten: dein Vater und, Guntbert, deine Mutter. Sie allein teilten viele Wochen lang die Gefahren, die Schrecknisse meiner Flucht durch die in Winterschnee starrenden Wälder, über das bröckelnde

Eis aller Ströme von der Unstrut bis an die Schelde. Den Bären und den Räuber hat dein Vater, Bertrada, mir vom Leibe gewehrt, deine Mutter, Guntbert, mir die wunden Füße gesalbt; zuletzt haben beide mich getragen zwei Tage lang. Wohlan denn: Treue um Treue! Ich werde euch helfen, ich werde euch vereinen, so wahr ich den Treulosen geboren!"

„Das zählt dir nicht bei mir, Mutter," rief eine hohe Stimme. Und Chlodovech sprang hell lachend hinter dem Vorhang hervor, der den Garten von dem Opisthodomos schied. „Das hast du nicht mir zu Lieb gethan. Kanntest mich ja noch gar nicht!"

Unwillig blieb die Königin stehen; das Mädchen drückte die Faust auf die Brust. „Ich hab' dein Wort!" rief Guntbert. „Da hast du auch was Rechtes! Ein König muß viele Worte haben: — Ja und nein nebeneinander! Der andere hatte auch eines meiner Wörter. Was denn? Hilft ihm auch nichts. Ist ja dumm!"

„Chlodovech! Halte Treue. Es war des Vaters letztes Wort."

Sehr ärgerlich drehte sich der junge König auf der Ferse um sich selber herum. „Mutter — wenn du mir immer nur mit diesem Worte kommst — ich . . . ich ertrag's nicht. Ist ja . . ." Er fing das rohe Wort. Aber er sprach zu sich selber: „Mit ihrem Starenlied von der Treue! Sie wird mich mal so ärgern, daß ich sie nach ihrer ‚Reise' aus Thüringen frage . . ." Er atmete nochmal heftig. Dann hatte er sich bezwungen. „Wozu all' das Gerede! Ist ja dumm. Wollte ich diese junge Walküre für mich haben — ja, blitze nur mit den Blauaugen! — oder für einen andern, so würde mich weder ihres Vaters dummes altes Schwert . . . — wo mag es übrigens sein?"

„Unter meinem Hauptkissen."

„Noch Guntberts Zorn, noch der Frau Mutter Treuegesang abhalten. Meint ihr, ich fürcht' euch? Ich fürchte nur — manchmal — mich selber. Aber beruhigt euch, ihr Lieben. Es hat mich schon lange wieder gereut. Der Römer bot mir — nach genauer Schätzung! — doch nicht so viel als Guntberts Treue wert ist. Cautinus ist samt meinem Königswort abgeritten: — aber ohne die Braut! — Die Braut ist Guntberts! — Das bezahlte Brautgeld hab' ich freilich dem andern zurückzugeben . . . vergessen. . . . Ja, was willst du, Mutter? Der Schatz ist leer! Ein König ohne Geld ist . . .? Ist ja dumm. Und Wodan, dein hoher Ahn, hat auch gar oft Riesen und schöne Weiber — betrogen. Treue halten ist gut für Unterthanen, Götter und Könige können das nicht erschwingen. Also rüstet den Brautlauf! Schöne Bertrada, dem ersten Knaben leg' ich mit dem Namen ein Zahngeschenk in die Wiege. Kann man nicht Vater sein des Kindes eines schönen Weibes, — denn du bist wirklich schön, du Trutzige, nur gar zu herb! — ist es eine Art Abfindung, Namengeber dieses Balges werden!" — „Chlodovech! Du bist . . .!" — „Ja, Mutter, nicht ganz so . . . feierlich wie du. Wer weiß, welcher Elbe mein . . . Pate war und mir seine Art zum Zahngeschenke gab? Man raunt allerlei davon im Volke der Franken!"

VI.

Wenige Jahre nach Chlodovechs Thronbesteigung schrieb Theoplastus, Bischof der burgundischen Stadt Genf, an Remigius, den frommen, weisen und edeln Bischof von Reims, welche Stadt Chlodovech längst gewonnen hatte: „Remigius, dem in Christo geliebten Bruder, der da zu Reims den Bischofstuhl schmückt, sendet bischöflichen Gruß Theoplastus von Genf. Es ist wohlgethan, geistlicher Pflicht und weltlicher Klugheit gleich entsprechend, daß die Hirten der christlichen Herde über die trennenden Grenzen der weltlichen Reiche hinweg sich brüderlich die Hände reichen und gemeinsame Zwecke gemeinsam verfolgen, ohne Rücksicht auf die Vorteile der Staaten, denen sie — dem Leibe nach — angehören.

Denn der Seele nach gehören sie nicht den weltlichen Reichen an, sondern dem Reiche Gottes: die weltlichen Reiche aber und ihr Recht sind nur ein notwendiges Übel, eine Frucht des Sündenfalles: im Paradiese gab es weder Recht noch Richter: eine Folge also der Verführungsthat des Teufels sind Recht und Staat, diese leidigen Krücken der erkrankten Menschheit: die gesundete wirft sie von sich am Tage des Gerichts, da Recht und Staat untergehen werden, zugleich mit dem Teufel, von dem sie verschuldet sind, wie Sankt Augustinus schreibt in seinem herrlichen Werke ‚vom Gottesstat': dies Buch sollte man als Gesetz verkünden in allen Staaten von Christen. Da würde kein König mehr der Kirche Rechte kränken können: denn alle Geltung — schreibt Sankt Augustin — die dem Staate, dem weltlichen Gesetze, zukommt, kann nur das ewige Gesetz der Kirche ihm verleihen. Daran müssen wir denken

Tag und Nacht und danach unsern Gehorsam gegen die Könige der Welt bemessen.

Auf diese Gedanken ward ich geführt, weil, was ich dir, in Christo geliebter Bruder, vorschlagen werde — unter dem Siegel priesterlichen Schweigens! — dir vielleicht auf den ersten Blick bedenklich erscheinen kann, als ob es mit der Treue des Unterthans gegen seinen König etwa nicht sonderlich gut vereinbar sei. Allein in der Priesterweihe legen wir den natürlichen, den weltlichen Menschen und unsere Volksart ab und ziehen einen geistlichen Menschen an: nur der weltliche aber war an den Staat gebunden, nur ihn verpflichtete der Eid der Treue, den jener — noch als Laie — geschworen hatte.

Es handelt sich — kurz gesagt — darum, die Herrschaft eures jungen Königs über dies unglückliche Reich der Burgunden auszudehnen. Du staunest, du frägst: ‚Wie kommt ein Bischof dazu, sich einen Heiden zum Herrscher zu wünschen, statt der beiden christlichen Könige, unter denen er steht?‘ Die Antwort lautet: die burgundischen Könige sind Ketzer, Arianer. Sie sind nicht Christen: denn sie gehorchen nicht bischöflicher Vermahnung: und der heidnische Frankenkönig? Nun, der muß eben katholisch werden!

Mit unsäglicher Mühe habe ich seit Jahren im Verein mit den Mitbischöfen in Burgund König Gundobad von seiner arianischen Ketzerei hinweg für das Bekenntnis des heiligen Athanasius zu gewinnen gesucht: ein großes Religionsgespräch zwischen uns und seinen arianischen Baalspriestern, in dem ich alle Kraft des Geistes — sie ist, wie du weißt, nicht ganz gering! — aufwandte, brachte ihn nur zu einem Achselzucken, wie weiland Pontius Pilatus!

Nun, da er nicht hören will, soll er fühlen! Er unterdrückt uns nicht gerade, aber er läßt uns auch nicht frei gewähren: — freilich auch seine arianischen Bischöfe nicht: die Kirche aber ist nicht frei, wenn sie nicht herrscht. Darum haben wir, die rechtgläubigen Bischöfe im Reiche der Burgunden, unsere Augen auf einen andern geworfen, den ungehorsamen Ketzer durch einen ungehorsamen Sohn der Kirche zu ersetzen: auf euren König: Chlodovech.

Es ist staunenswert, was dieser junge Heide in den wenigen Jahren seiner Herrschaft vollbracht hat: er gemahnt an den Knaben David, den Sohn Isais. Noch nicht zwanzig Jahre alt, hat er Syagrius, den letzten Befehlshaber, der noch römischen Besitz in Gallien behauptete, vor seiner Stadt Soissons geschlagen: — er selbst — der junge König — soll in dem Kampfe das Beste gethan haben. Auf seinem Rotroß seiner Gefolgschaft vorausjagend, entriß er mit eigner Faust dem Tribun den letzten Adler der letzten römischen Legion, der noch in Gallien die goldnen Schwingen hob, ihn und vier Centurionen im Einzelkampf um dieses Feldzeichen erschlagend. Er — der erste, weit vor all' seinem Heer! Dann zerschlug er mit seiner Streitaxt das Thor von Soissons, drang ein, nur von einem Gefährten gefolgt und wehrte sich, den Rücken an den Wall gelehnt, lange, lange Zeit, bis die Nachdringenden ihn, den nach vielen Wunden Gefallnen, unter dem Schilde seines blutenden Gefährten hervorzogen.

Und seit er Soissons gewonnen — bei der Teilung der Beute mit seinen Franken soll er allerdings das meiste heimlich für sich beiseite gebracht haben! — hat er wie ein fressend Feuer um sich gegriffen. Oder vielmehr: Gott und die Heiligen haben ihn von Erfolg zu Erfolg getragen, wie da geschrieben steht in den Psalmen: ‚Ich werde die Völker unter dich zwingen und die Leute werfen unter deine Füße, ich will deine Feinde zerstoßen wie Staub vor dem Winde.‘

Er findet keinen Widerstand — oder überwindet ihn, wie von den Flügeln der Engel hinüber getragen. Bis an die Seine, ja bis an die Loire hin, gewann er alles Volk, mehr durch Klugheit als durch Waffengewalt, die Römer und die alten Einwohner in der Bretagne fallen ihm zu. Bald wird er in Paris einziehen, wo die fromme Jungfrau Genoveva, seines Vaters Schutzbefohlene, eine Heilige, die bei lebendem Leib allerlei Wunderzeichen verrichten soll, die Seelen der Einwohner für ihn gewinnt. Nun, in Christo geliebter Bruder, und dieser Mann, dem sichtbarlich Gott und die Heiligen die Wege bahnen — was ist er? Ein Heide! Freilich!

Seine Erfolge aber sind so groß, daß man nicht mehr sagen kann: Gott läßt sie nur zu, zur Strafe unserer Sünden, wie Pest oder Hungersnot, nein: Gott will durch diesen Mann seine Kirche verherrlichen auf Erden. Und wir — wir müssen dazu helfen mit irdischen Mitteln zu himmlischen Zwecken. Das ist des Priesters, des Bischofs wichtigste Pflicht! Denn von Anfang hat der Merowing — klug oder gut — sich gar freundlich gestellt zu den Bischöfen seiner Städte. Er, — der Heide! Ganz anders als jene gottverfluchten Könige der Goten und unsere burgundischen: die beide zwar Christen heißen, aber üble Ketzer sind! Zehnmal schlimmer der Ketzer als der Heide! Der Heide hat das Wort des Heils noch nicht vernommen oder nicht verstanden, der Ketzer hat es vernommen und in Unheil verkehrt. Die Ketzer verfolgen die Katholiken: — die Heiden lassen sie gewähren, ja, ich kenne manchen heidnischen Germanen, der, wie vor seinen Göttern, vor Sankt Martinus fromm die Kniee beugt: wenn er zwölf Götter verehrt, warum nicht vierundzwanzig? Schon jetzt, da Chlodovech noch Heide, sehnen gar viele Katholiken in Burgund und im Westgotenreich — so schreibt mir zum Beispiel der Bischof von Langres — seine Herrschaft herbei: er schützt sie jetzt schon, die Arianer bedrücken sie. Dieser Merowing scheint von Gott berufen, große Macht in Gallien zu gewinnen: wohlan, er soll sie üben: aber im Dienste der heiligen Kirche.

Diese Gedanken nennst du vielleicht allzu weltlich? Denn wohl bekannt ist mir dein frommer, reiner, nur auf das Himmlische gerichteter Sinn.

Wohlan, so vernimm denn: die Heiligen haben jene Gedanken feierlich gebilligt. Viele Monate lang — seit jenem Religionsgespräch, in dem ich den schnöden Zweifler Gundobad zu überzeugen nicht vermochte, — zu meiner tiefen Demütigung! — wälzte ich Tag und Nacht diese Erwägungen im Kopf und bat die Heiligen, mich zu erleuchten. Vor drei Tagen schlief ich — nach langem Planen und Beten — ein: alsbald erschienen mir, vom Strahlenkranz die Häupter umleuchtet, die heiligen Bischöfe Martin von Tours und Hilarius von Poitiers, die ich zuletzt angerufen im Gebet, und sie sprachen: ‚Mein Sohn Theoplastus, du bist auf dem rechten Wege: das Reich der Burgunden soll und wird den Franken zufallen und du selbst wirst den Merowing zum Taufbecken geleiten. Die Ehrung, die dir Gundobad versagt, wird Chlodovech dir reichlich leisten.‘ Nach diesem Gesicht ist mir der letzte Zweifel geschwunden: ich schwöre dir: so haben die Heiligen gesprochen.

Nun erwäge meine Worte, vor allem aber die der Heiligen, und verweigre nicht deinen Beistand zu einem frommen und heiligen Werk. Ich denke dabei nicht gleich an Krieg und Eroberung: ich will erst den Heiden für den rechten Glauben gewinnen, bevor ich ihm das Reich Burgund in die Hände spiele. Und dazu hat uns Gott ein trefflich Werkzeug gegeben!

Du weißt, wie die Dinge bei uns liegen. Unsere beiden Könige zwar, Gundobad und Godigisel, die Brüder, sind Arianer, aber ihre Nichte, Hrothehild, die Tochter des verstorbenen dritten Bruders Hilperich, durfte die katholische Mutter bis zu ihrem Tod im rechten Glauben erziehen: und ich habe Gott und den Heiligen versprochen, die Seele der Doppelwaise ihnen zu erhalten trotz aller Anfechtung. Ja, dieses schöne, kluge, willenszähe und mir, — das heißt der Kirche, — schrankenlos ergebene Mädchen, mein Patkind und Beichtkind, soll des Merovings Gemahlin werden: dann müßte es doch seltsam zugehen, wenn wir, falls sie und du und ich zusammen wirken, den Heiden, der schon jetzt den Katholischen so geneigt ist, nicht bald völlig gewönnen. Und als Gemahl der Tochter des verstorbenen Burgunden-Königs — den dritten Teil des Reiches beherrschte ihr Vater Hilperich — hat er ein Recht auf ein Drittel dieses Reiches: die beiden andern Drittel mag ihm dann Schwert oder Vertrag verschaffen. Der Mann aber, der dir dieses Schreiben überbringt, verdient dein volles Vertrauen: mündlich und schriftlich kannst du ihm alles mitteilen. Es ist mein Neffe Cautinus. Ich grüße dich mit apostolischem Gruße."

VII.

Nachdem der aufrichtig fromme, gelehrte, aber auch sehr weltkundige und staatskluge Bischof — er stammte aus einem jener senatorischen und infulirten Geschlechter Galliens, in denen die Senatur in den Kurien der Städte wie der Bischofsstab von Geschlecht zu Geschlecht thatsächlich erblich waren — in seinem Schreibgemach zu Genf das Schreiben nochmal sorgfältig durchgelesen und dann, zufrieden mit dem Inhalt und dem Verfasser, genickt hatte, schloß er es umsichtig mit einem Siegelring, dessen schön geschnittner Stein, wie er meinte, den heiligen Petrus darstellte: in Wahrheit war es freilich ein Poseidon.

Nun gab er dem Belarius, der draußen den Zutritt zu dem Schreibgemach hütete, einen Wink: der führte einen jungen Mann in Priesterkleidung herein: sie war aus den kostbarsten Stoffen säuberlich, ja vornehm gearbeitet und ließ dem etwa Achtundzwanzigjährigen sehr gut: sein scharf geschnittenes, echt römisches Gesicht ward nur für einen Weltentsagenden allzu unstet belebt durch zwei begehrlich funkelnde Augen, so schwarz wie das dichte, nun verschorene Haar: geschmeidig beugte sich die hagere, mittelgroße Gestalt vor dem Bischof, aber nicht allzutief. „Mein ehrwürdiger Oheim hat befohlen," hob er an. „Ich gehorche ihm — wie immer."

„Das ist stark gelogen, Herr Neffe," lachte der andere. „Du hast mir — und übrigens auch deinen Eltern — immer nur gerade soweit gehorcht, als es dir beliebte. Das muß nun anders werden, Archidiakon: der Oheim konnte Ungehorsam, argen Leichtsinn und — Schlimmeres verzeihen: der Bischof verlangt blindes Gehorchen: die heilige Kirche versteht keinen Spaß. Das sollst du spüren! Also horch auf. Ich will dir nicht alle deine früheren Streiche und meine älteren Verdienste um dich und deine Schulden, — das heißt deine Gläubiger! — vorrücken: — die Nacht, die herannaht, ginge darüber hin. Nur an das jüngst Vergangene will ich dich mahnen, um dir einzuschärfen, wie Großes du mir zu vergelten hast. Weibertoll warst du von jeher . . ." „Erst seit meinem dreizehnten Jahr, Oheim!" lachte der Neffe, die glänzend weißen Zähne zeigend. „Aber was du in den letzten Jahren alles gegen das sechste Gebot gefrevelt hast, das ist himmelschreiend. Die Gattin des Grafen Victorius hast du entführt, den Mann, der euch einholte, erschlagen . . ." — „In offnem Kampf." — „Bald die Entführte laufen — oder sitzen! — lassen und ihre Schwester . . ." — „Sie war wirklich viel jünger und hübscher . . ." — „Sogar eine Gott geweihte Religiosa hast du dann . . ." — „Brich ab, Oheim, es sind ihrer, wie du selber so weise sagtest, zu viele. Aber weißt du auch — doch wie solltest du, der du so heilig bist! — und zumal so alt! — was mich dazu getrieben hat, in wildem Wechsel wilde Lust zu suchen? O nein!" Und nun nahmen die leichtfertigen Züge des jungen Priesters einen unheimlichen Ausdruck abgrundtiefer, düsterer Leidenschaft an. „Du kannst es nicht ahnen. Sieh, Oheim," — in hastiger Bewegung trat er dicht an den Bischof und flüsterte mit funkelnden Augen — „mich verzehrt rasende Glut um Ein Weib: — das einzige, nach dem ich verlange, mit heißer Gier. — Man hat sie mir versprochen! Man hat sie mir genommen, einem andern gegeben. Und in dem Sehnen nach dieser Einen bild' ich mir ein, andere könnten diesen Durst löschen. — Umsonst! So jage ich durch das Leben, die Weiber verderbend, mich selbst verzehrend . . ." Er hielt inne, seine Pulse flogen, sein Antlitz erglühte. „Abscheulicher! So wagst du zu reden zu einem Priester des Herrn?" — „Ich beichte." — „Schöne Beichte: ohne Reue, Buße und Besserung! Das Wergeld für den erschlagenen Grafen, die vielen Bußen und Schweigegelder für deine andern Unthaten, die Kosten und — die Schulden deines maßlos schwelgerischen Lebens haben dein Erbe erschöpft, meine Mittel stark geschmälert. Es gab nur Ein Mittel, dich zu retten: ich beschloß, dir die reichen Beneficien meiner Kirche zu Dijon zuzuwenden. Die Früchte sind reich genug, die Schulden zu decken und dich trefflich zu nähren: und vergeuden kannst du die unveräußerlichen Kirchengüter nicht. Aber Eile that not: die Gläubiger drängten! Und so mußte ich dir an einem Tage hintereinander alle Weihen erteilen, den krassen Laien bis zum Archidiakon erheben: — nur einem solchen stehen jene Güter nach der Stiftung zu. Wohl würde streng darüber schelten, erführ' er's, der heilige Vater zu Rom oder Remigius zu Reims. Allein mir tröstet das Gewissen das Eine: wahrlich, nicht nur um dir aus der Schuldennot zu helfen hab' ich die Canones verletzt: — vor allem aus der Not der Schuld. Denn ich vertraue: du wirst als Priester des Herrn, unter meiner Aufsicht, deine Laster ablegen: und so rette ich deine Seele, mag darüber ein Verbot der Kirche verletzt werden."

Der Neffe verbeugte sich jetzt sehr tief, vielleicht um das spöttische Lächeln zu verbergen, das seinen Mund umspielte.

„Und da ich deinen Eifer, deine Klugheit in weltlichen Dingen kenne, habe ich dich — du mußt mir ergeben sein, denn du hast sonst auf Erden keine Stütze! — auserwählt, einen Auftrag, gleich wichtig für die heilige Kirche wie für den sehr — unheiligen! — Staat der Burgunden auszurichten. Nimm dies Schreiben. Du gehst als mein Bote . . ." „Wohin?" fragte Cautinus unwillig. „Doch nicht zu einem der langweiligen Klöster? . . " — „Nein. An den Hof des Frankenkönigs." „Ah! Wie gern!" rief der Neffe blitzenden Auges und ergriff eifrig die versiegelte Rolle. „Und dann nach Reims, zu dem frommen Bruder Remigius. Ihm giebst du dieses Schreiben.

Meine Aufträge an Chlodovech aber sind so geheim, — und so gefährlich! — ich kann sie dir nur mündlich anvertrauen. Mache dich reisefertig. Dann komm wieder und vernimm, was ich dir für den Merowing zu sagen habe." „Ich werde sie wiedersehen!" frohlockte Cautinus im Herzen.

VIII.

„An Theoplastus, Bischof von Genf, Remigius, nur durch die Gnade Gottes, nicht nach eigenem Verdienst Bischof von Reims.

In Christo geliebter Bruder! Nicht durch deinen Neffen, der noch gar wenig durch die so rasch hintereinander von dir ihm erteilten Weihen der Weltlichkeit entrückt und dem Himmlischen gewonnen scheint, laß ich dir Antwort auf dein Schreiben zukommen. Denn ich halte kein Siegel für sicher in seiner Hand. Er mißfällt mir durchaus: und ich fürchte, die Verwandtschaft hat dir in seiner Würdigung die Klarheit des Blickes getrübt. Dein Brief aber ist schwerster, bedenklichster, schlimmster Dinge voll.

Verstatte dem so viel älteren Bruder ein freies Wort der Warnung. Offen sage ich dir: durchaus verwerf' ich deine Sinnesart: und mit den Pflichten eines Christen, eines Priesters, eines Bischofs scheint sie mir wenig vereinbar. Die Weise, wie du dich deinem weltlichen Herrn, dem König der Burgunden, gegenüber, hinter der Pflicht der beschworenen Treue hinwegschleichen willst, kann mir gar nicht gefallen. Hart ist es ohne Zweifel, unter der Herrschaft von Irrgläubigen leben und zehnmal würde ich den Tod erleiden, eh' ich unter ihres Zwanges Druck auch nur ein Haar von meinem Glauben wiche. Aber kluge Ränke spinnen, den König, den dir Gott nun einmal zum Herrn gesetzt hat, der Herrschaft zu berauben, — das sollte dir ferne sein! Hast du vergessen, was der Apostel an die Römer schreibt? ‚Jedermann sei unterthan der Obrigkeit, die Gewalt über ihn hat. Denn es ist keine Obrigkeit, sie sei denn von Gott verordnet.‘

Auch ich habe König Chlodovechs — vielleicht nur aus Klugheit gewährte — Milde gegen unsere heilige Kirche hoch zu loben und täglich schließe ich mein Nachtgebet mit der Bitte, Gott möge ihn in den Schoß unserer Kirche führen: ich würde mich auch herzlich freuen, wollte der Himmel sich einer wackern und frommen Ehefrau bedienen, des jungen Heiden Seele zu erretten. Aber irgend die Hand zu einem Spiel der — Schlauheit bieten, um das herbeizuführen, das verbietet mir das Gewissen. Chlodovech ist — ach! — so weit von Christi Geist entfernt, wie der Abgrund der Hölle vom Himmelreich. Was würde es helfen, beredete ihn ein jung und reizvoll Gemahl zur Taufe und seine Seele bliebe so durch und durch unchristlich, ja widerchristlich, wie sie heute — leider! — noch ist? Ich arbeite an seiner Seele. Das ist mein Recht, weil meine Pflicht. Deine Pläne der Staatskunst aber liegen mir fern. Wie sprach der Herr? ‚Mein Reich ist nicht von dieser Welt!‘ Vergieb mir um Christi Willen, haben meine Worte dich verletzt.

Remigius, ein Knecht des Herrn.“

Nachdem Theoplastus dieses Schreiben gelesen, zerriß er es unwillig in viele kleine Stücke. „Und diese Einfalt darf auf dem hohen Stuhle von Reims sitzen!“ rief er entrüstet. „Auf einer Säule in der ägyptischen Wüste müßte er stehen! Aber warte nur! Wir wollen doch sehen, ob barbarische Kampf- und Herrschgier, ein schönes Weib und ein eifriger Priester diesen jungen Heiden nicht dahin führen, wohin der Himmel ohne Zweifel ihn geführt haben will. Die Heiligen meines Traumes können nicht gelogen haben."

IX.

In dem salischen Gau Toxandria, auf dem rechten Ufer der Schelde, nahe der Mündung, waren die niemals tief eingeprägten römischen und christlichen Spuren schon seit mehr als hundert Jahren völlig verwischt oder vielmehr überwachsen von germanischem Wesen, das die schon vor Julian hier eingedrungenen Salier verbreitet hatten. Auch dieser letzte große Vorkämpfer des Römertums in Gallien hatte die Franken hier nicht mehr zu vertreiben vermocht.

Zum Teil niemals gerodeter Urwald, zum Teil seit ein paar Menschenaltern aufgewucherter Frischwald bedeckte weithin das Land: ein gewaltiger Hain, hart am Stromufer, war Wodan geweiht: neun Tage und neun Nächte — rühmte die Sage — könne hier Donars heilig Tierlein, das Eichhorn, von Wipfel zu Wipfel springen, ohne den Boden berühren zu müssen. Der Hain war umhegt: Gewaffnete, im Dienst des Weihtums, hüteten die drei einzigen Eingänge im Osten, Süden und Norden, im Westen schützte der Strom. Im Norden grenzte der Götterhain mit einem stattlichen Allod, dessen Halle mit der Rückseite ebenfalls an den Fluß stieß: es war das Besitztum, das die Königin Basina — das wertvollste aus ihren Hofgütern — Guntbert und Bertrada bei ihrer Vermählung geschenkt hatte.

Nur ungern hatte Chlodovech das geschehen lassen.

„Ich will den gutmütigen Menschen um mich haben, hier, im Palast," grollte er. „Er ist mir wie ein Schild oder ein verlässig Roß oder ein wachbarer Hund so treu. Und dann: warum ihn auf einmal so reich werden lassen? Er hätte immer noch ein bißchen treuer werden müssen, weil er immer noch was zum Leben von meiner Gunst hätte erwarten mögen. Ist ja dumm."

„Seine Mutter und ihr Vater haben wiederholt mein Leben gerettet," hatte die Witwe grollend im Hinausschreiten gesprochen. „Ja, ja," lachte ihr der Sohn nach, „bei jener eiligen . . . . Reise aus Thüringland!"

Dorthin war das neuvermählte Paar von dem Königshof gezogen. Die für die Arbeit erforderlichen halbfreien und unfreien Hintersassen sowie die Herden und das Gerät fand es auf dem Gute vor. Und mit freudigem Eifer schalteten die jungen Gatten in Haus und Hof, in Garten, Wiese, Feld und Wald.

An einem warmen Augustabend saßen sie bei sinkender Sonne auf der Bank, die, auf mehreren Stufen erhöht, die ganze Vorderseite des Wohnhauses umzog: von diesem ragenden Vorsprung aus konnte man über die Hofwere — den Pfahlzaun — hinweg auf das Acker- und Wiesland schauen, von dem das Gesinde nun, nach vollendetem Tagewerk, in die neben dem Herrenhause verstreuten Häuslein und Hütten zurückkehrte, die Arbeitsgeräte auf den Schultern. Der Leute frohes Scherzen und Lachen bezeugte, daß es ihnen nicht übel erging unter der Herrschaft des glücklichen Paares: gute Menschen im Glück wollen Glück um sich verbreiten.

Guntbert hatte den linken Arm um seines jungen Weibes Nacken geschlungen, die Rechte hob den römischen Becher: — wie der dunkle Wein, der ihn füllte, ein Geschenk Basinas. „Dank, Frau Sunna!" rief er dem Abendgold entgegen. „Du hast uns ein gutes Jahr gegönnt. Du bist so schön wie gut: — du bist gewiß Bertraden hier ähnlich!“ Und er trank den Becher leer.

„Nicht also, Liebster,“ mahnte die Frau, sich an seine breite Brust lehnend, — sie ließ die auf dem Boden wirbelnde Spindel einen Augenblick ruhen — „erzürne nicht die hohe Göttin durch frevelnden Vergleich!“ „Hei,“ lachte er, „Frau Sunna darf das nicht verdrießen. Hab' ich doch nichts auf Erden noch gesehen so schön und gut wie du!“

„Klein Theoda,“ meinte die Mutter mit zärtlichem Blick auf ein etwa vierjährig Mädchen, das im weißen Linnenhemdchen auf der Wiese unterhalb der Hausstufen saß und sich bemühte, mit den kleinen Fingern die vielen weißen und roten Blumen, die im Kreis umherstanden, zu einem Strauße zusammenzupflücken, — „klein Theoda wird tausendmal schöner als ich. — Da sieh, da kommt Guntwalt angeritten! Hoch zu Roß!“ „Ohne Sattel! Auf dem feurigen Hengst! Der Keckling,“ lachte der Vater. „Aber er fällt nicht: — er sitzt fest!“ Da trabte ein sechsjähriger Knabe auf die Scheune neben dem Herrenhause zu, sprang ab und öffnete weit die Thorflügel des Gebäudes; dann eilte er mit hohen Sprüngen auf das Schwesterlein im Grase zu und drückte auf das blonde Haar einen Kranz von blauen Kornblumen: die Kleine patschte vor Freude in die runden Händchen. Schon stand der Knabe vor den Eltern und wies mit ausgestrecktem Arm auf das Stoppelfeld, das sich weitgestreckt zur Linken des Hauses dehnte: „Schau, Vater, da kommt der letzte Wagen. Hoch, hoch beladen! Die drei starken Rinder können ihn kaum vorwärts bringen. Aber ich hab' auch tüchtig aufladen helfen! Das heißt: ich stand oben und strich die Garben zurecht! Da hat mir die Milchdirn den blauen

Kranz geflochten: — aber der ist für Theoda, dacht' ich gleich." „Wie du glühst," meinte die Mutter und strich ihm über die roten Wangen. „Immer so wild, immer zuviel! Und den wilden Hengst des Vaters besteigen!" — „Ja, auf den Rindern kann ich doch nicht reiten, wie ein Knecht! Wie sagte neulich der Vater?

‚Der freie Franke gehört auf den Hengst,
In der hauenden Hand das geschwungne Schwert.'"

„Gut merkst du dir so was!" lächelte die Mutter, „du Wildling. Aber hast du auch den Spruch behalten, den ich dir neulich vorsagte, da du einschliefst?"

„Ich . . . ich glaube wohl:

‚Waltender Wodan
Und du, dröhnender Donar,
Schützet und schirmt in der Schlacht,
Guntbert, den guten.'"

„Und" — „ja, das von den Göttinnen? . . . Das hab' ich vergessen!"

„Und," schloß die Mutter:

„Freia und Frigg, befreundet, befriedet
Haus ihm und Hof."

„Sieh, da wankt und schwankt der Wagen heran," sprach der Vater. „Wahrlich, Gott Frô gab gute Ernte! Aber heiß war der Tag, die Arbeit schwer! Lauf, Guntwaltlein, und sag' dem Kellerknecht, er solle jedem der Leute zum Abend einen Becher Metes mehr reichen." Als der Knabe mit einem Satz die vielen hohen Stufen übersprang, schüttelte Frau Bertrada das blonde Haupt und klagte: „Der Bub' ist allzuwild. Sein Mut ist ohne Maß. Du solltest ihn mäßigen."

„Nein. Nur ihn lehren, die Gefahr auch kennen, und sie doch nicht fürchten. Jetzt ist er furchtlos . . . aus Unwissenheit. Der wird schon recht! Hat ein Auge wie der Falke! Schießt jetzt schon mit seinem Knabenbogen fast wie ich. Der wird schon recht!" wiederholte er, dem Sohne freudig nachschauend, wie der dahin flog über die Wiese. „Ja! Denn er wird ganz wie du! — O mein lieber, lieber Mann." Sie blickte sich scheu um, — ob jemand herschauen könne, dann küßte sie ihn zärtlich. „Wie hab' ich dich lieb! Wie glücklich sind wir! Sind wir all' die Jahre her gewesen. Ich hab' es nicht geglaubt, daß ein Herz soviel Glück aufnehmen mag. Oft wird mir bang zu Sinn: ob's wohl dauern kann?" — „Du thöricht Kind! Warum denn nicht? Was quälst du dich!" — „Schilt mich, aber ich kann's nicht lassen. Ja, in deiner Nähe, hör' ich deine klare Stimme, seh' ich in dein stetes Auge, dann fühl' ich mich so sicher, wie unter Donars Schild. Aber abends — spät abends, — wann die Kinder schlafen und auf die öde Halle die langen Schatten fallen — dort vom Nordwald her, — wann die grauen Nebel aus dem Schilf steigen und du bist noch immer nicht zurück von der Jagd unter jenen düstern Föhren, — dann, dann beschleicht mich oft ein fröstelnd Grauen. Wenn du mir einmal gar nicht mehr wiederkehrtest . . .?" Er lachte: „So leicht bezwingt mich weder Ur noch Bär." — „Es giebt Schlimmeres —." — „Doch nicht, daß ich wüßte!" — „Böse Menschen!" — „Die zwingen mich erst recht nicht." — „Nicht im Kampf! Aber . .! Ich muß immer denken an einen Blick abgrundtiefen Hasses, — du sahst ihn nicht — aber ich fing ihn auf!" — Sie schauerte zusammen. „Nun? Wer? . . ."

„Jener Priester . . . der freche Römer — aus dem Burgundenreich." Jetzt lachte der Mann noch fröhlicher. „Cautinus? Nun, der, mein' ich, sucht nicht mehr meine Nähe. Wohl gedenk' ich's! Er kam als Bote seines Oheims aus Burgundenreich zum König, gerade als ich dich nach einem Besuch bei der Königin auf das Pferd hob, dich wieder hierher — nach Hause zu holen." — „Schon als Laie hat er . . ." — „Um dich geworben, dich keck verfolgt. Er ward nun — der Priester! — ganz bleich, als er dich, von meinem Arm auf den Sattel gehoben, wieder sah. Unter dem Vorwand, dich mit dem Kreuzeszeichen zu segnen . . ." — „Wie durft' er's wagen! Von Donar stammen mir die Ahnen!" — „Berührte er dich an der Stirn und einer Schulter. Eh er an die andere gelangte, lag er — ein paar Schritte weit von dir — im Staub. Er hat diesen Arm gespürt: er kommt mir nicht wieder."

„Ich sah seinen Blick, als er sich — stöhnend — aufraffte, und ich . . . Horch, was ist das?" — „Hufschlag! Ein paar Gäule nahen rasch." Guntbert stand auf und schritt die Stufen hinab, auf die Thüre der Hofwere zu. Schon tauchten aus dem Saum des nahen Gehölzes mehrere Reiter auf dem Stoppelfeld auf, bald waren sie heran: noch vom Gaul herab, vor dem Abspringen, rief der vorderste ihm zu: „Eile dich, Guntbert! Steig zu Roß! Der König entbietet dich sofort. Er entsendet dich auf wichtige Fahrt." — „Wohin?" — „An den Königshof der Burgunden!"

X.

Wenige Tage darauf saßen der König und Guntbert in tiefem Gespräch in dem Palatium zu Paris. Die Stadt hatte den Salier eingeladen, seinen Sitz von Soissons hierher zu verlegen, nachdem der Heide auf Bitten der ‚religiosen' Schwester Genoveva der Basilika des heiligen Vincentius reiche Geschenke gemacht und den Kirchen der Stadt seinen besonderen Schutz zugesagt hatte.

Das Palatium hatte dereinst Julian bewohnt, — hier war Chlodovechs Urahn, Merovech-Serapio, des Cäsars Gefangener, bald sein Gast und Freund gewesen. Heute ragen noch Trümmer aus jenen Zeiten in demselben Ort, dem Garten des Musée de Cluny.

Der junge Frankenkönig war im Laufe dieser Jahre vom Knaben zum vollbewußten Manne durchgereift: zwar die feingliedrige, geschmeidige Gestalt war geblieben, aber der Geist hatte, vom Erfolge getragen, durch den Sieg verstärkt, sich mächtig entfaltet. Höher gereckt trug der Merowing das Haupt.

„Nun, was sagst du?" lächelte er. „Bist du nun ein wenig zufrieden mit dem viel Gescholtenen? Ich meine, ich habe gute Arbeit gemacht in diesen Jahren. Wohlweislich wartete ich, bis mein übermächtiger Nachbar, der gefürchtete Westgote Eurich, die klugen und gewaltigen Augen geschlossen hatte: aber dann ging's Schlag auf Schlag. Wàs denn? Wàs denn? Bald hatten wir Soissons genommen: — ohne deinen Schild, du Treuer, wäre ich damals freilich nicht davongekommen! — Mein dummer Vetter und Nachbar, Chararich von Thérouenne (— wie kann er sich mit diesem Einen Gau begnügen! Ein Gaukönig ist ein Zaunkönig!) half mir damals dazu, mächtig zu werden: er wird sich wundern über den Gebrauch, den ich von meiner Macht machen werde! Man muß aber keinen Niedergeworfenen wieder aufstehen lassen: sonst war die Mühe für nichts! Hochherzigkeit? Ist ja dumm! Obwohl schwer wund, schrieb ich gleich am Tage darauf an den Westgotenkönig Alarich nach Toulouse . . ."

Guntbert nickte: „Der Brief war ein Meisterstück von Klugheit, Kühnheit und — Frechheit.“

„Freilich! Was denn?“ lachte Chlodovech. „Ich hatte nicht erfahren, nein: erraten, daß Syagrius dort Zuflucht gesucht. Ich verlangte also die Auslieferung des Flüchtlings: sonst, ließ ich ihm sagen, hole ich mit ein paar Freunden in Helmen mir den Römer selbst aus dem Königshaus in dem schönen Toulouse. Ich wollte dabei auch dem Sohn des starken Eurich ein wenig in den Mund fühlen, ob der Zahn des Mutes gesund bei ihm sei? Hei, zuckte der Zahn! Sofort, gegen die Pflichten des Gastrechts, in Ketten, lieferte er mir den Gast aus. Ich aber dachte, daß mein Vater vor Soissons sich die Todeswunde geholt hat: — Blut um Blut. Der Gefangene starb.“

„Das war nicht edel.“ — „Aber gescheit! Auch Pflicht der Blutrache. Und wenn eine Pflicht einmal — ausnahmsweise! — mit der Schlauheit übereinstimmt, wär' es sehr dumm, die Pflicht nicht zu erfüllen. Leider liegen sich beide meist in den Haaren. Seither haben wir wacker um uns gegriffen, so daß in Gallien schon ein Sprichwort im Schwange geht: ‚Den Franken habe zum Freund, aber nicht zum Nachbar‘. Nun käme — anderes liegt noch zu fern — an die Reihe das reiche Reich der Burgunden. Dort brodelt allerlei Wirrwarr, aus dem, mein' ich, etwas zu fischen ist: vielleicht zunächst nur ein Weib, später etwa mehr. Darauf zielt die geheime Fahrt, zu der ich dich entboten.“

„Du weißt,“ sprach Guntbert mit bewölkter Stirn, „ohne Besinnen folg' ich dir in die Schlacht gegen jede Übermacht von Speeren. Aber solche geheime Schliche, — sie gefallen mir nicht. Ich tauge nicht zu List und Schlauheit.“

„Das weiß Loge,“ lachte der König. —„ Also suche dir hierzu klügeren Genossen.“ — „Was denn? Klug bin ich selber! Genug für uns beide! Aber ich muß einen haben, der — nun: einen lebendigen Schild. Denn merken sie's, die Burgunden, daß ich sie täuschte, könnte doch zuletzt der Rückweg aus Burgundenreich etwas von Blut besprengt werden. Also höre: der Bischof von Genf und manche andere einflußreiche Leute dortselbst wünschen die Heirat aus allerlei — frommen und anderen — Gründen. Ich aber — ich wünsche: — Burgund! Und mag ich auch nicht gerade ein häßlich Weib nehmen, — ich würde mir dann neben ihr wohl schon zu helfen suchen! — und will ich schon um deswillen die Braut sehen, eh' ich sie heimführe — vor allem: ich muß — unerkannt — nach Burgund, zu spähen, ob die Trauben dort bald reif sind zum Keltern? Und so schleiche ich mich, verstohlen und verkleidet, in Genf ein, gleichzeitig mit einer Gesandtschaft: deren Führer bist du, mich im Notfall herauszuhauen. Die Gesandtschaft soll — du verstehst! — den Grenzstreit an der Seine südlich von Troyes zum Austrag bringen: — in Wahrheit aber wollen wir prüfen, ob die Braut mir zusagt und wie morsch etwa schon die Pfeiler jener wankenden und zwiegespaltenen Königsmacht geworden sind."

„Aber . . . deine Mutter? Man sagt, die Königstochter Hrothehild ist sehr eifrig im Glauben der Christen."

Hitzig sprang Chlodovech auf: „Was denn? Meine Frau Mutter soll ja doch die Katholische nicht heiraten! Nur ich. Was die Jungfrau glaubt, ist mir gleich. Und was sie jetzt auch glauben mag: — Eins wird sie noch glauben lernen: daß mein Weib mir zu gehorchen hat. Wir reiten Morgen. Halte dich bereit!"

XI.

„In Christo teurer, aber noch mehr geldteurer, schwer zu ertragender, Neffe! Ich begreife nicht, wie man in einer so kleinen Stadt wie dieses Nest Dijon so große Schulden machen kann! Hier das Gewünschte: — wieder einmal ‚zum letztenmal‘. Komm unverzüglich hierher nach Genf. Ich brauche deinen Rat, deine Hilfe, deine Kenntnis des fränkischen Hofes.

Eine Gesandtschaft des Königs Chlodovech ist eingetroffen: wegen der Seinegrenze, so soll man glauben: Aber . . .! Komm. Die Ernte reift endlich, die ich vor Jahren — allzu früh damals! — gesät. Jedoch Hrothehild zählt jetzt vierundzwanzig Jahre: sie war nie so schön. Sie wird den Gesandten gefallen, sind sie nicht blind. Und sie folgt mir aufs Wort. Und ist klug, wie — nun, wie der Herr den Seinen befohlen hat, zu sein.

Allerlei mag in den nächsten Tagen sich entscheiden. Zur Zeit weilt keiner der beiden burgundischen Könige in Genf: sie werden erst in den nächsten Tagen erwartet. Einstweilen verhandelt an ihrer Statt ein Consiliarius mit den Gesandten. Aber mehr beinah als diese Gesandten beschäftigen meine Gedanken ein . . . . . . — Doch genug! Ich muß mit deinen Augen sehen können. König Gundobad eifert gegen diese Ehe: er wird sie verhindern, wenn er kann. Und Remigius von Reims und Avitus von Vienne ärgern mich um die Wette mit ihren frommen Bedenken. Unter den Heiligen und im Himmel mögen sie besser Bescheid wissen, auf der Erde und unter den Sündern bin ich genauer unterrichtet. Für den Himmel bleibt uns noch die ganze Ewigkeit. Auf Erden aber wollen wir herrschen. Komm, sag' ich! Es eilt!“

XII.

Die „galoppierenden" Wellen des Rhodanus galoppierten vermutlich vor vierzehnhundert Jahren ebenso anmutig wie heute und die Schönheit des Geländes um den blauen See von Genf war gewiß damals nicht geringer, da es noch mehr Wald und weniger Häuser gab.

Es war ein warmer Septembertag. Und Sonntag. Die zahlreiche katholische Bevölkerung fand kaum Platz in der Basilika des heiligen Mauritius, die im Herzen der Stadt, auf dem linken Ufer, gelegen war, da, wo sich heute die Kathedrale de St. Pierre erhebt. In großen Scharen strömten die Gläubigen aus den engen winkeligen Gassen der alten allobrogischen Festungsstadt zusammen auf den Platz vor der Kirche und drängten die steilen Stufen des alten Gebäudes hinan. Es überwog die römische Tracht der germanischen und das Ohr vernahm viel häufiger das Vulgärlatein der Provinzialen als die schöne Sprache der Burgunden. Da an dem christlichen Feiertag die Geschäfte am Hofe ruhten, hatten auch die fränkischen Gesandten, fünf an der Zahl, geführt von Guntbert, Muße, sich die vor der Kirche versammelte Menge anzusehen: sie standen auf der obersten Stufe und sahen auf das Gewühl herab, warfen auch wohl neugierige Blicke durch die Thürvorhänge in das Innere des Heiligtums, aus welchem süßlicher Weihrauchduft hervorströmte und, obwohl es heller Tag, der Glanz vieler Wachslichter strahlte.

Hart an dem Eingang kauerte auf den harten Steinen ein alter Bettler: das weiße Haar ragte bis in die Stirne vor, unter jedem Arm lag dem Krüppel eine lange Krücke; er hielt den Frommen, wie sie an ihm vorbei mußten, mit zitternder Hand einen alten vielgeflickten Reisehut hin; er schien nur Vulgärlatein zu verstehen, denn als ihn Guntbert mitleidig — auf fränkisch — nach der Ursache seiner Verkrüppelung fragte, schüttelte er unwirsch den zottigen Kopf und wischte über den langen weißen Bart.

Nun kamen Theoplastus und sein Neffe von dem anstoßenden Bischofshause her: ehrfürchtig wich die Menge schon vor den Knaben in weißen und roten Mäntelein, die, Weihrauchfässer schwingend, dem kleinen Aufzug des Bischofs und der ihm folgenden Geistlichen voraufschritten. Aber manche Frauen drängten dann doch wieder heran, haschten den Saum des goldgestickten Mantels des Prälaten und führten ihn ehrfurchtvoll an die Lippen. Nun erreichten Oheim und Neffe den Eingang: der Bettler hielt ihnen, den Weg mit dem ausgestreckten Arme sperrend, aufdringlich den Hut hin: da stieß ihn Cautinus mit dem Fuß gegen die Hüfte: „Platz da, du Hund!“ Außer sich vor Zorn schrie Guntbert: „Was wagst du?“ Die Faust fuhr ihm ans Schwert.

Ruhig schritt Cautinus weiter, ohne des Franken zu achten: nur seinem Oheim warf er einen Blick zu. „Sie ist wohl schon in der Kirche?“ fragte er ruhig. „Jawohl. — Bist du gewiß?“ — „Unzweifelhaft. Schon gestern, wie ich meinte, aus dem weißen Haar eine kleine rote Locke hervorlugen zu sehen. Und nun dieser dummwütige Guntbert!“ — „Gut, daß er sie gestern noch nicht ansprach. Heute soll er nun! Halte dann ihr Gefolge zurück. Ich sag' es ihr gleich.“

Und in feierlichem Schritte durchmaß der Bischof den Mittelgang der Basilika: er blieb vorn rechts vor den Königssitzen stehen. Da erhob sich ein reich gekleidetes, auffallend schönes Mädchen, beugte tief das Haupt, daß die dunkelbraunen Locken unter ihrer goldnen Stirnbinde hervorrieselten und küßte demütig dem Prälaten die Hand.

die Augen unter den langen, seidnen Wimpern niedergeschlagen. Aber wie blickten diese auf, als er ihr, die Hand segnend auf den Scheitel legend, ein paar Worte zuflüsterte. Er schritt dann feierlich auf den Altar zu.

Die schöne Hrothehild jedoch sank tief atmend auf ihren Sitz zurück; ihre Wangen brannten, ihr Busen wogte. Allein bald bemeisterte sie ihre Erregung: war sie doch wohl geschult und gezogen.

Der Gottesdienst war zu Ende: das geringe Volk, das der Thüre näher stand, flutete hinaus. Theoplastus trat auf die Königstochter zu; desgleichen Cautinus auf deren Gefolginnen, er sprach eifrig mit ihnen.

„O in Christo geliebte Tochter,“ begann der Bischof sehr laut, „die für heute bestimmten Bibelverse schärfen die Pflicht der Wohlthätigkeit ein. Laß sie uns üben: gemeinsam. Dort, vor dem Eingang, liegt ein armer, alter Krüppel. Wir wollen ihm spenden. Aber du weißt: mehr als das harte Gold erquickt den Verachteten in seinem Elend der Balsam mitleidvoller Rede. Sprich mit ihm, liebe Tochter.“ „Du weißt, daß ich in allem dir gehorche,“ erwiderte die Jungfrau tiefernst und innig und schritt — ihm zur Linken — gegen den Ausgang hin. Die Gefolginnen blieben zurück: sie kicherten, sie lachten verschämt bei des jungen Archidiakons verfänglichen Reden. „Man merkt euch immer noch den Weltling an, ehrwürdiger Herr Cautinus,“ meinte die hübscheste unter ihnen. „Nicht doch! Ich übe höchste Frömmigkeit! Wie lautet das oberste Gebot, holde Rathilde?“ — „Liebe deinen Nächsten wie dich selbst.“ „Das überbiete ich noch: denn,“ flüsterte er ihr ins Ohr, „ich liebe dich viel mehr als den ehrwürdigen Archidiakon von Dijon.“

Einstweilen standen Theoplastus und die Königstochter vor dem Bettler. Die Stufen waren nun leer. Der Bischof warf eine Münze in den hingehaltenen Hut und stieg ein paar Stufen hinab, denen oben den Rücken kehrend. „Armer,“ hob Hrothehild an, „du jammerst mich im Herzen. Könnt' ich dir doch helfen.“ Und sie löste eine breite goldene Spange von der Schulter. „Du kannst, o wunderschöne Hrothehild,“ erwiderte der, „aber nur mit viel geringerer Gabe als mit dieser. Den kleinen Ring, den du am vierten Finger trägst, den schenke mir. Nein: — stecke selbst ihn mir an.“ Im Augenblick, da sie nach seinem Wunsche that, schob er ihr plötzlich seinen Ring an jenen Finger und flüsterte ihr zu: „So, Königskind! Nun bist du die Braut Chlodovechs, des Merowings.“ Und er sprang auf: — der Platz war leer —: er umarmte und küßte sie. „Kein Auge hat's gesehen,“ sprach der Bischof, der sich unvermerkt wieder gewendet hatte, „als Gottes. Und das meine. Welch' ein Wunder!“ „Was soll ich nun thun, mein Vater?“ fragte Hrothehild. „Gott gehorchen, mir und deinem Bräutigam, diesem edeln König. Unser Gott hat das so gewollt — von Ewigkeit.“ „Dann,“ lachte Chlodovech, „soll euer Gott uns jetzt nur auch geschwind von hinnen helfen! Was denn? König Gundobad will nicht, daß seine Nichte mein werde und zumal ihr Erbe, das er ihr vorenthält! Höre schönes Bräutlein! Heut' abend — bevor das Westthor geschlossen wird — unter den Kastanienbäumen vor jenem Thor. Du findest dort mich, ein rasches Roß und tapfre Weggesellen. Fort! Man kommt aus der Kirche.“

Und er warf sich wieder zu seinen Krücken auf die Erde.

Der Bischof führte die Zitternde über die Stufen hinab. „Ich bin mit dir zufrieden, meine Tochter. Doch Eins gelobe mir: er wähnt, er habe uns überlistet. Nie darf er erfahren, daß wir ihn erkannt hatten. Stets muß er sich für den Klügeren halten und wir müssen die Klügeren sein." — „Ich werde gehorchen, mein Vater. Aber . . ." — „Kein Aber will ich hören," rief er scharf und streng. „Jahrelang hab' ich dir verkündet, was Gott durch dich schwaches Werkzeug Großes, Wunderbares erreichen will: — er hat's mir im Traum offenbart. Deshalb gab er dir diese Schönheit deines Leibes, die feine Klugheit des Geistes, den zähen Willen und den Gehorsam gegen deinen Seelenhirten. Du, Hrothehild, sollst diesen tapfern König und sein Volk vor den ewigen Flammen erretten und gewinnen für den Himmel — und die Kirche. Vergiß dann, stehst du auf der Höhe der Macht, nicht des Wegweisers, der dich hinangeführt." — „Niemals. Meine Seele ist des Himmels Magd und die deine." — „Nun, überstolzer König Gundobad und überfrommer Remigius und übertugendhafter Avitus und überschlauer Merowing, — wer hat nun den Sieg behalten?"

XIII.

Sechs Monate darauf ward zu Paris mit großem Gepränge die Vermählung Chlodovechs mit der burgundischen Königstochter gefeiert.

Jubelnd begrüßten die Römer, das heißt die Katholiken, ihre Glaubensgenossin: sie gewann gleich nach ihrem Eintreffen in der Seinestadt deren höchste, wärmste Liebe, als ihr erster Gang sie in die stille Zelle Genovevas führte, in dem nahen Dorfe Avron, wo sie vor allem Volke vor der Jungfrau sich in den Staub warf, die durchsichtigen, magern Hände, diese Hände, die nach dem frommen Glauben des Volkes bereits viele Heilwunder verrichtet, so die eigne Mutter der Heiligen wieder sehend gemacht hatten, nachdem sie jahrelang erblindet war, als Strafe des Himmels, weil sie der Tochter den allzuhäufigen Kirchenbesuch zu verbieten sich unterfangen hatte. Genoveva, die wahrhaft demütige, hob sie rasch an ihre Brust und sprach: „Schwiegertochter Childerichs, spüre, wie dies Herz für dich schlägt. Jetzt stehst du im Glanze des Glückes: ziehen die Schatten der Schmerzen über dein Haupt, dann komm zu Genoveva: ihr Gebet soll sie verscheuchen. Ich liebe dich, meine Tochter."

Am Tage vor der Vermählung war Chlodovech gar guter Dinge. Denn vieles war ihm wieder geglückt inzwischen. Er saß mit seiner Braut und zwei Geistlichen in dem wohl gepflegten Garten des kleinen Palatiums, in dessen Springbrunnen ein heidnischer Triton — Julianus der Abtrünnige hatte ihn einst errichten lassen — Wasser aus seiner Muschel sprühte und die Frühlingsblumen befeuchtete, die rings um den Marmorrand sproßten. „Wenig wähnte ich, holde Entführte," lachte er, zärtlich über ihren vollen Arm streichend, „als ich dich damals unter jenen Bäumen auf mein Rotroß schwang und mit dir davonjagte in das Abenddunkel, daß es Winter und Frühling werden würde, bis ich dich meine Gemahlin würde nennen können. Scharf war mir deine Sippe auf den Fersen seit jenem Abend." „Ja," seufzte Hrothehild, „viel Blut ist geflossen um unseres Ehebundes willen. Desto heiliger und segenreicher für alle die Deinen müssen wir diese Ehe darleben. Teures Blut . . ." — „Bah! Was denn? Nicht so schlimm. Am meisten leid that mir dabei mein eigen Blut, als uns die Verfolger eingeholt hatten und eine Wurflanze mir die Schulter streifte. Abermals hat der wackre Guntbert mich gerettet in jenem Walde." —

„Wir schulden ihm Dank. — Man sieht ihn nicht am Hof," meinte Hrothehild. „Wo weilt er?" — „Bei seinem schönen Weibe, fern in Toxandrien." „Beide sind," sprach eine herbe Stimme, „eifrige Götzendiener: ich glaube, wir Priester des Herrn haben ihn verscheucht." „Hei, Cautinus," lachte Chlodovech, „Guntbert? Der scheut nichts. Nicht dich, noch deinen Teufel." „Aber," fuhr Hrothehild fort, „auch abgesehen von jenen Reitern, die ihr abwehrtet: — wie viel Blut ist seither geflossen! Dem Angriff meines Oheims Gundobad kamst du zuvor . . ." „Und holte mir das Erbe deines Vaters, das er für sich behalten wollte. Zum Glück hatte das König Godigisel, deinen dümmeren Oheim, schon lange so verdrossen, daß er mit mir zusammen gegen Gundobad zog. Wir schlugen ihn bei Dijon; aber kaum hatte ich den Rücken gewandt, als der Besiegte pfeilschnell sich auf Godigisel warf, ihn zu Vienne gefangen bekam und . . ." „Töten ließ!" klagte die Braut. „Wàs denn? Kann's ihm nicht verdenken. Hätt's ebenso gemacht. Zum Glück hab ich keinen Bruder. Das heißt: zum Glück für ihn. Zwei Merowingen hätten nicht Raum in meinen paar Gauen." — „Ich bringe Blutschuld als Mitgift." — „Wàs denn! Was können wir dafür, daß die andern nicht wollten wie wir? Du brachtest mir den dritten Teil von Burgund." — „Und diesen frommen Bischof hier: — meinen geistlichen Vater Theoplastus. Er ist mehr wert als ein Königreich." Der — er stand hinter hier — legte segnend die Hand auf ihren braunen Scheitel. „Na," lachte der Bräutigam, „das kommt auf den Geschmack an. Übrigens freilich: für diesen heiligen Mann und seinen minder heiligen Neffen war nicht mehr des Bleibens in Genf und Dijon nach unserm . . . Abendritt: gar eilfertig kamen sie uns nachgereist! Nun, einstweilen müssen sie ohne Bistum und Archidiakonat als meine Gäste hier im Palatium leben: es ist nichts frei. Das heißt: der fromme Remigius von Reims hat sich scharf gegen euch beide erklärt: — er scheint nicht sehr zufrieden mit euch, he?" Theoplastus zuckte mit den Achseln: „Er ist gar zu heilig. Niemand thut ihm genug." „Er leidet an geistlicher Überhebung," tadelte Cautinus. „Das sage nicht!" rief die Braut. „Ich verehre ihn tief: — ich bewundere ihn." Chlodovech nickte: „Ja, das ist der beste Mann, den ich kenne, unter Heiden und Christen." Einen mißgünstigen Blick warf der Beichtvater auf beide. „Geh nun, liebe Tochter, zu deinen Gefolginnen. Ich habe noch einiges mit deinem Bräutigam zu reden. Geleite sie, Archidiakon."

Als das Mädchen mit Cautinus den Garten verließ, eilte ihr Chlodovech nach, sie zu umarmen. Aber rasch trat der Bischof dazwischen: „Zurück, Herr König! Nicht vor der Zeit. Hört erst der Kirche Bedingungen."

Rot vor Zorn sah Chlodovech der Verschwindenden nach. „Wàs denn? Wàs denn? Herr Bischof!"

„Geduld. Du weißt: ein Großes ist es, daß die Kirche dieser ihrer Tochter gestattet, einem Manne sich zu vermählen, der — noch — nicht der Kirche angehört." — „Das schien dich damals vor der Basilika zu Genf wenig zu kümmern." — „Ich wartete auf deine Bekehrung." — „Da kannst du noch lange warten! Hei, Frau Basinas Augen bei meiner Taufe! Möchte sie nicht sehen!" — „Du aber wolltest nicht noch länger warten auf die Braut." „Nein," rief der Bräutigam, mit einem heißen Blick der Verschwundenen nachschauend, „denn bei Freia! sie ist schön, üppig schön." — „So danke mir, daß ich nicht, wie jener strenge Remigius, den du mir vorziehst, deine Wünsche aufhalte. Er beharrte auf deiner vorgängigen Taufe. Ich nicht, weil . . . weil ich dich mehr liebe als jenes ‚Tugendwunder' zu Reims. Aber vernimm nun die Bedingung, unter der allein ich die Trauung vornehme, das heißt: die Kirche ihre Tochter dem Heiden giebt." Zornig fuhr der König auf. „Braucht sie mir nicht zu geben! Habe sie in meiner Gewalt! Wàs denn? Ist ja dumm! Wirfst du mir Knittel in den Weg zur Kirche, so halte ich den Brautlauf mit der Vollarmigen nach Friggas und Donars Weise und trage sie flugs auf diesen Armen in mein Ehebett."

„Du weißt recht gut, daß sie es dann nur als Leiche verläßt. Sie stirbt, wird sie — ohne der Kirche Trauung — dein." Chlodovech knirschte mit den Zähnen: „Beim lodernden Loge. Ja, sie ist so! Hel hole diese Kreuzpriester! Schlau, falsch, zäh, herrschgierig und herrschaftgeübt! Nun also, wàs denn? Heraus mit der Bedingung!" — „Die Kinder, die sie dir bringen wird, gehören der rechtgläubigen Kirche." Chlodovech blies hörbar vor sich hin: „Puh! Wenn's weiter nichts ist! Meine Buben mögen glauben, was sie wollen! Oder doch: was sie können! Können oder wollen sie eure Sprüche nicht behalten, werden die bald vergessen sein. Meinetwegen!" — „Da du so rasch nachgabst, will ich dir die zweite Bedingung erlassen." — „Noch eine? Wàs denn? Wàs denn?" — „Daß du — zur Abtötung des Fleisches — die ersten drei Tage dein Weib meidest." „Hei," lachte der Bräutigam grimmig. „Weiter nichts? Das ist ja höllisch ausgesonnen. Bestandest du darauf, hätt' ich dich die drei Tage über Feuer gehängt, damit du spürtest, wie ich sie verbringe!"

XIV.

Kaum war der Bischof in den Palast getreten, als von außen, von der Straße her, die durchsichtige Gitterthüre geöffnet wurde und eine hohe Frauengestalt in grauen Trauerkleidern über die Schwelle schwebte. Langsam, feierlich schritt sie heran.

Wenig erfreut kam ihr Chlodovech entgegen. „Mutter! Du im Palast? Ein seltner Gast.“ — „Du sagst es: ich bin hier eine Fremde.“ Die königliche Frau hatte sich stark verwandelt in diesen Jahren: nicht das Alter, aber Gram und Weh hatten tiefe Furchen in das edle Antlitz gegraben: ihr Haar war schneeweiß geworden.

„Was willst du von mir?“ fragte der Sohn unsicher.

„Abschied nehmen.“ — „Mutter!“ — „Ich verlasse diese Stadt. Ich will die Halle nie mehr sehen, in der die Christin den Hochsitz einnehmen wird, den ich, die Wodanstochter, Wodan und Frigg geweiht.“ — „Aber wàs denn! Ich habe doch niemals versprochen, nur Heidinnen zu heiraten. Ich habe keinem ein solch' Wort gegeben!“ — „Kein solch Wort. Aber du weißt, was der Sinn des sterbenden Vaters heischte. Brichst du einst auch dein Wort gegen die Götter und ihre Verehrer, dann — — wirst du mich wieder schauen. Ich — hör' es, mein Childirich, oben in Walhall! — ich halte mein Wort und erfülle meinen Schwur.“ So begeistert, so feierlich, so drohend sah das hehre Weib, wie es den rechten Arm hoch gen Himmel hob, daß den kecken Sohn doch ein leiser Schauer durchfröstelte. Aber gleich wieder warf er das rote Gelock in den Nacken. „Wàs denn! Was für einen Schwur? Weiß nichts davon!“ — „Bete, daß du es nie wissen lernest.“ — „Ah, ist ja . . . Und wohin willst du dich wenden?" — „Nach Toxandrien. Die Priesterinnen in dem Wodanshaine dort, — neben Guntberts Hof — sie wünschen, mich in ihre Mitte aufzunehmen." Erleichtert atmete er auf. „Ist gut!" dachte er. „Ist weit, weit weg. Hier würde sie unaufhörlich mahnen, klagen, schelten. — „Nun, Mutter, so lebe wohl." — „Du aber lebe: solang du die Götter ehrst und ihre Heiligtümer schützest!" Und sie wandte sich und schied — ohne Gruß.

XV.

Nicht ein Jahr war ins Land gegangen, da war die Frau Königin Hrothehild eines starken Knaben genesen. Groß war des jungen Vaters Freude: er wohnte auch ganz willig der Taufe bei, die mit aller kirchlichen Pracht und Herrlichkeit in der Basilika des heiligen Vincentius von Theoplastus gehalten wurde; nur zuletzt ward er ein wenig ungeduldig, als die lateinischen Reden und Gesänge der Geistlichen gar kein Ende nehmen wollten.

Auch hatte er nicht gelitten, daß der fromme Name „Theodor" gewählt werde: „Wàs denn? Ist ja dumm!" hatte er gerufen. „Soll ich mir meinen eigenen Buben immer erst aus dem Griechischen übersetzen? ‚Kampfreich' soll sein Leben sein: und nach alter Merowingensitte soll er heißen wie sein Großvater: ‚Childirich, Kampfreich'." Die schöne, junge Mutter lobte ihn nach dem Schluß der feierlichen Handlung, daß er so gut Wort gehalten und die Taufe des Sohnes gestattet habe. Er küßte sie heiß auf den Mund. „Wàs denn? Ich halte immer Wort. Oder doch — meistens," lachte er. „Und wenn's klug ist,

— immer. Wir haben Heiden und Christen im Lande: — da muß man mit zwei Rudern fahren. Übrigens," — murmelte er für sich, — „Vorsicht kann nicht schaden. Man kann dem einen Gott rechts opfern und den vielen andern links." — „Was raunst du da? Was meinst du?" — „Oh nichts." Aber er meinte doch etwas.

Als die warme Frühlingsnacht gekommen war, glitt er geräuschlos in das dunkle Gemach, in welchem das Kind, von einer Dienerin gehütet, in der Wiege lag, bedeutete der Alten durch gebietende Drohung Schweigen und trug den schlummernden Säugling hinaus ins Freie, in den schweigenden Hof des Palastes. Dort hing an einem Pfeiler sein bellenreicher Erzschild: er nahm ihn herab, legte das Kind hinein und hob das ‚Schild-Kind' mit beiden Armen hoch gen Himmel: „Da habt ihr ihn, Wodan und Donar und all' ihr andern! Euer soll er sein. Wenigstens halb! Nehmt's nicht krumm, daß ich ihn halb dem — nun, dem Gott Hrothehildens geben mußte. Wirklich, — ich konnte nicht gut anders. Was denn? Ich mußte sie doch haben: — sie ist gar so schön! Das seht ihr selber ein. Du, Wodan, verstehst dich auf schöne Weiber und ihren zwingenden Reiz! Und was schadet's euch? Der andre ist ja doch wohl auch ein Gott! Helft ihr dem Buben, wie jener. Und zum Zeichen, daß er auch euch gehören soll — da — seht, — hänge ich ihm dies Bernstein-Angebinde um den Hals: sieht aus wie ein Kreuz: das werd' ich seiner Mutter klar machen — aber," lachte er, „ist ja keins! Ihr wißt es besser: ist ja — aus meines Vaters Erbe — der Hammer Donars. So gehört er euch wie dem Kreuzgott. Aber das bleibt unter uns."

XVI.

Die zwiefache Empfehlung des Kindes: die öffentliche in den Schutz des Christengottes und die heimliche in den der Heidengötter sollte doch nicht fruchten: wenige Stunden nach der Taufe erkrankte es schwer und starb trotz der Gebete und Gelübde der Mutter und den — heimlichen — Opfern des Vaters noch in den weißen Taufgewanden.

Es traf Chlodovech noch anders als die tiefgebeugte Frau. Unwillig, ja zornig kam er von der Beisetzung des kleinen Sarges in der Krypta der Basilika des heiligen Vincentius zurück zu der in Thränen Aufgelösten. „Nun, wàs denn? Wàs denn?“ schalt er. „Jetzt freilich Thränen, nichts als Thränen! Statt zu fragen, warum? Der Bub war stark gezeugt und gesund geboren: wäre ein fester Kerl geworden! Warum erkrankt er plötzlich und wird ausgeblasen wie ein Licht? Trotz allem Gebetplärren der Kreuzpriester in den Basiliken! Und trotz soviel Pfunden Gelübde-Wachses für die Kirchenkerzen! Und trotz der Austreibung des Fieber-Dämons durch Theoplastus. Und trotz“ — er wollte sagen: „meiner Opfer für die Götter“: — aber er fing das noch auf. „Und trotz der trefflichen Pflege der Jungfrau Genoveva, die dich fast noch in Mühung überbot. Tot liegt der prächtige Bub. Warum? Weißt du Antwort?“

„Die Wege meines Gottes sind unerforschlich,“ schluchzte die Mutter. „Ja, aber kostspielig für seine Gläubigen! Ist ja dumm! Ich will dir sagen warum das arme Tierlein sterben mußte.“ Scheu sah er um, als könnten seine Worte plötzlich bestätigt werden. „Das ist die Strafe, der Zorn, die Rache der alten Götter! Ihrem Schutz — allein — hätt' ich das Kind vertrauen müssen. Dann wär' es nicht gestorben! Aber sie haben zeigen wollen, daß euer Christengott nichts vermag gegen sie: er konnte den Knaben nicht schützen, für den doch so viele Geschorene beteten. Und in den von Genoveva gestickten und geschenkten Taufkleidern ward er von der Sucht befallen: —, wie ihr und euch allen und eurem Christus zum Hohne. Uh, uh! Dieser Beweis macht mich sehr stutzig. Ich fing schon beinah an, zu glauben, euer Gott sei mindestens ebenso stark wie Wodan und Donar. Aber das scheint mir doch nun gar nicht mehr. Ich muß wieder den Göttern eifriger . . . he, Ansovald, rüste zum Fest der Göttin Ostara ein reichlich Opfer zu: Eier, Hühner, Ostara-Fladen. Auch ein Sonderopfer für Wodan um Sieg: sechs Rosse. Aber höre," flüsterte er, als ob es der Siegesgott nicht hören solle: „nicht gerade von den allerbesten; suche die nicht mehr sattelstarken aus!"

XVII.

Vor Ablauf eines Jahres hatte die Frau Königin einen zweiten Knaben geboren.

Nun sträubte sich Chlodovech auf das äußerste, seinem Versprechen gemäß auch dies Kind taufen zu lassen. Laut scheltend, heftig den rotgelockten Kopf schüttelnd, lief er von dem Lager der Wöchnerin, drang diese auf Erfüllung seines Wortes. „Soll der zweite nach Hel fahren wie der erste, vom Zorne meiner Götter getroffen, von eurem nicht geschützt? Nichts da! Meine Buben werden gezeugt und geboren, die Franken zum Siege zu führen, nicht dahin zu siechen wie herzfaule Knospen! Ist zu dumm!" Vieler

Bitten und bittrer Thränen und süßer Küsse der schönen Frau bedurfte es, bis er endlich nachgab. „Nun in der Dummheit Namen: — sei's. Ich will diesmal noch mein Thorenwort halten. Aber, das sag' ich dir: stirbt auch dieser Knabe, — Chlothachar, ‚Ruhmesherr' soll er heißen — dann: ja dann — — — nun merk auf! — muß mir meine Knaben irgend ein ander Weib gebären, das zwar gewiß nicht so schön sein wird, wie du, das mich aber nicht bei einem Worte halten kann, das ich dieser Mutter meiner künftigen Kinder nicht gegeben habe." „Chlodovech!" schrie die Frau entsetzt, „du drohst mir ohne Scham und Scheu mit Ehebruch?" — „Wàs denn, wàs denn? Ist ja zu dumm! Sehr dumm sogar! Unser Recht verbietet nicht die Nebenfrau. Und eines Merowingen Söhne, erkennt er sie nur an, sind folgefähig, mögen sie Ehefrauen zu Müttern haben oder nicht. Also — du bist gewarnt! — Unter solchem Wagnis laß ihn taufen, — hast du so stark Vertrauen auf deinen Gott."

Die fromme Königin, empört über die ruchlose Drohung und zugleich klug genug, zu erkennen, daß eine Mutter lebenbleibender Söhne sie unvermeidbar aus ihrer beherrschenden Stellung verdrängen würde, seufzte und weinte: denn neben der Sorge um des Gatten drohende Versündigung quälte die sehr Herrschaftbeflissene die Furcht vor dem Herabsinken in Ohnmacht gegenüber einer glücklicheren Nebenbuhlerin. Aber doch: — nicht einen Augenblick schwankte sie. Ihre Herrschsucht und echt weibliche Schlauheit und bangende Eifersucht kamen nicht auf gegen den starken, zweifelfreien Glauben ihrer Seele: fromm angelegt war sie durch die Mutter und den Beichtvater im Widerstand gegen Heidentum und Ketzerei, im begeisterten Festhalten am rechten Glauben erzogen worden und Jungfrau Genoveva, die täglich ihre ‚Tochter' aufsuchte, bekräftigte sie in solcher Vertiefung: mehr noch durch ihren Wandel, durch ihr engelhaftes, unirdisch-edles Wesen als durch ihre Worte.

„O Königin,“ sagte die Jungfrau einst, „der heißeste Wunsch meiner Seele war gewesen, die Seele des Vaters zu retten, den nicht nur Götzendienst gefangen hielt: — noch schwerere Schuld, die eine Jungfrau nicht ohne Schamerröten nennen, ach nicht ohne Herzensqualen denken kann. Jener Wunsch blieb unerfüllt: König Childirich, der Herrliche“ — heiß schoß ihr da das Rote in die sonst so farblosen marmorblassen blutleeren Wangen — „starb als Heide und . . . in Basinas Armen.“

„Nun ja, seiner Gattin!“ meinte die Königin.

Erschauernd zuckte die gottgeweihte Jungfrau; sie öffnete hastig die blassen Lippen: . . . aber sie unterdrückte das darauf schwebende Wort und begann aufs neue: „Mein zweiter Wunsch gilt, — nach dem Vater — dem Sohne. Königin, . . . wir müssen seine Seele den ewigen Flammen entreißen. An dem Abend des Tages da sein, . . . da Childirichs Sohn die Taufe genommen, mag der Herr seine Magd abrufen in Frieden. — Du aber werde nicht irr und schwank im Glauben. Vertraue, daß Gott der Herr dein Kind dir wird erhalten: — mir sagt's der Geist und ich weissage dir: ja, wahrlich dieser Knabe Chlothachar wird am Leben bleiben und dereinst alle Gaue der Franken — viel mächtiger denn sein Vater — beherrschen! Beharre darauf, — es ist deine Pflicht gegen des Kindes Seele! — daß es der Kirche zugeführt werde.“ Und Hrothehild, solcher Mahnung kaum bedürftig, beharrte.

Und Chlodovech fügte sich schließlich: denn er war auf einen schlauen Gedanken gekommen, der ihm lebhaft gefiel. „Höre,“ rief er dem Antrustio Ansovald zu, der ihm, seit Guntbert den verchristneten Hof mied, am nächsten stand.

„Höre — bestelle die Opfer, die ich dir auftrug, alle wieder ab: Frigg, vor allen Göttern und Göttinnen, sollte den Knaben schützen. Laß die Opferkuchen ungebacken, die da der Göttin nährende Brüste darstellen und die Fische mit den Roggen-Brühen ungesotten."

„Herr, glaubst du nicht mehr an . . .?" „Unsinniger!" rief Chlodovech und verhielt ihm den Mund. „Wie kannst du so unvorsichtig reden? Wenn sie's nun hören? Sie haben feine Ohren da oben in Asgardh. Sind sie auch — glücklicherweise! — nicht allwissend, wie der Herr Christus und sein Herr Vater und dann der dritte, der auch wieder Eins mit den beiden andern ist. (Das soll ein Mensch begreifen! Das heißt: nein! Man soll's ja nicht begreifen, nur glauben. Ist auch hart!) Diese Allwissenheit der drei christlichen Götter (das heißt: nein: ich bitt' euch um Verzeihung alle drei. Das heißt nein: Ihr seid ja nur Ein Gott. Drei fränkische Gaukönige sind aber mehr als einer und um zwei zu viel!) ist mir von all' ihren Tugenden die zuwiderste: nämlich, die wissen dann also auch, was zu thun man sich nur einmal so ein bißchen überlegt hat? Da hört doch alle Sicherheit und Ruhe des Denkens auf! — Also, was ich sagen wollte. Durchaus glaub' ich an die Götter — hört es, all' ihr zwölf da oben in Asgardh! Oder seid ihr mehr, dann hört es auch ihr. Nur glaub' ich — ein wenig —, daß auch Hrothehildens Götter (das heißt Gott), lebet: irgendwo da oben — der Himmel ist ja ziemlich groß! Und nun wollen wir einmal an diesem Knaben Chlothachar eine Probe anstellen. Den ersten, den armen Childirich, — war ein freudiger Bub! — den hab' ich — das sag' aber nicht der Frau Königin! — heimlich auch den Göttern geweiht. Er starb. Nun wollen wir einmal den zweiten ganz ausschließend dem Christengott weihen, den Göttern aber gar nicht. Nun soll der

Christengott mal zeigen, was er kann. Die Götter werden aus Rache, — kann's ihnen nicht verdenken, thät's ebenso! — und uns ihre Macht zu zeigen, das arme Kind töten wollen: — ei, nun soll Herr Christus einmal seine Kraft erwahren! Sein Ruhm, seine Macht gegenüber unsern Göttern steht in Frage. Beim lodernden Loge: — ich ließe mich dabei nicht suchen. Er allein soll das Kind am Leben halten: — wenn er kann. Hörst du's, Herr Christus? Ich fordere dich dazu heraus . . . Freilich," fuhr er nach einer Weile ganz trübselig fort, „das Kind kann darüber in die Brüche gehen. Ist Wodan stärker als Christus, dann geht der Kampfpreis drauf.

Aber . . . was denn? Ich — ich komme dann darüber zur Klarheit, wer stärker ist von den beiden Göttern. Und dieser Zweifel quält mich schon lang. Meine schöne Frau liegt mir Tag und Nacht in den Ohren: — die alten Götter dagegen haben keine solche Fürsprecherin. Denn Frau Basina . . . ist nur meine Mutter — und weit weg: Dank dem Gotte, der irgend dies Verdienst hat: (werden wohl die von Asgardh sein!). Freilich, den Buben setz' ich dabei aufs Spiel. Aber erstens, schau', Ansovald, ist er nicht so stark und stattlich, wie sein Bruder war. Und zweitens, geht er drüber zu Grunde — nun, so ist's erwiesen, daß es nichts ist mit dem Christengott. Und dann wird sich mir manche Heidin nicht weigern, mir Merowingen zu gebären (ich kenne etliche, die mir gern den Wunsch erfüllen: — recht gern auch noch! So die schlanke Wintrud in Soissons), die, nur den alten Göttern geweiht, am Leben bleiben werden. Frau Hrothehild, nun bete, daß der Bub nicht krank wird. Es wäre schlimm für deinen Gott und . . . dich!"

Nicht diese Gedanken beschäftigten sie doch, als ihr Mutterherz in Angst versetzt ward, da in Bälde das Kind von der gleichen Krankheit befallen wurde, die seinen Bruder hingerafft hatte: sie wich — von Genoveva abgelöst — nur dann von seinem Lager, wann sie in die kleine Kapelle des Palastes eilte: der Raum war das Schreibgemach Julians gewesen, in dem er vor seiner Erhebung zum Imperator heimlich den Olympiern geopfert hatte: nun hatte eine Burgundin die Wände, die damals die Opfer für Phoebos-Helios geschaut, mit den Sinnbildern des Christentums: dem Monogramm Christi, dem Fisch, der Taube, dem Lamm, in Mosaik schmücken lassen. Hier lag sie dann mit entblößten Knien auf den harten, kalten Marmorstufen des Altars, mit beiden Armen einen Elfenbeinschrein umschlungen haltend, der einen Zahn des heiligen Stephanus und den kleinen Finger des Apostels Johannes barg. In brünstigem Gebete hingegossen rang sie mit Gott und den Heiligen um das Leben ihres Kindes. Oder auch sie kniete vor einer kleinen Bildsäule der heiligen Jungfrau aus getriebenem Silber, die auf dem linken Arm das Jesuskind, — eine eigne, leicht abzunehmende Gestalt von etwa Fingerlänge — trug.

Rätselhaft, unheimlich war ihr in dieser Zeit der Schmerzen das Verhalten ihres Gatten. Sie wußte ja: er liebte sie heiß, leidenschaftlich: sie wußte auch, wie heftig er einen Sohn, einen Erben seiner Macht, gewünscht, wie er sich über den Verlust des ersten erregt, wie er sich über den Ersatz durch den zweiten gefreut hatte. Allein, wann er, immer und immer wieder an das Bettlein tretend, von seinem jüdischen Hofarzt Jaffa und seinem christlichen Alexandros immer wachsend ungünstige Aussprüche vernahm, — germanische, kräuterkundige Priesterinnen der Frigg, die sich hilfreich gemeldet, hatte er barsch davongejagt! — dann zeigten seine Züge weniger Schmerz und Sorge als Zorn, ja, eine Art von grimmer Schadenfreude brach sogar in seinen Worten zu ihr hervor. „Ja, natürlich. Versteht sich! Wundert mich gar nicht! Jetzt wird's zu Tage kommen, wer stärker ist." — „Wer? Was meinst du, Chlodovech?" — „Ah, nichts! . . . Hätte das Kind mit der heidnischen Wasserweihe den Namen erhalten, wär's nicht erkrankt. Es wird wohl dem ersten Merowing, den man getauft hat, bald nachfolgen. In den schönen Christenhimmel, tröstet ihr? Hei, ich brauche einen Erben in Paris, nicht über den Wolken. Aber es geschieht dir schon ganz recht. Und mir auch! Doch . . . ich werd' mir zu helfen wissen." In jener Kapelle wollte die Königin ungestört sein; sie schloß daher die Thür: — zumal auch, um der seltsamen, halb frevelhaften, halb unklaren Reden ihres Mannes willen. Aber von dem Gange her gewährte ein kleines Bogenfenster Einblick in die Kapelle: ohne daß sie in ihrem Schmerz und Gebet es bemerkte, lugte Chlodovech gar oft hier herein; einmal, erschüttert von ihrem Schluchzen und heißem Beten, reckte er drohend die Faust durch das offne Fenster gegen die Marien-Bildsäule und knirschte leise: „Mach', daß du sie erhörst. Sonst, — beim lodernden Loge! — geht's ihr schlecht und dir schlecht: — du fliegst ins Feuer: sie fliegt ins Kloster und in meine Arme fliegt die blondlockige Wintrud!"

Ein paar Tage darauf, als die verzweifelnde Mutter wieder mit emporgerungenen Händen vor dem Marienbilde lag und flehte, — sie hatte keine Thränen mehr! — ward laut dröhnend an die Thür geschlagen: „Auf, mach' auf!" schrie Chlodovech draußen. Sie sprang auf und öffnete: mit zornrotem Gesicht stürmte er über die Schwelle, gefolgt von dem Arzte Jaffa, der ein finsteres Gesicht zeigte. „Es geht zu Ende," schrie Chlodovech. „Nichts hat all' dein Beten geholfen, nichts die reichen Gelübdegaben, die deinen Schatz erschöpft, nichts das ganze Gewicht des Kindes in

Gold, das du deinem Sankt Martin von Tours geschenkt: warum hat nichts genützt? Weil dein Gott und deine Heiligen ohnmächtig sind, das Kind zu schützen gegen den Zorn meiner Götter. Die haben die Übermacht. Nun ward's mit Händen zu greifen. Komm hinauf und sieh dein Kind sterben! — Laß ab von dem unnützen Knierutschen hier und dem Gewinsel. Du aber," — hier sprang er gegen das Marienbild vor, „du sollst es spüren, wie weh es thut, einen Sohn verlieren." Und er riß die kleine Jesusgestalt aus dem Arme der heiligen Mutter und hob sie hoch in die Höhe, um sie im Wurf zu zerschmettern.

Entsetzt fiel ihm die Frau in den Arm und hemmte ihn. „O Maria, Mutter des Herrn, erbarme dich meiner! Verhüte diesen Frevel! Bitte für mich bei deinem Sohn. Laß mich nicht zu Schanden werden vor den Götzen, den Dämonen der Hölle. Rette mein Kind, Christi Namen zu verherrlichen. Er soll zeigen, daß er allmächtig ist."

Schon hatte Chlodovech seinen Arm von der Faust des Weibes gelöst, schon holte er aus, das Christusbild zu zerschmettern, da stürzte der andre Arzt über die Schwelle und rief: „Gerettet! Gerettet! Gelobt sei Christus der Herr! Kommt hinauf und seht. Die Gefahr ist vorüber. Im Namen Christi wagte ich den Schnitt — den freilich lebensgefährlichen, den Freund Jaffa scheute — er gelang: — die Geschwulst, an der das Kind zu ersticken drohte, hab' ich glücklich aus dem Halse geholt: es holt tief und leicht Atem. Es wird leben!" Da löste Hrothehild, hochauf jubelnd, den kleinen Silberknaben aus des Gatten nicht mehr widerstrebender Faust, küßte ihn mit Inbrunst und legte ihn der Mutter Gottes wieder auf den Arm. „Dank dir, Herr Christus! Preis und Lob dir in Ewigkeit!" Und wie beflügelt eilte sie aus der Kapelle und die Stufen hinan zu ihrem Kinde.

Staunend, zweifelnd sah ihr Chlodovech nach: „Ei sieh," sprach er nach einer Weile, „so ist Christus wirklich der Mächtigere?" Langsamen Schrittes, eifrig sinnend, leise den Kopf schüttelnd, folgte er ihr nach.

XVIII.

Dieser Tag bildete einen wichtigen Markstein auf der Bahn, die den Sohn Basinas immer weiter ab von deren Göttern führen sollte.

Er zweifelte nicht an dem Wunder, das er erlebt hatte: und seine Gattin, Genoveva, die Bischöfe, die andern Geistlichen und alle Christen zu Paris sorgten dafür, daß ihm gar kein solcher Zweifel aufsteigen konnte: die Königin verdoppelte ihre Gaben an die Kirchen, die Tag und Nacht von dankbaren Gläubigen erfüllt waren. Genoveva hatte ein Traumgesicht: sie sah die heilige Jungfrau ihres Sohnes Hände küssen, weil er ihre Fürbitte erhört. Und sogar aus Reims eilte der hoch vom König verehrte Bischof Remigius herbei, die Stätten des Wunders — das Bett des Kindes und den Altar der Kapelle — und das silberne Doppelbild mit eignen Augen zu sehen.

Gerade hierbei traf ihn der König. Er begrüßte den Greis mit einer gewissen Scheu: — denn er fürchtete ein wenig diese Augen, die seit so vielen Jahrzehnten gewohnt waren, in der Beichte und — nach solcher Schulung — auch außer der Beichte den Menschen in den tiefsten Grund der Seele zu schauen. Dann begann er mit listigem Augenzwinkern: „Ehrwürdiger Bischof, nun sag' mir mal: warum wohl hat euer Gott dieses Wunder gethan? Was meinst du? Aus welchem Grund?" Mit wohlklingender, orgeltöniger Stimme antwortete Sankt Remigius, die seelenbeherrschenden Augen voll aufschlagend: „Du kannst fragen? Aus dem Grund seiner unergründlichen Barmherzigkeit, aus Mitleid mit dem Schmerze der ihm vollvertrauenden Mutter." „So, so! — Was denn?" — meinte der König, sichtlich enttäuscht und ein wenig verstimmt. „Und ich hatte geglaubt: um die drohende Zerstörung seines Bildes zu verhüten, seine Wunderkraft zu beweisen. Schade! Es wäre so hübsch gewesen, durch solche Bedrohung jeden Augenblick euren Herrn Christus zwingen zu können, zur Beweisung seiner Macht ein kleines Wunder zu thun." „Abscheulicher!" rief da Bischof Remigius. „Was . . . was denn? — Was hast du zu sagen gewagt?" stotterte der König, vor Staunen mehr noch als vor Zorn halb sprachlos. „Wie immer: die Wahrheit!" Hoch richtete sich die ehrwürdige Gestalt des alten, doch nicht vom Alter gebeugten Mannes auf, aus seinen strahlenden Augen blitzte jener Mut des Glaubens, der die Blutzeugen der jungen Kirche mit Freudengesängen hatte in den Tod gehen lassen. „Die Wahrheit!" wiederholte er, „Herr König! Dir ist alles Heiligste nur Mittel zu deinen schnöden, weltlichen Zwecken und du schämst dich nicht, dem ewigen Gott deine sündigen Beweggründe zu leihen! Wahrlich, ich sage dir: Gott versuchen ist eine schwere Sünde. Lade sie nicht, lade sie nie wieder auf dein schuldig Haupt: — du würdest darüber zu Grunde gehen." — „Bischof, du reizest mich sehr! Du bist . . ." — „Ein Diener des Herrn, in dessen Hand ich stehe wie du. Und Menschenfurcht rührt nicht an jene, die des Herrn sind." Und er wandte sich und ließ den Betroffnen stehen.

„Hm," meinte der, „das ist ein anderes Holz, aus

dem der geschnitzt ist, als die Theoplastus und Cautinus. Die kann man biegen, bestechen und brechen. Aber solch ein Christenpriester . . . ! Der Mann ist ein Held. Helden muß man gewinnen oder — totschlagen, anders wird man nicht mit ihnen fertig. Wäre der immer im Palatium, Frau Hrothehild und er, miteinander, wüchsen mir, fürcht' ich, über Haupt und Krone. Der drückt mich. Er muß mir bald wieder fort!"

Ein paar Tage darauf kam auf schäumendem Roß angesprengt ein eilender Bote aus Reims, den Bischof schleunig heimzurufen: eine Überschwemmung der Vesle habe die Basilika geschädigt. Bestürzt eilte der Pflichteifrige nach Hause. Die Vesle hatte weniger Wasser als je. Der Bote ist bis heute noch nicht zu ermitteln gewesen.

XIX.

Bald darauf entbot der König wieder einmal seinen treuen Guntbert nach Paris. „Man sieht dich nicht, läßt man dich nicht holen," schalt er. „Ist denn Frau Bertrada immer noch so schön?" „Ich liebe sie," erwiderte der andere. „Das ist ewig. Deine Mutter . . . du frägst nicht nach ihr . . .!" — „Was denn? Ja, ja. Nun, was thut sie?" — „Sie grämt sich. — Du schweigst? Freilich, du brauchst nicht zu fragen, über wen. Und über was! —" — „Ist ja dumm! Hab' ich irgend was den Göttern, ihren Priestern, ihren Verehrern zuleide gethan?" Guntbert starrte ihn an: „Das fehlte noch!"

„Ja, was denn! Du weißt nicht, wie man mich drängt, Tag und Nacht, . . ich solle: . . . Nu, laß das gehen.

Ich habe dich nicht nötig für schwierigen Rat, sondern für das einzige, für was du nütze bist." — „Also Kampf!" — „Ja. Und Treue. Merk' auf. — Gewiß hast du dich gewundert — du und andre, die mich kennen, — daß so lange gar nichts los war mit dem Speer', daß ich mich jahrelang mit allzuschmalem Gewande begnügt. Was denn? Meinst, ich hätte nicht längst wieder losgeschlagen, wären wir stark genug? Sind's aber nicht!" „Nun," meinte Guntbert, „mit den Burgunden, glaub' ich, würden wir fertig. Freilich, da König Gundobad seines Bruders Hilperich Drittel, deiner Königin Erbteil, dir überwiesen, hast du keinen Grund zum Angriff . . ." „Hi, hi," lachte Chlodovech, „man sieht, daß du in den Wäldern von Toxandrien nur mit Frauen, Kindern und — Bären lebst. Ist ja dumm. Als ob je ein König, der einer war, einen andern Grund zum Angriff gebraucht hätte als die Macht. Aber — daran eben fehlt's." „Ei," erwiderte Guntbert, „du bist doch sonst eher zu keck als zu zag. König Gundobad ist . . ." „Ah bah! Den renn' ich über den Haufen. Aber" — und nun machte der witzige, heiter sprudelnde Merowing ein Gesicht, so ernst, wie es der Freund in keiner Kampfesnot, nicht in jener schweren Stunde in Soissons an ihm gesehen hatte.

Guntbert war hoch erstaunt: „Nun: . . . aber?"

Chlodovech sah scheu um sich: „Es hört es niemand. Hinter jenem Burgundenkönig und hinter dem markschwachen Westgoten zu Toulouse steht Einer" . . . nochmal sah er um . . . „der einzige auf Erden, den ich . . . nicht fürchte, aber scheue, gern vermeide." — „Und das ist?"

„Theoderich, der Ostgotenkönig zu Ravenna."

Guntbert nickte: „Sein Ruhm erfüllt die Welt. Seine Macht . . ." — „Was denn? Die würde mich nicht schrecken. Aber . . . man raunt, er sei — deshalb brenn' ich auch darauf, endlich bestimmt zu wissen, wie das ist mit den alten Göttern." — „Was meinst du? Ich verstehe nicht . . ." — „Glaub's wohl! . . . Horch auf! Man sagt, wird er zornig, geht ihm Feuer aus dem Munde: denn er stamme von Donar und Donar habe ihm in die Wiege gelegt, daß er nie besiegt werden könne. Und das, — bei Christus und Loge! — das trifft zu. Wie viele Schlachten hat der Mann geschlagen, seit er, ein Achtzehnjähriger — nur mit seiner Gefolgschaft — ohne seines Vaters Wissen, einen Sarmaten-Chan vernichtete. Hunnen und Satagen, Römer und Byzantiner, Rugier und Skiren, Avaren und Gepiden und den heldenmütigen Odovakar, der sich wehrte wie ein Bär, — alle hat er besiegt, selbst niemals bezwungen. Das ist wie Zauber, wie Donars Schildschutz. Wüßt' ich nur erst, ob Christus wirklich stärker als Donar? So lang ich das nicht weiß, mag ich den Goten nicht reizen." — „Gut, aber Burgund . . ." — „Was denn? Du erfährst eben nichts in deinem toxandrischen Wildwald und in Frau Bertradens weißen Armen! Gar nichts erfährst du von den Händeln und Plänen der Könige. Dieser Ostgote, den sie . . . den Weisen rühmen, den ‚Friedens-König', — ein Schlaukopf ist er! — hat wohl herausgespürt, was für einen Feuerbrand in meinem Hirn mein rotes Haar verdeckt: unablässig ist er bemüht, die Könige aller Germanenreiche zu einem Schutzbündnis wider mich unter seiner väterlich-weisen Oberhoheit zu versammeln. Und nun hat ihm Donar — oder der Teufel der Christen? — eine unvernünftig große Zahl schöner Weiber seines Hauses zur Verfügung gestellt, durch die der alte Kuppler sich alle Nachbarkönige verschwägert und verbündet: so hat er des Burgunden Gundobad Sohn Sigismund seine Tochter Ostrogotho, dem Westgotenkönig Alarich seine andre Tochter Theodegotho vermählt: heb' ich den Speer gegen seine Eidame, gleich fährt Herr Theoderich mit seinem unbesiegbaren Donarschild dazwischen. Ja, und von Osten her hetzt er mir den Thüringkönig Hermanfrid, der seine Nichte zum Weibe hat, auf den Nacken: seine schöne Schwester Amalafrida beherrscht ihren Gemahl, den Vandalenkönig zu Karthago, und ich habe keine Flotte, die Schiffe dieser Seeräuber von meinen Häfen abzuwehren: sein Wahl- und Waffensohn ist der König der rauflustigen Heruler, die mit Vergnügen zu tausenden im reichen Gallien heeren würden. Kurz, binde ich mit einem seiner Schützlinge an, so habe ich alle die vier andern und ihn selber, den Nie-Besiegten, auf dem Hals. Ist ja dumm. Ich bin nicht furchtsam . . ." — „Nein, du bist eher tollkühn." — „Aber bevor ich in diesen Stacheligel von Königen greife, muß ich gewiß sein, daß Christus stärker ist als Donar. Und zwar der katholische Christus, der Christus von Hrothehild und Remigius und Genoveva — denn vier von jenen Königen sind Arianer; — der Thüring und der Heruler sind Heiden." — „Schäme dich, Sohn Basinas, an den Göttern deiner Väter zu zweifeln: ich vertraue ihnen felsenfest. Und ist jener Theoderich von Donar entstammt, wohlan, du bist — von der Spindelseite — Wodans Sproß!" — „Ja, so sagt Frau Basina. Ich will's auch glauben. Aber mir hat mein Urvater Wodan leider nicht wie Donar dem Goten jenen feurigen Hauch als Angebinde gegeben. Und das Siegesschwert, das er in des Ahnherrn Meroveche Halle zurückließ, — wo ist es verborgen? O daß mein Vater sterben mußte, eh' er das zu Ende gesagt!" „Aber," wandte Guntbert ein, „wie willst du das zur Entscheidung bringen, das von der Obmacht des Christengottes oder Donars?" Chlodovech machte ein pfiffiges Gesicht: „Will dir's sagen.

Aber schweig! Bevor ich mich an jene Verbündeten wage, — vielleicht gelingt es auch, den einen oder andern einzulullen in Sicherheit und auf meine Seite zu locken; mir schwebt so was vor! — mach' ich die Probe an einem König, der nicht unter Theoderichs Schilde steht." — „Wen meinst du?" — „Ich meine den Alamannen, Chnodobert, den Heiden." — „Was hat er dir zuleide gethan?" — „Wàs denn, wàs denn? Auch noch mir was zuleide thun! Als ob ich darauf warten müßte. Die Dinge dort laden zum Zugreifen wie vollreife Erdbeeren im Walde. Chnodobert ist ein Urenkel jenes Chnodomar, neben dem mein Ahnherr Merovech-Serapio bei Straßburg gestritten hat. Noch singen und sagen die Alamannen von ihrem gewaltigen König, der gekämpft habe wie Donar und doch den Zauberkünsten des Cäsars der Römer erlegen und, gefangen, in Rom an Heimweh gestorben sei. — König Chnodobert ist ein tapferer Stier, aber kein Feldherr, hat nicht, wie mein Vater und wir Franken alle von großen römischen Kriegsmeistern gelernt. Und manche Gaue der Alamannen sind von ihm mit Gewalt herangezwungen vorden, also nicht sehr eifrig für seine Herrschaft und vor allem: — er hat keinen Sohn, keinen Bruder, der ihn rächen oder ihn beerben kann: fällt er, so fällt das Königtum der Alamannen nach. Günstiger könnten die Sachen gar nicht stehen." — „Du willst ihn also . . .?" — „Angreifen und zerschlagen. Und die Alamannen von Straßburg an über den Rhein hinüber — so weit es eben geht! — meinem Reich einverleiben. Das geht Herrn Theoderich den Weisen gar nichts an: die gehören nicht zu seinen Schützlingen. Vor der Schlacht leiste ich Wodan Gelübde um Sieg: aber ja nicht sie vorher schon erfüllen! — Siege ich auf seinen Namen, dann will ich hieran erkennen, — und ich werd' es ihm recht ausdrücklich dabei sagen! — daß er der Stärkste ist, stärker auch als Donar, von dem Chnodobert wie Herr Theoderich abstammen soll. Dann werd' ich es auch mit diesem, dem andern Donar-Sprößling, aufnehmen. Zumal," lachte er wohlgefällig, „mein Heer alsdann durch so viele tausend Alamannen — du, das sind dir feste, zorngemute Kerle! — verstärkt sein wird." Guntbert sann einen Augenblick: dann begann er: „Aber . . ." — „Wàs denn? Ist ja dumm!" — „Du weißt ja noch gar nicht . . ." — „Gleichviel! Kein Aber mehr, wenn ich einmal will." — „Aber wie kannst du denn die Alamannen von Osten her angreifen, wenn du der Uferfranken nicht sicher bist, die dir jeden Augenblick vom Norden her in die Flanke . . .?" — „Ist nicht dumm! That dir Unrecht! Ist ganz gescheit," lächelte der Rotkopf verschmitzt ihm zu. „Schau, deshalb hab' ich den greisen König Sigibert zu Köln — ist so eine Art Oheim von mir! — gewonnen, mit zu thun. Er hat einen alten Groll gegen diese seine Nachbarn im Süden, weil er lahmt seit vielen Jahren an einer Wunde, die ihm Chnodoberts Vater einmal in einer Schlacht geschlagen. Ist ja dumm! Er soll mir helfen, die trotzigen Recken zwingen. Aber von ihrem Lande soll er nicht eine Hufe gewinnen. Er ist ganz überflüssig, dieser König in Köln, nachdem er mir geholfen haben wird. Auf dich aber zähl' ich stark in jener Schlacht: sie wird heiß. Ich kenne die grimmen Männer mit dem zurückgestrichenen Haar: es wächst auf eisenharten Schädeln. Du sollst — neben mir — den ersten Keilhaufen führen." — „Gern. Aber . . ." — „Wàs denn, was ist denn noch zu abern?" — „Deine Kriegserklärung, . . . wie willst du sie begründen?" — „Wie der Wolf, als er das Lamm fraß! Der Stärkere hat immer Recht zum Angriff! Nur der zu Schwache, der angreift, der ist kein Wolf, sondern ein — Schaf.

Was Kriegserklärung! Ich brauche keine. Und sie? Sie werden's schon merken, daß Krieg ist, steh' ich in ihrem Land und laß die Speere fliegen. Die raschen Franken rühmt man uns im Lied mit Recht. Die da drüben aber, die suebischen Dickköpfe am Neckar, — wie die bajuvarischen östlich vom Lech — die sind nicht rasch. Schwerfällig sind sie. Man muß sie gar nicht erst zur Besinnung kommen lassen: — sind sie einmal entschlossen, dann sind sie viel grimmiger als wir leichterblütigen. Aber bis sie aus ihren östlichen Gauen die Heerleute herangebracht haben — das geht alles gar schön langsam bei ihnen! — habe ich mit meinen schnellen Franken das Aufgebot ihrer westlichsten schon auseinandergesprengt. Halte dich bereit. Urplötzlich fahr' ich aus: — unter des waltenden Wodan Geleit."

XX.

In größter Stille und Heimlichkeit hatte Chlodovech im Winter und in den ersten Frühlingswochen die Vorbereitungen zu dem Feldzug gegen die Alamannen betrieben: sorgfältig und genau waren den erst kurz vor dem Losschlagen in das Vertrauen gezogenen Grafen die Sammelorte für die Aufgebote ihrer Gaue, die Straßen, — meist alte Römerstraßen — auf denen sie gen Osten zu ziehen hatten, bezeichnet worden. Der Zug ging von Westen nach Osten über Verdun auf Metz, einen Hauptort der verbündeten Uferfranken, mit deren Heer die Salier sich dort vereinen sollten, um dann gemeinsam zwischen Straßburg und Speier den Rhein zu überschreiten und schnell so tief wie möglich in das Land der Alamannen einzubrechen, den Widerstand der nächsten Landschaften zu überwältigen, noch bevor König Chnodobert aus dem Innern des Landes herbeieilen konnte.

„Hört," rief der König bei der letzten Musterung vor den Thoren von Paris seinen Heermannen zu, „hört auf mein Wort, ihr freien, aber zuweilen frechen Franken."

Die Leute lachten, sie liebten ihren jungen König, seinen hitzigen Mut und auch seine scharfen Scherze, die er wie geflügelte Pfeile entsandte.

„Wenn ihr nun in das Land der Uferfranken kommt, — wackre Leute, ihr versteht! — aber nicht so klug wie wir: sie arbeiten in diesem Kriege wie die Bienen: — nicht für sich: — für andere Leute . . ." Verständnisvoll nickten ihm viele lachend zu. „Dann betragt euch nicht frech, sondern friedlich. Küßt ihre Weiber nicht, trinkt ihnen die Keller nicht leer — oder doch nicht ganz! — Bedenkt, wenn ihr diese wackern Bienen aufstört und sie, gereizt, von hinten über uns herfallen, während jene wütigen Aldmannen-Stiere uns von vorn auf die Hörner nehmen, — dann kann uns Wodan beim besten Willen vielleicht nicht retten. Wohl verstanden: — denn Übermenschliches mut' ich euch nicht zu! — auf dem Hinweg durch das Land der Uferfranken nehmt euch zusammen. Haben wir — mit ihrer Hilfe — die Feinde geschlagen, — nun, auf dem Rückweg dürft ihr euch schon eher gütlich thun in Haus und Keller unserer treuen Verbündeten." Laut lachend schlugen die Leute die Speere an die Schilde.

Es war Anfang Mai, als das Heer aufbrach. — Innig, aber thränenlos war der Abschied, den Frau Bertrada von ihrem Manne nahm: „Ich bange nicht um dich," sprach sie, „in offnem Kampf: ich baue auf deine Kraft: ich weiß, du kommst mir wieder." „O Vater, Mutter, dann thut doch endlich nach meinem heißen Bitten," flehte der Knabe Guntwalt, „und laßt mich — ich darf ja noch nicht in die Schlacht! — dem Vater den Schild nachtragen ins Lager." „Schweig," sprach Guntbert, „du mußt hier Mutter und Schwester beschützen mit deinem Bogen. Begreifst du das nicht?" Befriedigt schwieg der Knabe.

Aber mit schwererem Herzen sah die Königin ihren Gemahl ins Feld ziehen. „O Teurer," klagte sie, „mir ist bang um dich. Remigius sagt ..." — „Was denn? Was sagt der fromme Mann schon wieder? Er sagt etwas viel in diesen letzten Zeiten!"

„Er meint, du habest gar keinen gerechten Grund, jenen König anzugreifen." — „Ja, in der Bibel steht wohl nichts von meinen Gründen!" — „Theoplastus entschuldigte freilich: Heiden und Ketzer zu bekämpfen, bedürfe es nie besonderen Grundes." „Hei, hei. So, so," lachte Chlodovech, „danach ist's nur gut, daß gar kein katholischer Herrscher auf Erden lebt: — ausgenommen der Herr Imperator drüben in Byzanz: der thut mir gewiß nichts. Sonst könnte ich ja keine Nacht mehr ruhig schlafen. Leb' nun wohl! Sieh, da bringen sie schon den Gunfanon. Guntbert trägt ihn." Mit Erschauern sah's die Königin. „Wehe, weh! Da ist es wieder, des Heidengottes, des Dämons verhaßtes Zeichen." Ziemlich unsanft verhielt ihr Chlodovech den Mund: es war fast ein leiser Schlag. „Schweig doch! Erzürne mir im Augenblick des Aufbruchs den Gott des Sieges! Sei so gut! Ja? — Hei, auf blutrotem Tuch die beiden grauen Wölfe und der dunkelflüglige Adler Wodans darüber hin! Ich grüße euch, Gero und Frecho, und dich, du König der Lüfte! Sendet mir Sieg." — „O Chlodovech! Und willst du wirklich unter jenem Zeichen kämpfen ...?" — „Ja, Wodan soll jetzt zeigen, was er kann: wie der Sohn der Jungfrau (ist doch hart zu glauben!) seine Macht an unserm Kind erwahrte. Hörst du, Wodan? — Nun gilt es deinen Ruhm! Versteck' dich nicht!" — „So verschmähe doch den Segen nicht, den dein bangend Weib dir mitgiebt. Sieh hier: Genoveva und Remigius bitten dich wie ich." — „O Remigius? Hm! Der ist weise. Was will er?" — „Sieh hier, das silberne Jesuskind von damals . . ." — „Was denn? Was denn? Was soll's?" — „Aufgereiht an geweihter Schnur hat es Remigius: du sollst es mit dir nehmen und tragen." — „Wie? Vor meinen heidnischen Heermännern? Nein!" — „Wohl denn: verborgen, unter der Brünne, auf der Brust." „Hm," meinte er nachdenklich. „Nun, mag sein! Nützt es nicht, so kann's nicht schaden. Her damit. Aber geschwind! Die Franken brauchen's nicht zu sehen. Und nun noch einen Kuß. Ei, noch einen. Jetzt — Wodan oder Christus — helft. Ich rat' es euch: — wer besser hilft, hat mich und dieses Reich der Franken."

XXI.

Nicht nach Wunsch war die geplante Überraschung gelungen: König Chnodobert hatte früher als Chlodovech gehofft Nachricht von den Rüstungen der Uferfranken — seiner nächsten Nachbarn — erhalten und hieraus Verdacht geschöpft: — der altersschwache König Sigibert hatte laut mit baldiger Rache für sein lahmes Bein geprahlt —: so hatte der Alamanne rascher als die Angreifer vermutet die Heerbannleute seiner Gaue im Elsaß, im Schwarzwald, am Neckar, in der Schweiz herangebracht: die östlicheren freilich fehlten. Aber ohne deren Eintreffen abzuwarten, eilte der riesenhafte Recke den Feinden entgegen: der ruchlose Überfall, der rechtlose Friedensbruch hatte ihn aufs höchste erbittert: er hatte dem suebischen Kriegsgott Tius das Gelübde geleistet, alle Gefangenen ihm als Opfer zu schlachten, auch die erbeuteten Rosse zu ungeheurem Opferschmause zu verwenden. Rastlos riß er die Seinen mit sich fort und da auch die Verbündeten die Entscheidung suchten, bevor jene Ost-Alamannen eingetroffen, stießen die sich Suchenden gar bald aufeinander. Im Elsaß war's: im Gelände der Lauter, da, wo etwa hundertzwanzig Jahre später eine Burg gebaut wurde: ‚Weißenburg' ward sie genannt und hat auch später noch gar manchen Kampf geschaut. —

Heiß tobte an heißem Sommertag die Schlacht: das Flüßchen ging rot von Blut.

Die Alamannen hatten die Nacht vorher auf dem Galgenberg, auf dem rechten, dem Norduser, gelagert: ihre Spähereiter jagten am Morgen in das Lager zurück und meldeten, die Franken rückten eilig heran: die dichten Wälder, die damals noch alles Land westlich der Lauter bedeckten, hatten ihren Anmarsch verborgen: Chlodovech hatte die Feinde überrumpeln wollen: das war mißlungen. Sofort rief das Auerstierhorn, das ihr König über der Schulter trug, die Alamannen zum Aufbruch.

Gleichzeitig blitzten schon hell auf einem Berge des linken Ufers — den ‚Geißberg' nannten ihn die Umwohner, die ihre Ziegen auf die grasreichen Hänge des Bergwaldes klettern ließen — die Speerspitzen und die Schlachtbeile der Franken in der Morgensonne. Chlodovech, der den Römern manches ihrer Kriegskunst abgesehen hatte, was ihm zu seinen Siegen erheblich nütze war, erkannte sofort die Bedeutung dieser steilen Höhe: er stellte hier eine Kernschar, — Bataver waren's und Sugambern —

als Rückhalt für alle Fälle — auf. Und da er die Kampfgier — und Raubgier! — seiner Krieger kannte und fürchtete, allzufrüh würden sie, um an Sieg und Beute vollen Teil zu haben, ihre Stellung verlassen und sich in das Gewoge im Thale stürzen, bedrohte er jeden Mann mit dem Tode, der den Berg verlasse, bevor der König diese Schar herbei befehle. Dem alten König Sigibert überwies er den rechten südlichen, dessen Sohne, Chloderich, den linken nördlichen Flügel: er selbst führte im Mitteltreffen seine Salier zum Angriff.

Chnodobert dagegen verschmähte — in altgermanischer, von den Ahnen vererbter Weise! — jeden Gedanken an ein mögliches Scheitern des Angriffstoßes seines Keiles und daher auch jede Deckung des Rückzugs, jede Aufsparung eines Rückhalts zur Aufnahme der Geworfenen. Vielmehr riß er auch den letzten Mann in seinem Lager mit sich fort zu wütendem Anlauf. So rasend rasch stürmten die Alamannen heran, daß sie das Flüßchen gleichzeitig mit den Franken erreichten, obwohl es vom Galgenberg eine halbe, vom Geißberg wenig mehr als eine viertel Meile entfernt rinnt.

Wie auf dem rechten Ufer, so begann mitten im Flusse der Kampf. Denn beide Schlachtreihen stürzten sich, Fußvolk wie die wenig zahlreichen Reiter, in das brückenlose Wasser: in den Fluten selbst wurden sie handgemein, schwimmend, viele auf den Schilden liegend, und dabei die bewehrte Rechte schwingend, oder stehend im Wasser, das oft bis nah an den Mund reichte.

Da entdeckten die Alamannen — sie zuerst — links und rechts von Chlodovechs Mitteltreffen je eine Furt: — die alamannischen Umwohner hatten sie den Stammgenossen gewiesen: — auf diesen Furten drangen starke Scharen von ihnen auf das linke Ufer und fielen den

Uferfranken in die Flanke, ja auch schon in den Rücken. Betäubendes Geschrei schlug von beiden Seiten an das Ohr Chlodovechs, der auf seinem Rotroß, seinen Reitern voraus, das rechte Ufer erreicht und die Feinde hier zurückgedrängt hatte: er sah erschrocken zurück: kein Zweifel! Das war das Siegjauchzen der Alamannen! Er sah die Uferfranken weichen! Nun drohte ihm selbst im Mitteltreffen dringendste Gefahr, von beiden Seiten, auch vom Rücken her, umfaßt zu werden.

Knirschend vor Zorn warf er das Roß herum und befahl seinen Reitern, durch das Wasser auf das linke Ufer zurückzujagen, den Uferfranken zu Hilfe. „Hei, sie verdienen's nicht, die Tölpel! Aber es gilt, uns selbst zu retten." Und nun wälzte sich das Ganze über den Fluß hinüber auf das linke Ufer.

Einen Augenblick machte den weichenden Uferfranken das Eingreifen der Salier Luft. Aber da sahen sie zu ihrer Linken Chloderich durch das bloße Ansprengen von König Chnodoberts wuchtigem Hengst mit seinem Gaul zusammenbrechen: gleichzeitig verschwand auf ihrer rechten Flanke ihre Königsfahne und der alte König selbst: — da war kein Halten mehr! Fechtend zwar und in guter Ordnung, Vater und Sohn, — beide verwundet — in der Mitte tragend, wichen sie unaufhaltbar gegen den Geißberg zurück.

„Flieg', Ansovald!" donnerte Chlodovech, „flieg' auf den Berg. Hole die Bätaver und Sugambern. Rasch, sonst ist's aus! Wodan, o gieb ihm deinen Flugmantel. Komm, Guntbert! Hierher an meine Seite! Spreng' an mit mir auf jenen Keil da links! Der Riese an seiner Spitze wird wohl der König sein. Den will ich . .!"

Aber es gelang nur langsam, vorwärts zu kommen durch die dichten Massen von Freund und Feind. Und als Chlodovech jene Königsschar der Alamannen erreicht hatte, stieß er auf furchtbaren Widerstand. Vergebens schmetterte er mit seiner scharfen Francisca einen nach dem andern nieder: sofort schloß sich die Lücke wieder: denn es waren die Gefolgen des Königs, die hier kämpften. Und heiß sehnsüchtig richtete Chlodovech dazwischen durch immer wieder die Augen nach dem Berge, von wannen die Rettung kommen sollte.

Umsonst!

Wohl mußte er sich sagen, daß sein Bote die dort Harrenden unmöglich schon könne erreicht haben. Aber sie sahen doch deutlich, wie dringend man sie hier unten brauchte! Wie schalt er nun seinen eignen Befehl, der sie da oben — bei Todesstrafe — festbannte. „Helft, all' ihr Götter! Ich opfr' euch hundert Rosse!" schrie er, zornig gen Himmel blickend und abermals das Schlachtbeil auf eine eherne Sturmhaube schmetternd. Da — Entsetzen! Da zerbrach der Schaft. „Meines Vaters immer sieghaft Beil," schrie er außer sich, und warf den nutzlosen Stumpf in seiner Hand drohend gegen die Wolken. „Welch arges Zeichen! Ihr Götter, ist das eure Hilfe? Reicht mir Speere! Speere her!" Mit zwei Speeren in der Rechten sprengte er abermals vorwärts. Sein Hengst, aus mehr als einer Wunde blutend, gehorchte kaum noch dem Sporn. Da scholl ihm gegenüber aus einem dichten Knäuel von Reitern eine mächtige Stimme: „Platz! gebt mir Raum, Schildgenossen. Da seh' ich die rote Fahne des Merowing! Die hol' ich mir!"

König Chnodobert brach aus den Seinen hervor: seine Wurflanze flog: der Bandalar der Salier fiel, das Banner verschwand. Laut jauchzten die Alamannen. Sofort riß Guntbert die Fahne aus der Hand des Sterbenden, schwang sie hoch empor und rief: „Hie Wodan und Chlodovech!" „Hie Donar!" rief der sieben Fuß lange Riese und warf einen zweiten Speer: abermals verschwand das Banner, denn Guntbert stürzte, schwer getroffen, vom Roß.

Chlodovech sah's: laut schrie er auf vor Wut, so laut, daß der Alamanne es hörte durch alles Getümmel der Schlacht: „Hierher, König! Dich ruft Chlodovech, der Merowing! Speere! Reicht mir Speere!“ Der andere wandte ihm den mächtigen Rappen zu: „Ah, Friedebrecher, Landräuber. Warte!“ „Wodan hilf!“ flehte Chlodovech. „Nur bei diesem Wurf! Dir vertrau' ich ganz!“

Seine Lanze flog gleichzeitig mit der des Feindes: aber krachend zersplitterte sie an dem erzbeschlagenen Schild des Alamannen in viele Trümmer, während dessen Wurf dem Franken mit solcher Wucht den Helm vom Haupte schmetterte, daß der halb Betäubte fast aus dem Sattel geflogen wäre. Aber im selben Augenblick stürzte sein Hengst tot zu Boden. Nahezu hätte er den Reiter unter sich begraben. Mit knapper Not machte er sich los von dem Tier. Da stand er nun allein, weit vor seinem Fußvolk — seine nächsten Mitkämpfer zu Pferd lagen tot oder wund — und schon sprengte der Hüne auf ihn ein, das ungeheure Hiebschwert schwingend. Da schrie Chlodovech in höchster Not: „Gott Hrothehildens! Rette mich und gieb mir den Sieg: Und — ich schwör's — ich laß mich taufen! Dir vertrau' ich. Hilf!“ Und mit der Linken an das Christusbild, unter der Brünne an der Brust, drückend, holte er mit der Rechten aus, mit gewaltigem Wurf seinen letzten Speer zu versenden.

Und der Speer — traf: er drang dem Riesen gerade oberhalb der Brünne in die Kehle und fuhr im Nacken wieder heraus: der Gewaltige sank, rasselnd in seinen Waffen, rücklings vom Gaul, der, des Reiters ledig, in weiten Sprüngen zurückjagte, Schrecken und Trauer tragend in die Reihen der Alamannen.

„Sieg!“ jubelte Chlodovech. „Herr Christus, ich bin dein! Jetzt schaff’ mir noch ein frisches Pferd.“ „Hier, König, nimm das meine!“ rief Ansovald, abspringend. „Du? Du zurück?“ sprudelte Chlodovech hervor im Aufsteigen. „Wo sind sie? Bringst du sie nicht?“ — „Habe sie schon gebracht! Dort sind sie! Hörst du sie!“ Mit brausendem Schlachtruf brachen da Bätaver und Sugambern in die rechte Flanke der Alamannen.

Diese, schon stundenlang im Gefecht, von der Hitze erschöpft, hielten dem Anprall frischer Truppen — auserlesener Krieger — nicht stand. Das Gerücht von dem Fall ihres Königs erreichte einstweilen auch jene Scharen, die nicht Augenzeugen gewesen waren: sie wankten, sie wichen, sie ließen von der Bedrängung der Uferfranken ab. Die aber wetzten eifrig ihre Scharte aus: von der Verteidigung gingen sie rasch zum Angriff über und nun von Uferfranken, Bätavern, Sugambern und von Chlodovechs Fußvolk von allen Seiten her angefallen, warfen die Alamannen die Waffen weg und flohen.

„Verschone uns,“ riefen, die ihn kannten, Chlodovech zu, „unser König ist tot: sei du unser König. Wir sind dein!“ Gern hätte der sie zur Rache alle erschlagen lassen: denn er war der Verzweiflung recht nahe gewesen. „Aber wàs denn? wàs denn?“ flüsterte er Ansovald zu. „Ist ja dumm! Brauche sie demnächst gegen — nun, gegen andre Leute.“

Und so gebot er denn, der Waffenlosen zu schonen.

Nur die Gefolgen des gefallenen Königs verweigerten die Ergebung: sie wollten ihren Herrn nicht überleben und kämpften fort, bis der letzte Mann erschlagen lag.

XXII.

Zum Himmel jauchzend war der Königin Freude, als Clodovechs Boten nicht nur des Königs Sieg und wunderbare Rettung, auch — aber unter Einschärfung noch des tiefsten Schweigens — seinen Glaubensentschluß meldeten. Sie sank unter Freudenthränen in Genovevas Arme und wiederholte immer wieder: „Das verdanken wir deinem Gebet, du heilig' Mädchen. Uns Sünder würde der Herr nicht erhört haben. Du aber, ich weiß, hast Tag und Nacht für ihn gebetet."

„Ja," erwiderte sie unter Thränen der Rührung. „Ich mußte die Seele des Sohnes retten, da ich den Vater nicht aus schwerster Sünde und aus Wahnglauben zu lösen vermochte."

Alsbald begannen — noch vor der Sieger Wiederkehr — die Vorbereitungen zur Taufe: Theoplastus und Cautinus wollten sich der Leitung bemächtigen: aber der König ließ wissen, er übertrage das dem ehrwürdigen Remigius. Grollend traten jene zurück.

Nicht so rasch als Frau Hrothehild wünschte, konnte der Gemahl nach Hause kehren. Zunächst mußten die Gaue der Alamannen, die sich unterworfen hatten, für den neuen Herrscher in Eid und Pflicht genommen werden: der durchzog das Land von West nach Ost, an den alten Malstätten die freien Männer versammelnd, wo sie dann auf ihre Waffen eideten. Jene östlichsten Gaue, deren Aufgebote die Niederlage und Ergebung an der Lauter nicht geteilt hatten, hielten noch zurück: ihre Scharen besetzten ihre Marken und als sich Chlodovech anschickte, mit Gewalt vorzugehen, da erschienen plötzlich in seinem Lager Gesandte des großen Gotenkönigs zu Ravenna, der ihm sagen ließ, diese Ostgaue hätten sich unter seinen Schutz begeben: „Unter der Amaler fleckenlosen Schild sind sie geflüchtet: hüte dich, auf sie zu stoßen: jeder Stoß träfe nicht sie, — träfe meinen Schild." Zähneknirschend vernahm der Merowing die Vorlesung des Schreibens: giftige Blicke warf er den Gesandten zu: es war des Goten alter Waffenmeister Hildebrand, im langen Weißbart, und ein Graf Vitigis: hitzig wollte er sie anfahren: aber er bezwang sich und entließ sie mit dem Bescheid, er werde des weisen Theoderichs Wort befolgen.

Als sie das Zelt verlassen, tobte er darin wild umherrennend. „Ansovald, wie ich ihn hasse, der mir in den Arm fällt, da ich die Frucht des Sieges pflücken will! Aber was denn? Bin noch zu schwach! Ich ganz allein gegen ihn und sein Rudel von verbündeten Königen! Was hilft's, gegen solche Übermacht losfahren? Ist ja dumm! Erst muß ich aus seinem festgeschnürten Bündel von Speeren den einen oder andern locker gemacht und leise herausgezogen haben, bevor ich die andern zerbrechen kann. Thu's ganz gewiß! Also in des Teufels Namen — an den ich ja jetzt glauben muß! — kehren wir um und lassen wir einstweilen liegen, was noch nicht zu haben ist."

Auf dem Rückweg verweilte Chlodovech einige Tage zu Metz, wohin die beiden Verwundeten — Vater und Sohn — gebracht worden waren — auch Guntbert, dessen gesunde Kraft sich rasch von der Wunde erholt hatte: er war bald zu Hause, in Bertradens treuer Pflege: die Königin Basina wandte ihm ihre eifrige Heilkunst zu.

Auch den beiden Uferfranken drohte nicht Lebensgefahr. „Schade," meinte Chlodovech, als er es erfuhr, vor sich hinsprechend. „Ein oder zwei Todesfälle jetzt hätten mir spätere Arbeit erspart." Er besuchte, von dem Sohne, — der schon wieder gehen konnte — begleitet, den Alten auf seinem Lager. Der hob nun an, seinen Anteil an dem eroberten Land in Anspruch zu nehmen. Aber übel kam er an. „Wäs? . . . was? Wäs denn?“ herrschte der Gast ihn an. „Was fällt dir ein? Du fieberst wohl! Der dir gebührende Anteil am Alamannenland: — weißt du, wie viel der beträgt? Sechs Fuß Erde an der Lauter! Wer hat die Schlacht verloren? Du! Wer hat die verlorne zurückgewonnen? Ich! Oder der Herr Christus, würde Frau Hrothehild sagen,“ fügte er bei, sich fromm, aber ungeschlacht bekreuzend: denn das hatte er einstweilen erst ein wenig gelernt. · „Sei du nur still und ganz zufrieden, wenn ich dir, zur Strafe für euer Verhalten, nicht ein Stück von deinem Land nehme: zum Beispiel diese feste Stadt, in der jetzt fünftausend Salier stehen: das bedenke, sinnst du etwa auf Gewalt gegen mich.“ Und ohne ein weiteres Wort ließ er ihn liegen und schritt hinaus. Der Sohn folgte ihm, zu begütigen. „Ich,“ meinte er, mit einem scheuen Blick auf den Gewaltthätigen, „ich würde dich nie reizen, wenn . . . wenn ich König wäre.“ Der Meroving blieb plötzlich stehen und warf einen scharf bohrenden Blick auf ihn. Der Jüngling schlug rasch die Augen nieder.

„So, so!“ sprach der andere langsam. „Es dauert dir wohl zu lange? Wäs denn?“ „Ja,“ seufzte der Sohn. „Als ich dort in der Schlacht erfuhr, er sei, schwer getroffen, vom Pferde gestürzt, da glaubte ich schon . . . Der Alte ist zäh und er hält mich kurz in . . . Aber gleich darauf sank ich selbst und der Alte . . .“ — „Blieb am Leben! Ja, es geht manchmal alles verkehrt in der Welt. Allein, Geduld und . . . Mut! Wir sprechen ein andermal darüber, falls es noch gar zu lange währt. Wodan — wäs denn? — wollte sagen, Christus erfülle deine Wünsche.“

XXIII.

Nach Paris zurückgekehrt und von den Seinen jubelnd empfangen, wiederholte der Neubekehrte seine strenge Einschärfung, die bevorstehende Taufe noch immer geheim zu halten. Erstaunt und nicht ohne Mißtrauen fragte die Königin: „Weshalb? Schämst du dich des Herrn!"

„Wàs denn? Ist ja dumm! Er hat ja seine Wodan überlegne Macht so deutlich bewiesen, daß ich blind sein müßte, hätt' ich's nicht gesehen. Schämen! Eher dessen müßte ich mich schämen, solang dem Unrechten, das heißt dem Minder-Mächtigen gedient zu haben. Aber — Vorsicht thut not. Denn, weißt du, schöne Bekehrerin, ich möchte beileibe nicht, indem ich das Himmelreich gewinne, das Frankenreich darüber verlieren! Und das könnte mir leichtlich begegnen. Zwar können mich meine Franken nicht hindern, zu glauben, an wen ich will: aber ich kann auch sie nicht hindern, wenn ich von ihren alten Göttern abfalle, sich einen andern König zu wählen. Wàs denn? Sie haben das Wählen gar nicht nötig. All' meine Nachbarkönige, meist meine Ohme und Vettern und andere Schwertmagen sind noch eifrig heidnisch: Theudibert zu Béthune, Ragnachar zu Cambrai, Chararich zu Thérouenne, Rignomer zu Le Mans und noch ein halbes Schock solch' unnützer Mitesser an Gallien: meine Gauleute brauchen nur über meine — überall so nahen! — Grenzen hinaus zu ziehen: mit offenen Armen nehmen die lieben Nachbarn meine Krieger auf: das heißt: mir weg. Und leicht bezwingen sie mich dann, von allen Seiten eindringend."

„Der Herr Christus wird dich dann beschützen," tröstete die Königin.

„Ja, wàs denn? Wàs denn? Gar zu oft möcht' ich

ihn doch nicht mühen, da oben auf seinem Himmelsthron. Und ein rechter Mann muß sich vor allem selber schützen. Beten ist gut, aber fechten dabei! Deshalb gönnet mir nur so viel Zeit, — ich werde ja doch so rasch noch nicht sterben! — meine Franken ein wenig vorzubereiten: mindestens eine solche Zahl von ihnen und so tüchtige, daß die andern sich besinnen werden, ehe sie mit uns anbinden. Ob Guntbert . . .?" Er schüttelte den Kopf. „Ach nein! Den hält meine Frau Mutter allzufest in der Hand. Uh, wenn ich die Schelte der grimmen Wodans-Priesterin doch schon überstanden hätte! Sie hat so besondere Augen! Ich fürchte diese Augen immer noch so, wie wann ich als Knabe so eine kleine nette Lüge gelogen hatte. Muß ich denn durchaus diesen unheildrohenden Augen begegnen? Wàs denn? Wollen doch 'mal sehen . . ." schloß er sinnend.

Während dieser Vorbereitungen verlangte Remigius, der Neubekehrte müsse nun, bevor er würdig sei, die Taufe zu empfangen, gründlich in die Lehren der Kirche, in die genaue Kenntnis der heiligen Geschichte eingeführt werden und sandte zu diesem Behuf einen frommen und gelehrten Priester, Hluthart, der ihn täglich mindestens eine Stunde unterweisen solle.

Aber Chlodovech sträubte sich gewaltig!

„Wàs denn? Wàs denn? Wozu denn? Ich habe von meiner lieben Hausfrau Tag und Nacht all' diese Jahre her schon so viel hören müssen von diesen heiligen Geschichten, daß es langt. Ist ja gar nicht nötig, daß ich's so genau weiß, wie der Priester da: will ja nicht predigen. Ich glaub' es ja doch nicht, weil der es sagt oder weil es in dem dicken Buch da steht, sondern ganz einfach von wegen des Tags an der Lauter. Und täglich eine Stunde sitzen wie die Knäblein in der Klosterschule! Das halt' ich nicht aus. Hätt' ich das gewußt . . .!" Mit Mühe bewogen ihn die Bitten der Königin nachzugeben. Er meinte dann, zu der Stunde könne ja seine Mittagsmahlzeit verwendet werden! Als der Priester das entrüstet ablehnte, setzte der ungeberdige Schüler durch, daß die halbe Zeit im Umherwandeln, nicht im Sitzen verbracht werde. Darauf ließ sich der Mann Gottes ein.

Als sie nun eines Tages in dem Palasthof auf- und niederschritten und Hluthart ausführlich erzählte, wie der Herr von Petrus verleugnet worden sei, rief der Merowing unwillig: „Ah, der Neiding! Und den hat man nicht aus der Gefolgschaft gestoßen? Und der ist ein Heiliger? Da sind mir Guntbert und Ansovald lieber!" Und als bald darauf berichtet ward', wie der göttliche Dulder von den Juden mißhandelt und verhöhnt wurde, fuhr der König heftig auf: „Ja, diese Juden! Die Elenden! Man kann ihnen noch heute nicht genug Geld abdrücken — zur Strafe. Wär' ich nur dabei gewesen mit meinen Franken" — zornig ballte er die Faust —, „wahrlich, er wäre nicht gekreuzigt worden!"

„Aber Herr König, bedenke doch! Dann wäre die Menschheit nicht erlöst worden." — „Ja so! — — Nun, den Sieg an der Lauter hätte er mir doch auch so gespendet." Kopfschüttelnd seufzte der Lehrer: „Ach, all' mein Mühen ist umsonst! Ich fürchte, wir werden nur deinen Scheitel taufen: — deine Seele bleibt eine arge Heidin."

XXIV.

Alles geschah und gelang nach des Königs Willen. Unablässig waren er und die ins Vertrauen gezogenen Männer und Frauen bemüht, unter den vornehmsten und wichtigsten Geschlechtern der Franken — vorsichtig und unter der Hand — Anhänger für die katholische Lehre und Billiger des geplanten Schrittes zu gewinnen. Er mußte gelingen: die Annahme des Christentums durch die Franken war nur eine Frage der Zeit: in dem durchaus römischen und durchaus christlichen Gallien war die Aufrechthaltung des germanischen Heidentums eine Unmöglichkeit: in Städten wie Paris oder Soissons konnte man nicht germanischen Wald-Kult treiben: da rauschten weder Wodans Eschen noch Donars Eichen, da konnte keine Göttin Nerthus aus geheimnisvollem See tauchen: die Franken mußten das Christentum annehmen, als ein wesentlich Stück der römischen Kultur: nur etwa, ob sie wie Burgunden und alle Goten, Arianer oder Katholische werden würden, konnte zweifelhaft scheinen. Es ward von weltgeschichtlicher Bedeutung, daß Chlodovech katholisch ward. Damals ward der Grundstein gelegt zu Karls, ja sogar schon für Ottos römisches Kaisertum: denn es ruhte auf der Schutzpflicht und dem Schutzrecht über die katholische, die römische Kirche.

Auch ziemlich plumpe Gewinnungsmittel: Geschenke von Gold, Land, Verleihung von Ämtern wurden gelegentlich nicht gespart, am meisten aber wirkte der Hinweis auf den offnen Willen der Königin und den, nur den zu Gewinnenden kundgegebenen geheimen des Königs selbst: wer die Gunst des Hofes wollte, durfte dem Schritt wenigstens nicht widerstreben, wollte er ihn noch nicht mitschreiten.

Nach wenigen Monaten unablässigen Zusammenwirkens mit den beiden Frauen, mit Remigius, Theoplastus, Cautinus und andern Geistlichen konnte der König jenem frommen Bischof sagen lassen: „Die Ernte ist reif. Bring' sie unter Dach." Es war die verabredete Losung.

Es ging gegen Weihnachten: eine Zeit, da das christliche Fest und die heidnische Sunwend viele Leute an den Hof zogen, weil der König alsdann eines der kleinen ‚Placita', das heißt Versammlungen der einflußreichsten Großen, abzuhalten pflegte. Es fiel daher nicht auf, daß dies auch jetzt berufen ward: außer diesen Vornehmen hatte der König aber auch auserlesene Heermänner der nächsten Gaue zu einer Musterung beschieden. Wenige Tage vor dem Fest hielt Chlodovech auf dem weiten freien Platz im Norden vor dem Palatium diese Heerschau ab; er ritt, umgeben von den gewonnenen Großen, auf königlich geschmücktem Roß langsam durch die Reihen, lobte gar manchen Krieger für alte und neue tapfere Thaten oder für stattliche Waffnung und mit vollen Händen teilte er Spangen, Armringe, Schmuckplatten, auch Goldmünzen aus, die ihm in zwei Schilden nachgetragen wurden. Das währte geraume Zeit; dann sprang er ab und bestieg die oberste Stufe der Treppe vor dem Palast, wo er weithin sichtbar und vernehmbar war:

„Hört mich, freie und tapfre Franken, hört eures Königs Wort. Viele von euch haben's mit erlebt, mit angesehen, alle andern haben es erfahren, wie die heiße Alamannenschlacht verlief. In höchster Not rief ich Wodan und die alten Götter an: sie ließen mich im Stich, sie konnten mir nicht helfen gegen jenen Hünen. Da, um mein Leben ringend, gelobte ich dem katholischen Gott Treue und Mannschaft, wolle er mich retten. Mit diesem Worte flog mein Speer, der Riese fiel. Der Gott Hrothehildens hat mir das Leben, euch die Schlacht gerettet. Wohlan, ich halte mein Wort: er hat vorausbezahlt: — anders hätt' ich's ja nie gethan! — ich leiste nach. Am Weihnachtstag nehm' ich die Taufe. Wer von euch folgt seinem König nach —? Im Leben: in den Sieg, im Tod: in die Seligkeit des Himmelreichs?"

Da erscholl von vielen, vielen Stimmen brausender Zuruf: der Beifall der im voraus heimlich Gewonnenen riß gar viele Überraschte, Gedankenlose fort: „Wir werfen von uns," riefen die Eingeweihten, „die unmächtigen Götter, wir folgen dir, Herr König, zu dem Gott, der dir den Sieg gegeben hat." Die Mauern erdröhnten von dem Geschrei: dreitausend Männer waren's, die so riefen.

XXV.

An dem Morgen des ersten Weihnachtsfeiertages war in der geräumigen Basilika des heiligen Johannes, die sich dem Palatium gegenüber erhob, doch bei weitem nicht Platz zu finden für alle, die das große Ereignis angezogen hatte: die freudig bewegten Katholiken der Stadt, die eifrigen neu Gewonnenen, und zumal große Haufen von heidnischen Franken, eingerufene Heermänner und viele fränkische Umwohner, zu denen die Nachricht rasch gedrungen war: diese zog die Neugier, das Staunen herbei, auch das Verlangen, die nie geschauten Wunder des alle Sinne bezwingenden Gepränges kennen zu lernen, die damals die Kirche allein zu entfalten vermochte. Sie wurden nicht enttäuscht, sondern berückt und bezaubert.

Die Königin wußte, wie stark diese Mittel wirkten:

hatte sie doch sogar gehofft, selbst Chlodovech, den ungleich mehr als sein Volk an Prunk und Pracht gewöhnten, durch die bei der Taufe des ersten Sohnes dargelegte mystische Herrlichkeit bis zur Annahme ihres Glaubens zu betäuben: das war damals freilich mißglückt. Aber man zählte darauf, wie all' diese Blendung wirken müsse auf die schlichten Naturmenschen, auf die salischen Heerleute, die da aus ihren Holzgehöften im Rheinsumpf oder im Scheldewald in die Stadt, an den Hof, in die Kirche gekommen waren und nie dergleichen geschaut noch geahnt hatten.

Die triumphierende Kirche zeigte heute wohlweislich all' den Pomp, all' den Reichtum an Mitteln der verschiedensten Künste, Kunsthandwerke und sinnberauschenden Luxusgenüsse, über die damals eben nur sie in ihren Basiliken gebot. Schnee und Schmutz waren aus den ‚Breitstraßen‘, ‚Plateä‘, säuberlich hinweggefegt, bunte Teppiche und Decken wurden nach altrömischer Sitte über die gereinigten Flächen gespreitet und aus den Fenstern aller Gebäude gehängt, die Kirchenmauern und die Säulen des Portikus waren mit weiß glänzendem Linnen überzogen, und mit Kranzgewinden aus immergrünenden Blättern umschlungen. Wohlgerüche, süß, nur allzusüß, — bis zur Betäubung, bis zur Umnebelung der Denkkraft, — strömten aus den Weihrauchbecken, die weißgekleidete Knaben, einander ablösend, unermüdlich schwangen: zahllose Wachskerzen — die Grundholden der Kirche hatten vor anderen Dingen als ‚Wachszinsige‘ vor allem Wachs für diese Kerzen zu liefern, man kannte diese Art Beleuchtung kaum im Königspalast — verbreiteten, ausstrahlend vom Altar und dem Taufbrunnen, ein blendendes Licht, das die Augen zu schließen zwang. Und so vernahm die Menge, vom Weihrauch eingelullt, mit gesenkten Wimpern den süßen Gesang, den unsichtbare Kinder, den Liedern der

Engel vergleichbar, hoch von den Logen oberhalb der Absis erschallen ließen.

„Da verhängte," schreibt der ehrliche Gregor von Tours, „Gott über alle Anwesenden solche Gnade, daß sie wähnten, unter den Düften des Paradieses zu weilen."

Ähnliches empfand wohl — in seiner Weise — ein hünenhafter Heermann aus dem Kohlenwald, der nie eine Stadt, nie eine Kirche von innen gesehen hatte: „Du, Sigiboto," meinte er, seinen Nachbar in der Mark und im Heerkeil anstoßend, „das ist schöner und herrlicher als ich Walhall schildern hörte. Mich gelüstet, dem König in seinen Himmel zu folgen." „Mich nicht," erwiderte der andere. — „Warum nicht? Was gebricht hier an allem besten?" — „Hei, nichts, was zu hören und sehen und riechen ist. Aber — was meinst du, daß in jener großen Kufe ist?" — er wies auf den in den Stein-Estrich eingelassenen Taufbrunnen — „ich hab' hineingeschaut: Wasser, elendes Wasser. Zu trinken giebt es nichts, so scheint's, im Christenhimmel. Ich fahr' gen Walhall."

Gegen Mittag füllten sich das Innere der Basilika und der Portikus draußen vor den geöffneten Thüren und die Stufen des Anstiegs und der breite Platz zu dessen Füßen und alle einmündenden Straßen.

In der Absis der Basilika, hier, wie gewöhnlich, nach Osten liegend, auf dem Hochaltar standen die Bischöfe Remigius von Reims, Avitus von Vienne — als Gast der Königin, — Heraklius von Paris, Theoplastus und viele andere in ihren goldgestickten weißen und roten, oft seidenen Gewändern, ungezählte Geistliche zu ihren Füßen auf den niederen Stufen. Ihnen gegenüber in dem Querschiff, zwischen den beiden Kanzeln, der nördlich links für die Vorlesung des Evangeliums, der südlich rechts für die der Epistel, thronte die Königin, das Antlitz verklärt von unaussprechlicher Freude und ihr zur Rechten — so hatte sie befohlen — saß Genoveva, deren Gebet das beste gethan. Der Raum unmittelbar vor dem Altar war durch zwei Stufen über den Boden der Kirche erhöht und durch zierlich geschnitzte, mit Purpurtüchern überhangne Schranken — »cancelli« — abgeschlossen: das Sanctuarium enthielt in der Mitte den Chor, das heißt den Altar und an den beiden oberen Enden der Seitenschiffe links das ‚Senatorium' für die vornehmsten Laien und die klosterlosen Mönche, rechts das ‚Matroneum' für die edeln Frauen und die Nonnen. Das ganze Mittelschiff und die Vorderseiten der beiden Seitenschiffe waren ausgefüllt von den fränkischen Heermännern, die, dreitausend an der Zahl, im Schmuck und Glanz ihrer besten Waffen dem Vortritt ihres Königs folgen wollten: darunter sah man Ansovald, dann die Grafen von Paris und von Soissons, von Rouen und von Amiens, von Arras und von Tournay, von Tongern und von Namur, von Reims und von Meaux. Ebenfalls durch Schranken abgesperrt zog sich hart am Eingang quer ein schmaler Raumstreif hin, ‚das Rohr'. ‚Narthex', in dem die nicht zur Gemeinde Gehörenden das Evangelium und die Epistel anhören durften: aber die Ausgeschlossenen und die Büßenden lagen vor den Thoren, draußen, in dem Portikus, mit dem Antlitz auf den Marmor-Estrich hingestreckt.

Die Säulen, die, je zwölf an der Zahl, in zwei Reihen das breitere Mittelschiff von den beiden Seitenschiffen abgliederten, waren das wenigst schöne an dem Bau: das heißt, manche von ihnen war an sich gar prächtig: allein man hatte bei der Errichtung der Kirche — etwa ums Jahr vierhundert — diese vierundzwanzig Säulen nicht neu und einheitlich hergestellt, sondern sie genommen, wo man sie fand: in andern, zerfallenden Basiliken, in Tempeln der Olympier, aus dem Palatium, aus den städtischen Hallen und Bädern: so standen sie durcheinander: dorische, jonische, korinthische, von schwarzem, weißem, gelbem, rotem, braunem Marmor: heute aber störten diese Widersprüche wenig, denn sie waren fast in ihrer ganzen Höhe von prachtvollen roten, goldgestickten Umhüllungen umkleidet, die auch von den zierlichen Halbbogen, die sich von Säule zu Säule schwangen, herabhingen. Das Innere der Wände und die flache, getäfelte Decke war über und über geschmückt durch Mosaiken, die Christus, die Apostel, den Ausgang des heiligen Geistes in Taubengestalt, zahlreiche Heilige, dann aber die sinnbildlichen Gestalten altchristlicher Kunst darstellten: den seine Lämmer weidenden Hirten, den von der Schlange umringelten Baum der Erkenntnis, und andre mehr. Am reichsten prangte solcher Schmuck auf Goldgrund in Mussiv-Werk an dem ‚Triumphbogen‘, der, Antikes in das Christliche übertragend — früher hatten die Bilder der Imperatoren die Absis geschmückt — den Sieg Christi über den Tod bedeutend, bei der Mündung des Langschiffs in das Querschiff in gewaltigem Schwung auf zwei mächtigen Säulen von Seitenwand zu Seitenwand sich hob und senkte. Aber die reichste Pracht war erfindungsreich gehäuft auf Ausschmückung des Taufbeckens, des ‚Baptisteriums‘, das neben der linken, der nördlichen Kanzel, sieben Fuß tief in den Boden der Kirche eingelassen und mit geweihtem Wasser gefüllt war. Der schöne Tiefbau des Brunnen-gleichen Beckens aus weißem, parischem Marmor stammte aus den Bädern der ‚Amphitrite‘, die Julian der Abtrünnige nach seiner Thronbesteigung hatte aufbauen lassen, ‚in dankbarem Gedenken der Stadt seiner lieben Parisier, die seinen Stern zuerst aufsteigen sah‘. Der ganze kreisrunde Rand war mit goldenem Beschlage belegt: und auf diesem Beschlag erhob sich ein hohes, in einer vergoldeten Stangenspitze auslaufendes Zelt aus feinster, weißer Wolle, von roten Seidenbändern gestreift: die Spitze der Stange aber trug ein Kreuz und in der Mitte des Kreuzes lag, von undurchsichtigem Glase bedeckt, ein Splitter des Kreuzes Christi.

Nach langem Harren der Menge erschollen von dem linken Seitenschiff her aus einem angebauten kleinen Oratorium drei Schläge auf ein ehernes Becken und in feierlichem Zug erschien eine Anzahl von Bischöfen und Priestern, Chlodovech in den lang wallenden weißlinnenen Taufgewanden hereinführend. Bei seinem Anblick brachen alle die vielen hundert Priester in den brausenden Ruf aus: „Gesegnet bist du, der du suchest den Herrn. Der Sieg ist mit dir."

„Dies letzte ist das beste an der Sache," sprach Chlodovech mit tiefstem Ernst, an den Brunnen herantretend.

Nun schritten Remigius und Avitus — mit Groll im Herzen blieb Theoplastus zurück, — von dem Altar zu dem Täufling herab und reichten ihm die Hände, wie er die Marmorstufen in den Brunnen hinabstieg. Als er, vom Wasser bis an das Kinn umspült, auf der letzten Stufe stand, sprach er mit lauter, weithin durch die Kirche schallender Stimme, — es sollte eine Bitte sein, aber es klang wie ein Befehl: „Ehrwürdiger Herr Bischof von Reims, ich begehre von euch durch den Taufbund aufgenommen zu werden in die Gemeinschaft der katholischen Kirche." Da sprach feierlich Remigius: „Dir werde nach deinem Willen zum Heile deiner Seele: beuge den Nacken, fortab gesänftigt, Sugamber, tauch' unter, spüle ab das Siechtum des alten Aussatzes und die lange getragnen Flecken mit frischem Naß." Hier erfaßte er das rote Haupt mit den langen merowingischen Königslocken und tauchte es unter, so daß es triefend wieder emporkam.

„Nun steig' heraus, ein zweiter Constantinus!" Wenig ahnte der fromme Mann, wie viel weissagende Wahrheit er aussprach, in diesen zwei Worten. Constantin hat das Römerreich, Chlodovech das Frankenreich, und so das ganze Abendland dem Christentum überliefert.

Den Augenblick, da der König wieder der Seitenkapelle zuschritt, die Taufkleider abzulegen, nutzte Theoplastus, sich an ihn heranzudrängen: „Vergiß nie, Herr König," raunte er ihm ins Ohr, „wem du diese Stunde verdankst. Ich war's, der Hrothehild . . ."

„Hast du sie vielleicht entführt, du?"

Gereizt erwiderte der Bischof, so laut er konnte, — denn er wollte den König vor allem Volke zwingen, mit dem Heidentum gewaltsam zu brechen: „O neugewonnener Bruder. Bete an, was du verbranntest, verbrenne, was du angebetet!" „Schweig doch, bei Wodans Zorn!" flüsterte ihm Chlodovech wütend zu. „Sollen die Heiden hier mich auf dem Fleck, gleich an dem Taufbecken — noch naß! — ins Himmelreich schaffen? Ich mag noch nicht da hinauf. Wâs denn? Die Franken mögen glauben, an wen sie wollen, wenn sie nur meine Schlachten schlagen. Laß mich in Ruh'. Ich bin ganz naß. Ich friere."

XXVI.

Bald nach der Taufe führte der Bekehrte mit seiner klugen und thateifrigen Königin ein wichtig Gespräch, zu dem Ansovald beigezogen war. „Ihr seht," begann er, „bisher haben die Heiligen — wie ich also nun nachträglich einsehe! — mich von Erfolg zu Erfolg, von Sieg zu Sieg geführt, was eigentlich sehr schön von ihnen ist, da ich fort und fort nicht ihnen, sondern den Göttern dafür dankte. Nach des Syagrius Gebiet erwarb ich durch freiwilligen Anschluß Aremorica, Paris und viele andere Städte, ebenso die niederrheinischen Thoringe und Ein Tag gab mir ganz Alamannien bis auf die paar Gaue, die der verwünschte Amaler mir vorenthält. Das ist nun wieder gar nicht hübsch von deinen — will sagen unsern — Heiligen, daß sie dem solche Macht verstatten: ist er doch ein schnöder, falschgläubiger Ketzer, ein Arianer, der noch nicht einmal eingesehen hat, daß der Herr Christus und Gottvater eins sind! Der verstockte Sünder, der!

Also schöne Erfolge: — doch noch lange nicht genug! Da hocken um mich herum, in nächster Nähe, mehr als sechs salische Gaukönige und ein uferfränkischer in Köln und hemmen überall meinen Schritt über meine Grenzen und nehmen mir die Luft zum Atmen. Die müssen fort, alle miteinander! Ein kleiner König ist gar kein König!

Zu dem aber: nicht an mich allein denk' ich, — auch an das Wohl der Franken! Ich darf sagen, daß ich viel klüger bin und bessere Herrschaft führe als all' die andern: es wird ihren Gauen gedeihlicher gehen unter mir. So denken die Leute dort selbst. Mancher schon hat in solchem Sinne zu mir geredet. Die Zeit für diese alten Gauverbände, diese kleinen Volkssplitter ist vorüber: sie paßte in die Urwälder rechts vom Rhein, wo tageweites Ödland — wegloses, — die Siedelungen trennte: nicht für dies Gallien, wo Dorf an Dorf, Stadt an Stadt sich reiht. Die Zeit ist reif, die kleinen Tropfen zusammenrinnen zu lassen: wer das erkannt hat und unternimmt, der ist Herr in Gallien: von selbst, nach nur leisem Rütteln, fallen ihm die reifen Früchte in den Schos! Wohlan, ich hab's erkannt und will's vollenden! Was denn?"

Beide Hörer nickten Beifall, nicht ohne Bewunderung des hellblickenden und kühnen Geistes. Aber die Königin sprach: „Und Eines, mein Chlodovech, hast du dabei ganz beiseite gelassen: das Wichtigste, Heiligste: alle deine Nebenkönige sind Heiden: du allein vertrittst die katholische Lehre. Ohne Zweifel wirst du bald anfangen, in deinen bisherigen Landen den Götzendienst zu verfolgen, auszurotten . . ."

„Chlodovech blies wieder einmal hörbar vor sich hin: „Puh! Wàs denn? Fällt mir nicht ein. Laß doch jeden glauben, was er mag. Soll ich meine tapfern Heiden erboßen gegen mich? Ist ja dumm. Und Frau Basina! Und mein Versprechen, dem sterbenden Vater gegeben: hab' dir oft davon erzählt."

Aber die Königin beharrte: „Der wahre Glaube kann den falschen nicht neben sich dulden." „Frau Königin," warf Ansovald ein, „wenn das christlich ist, — so ist's nicht schön. Solchen Schwur hab' ich mit der Taufe nicht angenommen." „Nun wohl," meinte die Königin, geschickt ausweichend, wo sie noch nicht hoffen konnte, durchzudringen, „auch ohne Verfolgung werden die Heiden in jenen Reichen eher unter einem katholischen als unter einem heidnischen König für das Evangelium zu gewinnen sein. Drum vor allem billige ich deine Pläne und werde die Heiligen anflehn, sie durchzuführen!" „Ach nein," lachte Chlodovech, „das werd' ich doch wohl schon selbst in die Hand nehmen müssen. Ich mache so was nicht so heilig, aber rascher, kräftiger. Ich besorge, die Heiligen würden nicht alle die Wege wandeln wollen, die doch allein zum Ziele führen. Auch braucht's mehr Schlauheit, als ich den meisten Heiligen zutraue: Zöllner, Fischer, was werden die viel von Königskunst verstehen? Endlich leben sie ja alle schon so lang im Himmel, daß sie kaum noch wissen werden.

wie's hier unten zugeht: — gewiß ganz anders, als dort, wo sie immer nur beten und Psalmen singen. Nun merk' auf, Ansovald, wie ich mir die Sache, die Reihenfolge ausgetüftelt habe. — Es versteht sich, daß wir mit der leichtesten Arbeit anfangen, und an die schwerste zuletzt gehen." — „Warum?" — „Wàs denn? Ist ja klar. Jeder Gau, den ich gewonnen, verstärkt sofort mit seinen Speeren mein Heer, so daß ich, von Stufe zu Stufe immer mächtiger werdend, so gewachsen zuletzt auch dem Mächtigsten überlegen bin. Wir fangen an mit dem leichtesten Werk: mit Ragnachar von Cambrai." „Aber, Herr," warf Ansovald ein. „Der ist doch damals mit uns gegen Syagrius gezogen!" — „Wàs denn! Das dank' ihm der üble Höllenwirt! Er hat's doch nur aus Furcht vor uns gethan. Und überdies bekam er seinen Anteil an der Beute." — „Wenigstens an der Fahrhabe, nicht am Lande!" „Auch noch? Schon die vielen tausend schönen Solidi wurmten mich," grollte Chlodovech. — „Merk' auf: sein Heerbann ist der schwächste unter den Saliern. Überdies haßt ihn sein eigen Heer, weil er außer andern Lastern der Habgier fröhnt, — der Freude an den Solidis, was man doch nicht soll: nicht wahr, fromme Königin? Das geht wohl gegen das sechste Gebot? — Nein, nein gegen das zehnte! — Er und sein Freund und Kämmerer Farro, mit dem er jeden Raub teilt, nehmen was ihnen beliebt und gelüstet den Unterthanen mit Gewalt. Nach jedem solchen Griff pflegt er zu sagen: ‚So, das ist gerade recht für mich und meinen Farro.' Ich meine immer, wenn man bei seinen Großen ein wenig vorbohrt mit Geschenken, lassen sie ihn gern im Stich mitten in der Schlacht: es wird da gar nicht viel Eisen brauchen, nur ein wenig Gold. Und auch das Gold . . .?" Er lächelte pfiffig vor sich hin und blinzelte mit den kleinen blaugrauen

Augen. „Und welchen Grund zur Kriegserklärung wirst du angeben?“ fragte die Königin. „Grund? Was denn? Ich bin der Stärkere. Ist das etwa kein Grund? Übrigens: — du bist eine kluge Frau! Für diesmal hast du recht! Ich habe ja den allerlieblichst tönenden Grund, den man sich denken kann. Ich komme als Retter und Befreier seiner Unterthanen von dem Räuber und Bedrücker. Das muß die Heiligen doch zu Thränen rühren und zur Segnung meiner Waffen!“

„Und wer kommt nach ihm an das Messer . . . an die Reihe, wollt' ich sagen?“ verbesserte Ansovald.

Der Merowing lachte vergnügt: „Thu' dir keinen Zwang an in deinen Worten: bin nicht empfindlich. Der zweite wird jener elende Chararich von Thérouenne.“ — „Der soll aber geliebt sein von seinen Leuten. Was willst du gegen den vorbringen?“ — „O der Klügling! Er hat mir damals den Beistand gegen Syagrius versagt. Das soll er nun büßen.“ „Nun,“ meinte der Antrustio, „dem andern hat der geleistete Beistand auch nichts genützt. Und der dritte?“ — „Den weiß ich selbst noch nicht. Kommt Zeit, kommt Rat. Hab' nur keine Angst, daß ich einen vergesse und übrig lasse. Da, auf diesem Zettel, hab' ich sie mir alle aufgeschrieben. Es ist ein ganzes Rudel dem Tod geweihter Könige.“ „Und fast alle deine Gesippen!“ meinte Ansovald. „Bah, ich bin Christ. Nur den Heiden gilt als höchster Frevel, Gesippenblut zu vergießen. Ich bin Christ: sie sind elende, nichtswürdige Heiden, also Christi Feinde, also auch die meinen. Nieder mit ihnen: — im Namen des Herrn!“

XXVII.

Und die Geschichte weiß: getreulich hat der neubekehrte Vorkämpfer der Kirche Wort gehalten! Nicht einen hat er übriggelassen.

Zunächst trugen seine geheimen Boten geschäftig goldene Armringe und Wehrgehänge den Vornehmen des Königs zu Cambrai zu, nahmen deren Klagen über die Völlerei und Wollust und Habgier Ragnachars und ‚seines Farro‘ entgegen, priesen das Glück der Unterthanen Chlodovechs unter dessen in der That hochbeliebter Herrschaft und brachten alsbald die Aufforderung der Großen zu Cambrai zurück, sie von den Bedrückungen ihres Königs zu befreien. „Ah,“ rief Chlodovech bei der Ausrichtung dieser Botschaft, die er in Gegenwart seiner Bischöfe und Weltgroßen entgegennahm, „wahrlich, da ruft die Pflicht. Ziehen wir aus unter den Fittichen des heiligen Geistes und helfen wir den Bedrängten.“

Als er mit seinem Heerbann von Süden her die Isère überschritten und das Gebiet Ragnachars erreicht hatte, stießen sofort die meisten von dessen ‚Leudes‘ zu ihm. Der dicke, durch Völlerei vor der Zeit unbehilflich, wehrlos gewordene König zog ihm entgegen und saß mit seinem Übelberater bei schwelgerischem Mahle, als die Reiter seiner Vorhut in das Lager zurückflohen, mit der Meldung, Chlodovech sei da! Schwerfällig erhob sich der Schlemmer, sein Bruder Richar versteckte sich in einem Nebenraum. Farro zog das Schwert. „Ei,“ fragte der dicke Ragnachar, „sind es viele Feinde?“ „Genug für dich und deinen Farro!“ lautete die Antwort. „Mein Pferd!“ gebot der König. „Flieht! Rasch!“

Aber schon schmetterten die Hörner Chlodovechs durch das Lager, gleich darauf dicht vor dem Zelt. Die Krieger Ragnachars warfen die Waffen weg, ja die Boten ergriffen den König, zerrten dessen Bruder aus dem Versteck und banden beiden die Hände auf den Rücken: Farro, der sich zur Wehre setzte, ward erschlagen. Schon stürmte der Merowing, die mörderische Francisca in der Hand, in das Zelt, von einigen Antrustionen gefolgt. „Es freut mich, Vetter, dich zu sehen," stammelte der Dicke. „Willst du nicht — wir waren gerade an der Tafel — mit schmausen?" — „Mich freut es gar nicht, Vetter, einen Merowing in Fesseln zu sehen. Warum hast du unsere Sippe so erniedrigt? Wahrlich, besser war es dir, zu sterben!" Und er hob die mächtige Streitaxt und schlug sie ihm in den Schädel. „Und du?" fuhr er Richar an, „warum hast du deinem Bruder nicht geholfen? Dann wär' er nicht gebunden worden!" Und hob die Streitaxt und schlug auch ihn tot. — Am gleichen Tage noch hob das ganze Heer des Erschlagenen den Sieger auf den Schild und huldigte ihm freudig als seinem König. Der umzog nun in feierlichem Ritt die Marken des neugewonnenen Landes und nahm überall den Freien den Eid der Treue ab.

Als er aber nach einer Woche wieder das Gebiet von Cambrai verlassen und nach Paris zurückkehren wollte, da holten ihn — an der früheren Grenze — jene Vornehmen Ragnachars ein, die er vor dem Angriff durch reiche Geschenke gewonnen hatte. Es war ein schöner, aber heißer Sommertag. Chlodovechs Heer lagerte in einem schattigen Wäldchen hart an dem rechten Ufer der Isère, deren Fluten Kühlung brachten. Der König lag auf weichem, dunkelgrünem Moos unter einer breitschattenden Linde, deren Blütenduft er behaglich einsog; ein mächtiger Krug voll dunkelroten Weines und ein goldener Becher — vor kurzem hatte noch Ragnachar daraus getrunken — standen neben ihm im Grase. Er lag, die Arme unter dem Kopf gekreuzt, vergnüglich hingestreckt. Da kam Ansovald, lebhaft erregt, und meldete, zwölf jener Großen von Cambrai seien eben angesprengt und verlangten in heftigem Zorn, den König zu sprechen.

„Was denn?“ lachte der. „Ahà! Führ' sie her. Und stelle dich — vorher — mit zwanzig Antrustionen mir zu Häupten.“ — „Du willst liegen bleiben? Und du . . . du bist fast unbekleidet. Willst du nicht den Königsmantel . . .“ — „Bei der Gluthitze? Ist ja dumm! Laß sie nur kommen. Die Antrustionen sollen Bogen und Pfeile mitbringen — außer der Frànciſca.“ Seine Befehle wurden vollzogen. Alsbald stürmten — kaum waren die Bogenschützen von Ansovald aufgestellt — die Großen des Gebietes von Cambrai in Hast und Hitze heran, geführt von Rigobert, dem Grafen von Vence. „Herr König!“ rief der.

Chlodovech rührte sich nicht. Er blieb liegen, wie er lag, die Arme unter dem Nacken gekreuzt. „Was wollt ihr?“ fragte er ruhig. „Was wir wollen? Klagen! Uns bitter beklagen! Ist das Königstreue? Die Spangen, die Armringe, die Wehrgehänge, die Zierplatten, die du uns geschenkt, durch die du uns zum Abfall von unserm Herrn und König verlockt hast, — sie sind — die Münzmeister von Cambrai haben's festgestellt! — nicht von Gold, sondern von elendem Kupfer und nur leicht vergoldet. — Das ist . . .“ „Falsches Gold für falsche Treue,“ lachte der Merowing, immer ohne sich zu rühren. „Solches verdient, wer seinen König verrät. Ärgert mich nicht an diesem schönen, aber heißen Abend. Seid froh, daß ich euch den Treubruch gegen euern Herrn nicht durch Folter und Tod büßen lasse. Macht, daß ihr mir aus den

Augen kommt." „Aber, Herr König . . ." grollte der Graf von Vence.

„Antrustionen," rief der, den Kopf leicht hebend und zu diesen wendend, „die Pfeile auf die Sehnen. Zielt!" „O, Herr König," rief hastig der Sprecher ganz erschrocken, „wir gehen ja schon! Wir sind ja schon ganz zufrieden, läßt du uns das Leben." Und sie eilten davon. Nun sprang Chlodovech auf: „Wahrlich, die brauchten einen Herrn. Nun, die Heiligen haben ihnen den rechten zur rechten Zeit geschickt."

XXVIII.

Chlodovech brach nie sein Wort, hatte er es zu seinem Vorteil gegeben. So wandte er sich, durch den Heerbann von Cambrai verstärkt, sofort nach der Vernichtung Ragnachars gegen Chararich, den Gaukönig von Thérouenne im heutigen Departement du Pas de Calais. In wenigen Tagemärschen gen Nordwesten war das feindliche Gebiet erreicht. Überrascht durch den plötzlichen Angriff — ohne vorgängige Kriegserklärung — suchte der Erschrockene zwar seine Heerleute aufzubieten: aber im Gefühl, sie zu spät sammeln zu können, schickte er dem Angreifer Gesandte entgegen und bat um eine Unterredung, in der die Ursache des Angriffs erörtert werden solle: er sei zu jeder Sühne auch für unbeabsichtigte Beleidigung bereit.

„Er soll nur kommen," lachte Chlodovech. „Dann wird er die Ursache des Angriffs, die Beleidigung, die Sühne und die Strafe — alles zusammen! — ganz geschwind erfahren. Er soll mich nach drei Nächten vor den Thoren von Lillers in meinem Lager aufsuchen. Aber daß er nur ja nicht vergißt, seinen Sohn Charimer mitzubringen: dem hab' ich ganz was Besonderes zu sagen." Dem Gaukönig von Thérouenne blieb keine Wahl: er konnte, urplötzlich überfallen von übermächtigem, bisher stets siegreichem Angreifer, nicht Widerstand leisten: so hoffte er denn, ihn durch Zugeständnisse zu beschwichtigen. Wenig kannte er den Merowing!

Als er an dem Abend des verabredeten Tages mit seinem Sohn, einem stattlichen, trotzigblickenden Jüngling, in dem Zelt Chlodovechs eintrat, traf er diesen bei seinem höchst einfachen Abendschmaus. Erstaunt fragte er nach der ersten Begrüßung: „Der Duft dieses Bratens: — das ist Pferdefleisch! Du bist doch Christ: denen ist das verboten!"

„Das schert dich nicht — oder den Teufel! — du schlimmer Heide. Das hat mir der Bischof von Genf verstattet: — in Anbetracht meines schwachen Magens." „Aber fränkische Gaue kann dieser Magen gut vertragen," warf der junge Charimer ein. „Hei, hei," sprach Chlodovech, mit dem Dolch im Wehrgehäng spielend, „schau, wie witzig! Schade, so kluge Kinder kommen selten zu Jahren." Er hatte sich nicht von der Tafel erhoben, ebensowenig die Ankömmlinge aufgefordert, mit zu speisen.

„Wo sind eure Begleiter?" — „Am Eingang des Lagers wurden sie gleich von deinen Leuten zum Abendschmaus abgeführt." — „So ist mein Befehl erfüllt. Nun sollt auch ihr sofort bedient werden. He, Ansovald!" Da stürmte Ansovald mit zehn Antrustionen in das Zelt: im Augenblick waren Vater und Sohn gebunden. Chlodovech sprang nun auf: „Ihr Elenden, hab' ich euch? Ihr falschen Klugmeister! Ist das echte Sippentreue, daß ihr mich damals im Kampfe mit dem Römer im Stiche gelassen habt? Hättet euch wohl gefreut, hätte ich mir an den dicken Mauern von Soisson den Schädel eingerannt? He?" — „Aber Vetter . . .!" — „Die Vetterschaft ist schwach, die mir nicht beisteht! Ich hatte euern Tod beschlossen. Ja, ja, fahrt nur zusammen. Aber meine fromme Königin hat für euch gebeten: sie will wieder einmal ein gottgefällig Werk thun. So hab' ich ihr denn versprochen, ihr sollt am Leben bleiben, wenn ihr Christen werdet, euch die langen, merowingischen Königslocken scheren laßt und als Mönche in mein neugegründet Kloster Micy tretet." Bestürzt, wie vernichtet, stammelte der Vater: „Sich taufen lassen? Sei's darum. Aber das Königshaar schneiden lassen . . ." Da tröstete ihn, noch in seinen Fesseln trotzig, der Sohn: „Ach Vater, laß gut sein, die Taufe kann man wieder abspülen. Und an frischem Holze wächst auch das abgeschnittene Laub wieder nach." — „So meinst du, du hoffnungsvoller Neffe? Entspringen und wieder als König auftreten? Warte! Da muß nicht das Laub, da muß der Stamm fallen. Führt sie hinaus — beide — und schlagt ihnen die Köpfe ab. Ich kann Frau Hrothehild nicht helfen! Er will ja nicht Mönch bleiben. Morgen ziehen wir ein in Thérouenne und nehmen alles Volk in Treuepflicht." Und so geschah's.

XXIX.

Von Thérouenne aus wandte sich der Unermüdliche sofort gen Süden nach Le Mans: dort herrschte als Gaukönig Chararichs Bruder Rignomer, der zur Blutrache rüstete. Aber seine Gauleute zeigten wenig Lust, dem überall erfolgreichen Sieger entgegenzuziehen: sie drohten, sich zu widersetzen. Chlodovech erfuhr, daß es auf dem Sammelort vor Le Mans zu Gewaltthaten kommen könne. Alsbald meldeten sich bei Rignomer zwei treffliche Pfeilschützen, Überläufer, die, unfreie Knechte Chlodovechs, wie sie sagten, dem Christen nicht länger dienen wollten: gern nahm sie jener auf. Sie hießen Geremar und Frechramn: aber der König hatte ihnen längst nach den beiden Wölfen Wodans die Kosenamen ‚Gero‘ und ‚Frecho‘ gegeben.

Bei der Heeresschau vor den Thoren von Le Mans, am Rand eines Waldes, schien es nun zu Gewalt nicht kommen zu sollen: zwar schalten die Krieger laut und hoben auch wohl drohend die Fäuste gegen den König, aber keine Waffe ward wider ihn gezückt. Da, wie er auf eine solche ungeberdige Schar zuschritt, kamen plötzlich aus dem Waldesdickicht ihm gegenüber zwei Pfeile geflogen, die ihn in die Stirne trafen: tot fiel er zur Erde. Die Mörder wurden nie entdeckt Das Heer lief auseinander, nachdem es noch den Beschluß gefaßt hatte, Chlodovech einzuladen, des erblos Verstorbenen Königsstab aufzunehmen. Alsbald hielt er seinen glänzenden Einzug in Le Mans und alle drei Gaue schworen ihm den Eid der Treue.

„Hei,“ meinte Chlodovech, „so heißes Eisen muß man schmieden. Sichtbarlich wollen es die Heiligen, — wie ich — daß diese elende Zerbröckelung des Frankenvolkes in kleine Fetzen, die nicht gedeihen, nichts leisten können, aufhöre. Wohlan, thun wir nach ihrem Willen.“ Gleich nach dem Einzug in Le Mans schrieb er einen Brief an Chloderich, den Sohn des Königs der Uferfranken; er hatte erfahren, daß der Vater zur Zeit jenseit des Rheines im ‚Buchonischen Wald‘, im Chattenland, bei Fulda, des Weidwerks pflog. Der Brief trug weder Aufschrift noch Unterschrift: — zwei Bogenschützen — Gero und Frecho, sie hatten sich gar bald wieder bei ihrem Herrn eingefunden — führten ihn in einem hohlen Pfeile — und der Brief lautete: ‚Jener Freund, dem du nach dem Sieg an der Lauter geklagt, daß der alte längst morsche Baum noch immer nicht fallen will, teilt deinen Schmerz. Was nicht fallen will zu rechter Zeit, muß man fällen: jetzt ist günstige Gelegenheit. So rät dein Freund Er wird dich bei der Arbeit unterstützen.‘

Alsbald schickte Chloderich die Bogenschützen als Jagdgehilfen dem Vater in den Hessenwald zu. Der alte Mann verschlief einmal die schwüle Mittagsglut im kühlen Buchenwald in seiner offnen Hütte von grünem Gezweig. Als er bei Sonnenuntergang noch nicht wieder erschien, bog sein Falkenwart die Äste auseinander, lugte hinein und schrie laut auf: tot lag der Greis, zwei Pfeile in der Stirn; das ehrwürdige lange weiße Königshaar war über und über von Blut gerötet.

Alsbald kamen zu Chlodovech, der einstweilen nach Paris zurückgekehrt war, seine beiden Wölfe und brachten des neuen Königs der Uferfranken Antwort: „Siehe,“ meldete er, „mein Vater ist leider vor der Zeit gestorben und ich halte sein Reich unter meinen Händen. Schicke mir verlässige Boten: gern will ich von des Vaters Schätzen dir ablassen, was dir gefällt.“ Sofort sandte Chlodovech seine beiden Boten wieder nach Köln mit dem Bescheid: „Ich danke für deinen guten Willen. Aber man soll die Waisen beschützen, nicht berauben: du sollst meinen Leuten, wann sie kommen, nur alles zeigen: ungeteilt soll alles Einem Herrn gehören.“ So viel Enthaltung bewundernd sprach Chloderich zu den beiden: „Wohlan, so kommt mit in die Schatzkammer.“ Und er wies ihnen den ganzen Hort, bestehend in erlesenen Waffen, in Schmuck, Gerät und Geschirr von Gold und Silber und kostbaren

Gewanden, die an den Wänden hingen. Mit gierig funkelnden Augen sprach da Gero: „Wohl, wohl! Das alles ist eines echten, mächtigen Königs würdig."

„Aber," fuhr Frecho fort, „dein Vater hatte doch auch — so erfuhr unser Herr — eine gewaltig tiefe Truhe, von unten bis oben mit Goldstücken gefüllt. Wo ist die?" — „Da hinten, hinter dem Vorhang, kommt her." Und er öffnete den schweren, erzbeschlagenen Deckel einer halbmanneshohen Truhe. „Die schwersten Goldstücke liegen ganz am Grunde."

„Ei, hole doch von diesen ein paar herauf," bat Gero. „Nur Eines!" meinte Frecho bescheiden. „Gern," erwiderte der König, beugte sich weit vor, das Haupt in die Truhe vorreckend und mit dem rechten Arm nach dem Boden tastend.

Da fiel sein Kopf in die Truhe, daß sie voll Blutes ward. Denn Gero hatte die Francisca erhoben und ihm mit Einem Streich das Haupt vom Rumpf geschlagen. Frecho warf den Rumpf nach und schloß sorgfältig den Deckel.

Unentdeckt gelangten die Boten aus dem Palast, aus der Stadt und aus dem Uferfrankenland zu Chlodovech, der einstweilen mit einer kleinen Schar bis Tongern entgegengezogen war, ihren Bescheid erwartend. Chlodovech belobte, beschenkte sie und gewährte ihnen die Freiheit durch ‚Schatzwurf', das heißt, er schlug jedem eine Münze, die er als Loskaufpreis hinhielt, aus der offnen Hand.

Sofort erschien er urplötzlich in Köln, wo die Ripuarier, führerlos und bestürzt, ihn gern aufnahmen. Er berief aus allen ihren Gauen eine Volks- und Heeres-Versammlung vor die Thore der Stadt und sprach: „Hört, was geschehen, sofern ihr es noch nicht deutlich vernommen habt. Während ich friedlich zu Paris saß und meine

Gaue beglückte, redete Chloderich seinem Vater unablässig vor, ich trachte ihm nach dem Leben. Ängstlich wich der alte Mann — vor mir! — über den Rhein und verbarg sich in dem Wald der Chatten. Da sandte der Sohn zwei Schächer über ihn, die ihn in jener Einsamkeit töteten. Chloderich selbst aber ward, da er des Vaters Schätze aufthat, von einem Rächer des Alten getötet. Ich — wie ihr wisset — bin an all' dem unschuldig. Denn ich werde doch nicht das Blut meiner Gesippen vergießen! Das wäre ja Frevel! Nun seid ihr ohne Schützer und König. Zwar leben zwei Söhne Chloderichs: allein das sind wehrunfähige Knäblein von zehn und acht Jahren: die können euch nicht schützen, die müssen selbst beschützt werden. Wohlan, ich meine wir empfehlen sie dem stärksten Schutze: dem Gottes und der heiligen Kirche, indem wir ihnen die langen Königshaare scheren und sie in mein Kloster zu Micy schicken, das besonders zu solchen Zwecken von mir — ohne Zweifel auf Antrieb der Heiligen — gegründet scheint. Und da die Dinge nun — leider! — einmal so gekommen sind, will ich euch was vorschlagen, falls es euch genehm ist: wendet euch zu mir und lebet fortab unter meinem Schutz. Ihr habt gesehen, daß ich sieghaft bin und stark: die Gaue, die ich neu gewonnen, sind hochzufrieden: alle Franken, euch ausgenommen, stehen unter meinem Schild: wollt ihr allein euch ausschließen? Kommt auch zu uns andern! Dann sind wir stärker als all' unsere Nachbarn und können, sie bekriegend, Ruhm und reiche, sehr reiche Beute gewinnen."

Als die Uferfranken dies angehört, schlugen sie freudig die Waffen zusammen, hoben ihn auf einen Schild und trugen ihn umher mit dem Jubelruf: „Heil Chlodovech, dem König aller Franken!

„Denn," fährt der gutmütige und fromme Bischof

Gregor von Tours, der uns etwa sechzig Jahre später diese Dinge erzählt hat, fort. „Denn Gott warf Tag um Tag Chlodovechs Feinde unter dessen Hand, zum Lohne dafür, daß er gerechten Herzens vor Gott wandelte und that, was wohlgefällig war vor Gottes Augen.“

Gregor wollte gewiß nicht die Lästerung aussprechen, solche Thaten seien wohlgefällig vor Gottes Augen: sondern er denkt an die Verdienste, die sich der König durch Annahme des rechten Glaubens und Bekämpfung der Heiden und der arianischen Ketzer erwarb: diese wiegen in seinen Augen so schwer, daß er meint, auch Gott müsse um jener heiligen Zwecke willen die blutigen Mittel verziehen und dem frommen Eiferer für den rechten Glauben Sieg auf Sieg verliehen haben: freilich eine seltsame Vorstellung vom lieben Gott!

Aber wenigstens die Franken, deren Könige er ausgemordet, deren Gaue er gewonnen hat, waren, sofern sie von den blutigen Thaten erfuhren, derselben Ansicht wie Gregor: nirgends stieß er auf Widerstand bei den Leuten der Getöteten: im Gegenteil: mit Freuden schlossen sie sich ihm an, vom Glanz seiner Erfolge geblendet, von dem Gefühl der rasch steigenden Frankenmacht mit Stolz erfüllt. Tiefere Betrachtung wird die Erklärung solchen Beifalls darin finden, daß der Ruchlose klar erkannt hatte: die Zeit war reif, überreif, war danach verlangend, die Zersplitterung unter viele kleine Könige zu beenden und die Volkskraft einheitlich zusammenzuschließen zur Erreichung hoher Ziele: dies erfaßt und gewaltig durchgeführt zu haben, zwingt uns, Chlodovech bei aller Verwerfung seiner scheußlichen Mittel, als einen großen Staatsmann von weltgeschichtlicher Bedeutung anzuerkennen.

Offenbar war er sehr bald der Liebling des ganzen Volkes geworden, das ihn in früh — gleich nach seinem

Tod — entstandenen Sagen feierte, auch mit Lächeln scherzhafte, humorreiche Geschichtlein seiner unbefangenen Ruchlosigkeit und ruchlosen Unbefangenheit und manches seiner Witzworte verbreitete: war er doch nur der echte Ausdruck, die gipfelnde Steigerung der guten und schlimmen Eigenschaften dieses Volkes selbst und seiner glänzenden, stürmischen, anbrausenden Tapferkeit, seines raschen, leicht beweglichen Geistes, seines schlagfertigen, spielerischen Witzes und jener jedes Gewissens baren Falschheit, um deren Willen die Zeitgenossen die Franken das treuloseste der Völker nannten, ‚gewohnt, mit Lachen die Eide zu brechen!‘

Sie hatten ihre Freude an ihm.

Nachdem er nun den letzten ihm bekannten Gaukönig vernichtet und dessen Land gewonnen hatte, — es waren aber noch viele andere und meist seine Gesippen — berief er eine große Heeresversammlung aller Salier nach Paris, trat nach der Musterung in ihre Mitte und klagte laut und jämmerlich: „Ach, wehe mir Armem! Siehe, rasch hintereinander hat der Himmel, haben allerlei Unfälle all' meine Gesippen und Nachbarkönige dahingerafft! Allein steh' ich, entblößt, ein der Zweige beraubter Stamm. Sagt, ihr Leute, wißt ihr nicht, wo etwa noch ein Verwandter von mir — aus königlichem Blut — sich verborgen hält? Verhehlt es mir nicht, erfreut mich mit der Kunde, auf daß ich ihn hierher an meinen Hof laden könne!“ Eifrig lauschte er überall hin. „Ihr schweigt? Ihr wißt also keinen mehr? Nicht Einen? Wie schade!“ So entließ er sie.

„Das sagte er aber nicht,“ bemerkt der treuherzige Gregor von Tours hierzu, „aus Schmerz über den Tod jener, sondern aus arger List, um so vielleicht noch einen Verwandten ausfindig zu machen und ihn umzubringen.“

Sogar weltlich gesinnte Geistliche, wie Theoplastus und

Cautinus, verwarfen die Thaten ihres Beschirmers nicht ganz, die dessen Macht erhöhten. Zur Kenntnis der frommen Frauen im Palast, der Königin und Genovevas, drang nur das Allerwenigste und dies Wenige undeutlich, verschleiert; vor Remigius zu Reims vor allen und ähnlichen würdigen Bischöfen hielt der Schlaue jede verdächtige Spur verborgen: — die paar nicht zu verschweigenden Thaten auflodernder Hitze des Zorns gegen die offen erschlagenen Opfer rechnete ihm Hrothehild wie die ganze Zeit nicht allzuhart an: immerhin riet sie dem Gemahl, einmal Remigius gründlich zu beichten. „Wäs denn? Wäs denn?“ erwiderte der. „Daß er mich etwa exkommuniziert? Der ist's gleich im stande! Ist ja dumm! Hab' so viele Mühe gehabt, bis ich hineinkam in die Kirche, — jetzt laß ich mich nicht wieder hinaussperren. Muß denn gebeichtet sein, geh' ich zu Cautinus, der thut's billiger mit der Buße.“

XXX.

Ohne viel Mühe und in kurzer Zeit hatte Chlodovech die neu erworbenen Lande, selbst die Alamannen, so fest an sich geknüpft, daß er alsbald einen lang gehegten großen Plan ins Werk setzen konnte: den umfassendsten seit dem Tag an der Lauter.

Aber schlau berechnend, wie er, bei allem tapfersten Wagemut, war, unterließ er doch nicht, für ein Unternehmen, bei dem er ziemlich wahrscheinlich auf die mächtigste Macht jener Zeit im Abendland stoßen mußte, Bundesgenossen zu werben.

„Was ist dir, Chlodovech?" forschte Frau Hrothehild eines Nachts, da sie wiederholt sein unruhiges Umherwerfen auf dem Lager und tiefe Seufzer, schwere Atemzüge geweckt hatten. „Fehlt dir etwas, Chlodovech?"

„Ja!" kam die zögernde Antwort. Erschrocken richtete sie sich auf, aus Stein und Stahl Funken zu schlagen, die Ampel zu entzünden.

„Laß nur!" mahnte er lachend, „es muß noch im Dunkeln bleiben." — „Sprich, was fehlt dir?" — „Gallien: von der Loire bis an die Pyrenäen!"

„Nun, wenn's weiter nichts ist," meinte die Königin und legte beruhigt das Haupt wieder auf das Kissen. — „Oho! Was denn? Das ist sehr viel!" — „Aber es schmerzt nicht." „Doch, bitter, heiß! Es verzehrt mich. Nun horch' auf· der Schlaf ist doch verscheucht. Und du bist, klugfrommes und frommkluges Hrothehildelein, (— wie du das nur so fein verbinden kannst? bist eben ein Weib! —) du bist doch meine beste Beraterin und meine einzige Vertraute (woraus nicht folgt," dachte er lächelnd, „daß sie gerade alles von Gerolein und Frecholein und von schön Wintrud wissen muß!). Also vernimm nun meine Wünsche, Schmerzen und Heilmittel. Es ist ja ein kläglich schmales Land, über das ich herrsche." — „Nun: von der Loire bis an den Zürichsee und von der Waal bis an die Quellen des Rheins!" — „Ah, ich ersticke, wie in einem zu engen Gewand. Burgund muß ich haben und all' Westgotien diesseit der Pyrenäen." Erschrocken fuhr die Königin wieder auf: „Soll ich nicht doch lieber Licht machen? Und Alexandros rufen lassen, den frommen Arzt?" — „Was denn? du meinst, ich red' im Fieber? O nein. Wer nicht nimmt, was er nehmen kann, ist, . . . ist ja dumm!" — „Aber das Nehmen wird diesmal nicht leicht sein. Denn hinter Gundobad und Alarich steht . . ."

„Was denn?“ rief der Ehegatte geärgert. „Weiß schon! Der große Held, vor dem sich alle bücken — und ich mich auch noch — eine Zeit lang.“ „Der weise Friedenskönig zu Ravenna!“ „Ah, wie ich sie hasse, diese Redewendung! Wie,“ flüsterte er, als ob ihn hier sogar ein Späher hören könne, „wenn er nur deshalb so friedlich ist, weil er spürt, daß es weise ist, friedlich zu sein, wenn man nicht so stark ist, wie man scheint? Aber das ist eben das, was ich noch nicht weiß: wie stark ist er? Aus eurem dicken, heiligen Buch hast du mir manchmal was vorgelesen ...... (— wieder einmal! Ich wunderte mich oft — vor meiner Erleuchtung — wie lang du's aushieltst! Länger als ich das Zuhören! —) von einem Riesen mit thönernen Füßen: ei, wenn? Herr Theoderich . . .? Nun, das müssen wir eben erproben, aber ohne über der Probe zu Grunde zu gehen. Also allein konnte ich's deshalb weder gegen die Burgunden noch gegen die Westgoten wagen: einen dieser Könige mußte ich dafür gewinnen, mir gegen den andern zu helfen. Und ich habe einen gewonnen.“ „Das erste, was ich höre.“ — „Ja, liebe Frau Reichskanzlerin, — du bist es mehr als mein alter Leontius! — ein paar Sachen muß ich doch früher wissen als du.“ — „Nun, wen hast du bethört, . . . gewonnen, wollt' ich sagen?“ Chlodovech schmunzelte: „Ist dasselbe. — Den Burgunden, deinen lieben Oheim Gundobad.“ — „Wie, meinen Feind? Den du bekämpft hast?“ Er zuckte die Achseln: „Könige bekämpfen sich, Könige verbinden sich, wie sie der Vorteil treibt. Oder doch, was sie dafür halten. Nun höre. Ich mußte feststellen, welcher von den beiden der leichter zu bezwingende Feind, welcher der wertvollere Verbündete ist. Da fügte sich's glücklich, daß einer der beiden mich selbst zu sich einlud . . .“ „Der Westgote,“ nickte die Gattin. „Ja, Alarich des großen Eurich kleiner Sohn:

daß er das ist, bewies schon jene Einladung: er erbat meinen Besuch gar demütig: — offenbar aus eitel Furcht vor meiner so rasch emporschießenden Macht. Er wollte mich an sich ziehen. Der Tag, den ich mit ihm auf jener Loire-Insel bei Amboise, die den Namen des heiligen Johannes trägt, schmausend und trinkend verbrachte, genügte mir vollauf, die Schwäche, die Verzagtheit des Mannes zu durchschauen. Wir schieden unter den Beteuerungen von Frieden und Freundschaft: aber ich hatte schon zwei Stunden vorher beschlossen, ihn zu verderben. Noch auf der Rückreise hierher begann ich geheime Verhandlungen durch vertraute Boten mit Gundobad. Es gelang — nicht eben leicht: denn er ist so klug, wie falsch, — ihn zu überzeugen, sein Vorteil liege darin, mit mir gemeinschaftliche Sache zu machen: ich versprach, alles den Goten abgenommene Gebiet je zur Hälfte mit ihm zu teilen, — und wie reich sind jene üppigen Lande von der Loire bis an die Rhone und beide Meere und die Städte Orléans, Tours, Poitiers, Clermont, Limoges, dann Bordeaux, die Perle der Garonne, und gegen die Pyrenäen hin Agen, Cahors, Toulouse, Arles, Nimes, Marseille! Ei, ich kann nicht mehr einschlafen, sag' ich mir all' die Namen vor. Und unablässig muß ich mir sie vorsagen! Den Burgunden aber, scheint es, zwingt derselbe Zwang der Begier. Der Thor! Als ob ich jemals halbe Arbeit thäte! Als ob nicht der ‚Weise zu Ravenna' ganz recht darin hätte, allen meinen Nachbarn das Zusammenstehen gegen mich zu raten. Sobald ich Alarich mit Gundobads Hilfe niedergeworfen, kommt mir der Burgunde an die Reihe! Werd' ihm die Hälfte der Beute lassen! Hei, sein eigen Land nehm' ich dazu. Nach mehreren Botensendungen trafen wir uns zuletzt . . ." — „Ei sieh! Alles hinter meinem Rücken. Wo? Wenn ich nun fragen darf?" —

„Gewiß, darfst du — jetzt — fragen. Und ich werde sogar antworten. Die Wahrheit noch dazu! Es war in Auxerre.“ — „O du Schlimmer! Und du gabst vor, du wollest dort auf Füchse jagen!“

„Wàs denn? War ja wahr! Den schlausten alten Brandfuchs fing ich mir dort ein.“ — „Ich liebe dich, mein Chlodovech, um dein kühnes, großes Planen. Allein verlangt nicht die Treue . .?“ — „Wàs denn? Ist ja dumm! — Du vollends solltest fleißig beten, daß mir alles gelinge. Sind ja schnöde, verruchte Ketzer, Arianer, diese Goten, die dem Herrn Christus nicht die gebührende Ehre erweisen, die Verruchten. Ich will sie . . .!“ — „Aber, Chlodovech, deine Helfer, die Burgunden, sind ja auch Arianer!“ — „Wàs denn? Ja so! Daran hab' ich noch gar nicht gedacht. Aber, siehst du, wie recht ich habe? Nach den Goten kommen auch die daran. Ich kämpfe für den rechten Glauben! Das muß selbst dem nahezu schon heiligen Remigius einleuchten und gefallen.“ — „Jedoch,“ meinte die Königin bedenksam, „werdet ihr Verbündeten auch mit Alarich fertig . . .“

„Ich zweifle keinen Augenblick. Ei, gings doch morgen schon in die Schlacht. Mich juckt der rechte Arm!“ — „Dann habt ihr's zu thun . . .“ — „Mit dem verfluchten Tugendschwätzer zu Ravenna und seinen ungezählten Tausendschaften.“ — „Gewiß, der Herr Christus wird dir auch gegen diesen dritten Arianer beistehen. Indessen . . .“ — „Du hast ganz recht! Darauf allein soll man sich nicht verlassen. Beten ohne Fechten ist fromm, aber frommt nicht. Deshalb — aber das ist von allen Geheimnissen dieser Nachtstunde das geheimste! — deshalb hab' ich, falls der Ostgote losschlägt, gegen diesen Feind mir schon einen andern Verbündeten gesichert. Nun rat' einmal, du kluge Königin.“ „Hm,“ meinte sie überlegend, „der Vandale in Afrika kann's nicht sein. Thrasamund ist des Ostgoten Schwager und die schöne Amalafrida ..." „Ist ebenso mächtig durch ihren Geist wie durch ihre Schönheit. Nein! So hoch fliegen deine Gedanken gar nicht, wie das Ziel liegt, das meine Staatskunst schon hierbei erreicht hat. Vernimm denn: Byzanz, — Kaiser Anastasius selbst — wird mir helfen gegen Theoderich." — „Nicht möglich! Im Auftrag, mit Willen von Byzanz beherrscht ja der Gote Italien." — „So lange Byzanz es nicht ändern kann! Sobald es die Macht hat, den Vertrag zu brechen und Italien zurückzuerobern, hat es dazu den Willen und — mit der Macht — das Recht. Also: falls Theoderich seinem Eidam Alarich zu Hilfe zieht, — aber ich hoffe, mit dem fertig zu sein, bevor ein ostgotischer Helm auf den Höhen der Seealpen auftaucht — landen drei mächtige Kriegsflotten des Kaisers drei gewaltige Heere bei Rom, Neapel und Ravenna, und dann wehe den Ostgoten, wenn Byzanz seine Hunnen auf sie losläßt!" — „Und du vertraust dem Wort des Kaisers?" — „Was denn? Gewiß!" — „Warum?"

„Weil es sein eigner Vorteil ist, es zu halten! Aber diese Reden haben mich so heiß erregt: — mir brennt der Kopf. Es dämmert auch schon leis im Osten. Heraus aus den Decken! Ich eile in den Hof, mich im Speerwurf zu üben: — jeder Wurf gilt Alarich! Schlafe noch, schöne Königin: — bald auch von Westgotien und Burgund."

XXXI.

Wenige Monate später wurden die Geheimnisse jener nächtlichen Zwiesprache der Gatten aller Welt kundig.

Im März hielt Chlodovech vor den Thoren von Paris eine große Heerschau ab, zu der er zum erstenmal die Aufgebote all' seiner Landschaften — auch der Alamannen rechts vom Rhein — berufen hatte. Die Aufbieter hatten jedem Heermann eingeschärft, die besten Waffen, die vollste Rüstung mitzuführen: denn es gehe sofort aus dem Märzfeld in den Krieg, in einen reichste Beute verheißenden, in herrlichen Ländern: daher brauchten sie Verpflegung nicht mitzubringen: — die würden sie reichlich und üppig in Feindes Land finden, das ihnen zur Plünderung überlassen sei.

Lockten nun solche Aussichten alle Germanen im Reiche, die nicht minder nach Beute als nach Kampf und Ruhm begehrten, so ward den Christen unter ihnen und den Römern angedeutet, der Krieg werde ein frommes, gottwohlgefälliges Werk sein: denn er gelte schlimmen Ketzern: welchen, ward noch nicht verraten: aber Burgund und Westgotien waren gleich verlockend, wie gleich ketzerisch. So strömten denn die Zehntausende, nach denen nun bereits das Heer des einst so kleinen Gaukönigs von Tournay zählte, von den Ufern der Schweizer Seen, vom Bodensee, von der schwäbischen Alb, vom Neckar, vom Rhein, von Straßburg und Metz, von Reims im Osten, die Kelten aus der Bretagne im Norden, die Chamaven, die Bataver, die Thoringe von Maas, Schelde, Waal, Yssel und den Rheinmündungen in ihren besten Waffen und mit freudigster Kriegsstimmung zusammen auf dem weiten Blachfeld im Norden der Seinestadt.

Prachtvoll war der Anblick, als im strahlenden Frühlingssonnenschein der König, in glänzender Waffenrüstung, auf feurigem Roß, vorübersprengte an den mannigfaltigen, in Waffnung und Tracht, Gestalt und Gesichtsbildung so verschiedenen Reihen: hinter ihm trug Guntbert den Gunfanon, die alte scharlachrote Merowingenfahne: die heidnischen Wölfe und den Adler Wodans hatte Chlodovech trotz aller Bitten seiner Königin nicht daraus entfernt: sie mußte sich bescheiden, daß an Stelle der Speeresspitze des Schaftes ein großes Kreuz trat.

Der König war in bester Stimmung: — noch nie hatte er auf einer Märzschau Waffen und Ausrüstung aller Heermänner so warm, so ausnahmslos gelobt. Als er nun auch die letzten Scharen — die bunten Clane der Kelten aus der Bretagne — gemustert hatte, ließ er alle Versammelten einen Kreis bilden und in dessen Mitte, auf dem hohen Kriegshengst, allen sichtbar und vernehmbar, rief er ihnen zu: „Hört mich, ihr Männer: tapfre Franken, trotzge Alamannen, kluge Römer, scharfe Bretonen! Hört mich alle, ob ihr an Christus glaubt oder Wodan und Tius opfert oder dem Theutates die heilge Mistel schneidet. Ich rufe euch zu Kampf, zu Sieg und Beute. Allzulang haben äußere Feinde sie nicht mehr verspürt, die Schneide unsrer Waffen. Unerträglich ist es, daß starke Männer auf rauhem, schlechtem Boden, unter kaltem Himmel sitzen, karger Scholle mit harter Arbeit karge Frucht abringend, indessen Weichlinge mühelos auf herrlichen Gefilden schwelgen, wo der Ölbaum sprießt und die Rebe nickt. Und unerträglich ist es für uns zumal, ihr meine katholischen Glaubensbrüder, daß diese Bevorzugten, die den schönsten Teil dieses Landes Gallien eignen, schnöde Ketzer sind. Wohlauf, meine Schildgesellen, ziehen wir aus, schlagen wir die verfluchten Westgoten und nehmen wir ihnen mit unsern Freunden, den feurigen Burgunden, ihr Land und ihr Gold."

Brausender Jubel des Heeres war die Antwort: die Germanen schlugen die Waffen an die Schilde: da erschien plötzlich hoch auf einem reichgeschmückten Wagen, der bisher im Hof einer königlichen Villa zurückgehalten war, die ehrwürdige Gestalt des Remigius, seine geistlichen Begleiter überragend, im reichen bischöflichen Ornat: er hob in der Rechten den gebogenen Bischofsstab über die Häupter der Christen, die sich bei seinem Anblick auf die Knie warfen, streckte die linke Hand über sie aus, segnete ihre Waffen und sprach: „Ziehet aus, ihr frommen Franken, des Himmels erstgewonnene Söhne unter dem blonden Volk der Germanen! Ziehet aus im Dienst der heiligen Kirche, deren Lieblinge vor allen Völkern ihr geworden: ihre Fürbitte sichert euch den nächsten Platz, den ersten Rang — das Prestigium! — vor allen an Gottes Thron. Ziehet aus zum heiligen Kampfe gegen die Ketzer. Der Herr ist mit euch und, ich weissage es, vom Geist erfüllt, der sichere Sieg!"

XXXII.

Der Ehrwürdige schien richtig geweissagt zu haben.

Von dem Märzfeld aus brach das Heer Chlodovechs sofort auf und zog gen Süden gegen die Loire, von Norden her das Gebiet Alarichs bedrohend, während Gundobad mit seinen Burgunden von Osten aus durch die gebirgige Landschaft der Auvergne den Goten in die rechte Flanke fiel. Diesem Doppelangriff fühlte sich Alarich nicht gewachsen: er war völlig unvorbereitet, — traute er doch

Chlodovechs Freundschaftsworten von Amboise! — schlecht gerüstet, es fehlte an Geld, er mußte zu Münzverschlechterung, zu Zwangsanlehen greifen. Er nötigte auch die Katholiken, gegen ihren Willen, zum Kriegsdienst wider die Vorkämpfer ihres Glaubens! —

Während seine eilenden Boten über die Alpen flogen, die Hilfe Theoderichs anzurufen, versuchten seine beiden Königen entgegengeschickten Gesandten, die Angreifer, die ohne jede Kriegserklärung losgeschlagen hatten, durch Vorstellungen, durch Verhandlungen aufzuhalten. Vergeblich! Chlodovech lachte: „Ich thu' euch nichts zuleide, ihr Herren, aber kehrt um. Kommt mit! Jedoch sorgt für gute Pferde, sonst sind wir lange vor euch bei eurem König." Diesen raschen Stößen bog Alarich aus: zur schweren Verstimmung seiner Goten gab er, nach Westen zurückweichend, alles Land bis Poitiers den Feinden preis. Hier, im Innern seines Reiches, der sehnlich erwarteten Hilfe der Ostgoten näher, wollte er Verstärkungen heranziehen und in der gewaltigen Feste Poitiers die Angreifer hinhaltend abwehren, entschlossen, ohne die Ostgoten sich auf keine offene Feldschlacht einzulassen.

Aber einstweilen wirkte zu seinem Verderben die religiöse Färbung, die Chlodovech — übrigens ohne Heuchelei — diesem Kriege zu geben verstanden hatte: er führte ihn als einen heiligen Krieg, als einen Kreuzzug des rechten Glaubens gegen die Ketzer: — den Heiden in seinem Heere war das gleichgültig, ja manche von ihnen wurden von den wunderbaren Erfolgen ihres christlichen Königs selbst zu seinem Glauben herübergezogen.

Etwa einen Tagemarsch nördlich von Poitiers lagerte eines Abends das Frankenheer; am andern Morgen sollte die Stadt erreicht und eingeschlossen werden: man mußte sich auf eine langwierige Belagerung gefaßt machen. Vor dem Zelt, in welchem Guntbert die Wodanfahne mit dem Kreuz untergebracht hatte, lagen zwei Männer auf dem weichen Rasen hingestreckt, aber ihre Waffen bereit zur Hand: — denn sie sollten das doppelt geweihte Feldzeichen bewachen —; auf einem Schemel stand zwischen ihnen ein hoher eherner Henkelkrug, dunkelroten Weines, den sie in vollen Zügen tranken. Der eine hob das Gefäß gen Himmel und sprach: „Hör's, Wodan, das trink' ich dir um Sieg!“ Und er trank und wischte den bärtigen Mund. „Höre, Geremarlein,“ sprach der andere, „ich meine nachgerade, wir sollten einem andern zutrinken, wollen wir des Sieges sicher sein.“ — „Einem andern? Tius? Den laß du nur den Alamannen.“ — „Nicht doch! Ich meine: dem neuen Gotte unseres Königs: dem Herrn Christus.“ — „Wie, Frecholein? Was sprichst du da? Warum?“ — „Ei, weil es mit Händen zu greifen ist, daß der neue Gott stärker ist, als der alte. Ich rede nicht mehr von der Lauterschlacht: — obwohl ich dort schon unter dem Hengste des hünenhaften Königs lag und gerettet ward nur durch Chlodovechs Speerwurf, den ihm Herr Christus selbst geschickt in jene Gurgel lenkte: — ich will nur von dem sprechen, was wir alles in diesen Wochen staunend selbst mit Augen gesehen haben.“ — „Ja, es ist wahr! Seine Heiligen haben unserm Herrn sichtbarlich alle Wege gebahnt durch ihre Wunder! Nun, er hat sie auch wohl verdient durch seine Gunst und Gaben! Im Gebiet von Tours — zu Ehren des Halbgottes, den sie dort anbeten . . . wie heißt er doch?“ — „Sankt Martinus. Ist aber kein Halbgott, nur so ein — nun, sagen wir ein Viertelgott! Und sie beten ihn nicht an, sie verehren ihn nur.“ — „Schau, du bist ja schon ein halber Diakon, so fein verstehst du dich auf diese feinen Sachen! Nun, da durften wir nicht wie sonst in Feindesland heeren, plündern und brennen nach Herzenslust: nur Futter für die Gäule nehmen." — „Und auf dem ganzen Zug mußten wir aller Kirchen und ihrer Güter, — sind viele! — aller Geistlichen schonen." — „Und gute Weissagung soll dem König geworden sein zu Tours! Wie war das doch? Du hast ja die Bischöfe aus unserm Lager dorthin begleitet."

„Ja, er war von ihnen angewiesen worden, wohl darauf zu achten, was in der Basilika Sankt Martins werde gesungen werden gerade in dem Augenblick, da seine Gesandten die reichen Geschenke auf den Hauptaltar legen würden." — „Nun und?" — „Es ward gesungen — so hat mir's einer der Priester übersetzt — ‚du, Gott, hast mich gerüstet mit Stärke zum Streit und wirst unter mich werfen, die sich wider mich stellen. Du wirfst meine Feinde in die Flucht vor mir, daß ich meine Hasser verderbe.'"

„Hm, das ist ein guter Anfang," meinte Frecho und that einen tiefen Zug. „Aber ich will dir," lachte Gero pfiffig, „verraten, wer dies Wunder gewirkt hat." — „Nun, Sankt Martinus, ohne Zweifel." — „Nein! ganz ein anderer: der schwarze Priester." — „Cautinus? Der? Wieso?" — „Als die Geistlichen fort waren, erbat er sich heimlich gegen reichen Lohn von mir das rascheste Roß, ritt auf näherem Wege, von einem Turoner geführt, durch die Wälder voraus und verkündete Bischof Licinius die Stunde, wann Chlodovechs Boten in der Basilika ankommen würden." Frecho stutzte: „Das wäre! . . . Aber andere Wunder kannst du nicht hinwegstreiten. Ein Haufe Heiden — wilde Alamannen von Arbon — vergriffen sich — trotz des königlichen Banngebotes! — an dem Kloster des frommen Abtes Maxentius an dem Seure-Fluß: sie raubten vom Altare weg die heiligen Geräte: der Abt läuft hinzu, abzuwehren: da schwingt der Führer das Schwert gegen sein Haupt: der Mönch hebt beschwörend den Zeigefinger der rechten Hand: regungslos und unbeweglich in der Luft bleibt der erhobene Schwertarm. Der König eilt auf die Nachricht erschrocken herbei, wirft sich dem christlichen Zauberer zu Füßen und erfleht Verzeihung. Da bekreuzt der den Alamannen, er berührt den Arm, das Schwert entfällt dem, er sinkt zu Boden und bittet um die Taufe, er und das ganze grimme Rudel. Hätt' ich das mit angesehen, — ich glaube, ich hätt' es ebenso gemacht. Der König aber schenkte dem Kloster zur Sühne ein ganzes Landgut, die reiche Villa Milo." „Ei," lachte Gero, „der Heilige machte ein gutes Geschäft: — für einen nicht empfangenen Hieb und ein Kreuzschlagen viele Hufen Landes." „Ja," erwiderte Frecho, „auf das Geschäft verstehen sich die Heiligen. Und das gerade gefällt mir an ihnen: darum möcht' ich mich an sie halten: sie wissen nicht nur im Himmel, auch auf Erden trefflich Bescheid. Sind kluge Handelsleute! So meinte jüngst auch unser Herr bei einem andern großen Wunder. Als er neulich mit der Vorhut an die Vienne kam, hatte das Flüßchen, durch einen Wolkenbruch wild angeschwollen, die Brücke fortgerissen und strömte tief und reißend dahin. Fußvolk und Reiter, die durchschwimmen wollten, ertranken in den schäumenden Strudeln. In ratloser Verlegenheit ward das Heer stundenlang aufgehalten: endlich rief der König in die noch immer gießenden Wolken hinauf· ‚Heiliger Martinus, schaff' Hilfe und Rat und ich schenke deinem Kloster zu Tours das kostbare Roß, das ich jetzt reite.'

Sofort zerteilte sich das Gewölk, die Sonne lachte auf uns nieder und sieh, aus dem nahen Walde trabte eine weiße Hinde, von unsern Hörnern aufgescheucht, auf den

Fluß zu, setzte hinein und schritt — ohne schwimmen zu müssen — auf das andere Ufer. Sankt Martin hatte uns durch sein ihm geweihtes Tier eine Furt gewiesen. Mit freudigem Jubel folgte der König und sein ganzes Heer dem vom Himmel gesendeten Wegweiser. Drüben angelangt, reute nun aber den Herrn König seines Versprechens, denn das Tier war ihm wert und vertraut, wie kein anderes. Er sprach also zu dem Herrn Bischof Licinius, der in unser Lager übergegangen war und neben ihm ritt: ‚Herr Bischof, — was ist denn deinem Kloster der edle Gaul nütz? Ich lös' ihn mit Gold.' ‚Wird nicht angehen, mein Sohn,' meinte der fromme Herr kopfschüttelnd. ‚Sankt Martinus läßt nicht los, was ihm gelobt ist.' Als aber der Herr König bat und bat, erwiderte endlich der Bischof: ‚Nun wohlan, auf daß du die Güte des Heiligen erkennest: — er will verstatten, daß du das Tier lösest — doppelt kostbar, weil es dich so lange tragen durfte! — mit tausend Solidi.' Seufzend willigte der König ein und sprach: ‚Sankt Martinus ist gut in der Not, aber teuer beim Handel.'"

„So teuer ist Wodan nicht: — ich bleib' ihm treu," sprach Gero, abermals trinkend. Ihm wie dem andern war schon die Zunge schwer von dem vielen, ungemischt getrunkenen Wein. „Ich glaube, ich weiß viel besser, woher es kommt, daß Glück und Sieg unsern Herrn so treu begleiten wie Wodan seine beiden Raben." „Nun, woher meinst du?" forschte Frecho. — „Nicht von den Heiligen im Christenhimmel wahrlich!" — „Sondern? Woher?" — „Ei, man raunt allerlei im Volk der Franken, in meiner Heimat an der Westerschelde." — „Was sagt man dort?" — „Chlodovech sei gar nicht König Childirichs Sohn!" — „Du, hüte deinen Kopf, Frau Basina ist . . ." — „Ganz unschuldig daran!" — „Höre, das ist . . ." —

„Kein Rätsel. Sie lustwandelte einmal allein auf der einsamen Düne im heißen Mittagsonnenschein: wie in blauem Traum und Zauber lag das Meer: da stieg ein Meerwicht aus der tiefen See und bezwang die schöne Frau. Der Sohn dieser Stunde ist unser Herr. Darum helfen ihm die alten Götter. Und ich . . . ich hab's gesehen." — „Was hast du gesehen?" — „Daß es wahr ist, was die Leute flüstern. Neulich sah ich ihn baden, schwimmen in der Seine. Er hat wirklich rote, borstenartige Haare, ein ganzes Büschel auf Nacken und Rücken. Das ist sein Erbe von dem borstigen Meerwicht. Ich bleibe bei den alten Göttern: sie sind auch stark. Und dann," meinte er lallend, „wir haben doch allerlei gethan, was, mein' ich, dem Herrn Christus, den die Seinen als gar so brav und streng loben, nicht ganz gefallen hat. Weißt du noch, wie wir aus dem Walde jene zwei Pfeile auf Rignomer . . .?"

„Pah, gut geschossen war's," meinte der andere. „Reich' den Wein herüber!"

Da schob sich ein behelmtes Haupt, das, unvermerkt aus dem Zelte herausgestreckt, schon geraume Zeit die Reden beider mit angehört hatte, noch merksamer lauschend hervor. „Hei, das hat der Herr König zu verantworten, der's befohlen." Der Behelmte zuckte zusammen. „Ja, unser Herr König! Der hat ein gutes Gewissen. So eins möcht' ich auch haben." — „Na höre . . .!" — „Freilich. Ein so gutes, geduldiges, unbissiges Gewissen! Er mag thun, was er will: es beißt ihn nie." — „Und die zwei andern Pfeile! Wie grausig blutrot ward das weiße Haar des alten Königs!" „Auch das," lachte der andere, „hat nicht nur sein Sohn Chloderich, hat auch wieder der König zu verantworten: er zahlte mehr dafür als der Sohn. Und mich freute es, wie ich — auf unsers Herrn Geheiß — dem mörderischen Sohn den Kopf herunter in die Truhe schlug." „Ah," stöhnte es hinter ihnen. Beide Zecher fuhren herum: aber sie sahen niemand, nur der Zeltvorhang wehte leise im Winde.

XXXIII.

Am andern Morgen — ganz früh — stand Guntbert in dem Zelte Chlodovechs, der, heiß erregt, mit kleinen hastigen Schritten auf- und niederging, vermeidend, den Freund anzusehen. „Was denn? Was denn? Ist ja dumm!" sprach er. „Zwei Schurken! Besoffen, wie du selber sagst." — „Nicht doch! Ich sagte nur: vom Wein gesprächig gemacht. Solche Sachen erfindet der Rausch nicht: er plaudert sie nur aus. Füge doch nicht — ein König — zum feigen Morde die feige Lüge." „Guntbert!" schrie der Merowing und die Hand fuhr ihm ans Schwert. „Es ist hart, daß ich Basinas Sohn, der hehren Frau, das sagen muß. Mit ihr schied dein guter Folgegeist von dir." — „Sie ging ja selbst." — „Ja, sie ging, nicht zu sehen, wie du die alten Götter verleugnest und die alte Treue. Und später, — wie oft schon wollte sie, kamen immer neue Kunden von deinem Fortschreiten zu dem neuen Glauben hin und in neuen Freveln, warnend, mahnend, strafend zu dir eilen . . ." — „Ei, warum kam sie nicht?" Ein häßlich höhnend Lächeln spielte um die schmalen Lippen. „Spare den Spott," zürnte Guntbert, „schlecht steht er dem Sohne, der die Mutter gefangen hält." — „Gefangen? Sie mag sich frei ergehen in dem meilenlangen Wodans-hain." — „Ja, aber an den drei Ausgängen der Umhegung stehen Tag und Nacht deine Wächter, die sie nicht heraustreten lassen. Längst hätt' ich sie mit Gewalt befreit . . ." „Hüte dich, Freundchen!" zischte ihn der Merowing an, das rotlockige Haupt zurückwerfend, „Gewalt wider Königsbann kostet die Schwerthand, auch die tapferste." — „Doch sie verbot es. — Schon lange mußte ich dir Groll tragen: um die Götter und um die Mutter. Aber nun, da ich dich mit Mordblut besudelt sehe, — nun wend' ich mich für immer von dir ab. Ich bereue bitter, daß ich Blutsbrüderschaft mit dir geschlossen habe. Sieh her, so stoß' ich jeden Tropfen deines Blutes, der in meine Adern drang, mit Abscheu aus;" er riß den Dolch heraus und ritzte den nackten linken Arm: hoch spritzte das Blut heraus. „Ah, du Keckling!" schrie Chlodovech. „Das deinem König?" — „Einem Gotte thät' ich's, würd' er ein Mörder. Ich gehe. Du schaust mein Antlitz niemals wieder!" „Hoho! Was denn?" schrie Chlodovech heiser und vertrat ihm mit einem katzenhaften Sprung den Weg zum Ausgang. „Du bleibst und dienst dem König, deinem Herrn, in dessen Heerbann, bis der Krieg zu Ende! Will mein Fahnwart fahnenflüchtig werden? Ei ja, du eilst wohl lieber in Frau Bertradens weiche, weiße Arme, als — morgen schon! — in der Goten harte graue Geere." — „Du weißt es, daß du jetzt wieder lügst. Wohl. Ich bleibe — ich trage deine Fahne — trotz des Kreuzes, das darüber thront! — in der Goten dichtesten Haufen. Dann aber, kehr' ich lebend heim, verlaß ich mit den Meinen dein Reich und deine Herrschaft und suche die alten Götter und die alte Treue daheim in Thüringland." Traurig und stolz schritt er hinaus.

„Wàs denn? Ist ja dumm!" grollte ihm Chlodovech nach. „Ah, der Zungenfreche!" Er drohte ihm nach mit geballter Faust. Dann warf er sich unwirsch auf das Pfühl und preßte die Linke auf die Brust. „Wie das hämmert da drin, das thörichte Herz. Es thut weh, tief weh da drinnen! Wie kann ich nur so dumm sein! — Aber es schmerzt, daß ich ihn verliere. Bah, das ist nur die Macht alter, langer Gewohnheit! Aber doch: war was wert in seiner Kraft und Treue. Den beiden Schützen laß ich die Schwatzzungen ausreißen! Aber nein, dann verlier' ich auch die! Und ich kann sie noch brauchen müssen. Ich lasse sie geißeln bis aufs Blut. Dann mögen sie wieder für mich traben und beißen, meine Wölflein!"

XXXIV.

Am andern Tag, als nach eingebrochener Abenddämmerung das Heer der frommen Franken vor den Mauern von Poitiers erschien, ward es wieder von einem Wunderzeichen der Heiligen begrüßt. Sobald die vordersten Reiter sichtbar wurden von der Stadt aus, flammte auf dem Turm der Basilika des heiligen Hilarius, des Schutzherrn der Stadt, plötzlich eine Feuersäule auf, den befreienden Merowingen bewillkommnend zu empfangen. Es war die bischöfliche Hauptkirche. Am Morgen darauf erbat und erhielt Bischof Theodor vom Gotenkönig die Erlaubnis, in das Lager der Franken zu gehen, den Frieden zu vermitteln

Vor Chlodovech gebracht, forderte er diesen auf, rasch anzugreifen, bevor die Ostgoten einträfen. „Schönen Dank, ehrwürdiger Herr Bischof," sprach Chlodovech erfreut, „für den guten Rat. Ei, wenn du so gesinnt bist, bleibe doch bei uns im Lager, bis ich dich zurückführe in die eroberte Stadt." „Ich meine, mein Herr und König," lächelte der Priester, „ich kann dir während der Belagerung viel mehr nützen in der Stadt als vor der Stadt." Chlodovech blies vor sich hin: „Puh! Vortrefflich! Bist ein feiner Kopf, das seh' ich. Werde dir manchmal diesen schlauen Cautinus hier — als Unterhändler mit den Goten — schicken. Dein gebührender Lohn — nach meinem Sieg — soll nicht ausbleiben. Geleite den Wackern zurück an die Thore, Cautine!" Als beide das Zelt verlassen hatten, drohte Chlodovech dem Gaste mit erhobenem Zeigefinger nach: „Warte nur, du falscher Patron! Du würdest mich verraten, wenn dir's taugte, wie Alarich. Warte nur! Hab' ich die Stadt, sperr' ich dich in mein Kloster Micy, — war ein guter Einfall, daß ich's gründete! — und nie mehr kommst du mir heraus!"

Die Einschließung zog sich doch in die Länge. Chlodovech unternahm unterdessen, bis die Sturmmaschinen fertig gebaut waren, mit einer kleinen Schar die Bedrohung der benachbarten Feste Caput Tauri.

Die starken Mauern dieser Burg wichen den Axthieben nicht; Cautinus ging als Unterhändler hinein; am andern Tage zurückkehrend, brachte er zwar die Ablehnung des gotischen Befehlshabers, verkündete aber, Sankt Hilarius von Poitiers habe ihm, — Cautinus — in einem Traumgesicht geraten, die frommen Franken sollten mit Hörnerschall dreimal an der Kapelle vorbeiziehen, deren Rückwandung einen Teil der nördlichen Außenmauer bildete; das Wunder von Jericho werde sich zu Gunsten Chlodovechs, ‚des zweiten Josua', wiederholen.

Die frommen Franken befolgten diesen Rat: psallierende Geistliche, voran Weihrauchfäßlein schwingende Knaben, zogen der roten Merowingenfahne mit den Wodanswölfen voraus und bei dem dritten Hörnerklang stürzten die

Mauern der Kapelle zusammen: merkwürdigerweise alle von innen nach außen: der Archidiakon der Kapelle stand unversehrt in der Mauerlücke. Ohne weiteren Widerstand zog Chlodovech ein.

Als aber Frecho auch dies Wunder verwerten wollte, seinen Freund zu seinem neuen Glauben herüberzuziehen, — noch mit einem von der Geißelung wunden Rücken war er in das Taufbecken der Kapelle gestiegen — weigerte sich der, indem er eine von ihm entdeckte, lockere Steinplatte aufhob und auf die Äxte und Brecheisen hindeutete, die da, mit allen Spuren frischer Arbeit, versteckt lagen. „Ich stand heute Nacht hier auf Wache," lachte er „und hörte stundenlang ein Hauen und Hämmern. Und übrigens: deine Heiligen haben deinen Buckel so wenig geschützt, wie meine Götter den meinen. Weißt du, was daraus folgt? Ich glaube nächstens an beide nicht!" Chlodovech erfuhr nichts von dieser Entdeckung; daher stieg Cautinus gewaltig in seiner guten Meinung: „Du mußt doch," sagte er ihm bei Spendung reicher Geschenke, „trefflich stehen mit den Heiligen. Mir ist noch keiner erschienen, ja nicht einmal dem selbst schon heiligen Remigius! Was nützt mich ein Heiliger, der keine Wunder thut und ein Priester, dem nichts erscheint? Das nächste erledigte Bistum erhältst du, trotz Herrn Remigius und Frau Hrothehild und Jungfrau Genoveva, die dir alle gar wenig hold sind. Deinem Oheim Theoplastus hat mein neuer Freund Gundobad auf meine Verwendung den Stuhl zu Genf wieder gegeben. Dich aber behalt' ich in meiner Nähe. Ich bedarf gegen Remigius eines Vertreters des Glaubens, der nicht gar so himmlisch gesinnt und — für die Erde — so unbrauchbar ist."

XXXV.

Von dem eroberten Kastell in das Lager von Poitiers zurückgekehrt, rüstete Chlodovech nun alles zu dem Sturm auf die überaus festen Werke, während seine Streifscharen, wie die Burgunden unter Gundobad, das flache Land weithin verheerten. „Hm,“ meinte er zu Ansovald nach einem prüfenden Umritt um die Mauern, — Guntbert hielt sich fern — „wird viel Blut kosten. Aber wir wollens doch allein machen, ehe die Burgunden kommen. Dann kriegt Freund Gundobad nicht einen Stein von Poitiers.“

Jedoch der Sturm sollte den Franken erspart bleiben. Gleich nach diesem Umritt kehrte Cautinus zurück, der wiederholt, um Verhandlungen mit den Belagerten über Frieden oder doch Waffenstillstand zu führen, in die Stadt gegangen war, in Wahrheit aber, um von dem Bischof allerlei über den Zustand der Feste und die Pläne der Belagerten zu erforschen. „Herr König,“ rief er, sobald er in dessen Zelt trat, „ich heische Botenlohn für wichtige, frohe Kunde!“

„Wàs denn?“ meinte der, „Gold hab' ich dir schon genug geschenkt. Aber ich sah wiederholt die heißen Blicke deiner kohlschwarzen Augen so begehrlich ruhen auf den schönen, jungen, schlanken, blonden, weißarmigen Gotenmädchen, die wir in jener Feste gefangen. Ich will dir ein paar schenken: suche dir zwei aus.“ — „Herr König, was . . .?“ — „Wàs denn? Wàs denn? Verstell' dich nicht vor mir! Ist ja dumm. Frau Hrothehild und Genoveva und Remigius — unscheidbar, wie die heilige Dreifaltigkeit! — sind zum Glück für uns beide nicht allwissend wie diese.“ „Dank also,“ sprach Cautinus mit funkelnden Augen. „Nun höre: in dem Heere der Goten gärt es: Empörung gegen Alarich steht bevor." — „Vorzüglich! Aber warum?" — „Sie grollen ihm, daß er uns das Land verheeren läßt und sich in der Feste einschließt . . ." — „Das Klügste, was er thun kann, bis die Ostgoten kommen." — „Sie verlangen stürmisch, er solle herausbrechen und im offnen Felde kämpfen." „Dann ist er verloren," lachte Chlodovech. „Das erkennt er; deshalb weigert er sich noch, aber bald werden sie ihn zwingen. Zumal, wenn du ein wenig nachhilfst." — „Wie gern! Aber wie?" — „Bischof Theodor — er ist ein kluges Haupt . . ." „Nur allzuklug," meinte der König, bedeutsam nickend. „Er rät dir, zum Schein die Belagerung aufzuheben, abzuziehen, angeblich, weil die Ostgoten heranrücken, diesen entgegen, etwa nach Voulgé, auf die vocladischen Felder. Dann wird sein Heer Alarich zwingen, dir nachzueilen, um dich zwischen die Ostgoten und seine Scharen in die Mitte zu nehmen, zu umklammern und zu vernichten. Die Ostgoten aber sind noch jenseit der Alpen: du machst Kehrt und hast Alarich und die Seinen vor dem Schwert: — außerhalb der schützenden Wälle."

Chlodovech strahlte vor Freude: „Herrlich! herrlich! Höre, dem Bischof bin ich Dank schuldig: ich schenke seiner Kirche mein Gewicht in Gold. Und ihm selber? — Sollen wir ihm auch eine hübsche Gotin . . .? — Was denn? Nicht? Ist doch nicht dumm?" „Er ist wohl zu alt," lächelte Cautinus, „solche Gabe noch recht würdigen zu können." — „Also frisch ans Werk. Rufe Guntbert, Ansovald, die andern Führer zusammen und alle Krieger außer den Wachen. Laut verkünd' ich's, daß wir morgen den Ostgoten, die schon bei Voulgé stehen, entgegenziehen, um nicht hier von diesem Entsatzheer mit einem Ausfall der Belagerten zugleich gepackt zu werden. Nachdem wir die Ostgoten zurückgeschlagen, — verkünd' ich, — wollen wir nach Poitiers umkehren. Die Nachricht von der Annäherung der Ostgoten muß rasch in die Stadt gelangen, sonst zieht uns Alarich nicht nach. Wie fang' ich das an? Was denn? Was denn?" Er ging nachsinnend auf und nieder. „Hei, ich hab's. Wodan gab mir's ein: — will sagen Sankt Martinus. Zwei Überläufer müssen's in der Stadt verbreiten." „Denen kostet's den Kragen, wird der Betrug entdeckt," meinte der Priester. „Schadet wenig!" lachte Chlodovech. „Ist ein gottgefällig Werk, die in den Tod zu schicken. Aber wer weiß? Die — wie die Katzen — fallen immer ungeschädigt auf die Füße. He, Gero und Frecho! Herein! Meine Wölflein, — ihr sollt wieder traben!"

XXXVI.

Vollständig glückte der Plan. Schon als die Franken — mit heißer Hast und lautem Lärm — ihr Lager abbrachen und eilig gen Südwesten abzogen, hatten die Goten in der Stadt, müde der langen Einschließung, während deren die Feinde das Land verwüsteten und die Angehörigen der Heermänner mißhandelten, ihren König zwingen wollen, die Abziehenden zu verfolgen. Er widerstand mannhaft und verständig. Als aber die zwei Überläufer den Grund des Abzugs überall in den Gassen verkündigten und daß die Scharen der Ostgoten bereits den Clain, südwestlich von Poitiers, überschritten hätten, — da brach in Alarichs Heer eine nicht mehr zu bändigende Bewegung aus. Sie wollten nicht den Ostgoten allein Sieg, Ruhm, Beute und Rache überlassen: sie wollten die frechen Angreifer, die Verderber ihrer Häuser, Frauen und Töchter vernichten helfen: sie wollten dabei sein in der Stunde der Vergeltung. Sie rissen die Thore auf und strömten hinaus, in kleinen Haufen, einzeln, ohne Führer, ohne Ordnung, den Verhaßten nachjagend.

Seufzend entschloß sich der König, der ungern seine wohl gewählte, gut befestigte Verteidigungsstellung aufgab, den Befehl zur Verfolgung zu erteilen: er erkannte, andernfalls geschehe die Verfolgung ohne, ja gegen seinen Befehl, und ohne jede Leitung: nur wenige würden bei ihm in der Stadt bleiben.

Aber auch jetzt gelang es nicht mehr, Ordnung in die blind vorwärts tosende Menge zu bringen. Nicht nach ihren gotischen Tausendschaften, Hundertschaften, Fünfzig- und Zehnschaften gegliedert, — bunt durcheinander gemengt, wie die Rudel davongelaufen waren aus der Stadt, Reiter und Fußvolk, schwere Schildner und leichte Pfeilschützen durcheinander, wogten die Verfolger nach.

Die Überläufer hatten ausgesagt, die ostgotischen Helfer, sechzig Tausendschaften, den Franken um das doppelte überlegen, lagerten bereits in dem dichten Walde, der den langen Höhenzug auf dem linken, dem Westufer des Clain bedeckt: hier hätten die fränkischen Spähreiter sie entdeckt und — voll Schrecken! — ihre ungeheure Zahl geschildert.

Die Freude der Vergeltung trieb die Goten rasch vorwärts. Von den Franken zeigte sich keine Spur. Aber dieses atemlose Laufen — vier Stunden lang — unter der glühenden Mittagsonne des Erntemonats hatte die Kraft der Kräftigsten erschöpft und als sie nun, steil bergan rennend, den Fuß jener Höhen erreicht hatten und jetzt mit letzter Anstrengung emporklommen, — da trat plötzlich beim Schmettern der Hörner das ganze fränkische Heer meisterhaft geordnet, aus dem Waldesdunkel hervor und warf sich mit gellendem Hohngeschrei, die Reiter voran, das Fußvolk in geschlossenen Reihen mit gefällten Speeren folgend, auf die bergan Keuchenden, im höchsten Grad Erschrockenen.

Ein einziger Stoß — beim ersten Zusammentreffen — entschied die Schlacht. Die Goten kamen gar nicht zu geordnetem Widerstand. Sie wurden die steilen Hänge, die sie mühsam zu erklimmen suchten, hinunter gefegt, wie der Wind die Spreu vor sich her bläst. Der Anprall der Franken warf das ganze lose Gefüge der einzeln oder in kleinen Haufen Emporsteigenden, Pferde und Menschen durcheinander, hinunter: viele wurden erstickt, zertreten von den in sinnlosem Schrecken nachdrängenden Genossen: sie wurden untereinander handgemein, sie rangen um den Vorsprung in der Flucht, indes die Franken auf die wirren, wehrlosen Knäuel einhieben. Unten am Fluß staute sich eine Zeitlang der Schwarm der Fliehenden. Hier hatte Alarich seine Gefolgschaft um sich geschart: dieser kleine Reiterzug hielt den Zugang zu der schmalen Brücke über den tiefen Fluß besetzt und versuchte, Freund und Feind aufzuhalten.

Eine Weile glückte das: und auch von dem fliehenden Fußvolk hielten hier ein paar Haufen und stellten sich zur Wehre. Es waren die tapfren Auvergnaten, die, eifrig fromme Katholiken, die Ehre der Treue der Katholiken, die manche ihrer Priester bisher schwer gefährdet hatten, auf diesem blutigen Felde glänzend wahrten: sie fielen, ihren ketzerischen König mit ihrem Leben deckend, fast alle auf diesem Fleck.

Da jagte Chlodovech heran auf feurigem Roß, dem der Schaum von den Nüstern flog. Die zarte, feine Gestalt des Merowing sah jetzt herrlich aus, scharf, schneidig und doch biegsam wie Stahl: die roten Locken flatterten, aus dem Helm quillend, in dem Wind: aus den hellgrauen

Augen blitzte die stolze Lust an Kampf und Sieg. „Wer hemmt uns da? Uns und die Heiligen? Drauf, meine Franken!“

Und er spornte den Hengst, daß er hoch stieg und im Niedersinken den nächsten Gaul über den Haufen warf.

„Hei, die blaue Gotenfahne!“ rief Chlodovech. „Da muß der König halten. Nieder die Fahne und nieder der König.“

Aber in dichten Reihen umdrängten die berittenen Gefolgen das teuere Zeichen und ihren Herrn. Chlodovech brach sich Bahn; den nächsten Reiter stach er mit dem Speer vom Roß, der Speer brach; da zerschmetterte er mit der mörderischen Doppelaxt dem Nächsten Sturmhaube und Haupt: nun war er an dem Fahnenwart: er schlug den Fahnenschaft krachend entzwei: die blaue Gotenfahne Eurichs und Thorismunds, die siegreich auf der Walstatt von Châlon über der gebrochenen Gottesgeißel Attilas geweht hatte und in mancher andern Schlacht, — sie sank in den Staub.

An dem bestürzten Bannerwart vorbei drängte Chlodovech den Hengst vorwärts: da erkannte ihn wenige Schritte vor sich, auf seinem weißen Roß, König Alarich: „Stirb, Friedebrecher, Räuber, Mörder!“ rief er und schleuderte die Wurflanze. Aber der Merowing fing die heransausende auf mit der flinken Rechten, drehte sie um, sah gen Himmel und rief: „Nun höre mich, Herr Christus, der du da Wesenseins bist mit dem Vater: das will der Schuft da nicht glauben! Wohlan, wie jenen wilden Heidenkönig, — so bring' ich dir als blutig Opfer dar den Ketzerkönig hier. Nun lenke wieder wie damals meinen Wurf.“ Er warf: Alarich flog der eigne Speer in die Kehle, genau an der Stelle, wo der Alamanne getroffen war.

Der Fall des Königs entscharte das Häuflein, das hier

letzten Widerstand versucht hatte: sie stürzten in wilder Flucht auf die rettende Brücke zu, diese brach unter dem nie erfahrnen Gewicht: hoch spritzten sie auf, die blutigen Wogen des Clain, die viele Hunderte verschlangen. Die Verfolgung, wenigstens durch die Reiterei, von Chlodovech rastlos nachgehetzt, jagte die Besinnungslosen bis vor die Thore von Poitiers. Als diese sich aufthaten, die Flüchtigen zu retten, drang Chlodovech mit den besten Rossen seiner Gefolgschaft zugleich mit ein: der Bischof und sein zahlreicher Klerus hatte sich derart zwischen die zwei geöffneten Flügel des Südthores gestellt, daß sie nicht rasch genug geschlossen werden konnten: die wenigen zurückgebliebenen Goten streckten die Waffen. Chlodovech war Herr der Feste.

Nicht fünfzig Mann hatten die Franken verloren.

Viele, viele Hunderte von Goten waren erschlagen, ertrunken, gefangen. „Wie der Habicht die Taube schlägt, traf ich die Feinde," frohlockte Chlodovech. „Ah!" rief er, „wer jetzt nicht einsicht, daß der Herr Christus stärker ist als Wodan und der Katholische besser als der Arianische, der ist dümmer als . . . Was denn? Nun, als ich bin."

XXXVII.

Der Eine Tag, vielmehr der Eine Augenblick des Zusammenstoßes auf jenen Waldhöhen bei Vouglé schien das Schicksal des Westgotenreichs in Gallien entschieden zu haben.

Alarichs einziger Ehesohn, Amalarich, der Enkel des großen Theoderich, war ein fünfjähriger Knabe: da griff ein Bastard des Gefallenen, Gesalich, nach dem Königstab:

er fand Anhang: der Knabe und dessen Mutter Theodegotho wurden von treuen Goten aus der Königstadt Toulouse über die Pyrenäen nach dem spanischen Gebiet des Westgotenreiches geflüchtet: — ihn ebenso vor der Mordgier seines Stiefbruders wie vor dem Kloster Mich zu schützen, in das der Herr Bischof von Poitiers noch am Abend des Schlachttages in Fesseln von Gero und Frecho abgeführt worden war: er staunte sehr, die ‚Überläufer‘ als seine Bewacher auf der unfreiwilligen Reise wiederzufinden. Aber sein eignes Körpergewicht in Gold schenkte Chlodovech dem heiligen Hilarius von Poitiers, den er neben Sankt Martin von Tours zu seinem besonderen Schutzheiligen beförderte. Die reiche Gotenbeute machte es dem Sieger leicht, sein Gelübde zu erfüllen.

Indes sollte er erleben, daß der altgermanische Freiheitsgeist noch durchaus nicht aus seinen Heermännern gewichen war, so heiß sie ihren sieggekrönten und witzreichen, längst volkstümlich gewordenen König liebten.

Auf dem größten Platz in Poitiers, vor der Basilika des Schutzheiligen der Stadt, war alle Beute, die man auf den vocladischen Feldern und in Poitiers gemacht: Waffen, Gerät, Schmuck, Gewand, Gold in großen Haufen aufgeschüttet und vom König und von einigen durch das Heer erwählten Kriegern verteilt worden.

Der Anteil des Königs war nicht klein ausgefallen: freilich hätte er gern, wie dereinst in Soissons, mehr vorher auf die Seite gebracht. Aber das war diesmal nicht zu machen gewesen.

Als nun die Verteilung beendet, zumal das dem König Gebührende festgestellt war, fanden sich noch ein paar unverteilte Beutestücke auf den Stufen vor der Basilika. „Herr König," meinte Cautinus und deutete auf eine prachtvolle Vase von köstlichem penthelischem Marmor edelster, griechischer Arbeit: — ihre Reliefs stellten die Hochzeit des Pluto mit Persephone dar, — „dieses hohe Kunstwerk darf nicht einem deiner barbarischen Schild- und Schädel-Spalter zufallen, der vielleicht jenes greuliche Gebräu aus verdorbener Gerste darin aufbewahrt, von dem ihr mehr trinkt als dem Heil eurer Seelen . . .“ „Und Magen!“ unterbrach Chlodovech, „frommt.“

„Wenn dein unwürdiger Knecht einiges Verdienst hat um den Tag von Voglé . . .“

„Was denn? Was denn? Du warst der Oberfeldherr, der Planer, der Siegvater: — du warst der Wodan des Tages. Verzeih, ehrwürdiger Mann, den Vergleich.“ — „Nun, dann schenk' mir die Vase für die Kirche meines künftigen Bischofsitzes. Sieh, diese Vermählung da wird dann meine mystische Ehe mit jener Kirche bedeuten.“ Chlodovech warf einen Blick auf das Relief: „He, he,“ lachte er dann, „die Braut gefällt dir wohl? Schade, daß sie von Stein ist, nicht wahr? Nun, du hast zwar auch die dem armen Mönch von Micy, — dem ehemaligen Bischof Theodor, — zugedachte Gotin genommen — hätt' sie lieber mir — will sagen: Frau Hrothehild — als Magd zugesellt! — aber ein König soll nicht knausern. Der Krug ist dein. He, freie Franken, ihr habt doch nichts dagegen? Ich verlange diesen Krug noch zu meinem Beuteteil!“

Da schritt von dem Platz unten die Stufen der Basilika, wo der König, der Priester und der Krug standen, herauf ein schlichter Heermann, in unansehnlichem Gewand, ein ungegerbtes Büffelfell, die Haare nach innen, als Mantel, in schmucklosen Waffen, ohne Sturmhaube, Brünne und Schild, nur die Franciska in der nervigen Faust: ein mächtiger, brandroter Bart wogte über die nackte Brust bis an den Wehrgurt: er war etwa sieben Fuß lang. „Nein,“

rief er mit dröhnender Stimme, „nein, Herr König! Daraus wird nichts!“ Chlodovech ward vor Heißzorn so rot wie sein Haar. „Wàs denn? Wàs denn?“ stammelte er hervor, „ist ja . . .“ Doch er fing das Wort. „Was soll das heißen?“ — „Das soll heißen, daß den ‚freien Franken‘, wie du uns — zum Spott, so scheint es! — nennst, schon lange gar vieles nicht gefällt, was du, ohne sie zu fragen, thust. Königsübermut und junge Giftnattern muß man bei Zeiten zertreten, bevor sie ausgewachsen sind. Schon daß du die alten Götter verließest, hat uns Männer im alten Land der Kannenefaten wenig gefallen. Mein Ahn . . .“ — „Wie heißt du?“ — „Brinno, wie mein Ahn: der stammte von dem rotbärtigen Donnergott. Noch singen sie von ihm in unsern Höfen, wie er gen Walhall aufgestiegen, der treue Mann, der starb für deinen Ahn, den Bàtaver mit dem römischen Namen: — aber gegen die Römer kämpfend — und mit jener Jungfrau Véleda, die Wodan unter die Walküren nahm. Aber sei's drum! Glaube an den Gott, der sich selbst nicht einmal vom Kreuzgalgen retten konnte. Doch du sollst lernen: ‚Volksrecht geht über Königsmacht‘. Und nachdem du dein vollgemessen Beuteteil erhalten — beim Strahle Donars — mehr erhältst du nicht!“ Und damit hob der Riese die Fràncisca und schlug das köstliche Gefäß in hundert Scherben. „Wàs denn?“ schrie Chlodovech und fuhr ans Schwert. Aber tausendstimmig riefen da vor den Stufen die freien Franken — Kannenefaten waren's hier meist und Bàtaver: — „Heil, Heil! Recht hat er gesprochen. Recht hat Brinno gethan.“ Und drohend hoben sie die Waffen.

Chlodovech war ganz bleich geworden: er stieß das halbgezückte Schwert in die Scheide zurück. „Ja, er hat recht, ihr freien Franken. Ich dank' ihm für die Lehre.

Werde sie nicht vergessen! — He, guter Freund, wie heißest du doch? Brinno? Gut, den Namen muß man merken."

XXXVIII.

Unwiderstehlich, reißend, wie ein allüberschwemmender Bergstrom, ergoß sich von Poitiers aus die Waffengewalt Chlodovechs und der Burgunden über das gallische Westgotien. Die Verbündeten kämpften fast stets auf verschiednen Kriegsschauplätzen: denn jeder der beiden Könige ging darauf aus, so viele Städte als möglich allein zu bezwingen, um sie allein zu behalten.

Während der unfähige Anmaßer Gesalich sich zu Narbonne von seinen Anhängern mit großem Gepränge krönen ließ, öffneten die Römer, das heißt die Katholiken, die Thore ihrer meisten Städte Chlodovech, der seinem Heere voraus nur seine Römer und katholische Franken ziehen ließ, die er, unter Voraustragung der Überbleibsel von Heiligen und geführt von psallierenden Priestern, um die Mauern ziehen hieß. Bei diesem Anblick öffneten sich die Thore wie die Herzen. Ohne Widerstand, ihn freudig bewillkommnend, empfingen ihn so die Bewohner der Städte Saintes, Bourges, Bazas, Eauze, Lectoure, Auch und viele andere. Nur die Auvergne mußte — nach tapfrem Widerstand — mit Gewalt bezwungen werden: „der Franke soll es lernen," sprachen diese kernhaftesten der Gallier, „daß die Auvergnaten so treu wie gläubig sind."

Während die Burgunden Narbonne nahmen, — Gesalich floh nach Spanien — zog Chlodovech sieghaft durch Aquitanien und Périgord an die Garonne und besetzte das wichtige und damals schon reiche Bordeaux: ja, auch die Hauptstadt des ganzen gotischen Galliens, die schöne Tolosa, gewann er: der Bischof der Stadt, Heraclianus, war es, der in der Stille der Nacht ein Mauerpförtlein dem Schützling von Sankt Martin öffnete: die gotische Besatzung ward erschlagen, zum Teil im Schlaf.

Allein Chlodovech entdeckte, — zu seinem lebhaften Verdruß! — daß vorher der größte Teil des gotischen Königshortes von hier fort und in die starke Feste Carcassonne war geflüchtet worden, um deren steile Felsenmauern die Aude schützend spült. „Wàs denn? Wàs denn?“ schalt er, als er nur karge Reste der gehofften Schätze in dem Palatium zu Toulouse fand, „das hätte doch Sankt Martinus leicht verhindern können! Durch ein ganz kleines Wunderchen! Ist ja nun sein eigner Schade. Ist ja dumm! Er wußte ja doch, — kann ein Heiliger vergessen? Zumal so was! — daß ich ihm den zehnten Teil des zu Toulouse zu erbeutenden Schatzes versprochen hatte. Aber, lieber Sankt Martinus, wie kann man doch so leichtsinnig sein? Nun, ich halte mein Wort: schickt ihn nur nach Tours, den schnöden Bettel! Mich wundert, ob er's annimmt? Ich bin nur ein Mensch, ein Sünder. Aber mir wär's zu wenig!“

Sofort sandte er eine Heerschar ab, Carcassonne zu belagern und als es ihm damit zu lange währte, eilte er ungeduldig selbst hin, den festen Platz zu nehmen. „Es ist besser. Denn wàs denn? Meine Franken sind mir allzu ähnlich: sie würden mir schwerlich alles herausgeben, was sie finden. Und ein König, der keine Schätze hat, zu belohnen und — mehr noch: zu bestechen! — ist ein Bettler.“

Vor Carcassonne angelangt, hielt er, von seiner ganzen starken Gefolgschaft umgeben, Heerschau über die hier lagernden Krieger. Einzeln ließ er sie herantreten vor sein

Königszelt, das er abseit vom Lager hatte aufschlagen lassen. Er war nicht gut gelaunt: der zähe Widerstand der harten Nuß da oben auf den Felsen, deren undurchbrechbare Schale den reichen goldnen Kern barg, hatte ihn gereizt, erbittert. „Wàs denn?“ meinte er. „Wär' ich ein Heiliger und könnte wundern, ich ließe wahrlich nicht meinen freigebigsten Schützling so lang' vor diesen gottverfluchten Steinen liegen.“

Da trat wieder ein einzelner Wehrmann in den waffenstarrenden Kreis der Gefolgschaft. Bei seinem Anblick zog der König die Augenbrauen hoch empor und öffnete ein wenig, verhalten atmend, den Mund. „Wàs denn? Ich meine, wir kennen uns? Freund Brinno: — nicht?“ Der Riese sah ihm fest in die zwinkernden Augen: „Du wolltest dir den Namen merken.“ — „Hab's gethan! — Wirst schon sehen! — Ei, Freund Brinno! Wie schlecht bist du gerüstet: keine Sturmhaube, keine Brünne, kein Schild.“ — „Ich hab's nicht dazu. Das hast du in Poitiers schon gesehen.“ — „Richtig! Ja wohl, in Poitiers! Und was hast du für einen kurzen Speer? Schäme dich, Donars Enkel.“

Und er lupfte rasch die Francisca und schlug ihm den Speer aus der Hand. „Herr König!“ grollte der Hüne und bückte sich, die Waffe aufzuheben. Da fuhr ihm blitzschnell das mörderische Beil in den Schädel und dem Sterbenden rief der König zu: „Siehst du? So hast du zu Poitiers jenem Kruge gethan. — Hurtig, meine Wölflein, werft die Leiche in die Aube dort, bevor der nächste Wehrmann an die Reihe kommt.“

XXXIX.

Aber statt des nächsten Wehrmannes kam ein Bote: ein Bote des Unheils, der die Fortsetzung der Heerschau jäh unterbrach.

Ein burgundischer Reiter sprengte in die Zeltreihen des Lagers: tot sank sein überhetzter Gaul: der Mann ward schleunig zum König geführt, warf sich vor ihm auf die Knie und rief: „O, König der Franken, hilf! Sie sind da.“ „Was denn, was denn?“ schalt der Merowing. „Steh auf, Mensch, und rede. Wer ist da?“ — „Die Ostgoten! Das Heer Theoderichs! Sie sind unwiderstehlich!“ — „Ist ja dumm! Was ist geschehn?“ — „Du weißt, Herr, wir belagerten mit deinen Hilfsscharen Arles. Schon hatten wir die Oststadt bezwungen: heiß um die Rhonebrücke tobte bereits der Kampf. Schon glaubten wir den Tag gewonnen, da kamen sie uns in den Rücken draußen, vom Süden her, die ungezählten Scharen.“ „Die Feigheit kann nicht zählen,“ grollte Chlodovech, „der Mut will nicht zählen.“ — „O Herr, wir und die Deinen sind nicht feige gewesen! Aber eher möchtest du mit deinem Schild der Flut des Meeres wehren, wann sie brausend über die Dämme steigt, als dem Angriff der Ostgoten. Von ihren weißen Schilden leuchtete ein augenblendender Glanz, in den Falten der lichtblauen Amalungenfahne rauschte der Sieg, unsre Herzen erschütterte ihr Schlachtruf: ‚Theoderich und das Recht‘. Ihre beiden Führer, Herzog Ibba und ein Graf Vitigis . . .“ — „Vitigis? Den Namen, mein' ich, hört' ich schon einmal. Jawohl! Der Elende hat mir die Ost-Alamannen entrissen!“ — „Er warf alles vor sich nieder. Schwerwund liegt unser König von dieses Grafen Schwert. Wir wichen, hart verfolgt, weit nach Westen — bis Narbonne — zurück. Vor diesen Mauern ereilten uns die Feinde: wir wurden abermals geschlagen.“ „Ah, Memmen!“ knirschte der Merowing. „Die Stadt sperrte uns die Thore, ließ die Amalungen ein. Wir fliehen, den wunden König in Mitte, gen Norden, heimwärts nach Burgund. Komm und hilf und rette, was noch zu retten ist!“

„Was denn?“ seufzte Chlodovech. „Wird nicht mehr viel zu retten sein — für euch! — Auf, meine Franken, laßt die Hörner durch die Lagergassen schmettern. Wir brechen auf. — Ah, verflucht sei jeder Stein der Mauern und alles Leben verflucht in dir, Carcassonne: da oben liegt der Hort der Goten, ich weiß es, ich schnüffle das Gold, wie der Wolf das Schaf: — und wie der Wolf vom Schafstall muß ich abziehen, weil die Hirten herlaufen mit Geschrei. — Auf, meine tapfern Franken, laßt uns gut machen, was diese burgundischen Weichlinge verdorben! Soll er denn wirklich ganz unbezwingbar sein, der Amalungen weißer Adlerschild? Laß sehen, ob meine Francisca ihn nicht diesem Vitigis zerspellt. Und du, Herr Christus der Katholischen, du wirst doch ihren Ketzer-Christus nicht siegen lassen? Das Gewicht der Leichen von Herzog Ibba und Graf Vitigis zusammen in Gold gelob' ich dir, Sankt Martin von Tours. Hilfst du mir nicht für solchen Lohn, — Martine, Martine! — dann kannst du nicht helfen!“

Aber Sankt Martinus entsprach dieser doch so eindringlichen Herausforderung seiner Wunderkräfte nicht. Es war, als ob ein Siegeszauber um die lichten Amalungenwaffen wob. Seitdem sie den Boden Galliens erreicht, drangen die Ostgoten unaufhaltsam vor. Von Chlodovech schien das Glück, das ihm so lange, treu wie eine zahme Taube, voraufgeflogen, urplötzlich gewichen.

Darüber machten sich wie große und kluge, so kleine und wenig eingeweihte Menschen im Frankenheer ihre Gedanken.

Chlodovech hatte, auf geschickt gewählten Wegen von Carcassonne nach Nordosten eilend, so lang er allein war einem Zusammenstoß mit dem Feind nach Möglichkeit ausweichend, die Vereinung mit dem burgundischen Heer angestrebt, das er bei Valence erwarten wollte. Vor den Thoren dieser Stadt, die bei seinem Siegeslauf ihm zugefallen war, also gedeckt für den Notfall durch ihre starken Mauern, wollte er auf dem Blachfelde, wo die Isère in die Rhône mündet, den Feinden das Überschreiten jener breiten Flußlinie wehren: — ein strategisch richtig gedachter Gedanke. Aber einzelne Rückzugsgefechte mit der ostgotischen Vorhut — Vitigis führte die unermüdlich verfolgende — waren nicht zu verhüten gewesen und in jedem hatte ‚der tapfere Graf‘ gesiegt.

Am Abend vor der Schlacht saßen Gero und Frecho am Lagerfeuer, brieten einen eigentlich dem heiligen Amabilis von Riom gehörigen Hammel und tranken dazu den roten Wein, der in den Rebgärten der heiligen Galla von Valence hier in der Nähe gewachsen war. „Höre,“ begann Gero, den gargebratenen Hammel in seinem Lindenschild mit dem Scramasachs zerlegend, „ich glaube, hättest du dich nicht schon so unvorsichtig rasch taufen lassen, — du ließest es jetzt bleiben.“ „Warum?“ fragte der Neubekehrte und goß vorsichtig aus dem gewaltigen thönernen Weinkrug in seine eherne Sturmhaube. „Weil es jetzt gar übel rückwärts geht mit unserm Herrn und seinem Herrn Christus. Seit diese verfluchten Ostgoten den Fuß ins Land gesetzt haben, lastet Unsieg auf uns. Gestern stand ich auf Vorwache, den Feinden gegenüber, nur durch den Fluß getrennt. Da sangen sie Spottlieder auf uns zu mir herüber. Nicht alles verstand ich. Aber diese Stäbe:

„Die freudigen Franken
Sind fromm und — frech:
Aber elend erliegen sie und erbärmlich
Der edeln Amalungen
Schimmerndem Schild
Und schwingendem Schwert."

Ich erzürnte mich, aber ich konnte nicht sagen: es ist gelogen. Ich weiß nur noch nicht recht, — reich' mir auch mal zu trinken! Du fängst öfter an zu schlucken als du aufhörst! — woher es kommt." — „Beim Satan, es sind ihrer sehr viele. Und sie werden gut geführt." — „Führt unser Herr auf einmal schlecht? Nein, nein! Entweder der arianische Christus ist besser als der katholische . . ." — „Nimmermehr!" — „Ja, wer weiß? Dann werd' ich Arianer . . ." — „Du stinkender Ketzer! Dann thu' ich nicht mehr den kleinsten Mord mit dir!" — „Oder es ist die späte Rache der alten Götter. Ist doch auch möglich. Drum bleib' ich noch bei ihnen." — „Du bist dumm. Siehst du denn nicht, was der Hauptgrund ist, daß diesen Goten alles glückt, alles ihnen zufällt? Der ‚Weise' in Ravenna ist schlau wie ein Altfuchs. Obwohl Arianer, hat er einen eifrig frommen Katholiken als Oberfeldherrn und Vertreter nach Gallien gesandt, diesen Herzog Ibba, der nicht nur den Kirchen und Geistlichen noch weniger als unser Herr einen Stein zerbrechen oder ein Haar krümmen läßt, — der, noch viel freigebiger als unser Herr, ihnen reichste Schenkungen zuwendet. Die Heiligen sind aber, wie Cautinus täglich predigt, gerade auf solche Bethätigungen der Frömmigkeit sehr aus: Ibba hat unsern Herrn überboten bei Sankt Martin und Sankt Hilarius, das ist alles.

Und das darf man den heiligen Herrschaften auch nicht verdenken: denn Herzog Ibba ist ja auch katholisch, ja, schon viel länger als unser Rotkopf. So sind es doch wieder die katholischen Heiligen, welche die Dinge entscheiden und wenn du Arianer wirst, wirst du nicht nur in Ewigkeit von dem übeln Höllenwirt gebraten, — du hast es auch im Leben mit den einzig mächtigen Wunschgöttern — wollte sagen: Wunsch-Erfüllern — verdorben. Gieb den Wein herüber."

„Hi," lachte pfiffig Gero. „Wohl ist das schlau von dem Amaler mit der Wahl des katholischen Feldherrn: aber nicht wegen der Katholiken, die tot und im Himmel, wegen derer, die lebendig und in Gallien sind. Seit ein eifrig frommer Katholik uns bekämpft, sind unsere bisherigen willigsten und wichtigsten Helfer: die katholischen Priester in den Städten, doch in schlimmer Verlegenheit. Den Eid der Treue, den sie den Goten geschworen, haben sie zwar ganz munter gebrochen, solang sie zwischen den ‚stinkenden' Ketzern und unserm rechtgläubigen Herrn zu wählen hatten. Aber ein Eid ist doch — sozusagen — kein Roßmist: man hält ihn doch — meist — lieber, als daß man ihn bricht."

„Ja, ja," nickte Frecho, vom Trinken absetzend, ganz bedächtig, „zumal, wenn nichts dabei herausschaut."

„Sieh, sieh, Frecholein, du fängst an, mich zu begreifen: — hast dir also doch noch nicht allen Verstand versoffen. Also: da die Katholischen jetzt ihren Eidbruch gut machen können, indem sie zu einem noch viel mehr katholischen Herrn zurücktreten oder aber den Eid zu Gunsten eines Glaubensgenossen halten dürfen, so treten sie von uns zurück oder treten gar nicht zu uns über. Das ist der Grund, warum alles von uns abfällt oder nicht mehr zu uns übergeht." — „Hm, mag sein. Auch hab' ich übrigens noch keinen Menschen solche Hiebe hauen sehen, wie diesen Grafen Vitigis." — „Nu, da mußt du gute Augen haben. Denn du sahst ihn immer nur recht von ferne: — sobald er ansprengte auf seinem Braunroß, warst du ganz wo anders." — „Soll sich — gieb mir die Keule des Hammels, hast sie schon halb aufgefressen!" — „Ja, und der Hammel des heiligen Amabilis hat mir Heiden nicht schlechter gemundet als dir." — „Gieb her, sag' ich. — Soll sich ein rechtgläubiger Mensch von einem solchen elenden Ketzer über den Haufen reiten lassen? Man sagt, Wàllàda, sein braunes Roß, habe ihm König Theoderich selbst geschenkt. Und es sei ein Höllenroß, das alles niederrennt. Aber am Ende, wann der Gotenkönig zu sterben kommt, dann wird das Braunroß plötzlich zum Rappen, pocht mit dem rechten Vorderhuf an das Thor des Palastes in der Rabenstadt und holt den König ab in die Hölle, mit derem Wirt er diesen Vertrag geschlossen: Sieg im Leben, die Seele nach dem Tode der Hölle."

Gero schüttelte den struppigen Kopf: „Das ist das Gerede deiner Geschorenen. Mit Wodan hat der große König in der Rabenstadt den Bund geschlossen: „Sieg im Leben, dann Tod im Kampf und Aufstieg nach Walhall." Auch König Childirich, unseres Herrn Vater, soll, so sagen und raunen unsere Alten, solchen Bund mit Wodan geschlossen und ein Siegesschwert von Siegvater erhalten haben. Aber niemand wisse, wo das verborgen liegt. Bei Wodan und Donar, — unser Rotkopf könnt's jetzt dringlich brauchen! Aber er weiß, — das sieht man! — offenbar nicht, wo's liegt. Und dann! Wird das Wodanschwert dem Abgefallenen, dem Christusdiener helfen? Allein," fuhr der Heide leiser fort, sich umschauend, ob auch niemand lausche. „Man raunt noch ganz andere Dinge. Daß die Götter leben, glaubst auch du mit den Geschorenen."

„Sie leben. Aber sie sind . . . sie brauchen's nicht zu hören, was sie sind" — und er flüsterte ihm ins Ohr —: „üble Wichte sind sie, Schädlinge." — „Du! Das will ich nicht gehört haben! — Also, Chlodovech ist nur eines Meerwichts Sohn, doch König Theoderich des gewaltigen Donnergotts. Drum ist er gar friedlich: denn der Bauerngott liebt nicht den Krieg, der die Ernte zerstampft. Lange währt's, bis er, gezwungen, zum Schwerte greift. Dann aber fährt er in Götterzorn, dem nichts widersteht. So soll schon vor Jahren unser Herr bei einer Zwiesprach mit dem Amalung den durch lose Reden: — die hat er an der Zunge, du weißt!" — „Ja, so leicht wie die Mordaxt in der Faust." — „So lang gereizt haben, bis es zum Kampf unter ihnen kam. Der Merowing vertraute dabei auf sein Erbteil von dem Meerwicht: die Hornschuppenhaut — mit jenen Borsten, die ich selbst gesehn. Und lange blieb der Kampf unentschieden. Sie rangen zuletzt Mann an Mann. Da fuhr Herr Theoderich in Götterzorn: Feueratem, Donars Erbe, blies er aus dem Munde, davor die Hornhaut unsres Herrn aus Niederland schmolz: Herr Theoderich zwang ihn: — der Einzige, der ihn je besiegt! — und schenkte ihm das Leben." „Hm," meinte Frecho, aufstehend, „diese dumme Geschichte hättest du mir nicht erzählen sollen: — am Abend vor der Schlacht. Ist ja nur falscher Heidenglaube! Aber ich hätt' es doch lieber nicht gehört. Da! Sauf' noch den Rest Wein. Sieht all' aus wie Blut! Mir ist der Durst vergangen. Hör's, Gott Donar, ich . . . ich habe fein nichts Böses von dir gesagt."

XL.

Am andern Tag ward die Entscheidungsschlacht in diesem Krieg geschlagen.

Chlodovech wollte, wie gesagt, mit seinem Heer und den hier erwarteten Trümmern des burgundischen den vereinten Ost- und Westgoten den Übergang über die Isère verwehren, auf deren Nordufer, nördlich von Valence, bei Romans, er lagerte. Er wurde bis zur Vernichtung geschlagen. Die Ostgoten hatten, früher im Kampfe gegen Rom, nunmehr, seit dreißig Jahren in Italien in der Schule Roms, die überlegene römische Kriegführung kennen und nachbilden gelernt und sich so eine Kriegskunst angeeignet, die dann später nur durch die großen Feldherrn Belisar und Narses überboten ward. Aber gegenüber den noch halb barbarischen Franken, Burgunden, Alamannen war sie weit mehr als ausreichend.

Herzog Ibba, ein ganz besonders von dem großen König zu Ravenna ausgebildeter Feldherr, hatte nicht die Besiegung, — die Vernichtung des feindlichen Heeres hatte er ins Auge gefaßt. Nach alter römischer Überlieferung plante er die zangenhafte Umfassung des Gegners von allen Seiten. Und vollständig hatte er dem Gegner die Vorbereitung dieses Planes zu verbergen verstanden, Dank der geheimen Mitwirkung der Anwohner, die nun hier dem rechtgläubigen Kirchenbeschenker so beflissen wie anderwärts Chlodovech dienten.

Die Schlacht begann am frühen Morgen des schwülen Sommertages. Herzog Ibba eilte vorher den Fluß entlang an der Reihe seiner Krieger vorüber und befahl: „Betet! Betet zu dem Gott, an den ihr glaubt. Ihr heidnischen Gepiden in unsrem Heere zu Wodan! Ihr Christen zu Gott dem Vater, an den ihr alle glaubt, mag der Sohn dem Vater wesensgleich oder nur ähnlich sein. Ihr alle aber, sehet und höret euren Feldherrn beten.“ Er sprang vom Roß, warf sich auf beide Knie und rief zum Himmel auf: „Höre mich, du Gott, allmächtiger Herr des Himmels und der Erden, gieb der gerechten Sache den Sieg. Wir zogen aus, den Enkel unsers Königs, ein hilflos Kind, zu schützen vor dem Räuber seines Erbes. Töte mich und zerschmettre mein Heer, wenn wir im Unrecht sind. Aber zerschmettre die Macht dieses Merowingen, wenn er ein Räuber und ein Mörder ist.“ Dann sprang er auf, bestieg das Pferd und gab den Befehl zum Angriff. Auf Flößen und watend versuchte das Mitteltreffen der Goten den Übergang. Erfolgreich wehrte Chlodovech diesen Angriff ab. Vorsichtig hatte er auch diesmal eine Nachhut in seinem Rücken aufgestellt: aber diese ward nun sein Verderben. Denn plötzlich erscholl von diesem Rückhalt her wildes, verzweiflungsloses Geschrei und in aufgelöster Flucht, vom Schrecken entschart, jagten seine Reiter, sein Fußvolk durcheinander gemischt, heran, seine eignen Reihen über den Haufen rennend. „Flieht! flieht!“ schrien sie, sinnlos vor Entsetzen. „Alles ist aus! Die Goten über uns! Aus dem Walde! Die Goten überall.“

Da erbleichte Chlodovech: „Wàs denn? Wàs denn?“ schrie er. „Ist ja dumm. Das müssen die — endlich eintreffenden! — Burgunden sein. Wer kann in unserm Rücken . . .?“ — „Graf Vigitis! — Und alles ist verloren!“ schrien die Flüchtigen und warfen die Waffen weg. Und es war so.

Graf Vitigis hatte am Abend vor der Schlacht von den Umwohnern erkundet, daß eine nicht allzuweite Strecke flußaufwärts in einem Fischerdorf eine sehr beträchtliche Zahl von Nachen und Boten zu finden sei: er berichtete das dem Herzog, der ihn sofort — es war dunkel geworden — mit einer starken und erlesenen Schar dorthin absandte, mit dem Befehl, den Fluß dort in aller Stille zu überschreiten, den Franken heimlich in den Rücken zu eilen, sich den Morgen über in dem Walde hinter Romans verborgen zu halten und gegen Mittag, wann er das Getöse der Schlacht vernehmen werde, die Feinde überraschend von hinten anzugreifen. So war's geschehen.

Einen Blick warf Chlodovech noch nach vorn: da sah er bereits das Mitteltreffen der Goten das rechte Ufer der Isère ersteigen, nun nicht mehr abgewehrt von den Seinen, die, verwirrt durch das Geschrei vom Rücken her, zugleich von vorn bedroht, nach beiden Flanken hin auseinander stoben. „Hei," rief er zornig gegen die schwarzen, schwülen Gewitterwolken hinauf, „ist das euer Dank, ihr Heiligen? — Der Sieg ist hin, jetzt gilt's Leben und Heer retten. Hierher, Guntbert! Hierher, Ansovald! Zurück! Alles zurück! Wir müssen diesen Vitigis über den Haufen rennen. Sonst sieht keiner von uns die Heimat wieder. Zurück!"

Aber Graf Vitigis war nicht über den Haufen zu rennen. Wie ein eherner Stachel traf er auf die entmutigt und ordnungslos gegen ihn heranflutenden Scharen, die Flüchtlingen viel ähnlicher als Angreifern waren. Er selbst prallte mit Chlodovech zusammen, aber es kam nicht zum Waffenkampf: Wallada, des Goten herrlich Roß, allerdings König Theoderich's edles Geschenk, warf im Ansprengen den Gaul des Königs auf die Hinterbeine. Mit Mühe zogen die Gefolgen den schwer gequetschten Reiter unter dem Pferd hervor und retteten ihn aus der verlornen Schlacht: sein Heer war tot, wund, gefangen.

XLI.

Chlodovechs Quetschwunden schmerzten so sehr und heilten so langsam, daß man, sobald er nur erst aus dem Bereiche der Verfolgung war, ihn vom Sattel hob, auf einen breiten, mit Kissen bedeckten Erntewagen legte und ihn, jedes Rütteln vermeidend, auf der alten guten Römerstraße im Schritte zurückfuhr. So währte es geraume Zeit, bis er Paris erreichte.

Die Ostgoten, ihres großen Königs Geist und Auftrag gemäß, trugen den Krieg zunächst noch nicht in Feindesland: sie begnügten sich, das westgotische Gebiet von den feindlichen Besatzungen, die noch in manchen Städten und Kastellen lagen, zu säubern, was ihnen fast überall gelang: der Burgunde erbat und erhielt Friede, seine Mannschaften zogen unbehelligt ab. Diese Aufgaben in Gallien löste Graf Vitigis, während Herzog Ibba nach Spanien ging, dort den Anmaßer Gesalich schlug, ihn — nach allerlei Abenteuern des Flüchtigen — vernichtete und für den Knaben Amalarich, den seine Getreuen mit der Mutter Theodogotho in das feste Saragossa gerettet hatten, im Namen des Großvaters eine vormundschaftliche Regentschaft einrichtete.

In grimmiger Laune, der Verzweiflung nahe, kam der Merowing, immer noch leidend, in sein Palatium zu Paris, das er mit so stolzen Hoffnungen verlassen hatte. Bissig fuhr er, nachdem ihm Cautinus, der neben ihm gesessen, von dem Wagen geholfen hatte, Frau Hrothehild an, die ihn unter Thränen in die Arme schließen wollte. „Wàs denn? Wàs denn? Wàs denn? Ist ja ganz dumm. Laß mich! Thust mir nur weh! Jetzt heulst du! Hättest du lieber fleißig zu deinen Heiligen gebetet.“ — „Ich habe gebetet — Tag und Nacht! Mit Genoveva und . . ." „Remigius, weiß schon! — Höre, ich bin sehr unzufrieden mit deinen Heiligen. Aber sehr! Herbere Hiebe hätt' ich auch als Heide nicht davontragen können. Und wie hab' ich sie geschont und beschenkt! Bitter bereu' ich's. Ich habe große Lust, arianisch zu werden, wie der Tugendprediger zu Ravenna."

„Vielleicht," wandte da nachdrucksam Cautinus ein, der des Wunden steter Begleiter und eifriger Pfleger gewesen und immer höher in dessen Gunst gestiegen war, „vielleicht, o Herr, hast du den Heiligen nicht in der rechten Weise gedient." — „Was denn? Bist doch sonst nicht dumm, Cautine. Soll ich vielleicht noch mehr schenken?" Der Priester schüttelte den schwarzen Kopf und machte eine abwehrende Handbewegung: „Behüte! Darin hast du übergenug gethan. Im Gegenteil: ich meine vielmehr, die so reich von dir Beschenkten sollten sich nun dankbar erweisen und dir in deiner Not beispringen." „Cautinus," rief der König, sich von dem Lager, auf das sie ihn in dem schattigen Garten des Palatiums gebettet, sich halb erhebend, „du bist der gescheiteste Mensch in meinem Reich und mein treuester Diener. Ich höre, mein Kanzler Leontius ist inzwischen gestorben: hier, nimm' meinen Ring: — du bist fortab mein Kanzler. Du taugst besser in meinen Palast als in einen Bischofsitz." Wie funkelten die dunkeln Augen, als der Priester das Zeichen und Mittel höchster Amtsgewalt ergriff und eilig an den Finger steckte! „Und ich glaube," fuhr er nach tiefer Verbeugung des Dankes fort, „ich glaube dir auch versprechen zu können, daß viele, ja vielleicht alle Bischöfe und Äbte dir von ihrem Reichtum spenden werden: — ich habe unterwegs viel darüber nachgedacht und, während du schliefest, über dreißig Briefe geschrieben . . ."

„Wacker! Treu! Eifrig! wie keiner! Remigius hat nur gebetet!“ — „Denn ich wußte ja doch und weiß es: seit jenem Tag an der Isère füllt meines stolzen Helden Hirn nur Ein Gedanke ...“ „Rache!“ schrie Chlodovech so wild, daß die Königin heftig erschrak. Er fuhr empor mit geballter Faust.

„Die Rache ist mein,“ mahnte die Frau, „ich will vergelten, spricht der Herr!“ — „Nein, bei Wodans Speer! Mein ist diese Rache, mein ganz allein. Die soll Gott nur mir überlassen. Ich will, ich kann nicht mehr ruhen und rasten, bis ich die ungeheure Schmach abgespült habe mit dem Blut von ungezählten dieser amalischen Hunde. Rache! Rache! Hört's alle Geister, Götter und Dämonen: wer mir Rache schafft, der hat mich!“

„Hör' ihn nicht, Herr Christus,“ jammerte die Gattin, „oder vergieb ihm. Er weiß nicht, was er spricht.“ — „O ja, nur allzugut. Und ich werde ...! O daß mein Vater den Mund schloß, bevor er noch das Eine Wort gesagt.“ — „Welches Wort?“ — „Den Namen des einzigen Mannes, der da weiß, wo sein Hort liegt und ... das Siegesschwert.“ — „Mein Gemahl! Du wirst doch nicht die Waffe in die Hand nehmen, in die jener oberste der Heidengötter seinen scheußlichen Zauber gelegt hat?“ — „Was denn? Ist ja dumm. O hätt' ich es gehabt das Siegesschwert, gegen jenen Vigitis!“ „Herr König,“ unterbrach der neue Kanzler, „ich vertraue, du bedarfst des Heidenschwertes nicht: die Heiligen werden dir ihre Gunst wieder zuwenden, wenn ...“ — „Wodurch hab' ich sie verwirkt? Vielleicht durch die Gaben, die meinen ganzen Schatz erschöpften?“ — „Durch allzu große, sträfliche Milde.“ „Na, nun höre! Was denn?“ staunte der Merowing. „Ich dächte doch ...“ — „Sträfliche Milde gegen die Ketzer und die Heiden in deinem Reich.“

„Aha," meinte Chlodovech, eifrig hörend. „Das klingt schon anders. Das mag ja sein!" — „Es ist so! Sehr zahlreich sind die Ketzersekten der frechen Monophysiten und Monothelisten auch hier, in deiner Königstadt Paris, die vor deinen Ohren Christus lästern, indem sie ihm nur Eine Natur und nur Einen Willen beilegen." — „Ja, weißt du, lieber Kanzler," meinte Chlodovech kopfschüttelnd, „das sind recht schwer zu denkende, spitzige, kitzliche Sachen." — „Sie sollen nicht denken, glauben sollen sie, was die Väter der Kirche lehren. Und vor allem: — es sind steinreiche Leute darunter: Kaufherren, aus Griechenland, Syrer, getaufte Juden." — „Hm, das ist freilich ganz was andres. Denen könnte man ja ....." — „Ohne Zweifel. Und zwar von Rechts wegen. Es sind ausschließend Römer, leben also nach römischem Recht: wohlan: dies Recht bedroht die Ketzerei mit Gütereinziehung." — „O Cautine, dich mach' ich auch noch zum Reichsschatzmeister. Morgen schon nehmen wir ihnen alles."

„Geht nicht so rasch. Erst muß doch diese Lehre auch in deinem Reich als Irrlehre feierlich erklärt sein." —

„Was denn? Ich erkläre sie dafür, — auf dem Fleck, hier, — eh' ich den Becher da leer trinke." „Du kennst sie ja nicht," lächelte der Kanzler. „Auch kann das nur die Kirche. Deshalb — und noch aus andern Gründen! — mußt du — hör' es, Herr König — ein Konzil berufen." — „Meinetwegen!" — „Dies Konzil eröffnest du selbst: du findest dort alle Bischöfe deines Reiches beisammen und kannst sie so am bequemsten — und mündlich eindringlicher als durch Briefe — um Geldspenden angehn." — „Vortrefflich! Jawohl! Und sagen sie nein, sperr' ich sie alle ein: — auf einen Griff."

„Du wirst," mahnte die Frau, „nichts gegen Remigius . . ." — „Was denn?" erwiderte Chlodovech giftig.

„Der? Der hat mir im Leben nichts gegeben als gute Lehren: — noch nie einen guten Rat wie dieser Cautinus da.“

„Allein,“ fuhr dieser fort, „die Verfolgung jener Ketzer allein wird dir die Huld der Heiligen nicht wieder zuwenden und deinen Schatz nicht füllen.“ — „Nun, was noch? Rasch heraus damit. Ich brauche viel Geld, sehr viel. Wie meine Kriegsvorräte, meine Waffen, liegen viele Tausend meiner Heermänner auf dem Felde von Romans. Meine Franken allein bringen kein Heer mehr auf, das der Übermacht jener Verbündeten gewachsen wäre: denn auch der treulose Gundobad wird's nun gewiß mit ihnen halten. Ich muß Söldner werben: Friesen, Sachsen, Thüringe!“ „Das sind Heiden,“ rief Hrothehild entsetzt. „Meinethalben Teufel, wenn sie nur fechten. Aber das kostet Geld.“

„Wohlan, so nimm auch jenen ihre Güter, die du, — wie die Ketzer, — all' diese Zeit ihren freveln Götzendienst hast treiben lassen.“ — „Was denn? Wen meinst du?“ „Die Heiden!“ fuhr der Kanzler grimmig heraus: seine Augen blitzten unheimlich: er kniff den schmalen, bartlosen Mund zusammen. „Die Heiden?“ erwiderte Chlodovech, fast erschrocken. „Nein, das geht nicht. Das . . . das thu' ich nicht. Wenigstens nicht, so lange sie lebt . . .“ fügte er vorsichtig hinzu. „Wer?“ — „Meine Mutter!“ „Und warum geht das nicht?“ forschte Cautinus ungehalten. Da mischte sich die Königin in das Gespräch: „Weil mein Chlodovech ein allzu zartes Gewissen hat.“ Erstaunt richtete der sich auf und sah sie groß an: „Was denn? Nicht daß ich wüßte!“ meinte er. „Ja, in andren Dingen freilich — leider! — oft nicht. Aber an diesem Einen thörichten Eide hängt er mit unbeugsamem Eigensinn.“ — „An welchem Eid?“ — „Er hat seinem sterbenden

Vater vor den Ohren der Mutter geschworen, die Heiden nie zu verfolgen, ihren Götzendienst zu dulden." „Was?" rief Cautinus wild. „Wie? — Dieser Eid ist Sünde! Ist nicht bindend. Sünde war es, ihn zu schwören, Sünde ist es, ihn zu halten. Pflicht, zur Rettung deiner Seele, ist es, ihn zu brechen. Du bist ein Sohn der Kirche, du hast die Macht, diese Greuel zu vertilgen: so versündigest du dich durch deine Duldung gegen deine Mutter." „Was denn?" fragte Chlodovech ganz verdutzt. „Meine Mutter? — Die ist ja selbst Heidin und aller Heiden Haupt." — „Deine wahre Mutter, die Mutter deiner Seele, ist die heilige Kirche. Was will dagegen die fleischliche Mutter bedeuten, die dich — in Sünden! — empfangen und geboren hat? Wage nicht, beide zu vergleichen. Jener Eid ist ein Nichts." „Nein, nein! Das sag' du nicht," erwiderte der Hartbedrängte. „Denk' ich an jenes Sterbelager, seh' ich die brechenden Augen des Vaters auf mir ruhen, hör' ich seine furchtbar ernst mahnende Stimme: — dann überläuft mich's kalt. Nein! Diesen Eid breche ich nicht! Ich fürchte nichts auf Erden: — auch nicht diese verfluchten Ibba und Vitigis!" — er ballte die Faust — „aber in Frau Basinas Augen sehen, nachdem ich jenen Schwur gebrochen, — nein! Warte bis sie tot ist." „Gut. Ich kann's erwarten," sprach der Kanzler achselzuckend. „Nicht mir zürnen die Heiligen. Nicht ich will ihre Gunst wieder gewinnen. Nicht ich brauche Geld zum Kriege. Nicht ich habe gerufen: Rache, Rache!"

„Beim Satan, Mensch," schrie Chlodovech, „reize mich nicht!" Er schlug mit der Faust auf den runden Erztisch, der vor ihm stand, daß der Wein hoch aus dem Becher spritzte.

Aber jener fuhr ganz ruhig fort: „Dann kannst du dir auch das ganze Konzil ersparen. Das Geld jener

Ketzer reicht doch bei weitem nicht aus: du brauchst die Habe, das Grundeigen, der vielen Heiden, die deinem Banne sicher nicht gehorchen würden. Und wenn du den Götzendienst duldest, kann ich es nicht übernehmen, die Bischöfe um Geld für dich anzugehen. Verstatte, o Herr, daß ich mich in die Kapelle zurückziehe und zu den Heiligen für dich bete."

„Was denn? Um was?" — „Um Erleuchtung deines verdunkelten Sinnes, Erweichung deiner Verstockung, Vergebung deiner sündhaften Duldung des Götzendienstes. Aber ich fürchte, — das vergeben sie nicht!" Nach tiefer Verbeugung ging er langsam, feierlichen Schrittes, aus dem Garten. Unwirsch sah ihm der König nach: „Sie sind doch darin alle gleich, diese Priester, die schlauen wie die dummen, die hageren wie die dicken, die Weltlinge wie die Heiligen unter ihnen: für alles, was sie durchsetzen wollen, finden sie ein gottselig Wörtlein. Aber ich gebe nicht nach: — noch lange nicht. Ich setze jetzt all' mein Hoffen auf einen andern." — „Auf Gott, mein Gatte?" — „Was denn? Der hat mich ja im Stich gelassen! Nein: auf Kaiser Anastasius in Byzanz. Der hat mir versprochen, die Ostgoten in Italien zur See anzugreifen: das hat er auch offenbar gethan: sonst wäre die verhaßte blaue Fahne viel früher in Gallien aufgetaucht. Also wird er wohl auch sein zweites Wort halten, mir, falls ich die Westgoten anfalle, dreitausend Pfund Gold Hilfsgelder zu senden. Unterwegs traf mich ein Bote mit der Nachricht, Gesandte des Kaisers an mich seien eingetroffen im Hafen von Marseille: sie führen, hieß es, eine mächtige Truhe mit. Ist die gefüllt mit jenem Golde, so brauch' ich meine Herrn Bischöfe nicht anzugehen und meinen Eid nicht zu brechen."

XLII.

Wenige Tage darauf ließ der König seine Gattin und den Kanzler, der sich seit jener Unterredung nach Kräften zurückgehalten hatte, zu sich entbieten. Sie fanden ihn in zorniger Stimmung, wie seit der Niederlage an der Isère fast immer. „Was denn?" fauchte er beiden entgegen. „Dieser Imperator! Dieser Lügenkaiser! Dieser Wortbrecher! Da soll man noch einen Glauben an die Menschheit haben! Auf die Menschen ist so wenig Verlaß wie auf die — verschiedenen! — Götter. Wißt ihr, was in der großmächtigen Kiste war? Eben haben sie diese rückenbeugenden Byzantiner vor meinen Augen geöffnet: ein Rock und ein Brief!" „Ist wenig!" meinte der Kanzler spöttisch. „Da wird doch das Konzil helfen müssen," flüsterte er der Königin zu.

„Was für ein Rock?" fragte diese erstaunt. „Ja, und was für ein Brief zumal?" forschte der Kanzler. „Der Rock? Da liegt er — irgendwo — dort, in die Ecke hab' ich ihn geworfen! — Das ist nämlich eine ‚Chlamys', sagten die dienernden Gesandten: eine Chlamys wie sie der römische Konsul trägt. Und der Kaiser schicke mir den langen Rock mit den übrigen Abzeichen der konsularischen Würde. Ist ja dumm! Aber gleichwohl! Man muß auch kleine Mittel brauchen. Morgen reite ich durch die Straßen von Paris, mit dieser ‚Chlamys' da behangen. Goldmünzen ausstreuend unter das Volk: das sei römischer Brauch, erklärten die Gesandten, — die dazu erforderlichen Goldstücke haben sie leider nicht mitgebracht! — Aber es kann nicht schaden, glauben meine römischen Unterthanen, es sei mit Zustimmung des Kaisers, daß ich ihnen römische Steuern abfordere. Hei! Wenig wahrlich haben wir seit vier Menschenaltern, seit dem Urahn Merovech, die Kaiser gefragt, ob es sie freue, daß wir uns in diesem schönen Lande ausbreiten." „Aber der Brief?" mahnte der Kanzler. „Was denn? Ah ja. Da hab' ich ihn im Zorn in die andere Ecke geworfen. Danke, Cautine. Nun hört, wie man nur so lügen kann! Er schreibt, er wünsche mir Glück zu meinen — ‚anfänglichen' — Erfolgen: als Anerkennung dieser schicke er mir jenen goldgestickten Rock. Aber das versprochene Gold sei er mir nicht schuldig, da ich ja den Krieg nicht bis zur Vernichtung der Feinde fortgeführt habe, sondern geschlagen worden sei! Im Gegenteil! Er habe — nach römischem Recht der »Societas« — Wodan weiß, was für ein Ding das ist! — eine ‚Schadensersatzforderung' gegen mich, weil er bei dem Angriff seiner Flotte auf die gotischen Häfen in Italien, den er nur mir zu Liebe — es ist doch stark, wenn ein Herrscher so lügt! So was sollte doch nicht sein! — unternommen, schwere Verluste erlitten habe. Der verfluchte Friedenskönig hat ihn nämlich überall zurückgeschlagen! Seine Schiffe haben gar nicht landen können. Der Seegraf von Neapel — Totila heißt er — und Graf Teja von Tarent haben sie in die Flucht gejagt. Ei, mich freut's, nachdem mir sein Sieg doch nichts mehr geholfen hätte."

Da ward der Vorhang hastig aufgerissen. „Was ist, Ansovald? Was bringst du? Schon zurück von der Grenze? Du solltest ja mit diesem Vigitis um Waffenruhe verhandeln! Ich muß Zeit gewinnen, bis ich Gold, Söldner, Waffen, das heißt: immer wieder Gold . . . Was ist mit dem Waffenstillstand?" — „Nichts ist damit. Die Goten verlangen, weil sie die Gefährlichkeit — wie sie sagen — merowingischer Nachbarschaft erkannt, du sollest, um ihre Besitzungen sicherzustellen, dein ganzes

Grenzland im Südwesten, alles, was du seit deines Vaters Tod hier erworben, abtreten an — Gundobad von Burgund, der sich ihnen auf das engste verbündet hat."

„Wàs denn? Diese Hunde! Was hast du erwidert?" — „Ich wies die Schmach mit Stolz zurück. Aber . . ." — „Nun, was aber?" — „Da befahl Graf Vitigis — vor meinen Ohren — daß sechzig Tausendschaften Goten und zwanzigtausend Burgunden sofort gegen unsere Grenzen aufbrechen sollten. Jetzt wahre dich, Herr König! Jetzt gilt es nicht mehr Eroberung und Ruhm, — jetzt gilt es fechten für dein Haupt und Leben!" „Ja wohl," rief Chlodovech. „Wahr sprichst du. Und ich habe kein Heer! Keine Waffen! Und kein Geld! Kanzler, berufe sofort das Konzil. Schaffe Geld, Geld um jeden Preis!" — „Und die Ketzer?" — „Nieder mit ihnen!" — „Und . . . und die Heiden?" — „Ich gebe sie dir preis! Nur Geld, Geld, rasch, viel! Und Waffen! Und ein Heer!"

XLIII.

Alsbald tagte zu Orléans — einer der neu eroberten Städte, die von den Franken nicht geräumt worden waren — ein Konzil von mehr als dreißig Bischöfen. Der König selbst eröffnete es, verließ aber alsdann die Versammlung. In dem vorletzten der einunddreißig Canones ward jeder heidnischer Aberglaube — Weissagung und ähnliches — bei Strafe der Ausschließung aus der Kirche verboten. Der König verpflichtete sich, durch den weltlichen Arm den Gehorsam gegenüber den Geboten der Kirche zu erzwingen: Cautinus und Theoplastus, — dieser bei dem Übertritt Gundobads zu Chlodovechs Feinden abermals aus Genf geflüchtet, von Chlodovech aufgenommen und zum Bischof von Cambrai ernannt, — waren die geistigen Beherrscher der Versammlung: Remigius, der dringend von jeder Verfolgung der Heiden und Ketzer abgeraten hatte, lag krank zu Reims.

Als der Kanzler dem König die Abschrift der gefaßten Beschlüsse überbrachte, durchflog sie der höchst gleichgültig, ja ungeduldig und ungehalten. „Was denn?" meinte er. „Asylrecht . . . geistliche Weihen . . . Kirchenvermögen. Schon recht, schon recht. Aber . . . Ei, was seh' ich da? Kanon sieben! Die Geistlichen sollen von mir keine Gaben verlangen dürfen ohne Erlaubnis des Bischofs bei Enthebung vom Amt und Exkommunikation? Schwillt den Herrn Bischöfen schon so hoch der Kamm?" — „Herr König, der Schatz ist leer. Widerstrebe nicht den Einzigen, die ihn dir füllen können!" — „Nun, beim lodernden . . .! Na, bei irgend wem oder was. Sei's drum! Aha, hier die Ketzer: Kanon zehn, Aufnahme der bisher arianischen Priester: meinetwegen! Büßer . . . Eheverbote . . . Mönche . . . Was denn? Ist ja alles . . . ganz . . . gleichgültig. Da! Nun kommt's aber! Kanon sechsunddreißig! Was? Weiter nichts? Nur Exkommunikation für ein paar heidnische Gebräuche? Keine Einziehung des Vermögens bei Ketzern und Heiden? Ja, wie soll ich denn da zu Gelde kommen?" — „Herr, es war noch nicht mehr zu erreichen." — „Wofür bist du Kanzler? Und ich König?" Cautinus zuckte die Achseln. „Du wirst noch lernen, — oder die nach dir kommen! — daß man die Kirche nicht herumbefehligen kann wie ein Reitergeschwader. Sie, das heißt die Bischöfe, konnten — offen — nicht weiter gehn. Remigius zu Reims, Avitus zu

Vienne, Caesarius zu Arles, . . . sie alle würden sich an den heiligen Vater Symmachus zu Rom gewendet und sich verwahrt haben gegen Gewalt wider Ketzer und Heiden. Bedenke, die Heiden werden Widerstand leisten, Blut wird fließen: die Kirche aber dürstet nicht nach Blut."

„Aber stark nach Gold und Land," grollte der König. „Die Bischöfe wollen solche Schuld nicht auf sich nehmen. Remigius und seine zahlreichen Anhänger richteten einen Brief an das Konzil, der mit den Worten Tertullians schloß: ‚der Glaube darf nicht aufgezwungen, freiwillig muß er angenommen werden!' Grimmig schleuderte Chlodovech die Akten des Konzils auf den Estrich. „Die Schwachköpfe! Bei Donars Strahl! Wozu dann die ganze geistliche Heerschau? Hei, auf meinem Märzfeld müssen die Kerle gehorchen!" „Auch nicht immer," lächelte der Kanzler boshaft. „Denk' an den Krug von Poitiers." Wild fuhr der Merowing auf: „Hüte dich! Du weißt wie jenem Frechling geschah." — „Beruhige dich, Herr. Die Bischöfe haben sich schon — auf meine unablässigen Bemühungen — bereit erklärt . . ." „Wozu? Bin neugierig! Wàs denn?"

„Sie wollen dir auf feinere Weise, mit leiseren Schritten, wie wir's lieben, — nicht so gerade zu! — helfen: sie wollen dir zur Abwehr der feindlichen Ketzer an der Grenze aus dem Patrimonium der Heiligen leihen." „Leihen? Wàs denn?" lachte Chlodovech. „Ich zurückzahlen? Ist ja . . ." — „Aber das reicht nicht. An Grundeigen und Fahrhabe der Ketzer und Heiden kommst du nicht durch die Kirche allein: nur zusammen durch die Kirche und . . ." — „Und wen?" — „Durch mich, deinen Kanzler." Chlodovech blies vor sich hin. „Puh! Wàs denn? Da bleibt unterwegs viel in deinen Taschen stecken. Weiß schon! Hast wieder Schulden wie der Jagdhund

Flöh'". Lachend erwiderte der Schwarze: „Was thätest du mit einem unschuldigen Kanzler!"

„Ah, gut gesagt," lachte der Merowing. „So was mag ich leiden. Also — was forderst du?" — „Unbeschränkte Vollmacht gegen Ketzer und Heiden. Das Konzil wird — mündlich, beim Schluß — von dir verlangen, daß du Untersuchung über Zahl und Treiben der Ketzer und Heiden in deinem Reiche vornehmen lässest, ‚mit erforderlichen Maßregeln' von Fall zu Fall." „Ah," lachte Chlodovech vor sich hin. „Daran erkenne ich die Sprache eurer Priester. — So fein und dehnbar redet sonst kein Mensch. — Alles kann man daraus machen. Das hat Theoplastus vorgeschlagen oder du."

„Wir beide. Jene Untersuchung, diese erforderlichen Maßregeln . . ." „Ein trefflich Wort," wiederholte der König bewundernd. „Überträgst du mir — mit unbeschränkter Vollmacht des Vollzugs: — zunächst verhäng' ich Haft in Klöstern für weitere Untersuchung: — und ich stehe dir dafür, wo ich suche, Frevel oder Geld . . . —" „Da wirst du etwas finden! Gewiß! Mach dich ans Werk. Rasch! Ohne Schonung. Ich gebe dir hiermit dafür meinen Königsbann." — „Urkundlich, muß ich bitten. Und dazu Gero und Frecho. Und hundert berittene Speerträger." — „Nimm sie. Ich lasse die Vollmacht aufsetzen. Ans Werk!" Er eilte hinaus. „Ja, ans Werk! Endlich!" sprach der Kanzler und drückte die Hand ans hochklopfende Herz.

XLIV.

Wenige Wochen darauf wandelten in dem Wodanswald in Toxandria unter den uralten Eschen Basina, Guntbert und Bertrada in langem, tiefernstem Gespräch.

Es war düster in dem dicht bestandnen Hain, in dem niemals Menschenhand einen der dem Gotte geweihten Baumriesen fällen durfte: morsch geworden fielen sie von selbst dem Atem ihres Gottes, der im Sturmwind wider sie fuhr; und ihr vom Winde vertragener Same hatte seit unvordenklicher Vorzeit ohne Nachpflanzung durch Menschenhand für reich ausgiebigen Nachwuchs gesorgt. Ungefähr in der Mitte des weiten Waldes ragte der mächtigste dieser starken Stämme: schon Julian und Merovech-Serapio hatten diese Wipfel rauschen hören. Am Fuße des Stammes war aus rohen Felsstücken der schlichte Altar aufgeschichtet, der ein paar eherne Opferkrüge trug: stets erneute Kranzgewinde schmückten sie, so lang das Jahr frisches Grün gewährte. Wagerecht ragte aus dem dichten Geäst des mittleren Stammes, im Frieden hier verwahrt, die Fahne des toxandrischen Gaues, dunkelgrün, mit einem eingewirkten, braunflügeligen Adler, Wodans heiligem Vogel: stolz spreitete er die Schwingen. Bis über Manneshöhe war der Stamm rings umkleidet mit ehernen Schilden, die mit dem Feldzeichen zugleich abgeholt wurden, ging es in Krieg. Mancher Ast des heiligen Baumes war umschlungen von goldenen, silbernen, ehernen Reifen: — Gaben des Dankes. Gelübdespenden für erfüllte Wünsche, für erhörte Gebete, Zwei zahme Wölfe kauerten an den aus der Erde ragenden Wurzeln: so oft die Priesterin im Wandeln vorüber kam, sprangen sie auf und begrüßten sie eifrig. Feierliche Schauer höchsten Ernstes webten durch den schweigenden

Wald, in dem um diese Stunde — Sonnenuntergang — auch alle Tierstimmen verstummt waren. Nur zwei Raben kreisten, heiser krächzend, wie Unheil kündend, um den hohen Wipfel.

Und das Düstere der Stimmung in dem ungeheuren, nie von manneshohem Unterholz und Gesträuch gelichteten Urwald ward nicht gemildert, eher unheimlich gesteigert durch das einzige Licht, das diese Wirrnis von dichtgedrängten Stämmen, von dunkelblättrigem Gebüsch durchdrang: es war ein blutrot Licht, das Licht der Herbstsonne, die in dem Strom im Westen erlosch, wie mit Scheiterhaufenflammen, und fast wagerecht ihre Strahlen bis in die Mitte des Haines leuchten ließ: die blanken Schilde des Stammes warfen wie Spiegel so grell das Licht zurück. Bertrada erschrak, als sie an dem Wodansbaume vorüberschritt: „Der Stamm blutet: — schaut hin! — es ist die ganze Rinde wie von Blut überströmt.“ „Nein, es ist Frau Sunnas schlimmster Scheidegruß,“ sprach die Priesterin. „Es ist nicht Blut: aber es verkündet Blut.“ „Noch mehr Blut also!“ sprach Guntbert finster. Aller Sonnenschein war von dem sonst so frohen, offnen Antlitz gewichen. „Schon vieles ist geflossen.“

„Fahre fort,“ sprach Basina, in deren von jeher strenge Züge die letzten Zeiten noch tiefere Furchen gegraben hatten: unheimlich leuchteten die grauen Augen, wann sie die langen, meist gesenkten Wimpern hob. „Du hast mir nur von dem Anfang der Ausführung jenes schrecklichen Auftrags berichtet. Gingen die Frevel gegen Götter und Menschen noch weiter?“

„Viel weiter, so hat Guntbert mir erzählt,“ antwortete Bertrada, erschauernd. „Ja, ja,“ bestätigte er; „anfangs hatte ich nur dunkles Gerede vernommen von unsern

Nachbarn, den Fischern, die ihren Fang zu dem großen Fest der lieben Frau Berchta hatten bringen wollen, das zur Zeit der beginnenden Ernte seit grauer Vorzeit gefeiert wird am Mallus unserer Hundertschaft. Bestürzt, ohne fassen und begreifen zu können, kehrten sie mit gefüllten Lägeln zurück: das Fest sei verboten, habe der Centenar traurig verkündet, bei Todesstrafe. Ein Missus aus Paris hab' es verkündet. Ich ward nicht klug aus den verwirrten Leuten. Aber gestern kam ein Kaufmann, ein Jude aus Paris, Simon, ein kluger und gerechter Mann, der viele Jahre schon bei unsrer Furt den Fluß überschreitet und mit ein paar Knechten seine Handelswaren auf dem alten Rücken hinüber trägt zu den Batävern und Hatuariern und dabei stets in unsrer Halle gastet und rastet. Der erzählte uns alles genau: — der ist ein andrer Zeuge als unsre guten Lachsfischer!" — „Was bezeugt er gegen — gegen den Sohn Childirichs?"

„Ein Priester und Berater des Königs — den Namen wußt' er nicht — ein schwarzer, hagrer . . ." „Es ist Cautinus," sprach Bertrada, leise bebend. „Durchzieht mit einer gewaffneten Schar die Gaue, prüft, ob Verehrer der alten Götter zahlreich sind, vernimmt sie, ob sie opfern, ob sie die alten Feste feiern, ergreift die Priester, auch wohl Frauen und Kinder eifriger Opferer und läßt sie in die nächsten Klöster bringen, sie dort zum wahren Glauben zu erziehen." „O Childirich," stöhnte Basina, die Augen zum Himmel erhebend. „Aber es wird noch ärger getrieben. Reichen Leuten nehmen sie Gold und Silber. Simon bangt schwer um die Solidi, die er versteckt in seinen Schuhen trägt! — Auch das Land der Heiden verzeichnen sie für den König zur Einziehung und . . . das Schlimmste . . ." — „Nun? Ich kann bald alles hören."

„Manchenorts haben sie Hand an die Weihtümer gelegt

— „Und mein Sohn — der Herr König — weiß das?“ — „Er hat's befohlen! — So haben sie den Donartempel in dem Westra-Gau verbrannt, die Priester, die ihn schützen wollten, erschlagen.“ — „Hör's, Childirich!“ seufzte Basina.

„An dem Quellfest der Walküre Gertrud, dort auf dem schönen Wiesenanger zu Nivelle, führten die bekränzten Jungfrauen ihren Reihen . . .“ „O das ist lieblich!“ rief Frau Bertrada. „Gern gedenk' ich's, wie ich selber dort, den Kranz der blauen Glockenblumen in dem Haar, Blüten in den silberklaren Quell warf, der sie — mit meinen Wünschen — weiter trug. Die jüngste schöpft dann mit geweihter Schale den heiligen Ursprink, wo er aus dem moosigen Felsstein quillt und sprengt dreimal das klare Naß über die Häupter der sie im Kreis Umschwebenden hin. Der Reinheit Sinnbild ist der klare Brunnen.“

„Besudelt haben ihn, ekelhaft besudelt,“ rief Guntbert, „die Mönche, die sich der gewaffneten Schar angeschlossen, die vor wenigen Tagen die Opfernden überfielen; ein Priester ward erschlagen, die Jungfrauen wurden von den Kriegern fortgeschleppt, um — nach mancher Mißhandlung! — in die Klöster verteilt zu werden: dort sollen sie so lange festgehalten und unterwiesen werden, bis sie den Göttern abschwören und die Taufe nehmen.“ „Hörst du's, Childirich?“ wiederholte Basina und hob die Rechte gen Himmel. „Gedulde dich nur noch kurz. Ich komme!“ — „Und darum, Frau Königin, mahn' ich heute dringender als je: geh' mit uns! — Nach drei Nächten brechen wir auf: schon hab' ich von einem Gesippen in unsrem Thüringland an der raschen Unstrut Land genug erworben, uns alle reich zu nähren: — verlaß mit uns dies Reich, wo solche Greuel gegen die Götter geschehen.“

Sie schüttelte das silberweiße Haupt. „Nein. Mein Sohn . . .“ „O verlaß auch ihn,“ drängte Bertrada. „Du hast ihn längst verloren. Wüßtest du, was Guntbert mit Schaudern mir von ihm erzählt! — Aber nie, nie sollst du's erfahren. Denk', er sei tot.“ Da richtete sich die Gewaltige hoch empor. „O läge er tot! Er lebt aber. Das eben ist's. Er lebt und — frevelt gegen Götter und Menschen. Und ich — ich bin Childirichs Weib. Allzulang hab' ich gezögert. — Höre, Guntbert, Vielgetreuer. Oft und oft hab' ich dein Erbieten abgewiesen, mir mit Gewalt den Ausgang aus diesem Hain, — dem weiten Kerker, darein mein Sohn mich gebannt, — zu bahnen: ich durfte dich nicht den Bann des Rachsüchtigen brechen lassen. Jetzt aber, da du alsbald vor seinem Zorn gesichert bist, jetzt, da heilige Pflicht, Wort und Schwur mich zwingen, jetzt bitt' ich dich, bevor ihr von dannen zieht, hilf mir mit List oder Gewalt entkommen: ich brauche nur ein rasches Roß. Willst du mir helfen? Es gilt einen Eid!“ — „Gewiß, Frau Königin. Aber du bist erschüttert, erschöpft von diesen Schreckensstunden: komm in das Frauenhaus neben dem Weihtum — setze dich, lege dich! du wankst! — dort wollen wir den Plan der Flucht bereden.“

XLV.

Während dieser Unterredungen waren drüben in dem Gehöft Guntberts die beiden Kinder emsig beschäftigt. Guntwalt, zu einem kräftigen Knaben herangewachsen, schoß mit des Vaters Bogen, den er nun führen durfte, auf dem weiten Raum vor den Hausstufen auf eine manneshohe, aber schmale, nicht manneshreite Scheibe, an deren oberem Ende in rohen Strichen mit Kohle ein Mannes-haupt gemalt war: auf fünfzig Schritt fehlte er nie die Scheibe, fast nie das Haupt. „Wieder getroffen! Gerade in die Stirn! Da schau' her!" rief er die Stufen hinan der Schwester zu, die Speisen und Geschirr für den einfachen Abendschmaus aus dem Hause trug und zierlich auf dem glatten, weißen Ahorntisch auf der obersten Stufe nebeneinander reihte; das bildschöne Kind neigte sich anmutig, auf den rechten Arm gestützt, über die geschnitzte Brüstung der Balustrade hinab, die Augen vor dem grell einfallenden Licht der Sonne schützend mit der vorgehaltenen Rückseite der Linken.

„Ja, Brüderlein," nickte sie. „Der Vater meinte gestern, du triffst schon fast so sicher wie er. Und das war gut für mich neulich, da mich die zwei hungrigen Wölfe vom Beerensammeln im Scheldewald aufscheuchten und bis an die Hofwere verfolgten: du ersahst es von der Hausthür aus, zweimal schwirrte die Sehne: hart an mir vorbei zischten die Pfeile, aber sicher traf jeder sein Untier." — „Damals schlug mir das Herz gar heiß: — das ist schlimm für den Schuß! — denn von links und rechts umsprangen dich schon dicht die beiden. — Ich habe Hunger, kämen die Eltern doch bald." — „Ja, es wird nun auch gleich dunkel. Wo sind die Knechte?" — „Im Wald. Alle sind sie fort, beim Reuten. Was hast du denn da in den Schüsseln? Es ist doch von dem Hirsch noch was da?" — „Viel! Und sieh hier: den Lachs aus dem Strom, der sich heut an der Grundangel gefangen. Und Milch und Käse. Horch! Die Angel des Seitenpförtleins hat geknarrt. Das können nicht die Eltern sein." — „Nein! Schau, da kommt ein Fremder. Ganz schwarz ist sein Gewand." — „Wer mag das sein?" —

„Der Vater sagte mal, . . . — doch nein! Was suchte ein Geschorener bei uns?“ Er legte Bogen und Köcher ab, und ging dem Ankömmling entgegen, der langsam und geräuschlos herankam, von weitem den Kindern mit den Fingern der Rechten zuwinkend. „Willkommen in unserer Were, guter Gast,“ sprach Guntwalt, „raste hier redlich und scheide unschädlich.“

„Gut kennst du — so jung noch! — Knabe, schon die alten Sprüche,“ nickte der Fremde. „Die wies der wandernde Wodan, der Gott der Gastung, unsern Ahnen.“ — „So, so! . . . Also ich bin hier recht im Hofe Guntberts, Guntfrieds Sohn? Das da drüben — die finstern hohen Bäume, das ist wohl . . .?“— „Wodans heiliger Eschenhain.“ — „Wo ist der Vater?“ — „Drüben im Hain.“ — „So, so. Aber,“ rasch stieß er das hervor — „die Mutter — sie ist wohl im Haus dort?“ Funkelnden Auges machte er ein paar Schritte gegen die Stufen. „Nein,“ erwiderte das Mädchen, etwas zurückweichend, „sie ist auch dort: bei der großen Frau Königin weilen sie beide.“ — „Ah so! — Sie sind wohl häufig dort? Auch zu opfern?“ — „Gewiß, so oft es Sitte.“

„Nun, ich werde sie erwarten,“ sprach er mit einem Blicke rückwärts nach der Seitenthür, aus welcher er gekommen war. „Vergönnt, daß ich mich zu euch setze, zu dir vor allem, du zauberschönes Mädchen. Heißest du auch Bertrada?“ „Nein, Theoda! — Er kennt der Mutter Namen,“ dachte das Kind ängstlich und wich noch scheuer zurück, wie er, nun die Stufen ersteigend, den Arm nach ihr ausstreckte. Im Augenblick stand der Bruder, über die Stufen in zwei Sätzen fliegend, an ihrer Seite. Der Gast ließ sich in den Hochsitz nieder. „Hier magst du rasten,“ sprach Guntwalt, „bis der Vater kommt. Dann aber . . . — du siehst, unsere Hausmarke ist hier eingeritzt — . . . das ist des Hausherrn Sitz.“ Der Gast lächelte: „In diesem Hause geht es ja streng nach alter Sitte. Man sieht's. — Erzählt einmal, wie lebt ihr das Jahr über? Muß doch öd sein in dem wilden Wald.“

„Aber gar nicht,“ entgegnete Theoda, nun mutiger. „Welch' schöne Feste feiern wir!“ — „Feste? Welche? Erzählt mir doch. Darf ich von dem Brote dort nehmen?“

„Breit biete das braune Brot,
Fros freudige Frucht,
Dem gehrenden Gaste

so lehrte die Mutter,“ sprach Theoda, schnitt mit dem Messer ein mächtig Stück von dem dunkeln wohlriechenden Roggenbrot und schob es — vorsichtig zurückgehalten — ihm dar. „Da ist zuerst,“ hob Guntbert an, „das Fest der Wiederkehr der Götter, wann die Tage wieder wachsen im Hornung. Bekränzte Götterbilder auf offenen Wagen ziehen wir, die Kinder voran gespannt, jubelnd durch den Gau.“ „Die erste Schwalbe, Frau Ostaras Botin, wird mit Willkommliedern begrüßt,“ fiel Theoda ein. „Dann verbrennen wir den Winterriesen und springen über das Feuer, nachdem der andre, der Winterdrache, erstochen ist von Paltar.“ — „Und das erste Gewitter! Wie schön, wann Donar Frau Ostara ins Land führt! Und rote Eier legt ihre heilige Häsin weit verstreut im Land. Da heißt es eifrig Ostarbrot backen!“ — „Und wird es dann zu heiß, zu dürr auf den Feldern, bitten wir die Götter um Regen! Diesmal war es Theoda, die wir, über und über in Laub gehüllt, mit Wasser aus dem Brunnen beschütteten. Puh, wardst du triefend naß.“ — „Und traurig, wehmütig, Verbrennen wir zur Sommersonnenwende Paltars, des früh versterbenden, Leiche.“ — „Und entzünden, alle andern Feuer verlöschend, das Notfeuer aus geriebenem Holz.“ „So, so?“ forschte der

Gast. „Und all' das habt ihr, — haben die Eltern auch dieses Jahr getrieben!" — „Ei, gewiß. Aber es ist noch lange nicht zu Ende. Bald folgt die Weihe der Kräuter, die wir unter Heilwünschen schneiden und trocknen und dann auf der Glutpfanne verbrennen, falls nächtliche Gewitter ausbrechen." — „Und die Fahrten und Ritte zu Freirs Weihtum im Tannenwalde, Rosse und Rinder seinem Schutz zu empfehlen für das kommende Jahr." — „Und später Herrn Wodan, der im wilden Heer im nächtlichen Sturm die Waldweiblein jagt: — den gilt es mit Opfern zu beschwichtigen." — „Und dann Frau Berchtas, der Spinnerin, Rundgang von Hof zu Hof, die nach den Wocken der fleißigen und der faulen Spinnmägde ausschaut." „Und bald darauf endlich aller lichten Götter frohe Wiederkehr, die vor der Nacht des Winters in ihre lichte Heimat gewichen waren . . . — o, wie schön sind unsre Feste!" schloß Theoda. „Hm," meinte der Gast. „Und so viele. Und all' diese haben eure Eltern dies letzte Jahr über auch gefeiert?" „Ich sagt' es schon!" antwortete Guntwalt trotzig.

„Dank euch. Ich weiß nun, was ich wissen mußte." Er stand rasch auf und that einen gellenden Pfiff. Sofort drang durch jene Seitenthür, die in den Wald führte, ein Haufe von Gewaffneten herein. „Hierher, Gero, Frecho!" befahl der Gast, „ergreift die Kinder hier. Sie sind Geiseln für die Eltern: — dies ist ein Haus des ärgsten Heidentums." Im selben Augenblick betraten von dem Hauptthor aus, von dem Haine zurückkehrend die Eltern den Hofraum.

„Cautinus!" schrie Bertrada. „Ja, Cautinus, dein Richter, schöne Frevlerin!" „Des Königs Mordbuben!" rief Guntbert und riß das Schwert aus der Scheide. Guntwalt war die Stufen hinabgesprungen: — schon hatte er Bogen und Köcher errafft. Aber Gero hatte sich Theodas bemächtigt. „Hilf, Vater!“ schrie das Mädchen.

„Ich komme, mein Kind!“ rief Guntbert. Rasch hatte er in einem Sprunge die Reihe der Speerträger durchbrochen: Frecho warf sich ihm mit gezückter Lanze entgegen: er stieß ihn nieder, erreichte Gero, schlug ihm das Schwert aus der Faust, spaltete ihm das Haupt und riß sein Kind an sich.

„Werft!“ befahl Cautinus, sich mit der Platte des umgeworfenen Tisches deckend, „werft, ihr Speerleute, alle auf den Hausherrn.“

Sechs Speere flogen: — sterbend sank Guntbert um: „O, Bertrada,“ stöhnte er sterbend — „rette dich!“ Die Frau war, gefolgt von beiden Kindern, zurückgewichen bis an die Westseite des Gehöfts an dem steilabfallenden Ufer des Stroms. Hitzig folgte ihr Cautinus. „Nun, schöne Büßerin,“ rief er ihr zu. „Nun sollst du reichlich Buße thun für jahrelange Qual, die ich um dich ertrug. Deine spröde Herbe soll gar weich und zahm werden! In Klostermauern! Und in diesen Armen. Komm, — endlich!“

Begehrlich sprang er vorwärts, mit ausgestreckten Armen. „Stirb, du Hund!“ rief da eine junge Stimme. Eine Sehne schwirrte, ein Pfeil zischte: in die Stirn geschossen stürzte Cautinus. „Rächt mich,“ stöhnte er noch, „greift sie, bringt sie alle um — alle drei.“ Die Speerträger eilten vor: da umfaßte Bertrada mit beiden Armen ihre beiden Kinder: „Wir kommen, Guntbert!“ rief sie und sprang, beide Kinder umschlingend, in den tiefen reißenden Strom. Hoch auf spritzten nach dem dumpfen Schlag die Wellen.

Im gleichen Augenblick schlugen aus dem Weihtum Wodans hohe Flammen auf. Gleichzeitig mit der Schar Geros und Frechos war ein starker Haufe Berittener, die nun absprangen, in den heiligen Hain gedrungen, hatte nach kurzem Widerstand die wenigen Knechte des Altars bezwungen, die meisten Priesterinnen ergriffen und den ganzen Wald sowie die Holzhallen darin in Brand gesteckt: alsbald loderte auch das geplünderte Gehöft Guntberts in Flammen auf. In dem Getümmel des Kampfes, der Plünderung, des Brandes, ward es nicht bemerkt, wie das Pferd eines der Krieger, das vor dem Eingang des Haines angebunden stand, losgeknüpft ward. Es trug alsbald durch den Wald auf der Römerstraße nach Paris eine hohe Frauengestalt.

XLVI.

Sehr übel gelaunt ging oder lief vielmehr mit kleinen hastenden Schritten der König in seinem Speisegemach im Palatium zu Paris umher: die fromme Jungfrau Genoveva, die ihn beschwichtigen wollte, hatte schweren Stand.

„Was denn? Was denn?“ fuhr er sie an. „Alle Leute, die ich brauche, werden krank und legen sich zu Bett, statt mir zu helfen. Frau Hrothehild hätte auch zu andrer Zeit dies — ganz unnütze! — Mädel kriegen können. Und Remigius zu Reims immer noch krank! Und von Cautinus keine Nachricht! Und die Bischöfe, meine ehrwürdigen, aber geizigen Väter, spenden lange nicht genug Geld. Jetzt gerade bedarf ich der Männer und Frauen, die mir die Heiligen oder die Bischöfe — es ist fast dasselbe! — gewinnen. Und jetzt versagen sie!“ „O, Sohn Childirichs,“ sprach Genoveva, „ich habe, da ich deine Bedrängnis von deiner Gemahlin erfuhr, wochenlang gefastet und gebetet, auf daß mir die Heiligen den Ort im Traume zeigen möchten, an dem die Schätze deines hohen

Vaters vergraben sind . . ." „Von dem Wodansschwert weiß sie nichts," lachte er für sich, „sonst würde sie weder Magen noch Lippen mit Fasten und Beten bemüht haben." — „Umsonst, kein Traumgesicht, wie doch sonst so oft, will sich mir zeigen." — „Mir scheint, die im Himmel hören manchmal nicht gut: zumal, wenn man ihnen nichts schenkt." — „Lästre nicht!" — „Horch, rasche Schritte auf dem Gang. Wer kommt . . . unangemeldet?" Er schlug den Vorhang auseinander — und fuhr erschrocken zurück. „Mutter! Du? Du hier? Und wie du aussiehst! Der Mantel zerrissen, über und über mit Straßenschmutz bedeckt — und so bleich! Bist du krank?"

Auch Genoveva erschrak über den Anblick der gewaltigen Frau, wie diese, hochaufgerichtet, regungslos, einer Statue gleich, in der Mitte der Thüre stand, von dem langen, schneeweißen Haar die Schultern überflutet, einen furchtbaren Blick auf den Sohn richtend.

„Wo . . . wo kommst du her?" „Aus dem verbrannten Wodanshain;" damit trat sie in das Gemach. „Wer . . .? Wer hat das gethan?" — „Du! — Lüge nicht! Du: — durch deinen Kanzler." „Was denn?" meinte der König verlegen, die Stirne furchend. „Wo ist er?" — „In Hel. Bei den Mördern. Unter Schlangen und Schwertern in eisigem Strom." — „Tot! Cautinus. Was denn? Ich brauche ihn." — „Guntberts Knabe erlegte das Scheusal. Ermordet liegt Guntbert: sein Weib sprang, der Schande zu entgehen, mit beiden Kindern in den Strom. Verbrannt — wie Wodans Hain — liegt sein Gehöft." — „Und du — was . . .?" — „Ich ritt Tag und Nacht und Nacht und Tag zu Childirichs Sohne ihn zu fragen . . . Nein, bleib nur, du fromme Christin, bleib. Er ist ja deines Glaubens: so höre mich und antworte du für ihn. Er hat dem sterbenden Vater, —

gedenkst du noch jenes Totenlagers, Genoveva? — geschworen, den alten Göttern treu zu bleiben: — hier steht er: — ein Christ." Ohne Besinnen sprach die Jungfrau: „Der Eid war Sünde. Der Herr hat ihn erleuchtet: dein Sohn mußte Gottes Rufe folgen, seine Seele retten."

„Wàs denn, Mutter, wàs denn? Was soll dies Verhör?" Ohne auf ihn zu achten, fuhr die Mutter fort: „Er hat ferner geschworen, die Weihtümer der Götter und ihre Verehrer zu schützen: — er verbrennt die Haine, er ermordet die Priesterinnen und die an die Götter glauben. Muß er auch das, seine Seele zu retten?" — „Nein, es ist schweres Unrecht! Ich warnte, ich wie Bischof Remigius und viele fromme Priester."

„Wàs denn? Weibergeschwätz!" fuhr Chlodovech los. „Hätten mir die frommen Priester so viel Geld gegeben, wie schöne Worte, hätte ich Cautinus nicht gebraucht. Hm, Guntbert! Schade drum! Aber nein! Geschah ihm recht. Er wollte mich ja verlassen. Sein Arm hätte doch nicht mehr für mich gekämpft. So hab' ich nichts verloren." „Chlodovech," sprach die Königin, mit Anstrengung die Empörung niederkämpfend — „du siehst: diese Christin, die ihr wie eine Heilige verehrt: — selbst sie verwirft deine grauenvolle Verfolgung unseres Glaubens. Nimm jenes Gebot zurück: ich bitte dich." „Wàs denn! Nein!" rief er, ungeduldig mit dem Fuß aufstampfend, „kann nicht. Muß Geld haben. Muß die Habe der Ketzer und Heiden einziehen. Die Goten! Die Goten! Täglich gewinnen sie Land." Eine lange Weile schwieg nun Basina. „Du brauchst also Schätze? Gold?" fragte sie dann langsam, mit seltsam prüfendem Blick. „Ob ich's brauche! So notwendig wie der Fisch das Wasser. Ich bin verarmt. Und das Glück des Sieges ist von mir gewichen." „So?" fragte die Mutter nachdrücklich. „O, um des Vaters

Siegesschwert und seine Schätze! Mutter, Mutter, hast du denn gar keine Ahnung, wer es sein mag, der darum weiß? Der kann am Ende längst gestorben sein!" Ohne auf die Frage zu antworten, wiederholte sie: „Nimm jenes Gebot der Verfolgung zurück. Halte deinen Eid." — „Nein doch. Ich hab's gesagt." — „Noch einmal mahne ich, bitte ich — hörst du? ich bitte: — bedenke deine Antwort jetzt! — mehr als du ahnst hängt davon ab. Nimm zurück. Halte deinen Eid." — „Nein, dreimal nein —" Da trat die hehre Gestalt dicht an ihn heran: sie bohrte einen Blick tödlichen Hasses in seine Augen, daß er sich entsetzt abwandte und, beide Hände hoch gen Himmel reckend, sprach sie langsam, jedes Wort wägend: „So sei verflucht vom Scheitel bis zur Sohle." „Mutter!" schrie Chlodovech, von Grauen geschüttelt. „O Königin!" seufzte Genoveva. Aber jene fuhr fort. „Weh über diesen Schos, der dich geboren. Hör's, mein Childirich, hoch in Walhall: Ich — ich halte meinen Schwur. Dein Sohn Chlodovech hier — hör's — er ist ein Schurke geworden." „Ha, zu viel!" brach Chlodovech los, faßte ihren gen Himmel erhobenen Arm und riß ihn unsanft herab. „Und wer — und was bist du, Tugendpredigerin, daß du so schelten darfst? Eine Ehebrecherin bist du, ein ihrem Gatten entlaufenes Weib."

„Herr König!" mahnte Genoveva. „Schweige du davon! Jeder andre Mund: — aber nicht der deine." Die Mutter sah ihn an, — schweigend — starr.

Er aber, ihre Augen meidend, fuhr fort, hastig im Gemach umherrennend. „Nein, ich will reden. Sie soll's einmal hören. Schon seit Jahren drängt mich's bei ihren unaufhörlichen Scheltreden. Wer war des Thüringkönigs Basinus rechtmäßig Eheweib? Du! Wer nahm den schönen Frankenkönig gastlich — nur gar zu warm! — in der Halle auf? Du! Wer entlief, nachdem Herr Childirich nach Tournay zurückgekehrt war, seinem Eheherrn? Du! Wer floh durch Eis und Schnee und Urwaldschrecken, von allen verlassen, bis auf ein Paar, nach Tournay und ward hier, noch des Basinus pflichtgebunden Gemahl, das Weib Childirichs? Wer? Du! Und du willst Tugend lehren?"

„O Gott im Himmel," stöhnte Genoveva, die Hände ringend und in flutende Thränen ausbrechend. „O Gott! Verzeih dem Toten diese Sünde! Wie unsäglich hab' ich unter seiner Schuld gelitten! Vergieb ihm, Gott, um Christi, um meiner Gebete willen." Sie warf sich auf die Kniee und hob die gefalteten Hände empor. „Vergieb auch ihr, seiner Verführerin."

„Schweig, du Thörin!" herrschte Basina ihr zu, die unter den Vorwürfen ihres Sohnes, ohne mit der Wimper zu zucken, ihm nur überall hin gefolgt war mit den unerbittlichen Augen. „Was weißt du von unserer Liebe! Weil du, ein liebekrankes Jungferlein, den Herrlichen in deiner schmachtenden Seele trugst, so daß du, als er mich zum Weibe nahm, vor lauter Schmerz der Welt entsagtest und eine Heilige wurdest . . ."

Genoveva war in die bleichen Wangen heißes Erröten bis in die Stirne geschossen: sie schüttelte das Haupt: „Keine Heilige. Nur eine Büßerin für seine Schuld. Ich betete fortab jede Stunde bis heute für seine Seele — ich fastete — ich geißelte mich jede Nacht — für seine Seele!" — „Deshalb glaubst du, wahnsinnige Schwärmerin, du darfst unsere Liebe, unsere Ehe richten? — Du aber, schamlosester aller Söhne, du vernimm: ja, alles was du sagtest, ist wahr." — „Also!" — „Aber noch andres ist wahr. Mit fünfzehn Jahren zwang mich König Basinus, mein Oheim und mein Muntwalt, der Siebzigjährige, zur Ehe. Von der ersten Stunde an verfolgte er mich unschuldig Kind mit wahnsinniger Eifersucht. Nach

Jahren kam der junge Frankenkönig. Ja, wir liebten uns. Aber — bei Friggs Ring und Gürtel beschwöre ich's! — nicht ein Wort, nicht ein Händedruck hat es verraten. Jedoch der finstere Greis hatte Verdacht geschöpft und als er bald nach Childirichs Scheiden schwer erkrankte, da befahl er, — er wollte, daß ich auch nach seinem Tode nicht dem Franken angehöre! — auf demselben Scheiterhaufen, der seine Leiche verzehren würde, auch mich — lebendig! — zu verbrennen. Solchem Schicksal wollt' ich entrinnen: — ich entfloh, — wer will mich darum schelten? — nur von jenem treuen Paar begleitet: — und wohin, zu wem sonst sollte ich fliehen, als zu dem, um deswillen ich sterben sollte, flüchten mußte? Sprich — nicht du, Unwürdiger — aber du, Genoveva, kannst du mich verdammen?" — „Nicht die Flucht, Frau Königin: — aber die Vermählung. Noch viele Jahre lebte König Basinus und einstweilen warst du . . . ." — „Das Weib dessen, den du, Heilige, liebtest. Ich war Basinus vermählt und liebte Childirich: und Childirich war mein Gemahl und du hast ihn geliebt — ja, du liebst ihn heute noch. Ist das weniger Sünde?"

Da schlug Genoveva laut aufschluchzend beide Hände vor die Augen. Dann warf sie sich auf die Knie und seufzte. „Ich büße diese süße Sünde all' diese Jahre lang! Vergieb mir!" Basina beugte die hohe Gestalt zu der Flehenden hinab und hob sie auf. „Ich habe dir nichts zu vergeben. Ich gönnte dir im Leben gern, sich an seiner Herrlichkeit zu freuen, in seinem Glanz zu sonnen. Und ich ließ dich allein mit dem Toten. Nicht verfeinden, — verschwistern soll uns die Liebe zu ihm." „Ich danke dir," sprach Genoveva. „Laß mich nun scheiden. Mein Herz ist leichter als es jemals war. Ich gehe." — „Wohin?" — „In die Kapelle: zu beten für uns alle vier."

XLVII.

Chlodovech hatte den Worten der beiden Frauen mit starkem Unbehagen zugehört: solche Dinge, solche Empfindungen waren ihm unverständlich, zuwider. Wiederholt hatte er mit seinem „Wàs denn? Ist ja dumm!" dazwischen fahren wollen: aber eine ihm selbst unerklärliche Scheu vor dem Edeln, Reinen, Hohen in diesen Seelen, hatten ihm den Mund verschlossen. Jetzt mit der Mutter allein zu bleiben, war ihm mehr als unbehaglich, war ihm unheimlich. Er fürchtete die stumme Drohung in diesen starr auf ihn gerichteten Augen. Er wollte hinter Genoveva hinausschlüpfen; aber Basina vertrat ihm den Weg. „Wir haben im Leben nur noch Ein Geschäft miteinander," sprach sie eisig. Es durchrieselte ihn der Ton, in dem sie das sagte. „Geschäft? Ich habe gar keine Zeit. Die Feinde, die Goten drohn!" — „Ebendeshalb. — Du klagtest, dir fehle Gold, Unsieg verfolge dich. Wohlan, so nimm deines Vaters Schätze und sein Siegesschwert." „Höhne nicht!" knirschte er. — „Ich höhne nicht. Die einzigen Augen, die zugesehen, als beide geborgen wurden, waren meine Augen." „Mutter!" rief Chlodovech, außer sich vor freudigem Schreck. „Du? Du kennst den Ort? Und warum hast du mir solang' geschwiegen?" — „Dein Vater befahl's. Hast du vergessen? ‚Nur in schwerer Not und Bedrängnis.' Die, scheint es, sind nun gekommen. Nicht?" — „Wàs denn? Ich sollte meinen! Und du — du wolltest — jetzt — mir helfen?" — „Ich will. — Unter Einer Bedingung."

„Sprich! Jede!" — „Wir wollen ein Urteil unsrer Götter — du des deinen, ich Wodans — entscheiden lassen über unsern Glaubensstreit." „Gern!" rief Chlodovech. „Hei, ich hab's erlebt dort an der Lauter: Herr Christus hilft, ruft man ihn gläubig an." — „Gut. Und hier gilt's um seine ganze Herrschaft. Unsere Götter sollen an uns ihre Macht erwahren. Wir — du und ich — wir trinken jeder die Hälfte von diesem Trank." Sie holte aus dem Gürtel ein kleines, wohlverschlossenes Fläschchen aus Achat hervor. „Trank? Wàs denn? Was ist in dem Ding da?" fragte er stutzig. — „Gift. Tollkirschensaft." — „Wàs denn? Wàs denn? Ist ja dumm. Ich danke! Habe nicht Zeit, zu sterben." — „Du wirst nicht sterben, ist dein Christus ein Gott." — „Gewiß ist er das. Aber ..." — „Kein aber. Wir trinken beide die Hälfte: du rufst den Gekreuzigten an, dich, ich Wodan, mich zu retten." — „He? Ei ... ei. Ich mag doch nicht." — „Dann bleiben Schwert und Schätze mein Geheimnis." Unentschlossen ging er auf und nieder. „Warum gerade diese Probe? Wähl' doch eine andere." — „Diese oder keine. Ich will dir zeigen, daß es nichts ist mit dem Christengott." — „Ich .. ich .. wage nicht .." — „Siehst du dein Mißtrauen? Und doch hast du Wodan verlassen? Wohlan, schau her. Hier, in diesem Karneolfläschchen, ist ein unfehlbar Gegengift — du weißt, ich verstehe mich genau auf solche Tränke. Versagt dein Gebet, — spürst du das Gift wirken, — so trink' dies Gegengift: du bleibst am Leben und Schwert und Schätze sind dein, obwohl dein Gott erlag." — „Und du, Mutter, was thust du." — „Ich nehme kein Gegengift: denn ich vertraue meinem Gott." Ein teuflischer Gedanke zuckte durch des Sohnes Hirn. „Dann ist sie verloren! Und ich bin die unerträgliche Anklägerin los! Nur müßt' sie sogleich, sowie sie getrunken, den Ort angeben. Thu' ich's nicht, verschweigt sie Schwert und Schatz. Ich kann die Greisin doch nicht foltern lassen. Aber freilich . . . es ist waglich." — „Entschließe dich, bevor ich dies Gemach verlasse." — „Ei, ei, das braucht doch Besinnen."

Da eilte Ansovald herein mit bestürzten Mienen. „Eile, Herr König! Hilf! Schaffe Geld, Waffen, Krieger! Die Goten und Burgunden haben nicht nur die Loire, haben den Loir bei Châteaudun und die Eure bei Chartres überschritten: deine beiden schwachen Haufen, die sie dort abwehren wollten, hat Graf Vitigis geschlagen, jene Städte sind gefallen, die Goten ziehen auf Paris. Unsieg verfolgt dich fort und fort." „Das Schwert! Das Siegesschwert!" stöhnte Chlodovech. „Geh!" „Hier ein Brief des Bischofs Theoplastus; es sei die Antwort auf deine und Frau Hrothehildens letzte Frage." Er gab das Schreiben und ging. Chlodovech aber riß es erfreut auf. „Erwünscht! Im rechten Augenblick. Vernimm," rief er der Mutter zu, „schon früher einmal forschte ich bei Remigius: — du kennst den Namen." — „Ich kenne ihn, er hat dich getauft." — „Wie das denn sei mit dem Gott-Versuchen. Einmal ist das verboten: dann heißt es wieder: wer in vollem Vertrauen zu Gott betet, kann sicher sein, daß er ihn auch aus höchster Gefahr errettet. Nun hatte ich darüber Streit mit meiner frommen Königin: — sie konnte mir den Widerspruch nicht lösen: freilich sie, — wie deine neue Schwester Genoveva! — eifert stark gegen solches Versuchen. Aber was wissen schließlich die Weiber! An Remigius, der schwer krank liegt, konnten wir uns nicht wenden. So fragten wir denn Theoplastus, den neuen Bischof von Cambrai, und dies ist nun sein Bescheid. ‚Großer Herr König und fromme . . . .' und so weiter! Folgen andere Redensarten . . aha, jetzt kommt's: . . . ‚und ist also der Meinung des Herrn Königs durchaus beizupflichten (wußte schon, daß der meistens mir Recht giebt, deshalb hab' ich ihn vorgeschlagen!), daß es nicht sträflich ist, nicht Gott versuchen heißt, begiebt man sich in Gefahr im vollen Vertrauen auf Gott und seine Wunderkraft, die man in gläubigem Gebet anruft: insbesondere dann' — nun bin ich gespannt! — 'ist Gottes Wunderhilfe unzweifelhaft sicher, sucht man diese Gefahr zum Heile der Kirche und im Dienst des Herrn!'

Was denn! Was denn! Das ist ja herrlich! Ist ja gerade, wie wenn es ihm der heilige Geist für meinen Fall eingegeben hätte. Ich brauche Schwert und Schatz, diese gottverhaßten Ketzer abzuwehren: zum Heile der Kirche also und im Dienst des Herrn trink' ich das Gift. Her damit. Hier, hier sind zwei Becher, gleich groß" — er holte sie von dem Schenktisch, — „fülle sie gleich. Aber nicht etwa mir mehr! Und für alle Fälle — man kann doch nie recht wissen! — halte das Gegengift für mich bereit — wo ist es?" — „Hier halt' ich's in meiner Hand." — „Nun gut. Erst aber muß ich beten: ich muß es den Heiligen da oben, gründlich, deutlich sagen, um was es sich diesmal handelt." Er kniete nieder und sprach, zum Fenster hinausblickend, zum Himmel: „Also höre mich, Herr Christus, der du wesenseins! (O hör' es wohl!) mit Gott dem Vater! und ihr Heiligen alle: zumal du, Sankt Martinus von Tours und du, o Hilarius von Poitiers: — reiche Gaben hab' ich euch dargebracht, denkt jetzt daran! Seht: ich trinke jetzt das Gift der übeln Kirsche im vollen Vertrauen auf euch (Mutter, ist auch des Gegengifts genug? Ja?), daß ihr mich durch eure Wunderkraft erretten werdet. Denn hört: — wenn ihr's vielleicht vorhin nicht ganz begriffen habt! — ich trinke es nur euch zu liebe — Gold und . . . noch andres (das Wodansschwert könnte ihnen mißfallen, weißt du, Mutter) zu gewinnen, damit eure bittersten Feinde und Verächter abzuwehren, diese schnöden Ketzer. Nun habt ihr's gehört. Nun helft! Gieb, Mutter, rasch."

„Erst höre mein Gebet! Waltender Wodan! Du weißt, welch' wildes Weh mein armes Mutterherz zerfleischt. Mein eigner Sohn ward dein grimmigster Feind. Das kann ich nicht ertragen. Gieb mir, sobald ich das Gift getrunken, den Tod." „Wie? Was denn? Was denn? — — Aber mir kann's recht sein," dachte er hinzu. — „Nun komm, nun trinken wir beide." — „Den Ort, nenne den Ort." — „Erst trink'! Dann spreche ich weiter."

Wild erregt riß er den Becher von dem Tisch und stürzte das Naß auf Einen Zug hinunter. Langsam, jeden Tropfen ausschlürfend, trank Basina. „Jedoch," sprach sie dann, „o Wodan, auch meinen Sohn, den Neiding, den eidbrüchigen Schurken, tilge aus dem Leben." „Was!" schrie Chlodovech und sprang entsetzt auf.

„Auf daß er nicht mehr deine Weihtümer schänden kann. Zeige, daß du mächtiger bist als die Heiligen, die er anrief." — „Mutter, du willst meinen Tod? Nun aber geschwind: — Du stirbst am Ende wirklich —: Den Ort, den Hort, das Schwert!" „Den Ort, den Hort, das Schwert," wiederholte die Frau bedächtig, jedes Wort wägend, „den Ort, den Hort, das Schwert?" Sie fuhr heftig zusammen, zuckend mit der Hand nach dem Herzen — „die wußte nur ich. Ich sterbe. Die Toten schweigen." Sie taumelte.

„Um Gott! Bei Wodan, beim lodernden" . . . schrie er gellend auf. „Welcher Schmerz! Feuer hab' ich im Herzen! Feuer im Hirn! Helft doch, Herr Christus, Martine! Wodan, hilf du! Ich will dich wieder . . — rasch, Mutter,. das Gegengift. Rasch!"

Da schleuderte sie mit letzter Kraft das Karneolfläschchen auf den Marmorestrich, daß es klirrend zersprang: der rettende Saft spritzte in Tropfen umher. Nun stürzte die hohe Gestalt rückwärts zusammen: „Mein Childirich! Ich hielt den Schwur. Er ward ein Neiding: er stirbt durch meine Hand.“ Sie verstummte: das Bewußtsein schwand.

Gellend, schrill, fürchterlich schrie er auf: „Hilfe! Hilfe! Wàs denn? Wàs . . . ist ja . .! Fluch über die Heiligen! Fluch über die ganze Welt!“

Mit einem hohen Satz sprang er an den Ausgang: da brach er bewußtlos zusammen.

Lange, lange lagen die beiden so, Mutter und Sohn, ohne Bewußtsein. Niemand hatte den Schrei gehört.

Als nach mehreren Stunden Genoveva, die sich von der Kapelle hinweg zur Pflege an das Bett der Königin begeben hatte, in das Gemach trat, um sich zu verabschieden, und den Vorhang auseinanderschlug, erschrak sie gewaltig: Beide lagen, wie sie gefallen waren, tot.

Sie vermochte nicht, Hilfe zu holen, um Hilfe zu rufen. Sie sank auf die Kniee, faltete die Hände und betete, betete für die Mutter und den Sohn.

www.ingramcontent.com/pod-product-compliance
Lightning Source LLC
Chambersburg PA
CBHW031342070726
47496CB00017B/1418
9783741158513